CRISTINA CASSAR SCALIA

Finsteres Meer

Autorin

Cristina Cassar Scalia stammt aus dem spätbarocken Noto und hat sich schon immer gewünscht, Sizilien zum Schauplatz eines Romans zu machen. Wenn sie ihre Leser*innen durch die Lektüre dazu inspirieren kann, ihrer Heimat einen Besuch abzustatten, so sagt sie, hat sie ihren Job gut gemacht. Wenn sie nicht gerade schreibt, arbeitet sie als Augenärztin in Catania. Nach »Schwarzer Sand« und »Tödliche Klippen« ist »Finsteres Meer« ihr dritter Roman um die hartgesottene Ermittlerin Giovanna Guarrasi.

Von Cristina Cassar Scalia bereits erschienen:
Schwarzer Sand
Tödliche Klippen

Alle Bände sind eigenständige Fälle und können unabhängig voneinander gelesen werden.

Cristina Cassar Scalia

Finsteres Meer

Giovanna Guarrasi ermittelt in Sizilien

Aus dem Italienischen
von Christiane Winkler

blanvalet

Die Originalausgabe erschien 2020 unter dem Titel »La Salita dei Saponari«
bei Einaudi, Turin.

MIX
Papier | Fördert
gute Waldnutzung
FSC® C014496

Penguin Random House Verlagsgruppe FSC® N001967

1. Auflage
Taschenbuchausgabe © 2024 by Blanvalet,
einem Unternehmen der Penguin Random House Verlagsgruppe GmbH,
Neumarkter Straße 28, 81673 München
Copyright der Originalausgabe © 2020 by Cristina Cassar Scalia
© 2020 First published in Italy by Einaudi
This edition published in arrangement with Grandi & Associati
Copyright der deutschsprachigen Ausgabe © 2023 by Limes Verlag
in der Penguin Random House Verlagsgruppe GmbH,
Neumarkter Straße 28, 81673 München
Redaktion: Friedel Wahren
Umschlaggestaltung: www.buerosued.de
Umschlagmotiv: mauritius images / Marco Simoni; www.buerosued.de
KW · Herstellung: DiMo · TaVr
Satz, Druck und Bindung: GGP Media GmbH, Pößneck
Printed in Germany
ISBN 978-3-7341-1339-0

www.blanvalet.de

Für meinen Vater,
einen besseren hätte ich mir nicht wünschen können

Dorthin habe ich die versprochenen Blumen
und den Kranz getragen. Von Zeit zu Zeit begebe ich
mich hin, um mich tot und begraben zu sehen.
Manch ein Neugieriger folgt mir von weitem; dann,
wenn ich umkehre, gesellt er sich zu mir,
lächelt und fragt: Darf man wissen, wer Sie sind?
Ich zucke mit den Achseln, schließe die Augen halb und
antworte: Ja, mein Lieber … Ich bin der selige Mattia Pascal.

Luigi Pirandello

1

Lella Canton drückte die Nase gegen das Fenster und prüfte dann die Fotos, die sie gerade mit ihrem Handy gemacht hatte. Es waren ein paar darunter, die ihre Follower auf Instagram neidisch gemacht hätten. Wolkenloser blauer Himmel, idealer Hintergrund. In den letzten zehn Minuten waren erst die Äolischen Inseln, dann die Straße von Messina und schließlich die fantastischste Landschaft, die sie je gesehen hatte, vor ihr vorbeigezogen. Der majestätische Berg, der schwarze mit Schnee gesprenkelte Fels und die Rauchfahne, die von seinem Gipfel aufstieg. Das alles war geradezu Ehrfurcht gebietend.

Das Flugzeug war morgens um halb sieben in Mailand-Malpensa gestartet und kreiste nun über dem Vulkan, während die Windböen den Sinkflug zum Flughafen Catania Fontanarossa verlangsamten. Mit jeder Drehung veränderte sich die Aussicht aus dem Fenster: Meer, Berge, wieder Meer, wieder Berge.

Der Pilot teilte mit, dass sie in wenigen Minuten landen würden, der Himmel sei klar, und die Temperatur betrage sechs Grad Celsius.

Lella wog den leichten Mantel in der Hand, den sie als einzigen Überzieher für diese erste Reise mitgebracht hatte. Wärmere Kleidungsstücke hatte sie bewusst abgelehnt. In Sizilien herrscht immer Frühling, sagte sie sich und ärgerte sich über sich selbst.

Sie wartete, bis das Flugzeug gelandet war, und rief ihre

Wetter-App auf, in der Hoffnung auf eine beruhigende Nachricht. Sie war sich fast sicher, dass es im Laufe des Tages noch wärmer würde. Stattdessen: Mindesttemperatur vier, Höchsttemperatur neun. Bewölkt mit vereinzelten Regenschauern.

Das Pharmaunternehmen, für das sie seit zehn Jahren als Referentin in ihrer Region Venetien arbeitete, hatte sie gerade zur Gebietsleiterin befördert und ihr das einzige Gebiet zugewiesen, das zu diesem Zeitpunkt verfügbar war: den Süden und die Inseln. Für Lella bedeutete das eine radikale Veränderung, die sie ohne Zögern angenommen hatte. In mageren Zeiten eine Beförderung mit Gehaltserhöhung abzulehnen, nur weil dies einen Wechsel des Arbeitsbereichs bedeutete, erschien ihr nahezu unmoralisch.

Antonino Falsaperla, der sizilianische Pharmareferent, der sie auf dem Flug begleitete, war durch den Ruck bei der Landung aufgewacht.

Blitzschnell schnallte er sich ab. »Wir sind da! Ich kümmere mich um das Gepäck«, sagte er und stand sofort auf, um noch vor den anderen Passagieren zum Gepäckfach zu gelangen.

Lella sah aus dem Fenster. Sie parkten neben einem anderen Flugzeug, ein Shuttlebus stand schon bereit. Lella verstand nicht, warum sie es so eilig hatten.

»Wir müssen sowieso noch warten«, bemerkte sie. »Ich glaube kaum, dass der Bus mit uns allein losfährt.«

Antonino schaute enttäuscht auf seine Uhr. Sie hinkten eine halbe Stunde hinter dem Zeitplan her. »Wenn die Tür endlich geöffnet wird, haben wir vielleicht noch Zeit für ein Frühstück.«

Antonino hob die beiden Trolleys herunter und zog seine Jacke an, einen dick gefütterten Parka mit Pelzkragen an der Kapuze, den er drei Tage lang im hohen Norden getragen hatte. Er machte Lella den Weg zum Ausgang frei.

Es wehte ein so starker Wind, dass die Flugzeugtreppe unter ihnen wippte, und es war so kalt und feucht, dass Lella nach nur wenigen Schritten der Kopf kribbelte. Vergeblich kramte sie in ihrer Tasche nach der Wollmütze, die sie für den Fall der Fälle darin aufbewahrte, und hoffte, dass sie sie nicht vergessen hatte, als sie ihr Gepäck für den Süden des Landes zusammengestellt hatte. Aber sie hatte ganze Arbeit geleistet.

Andererseits hatte Lella Canton Sizilien nur in der Sommerversion erlebt. Sieben Tage an Bord eines Schiffs in der Gegend von Trapani mit Ausflug zu den Ägadischen Inseln. Fünfunddreißig Grad und eine erbarmungslose Sonne. Also hätte der November logischerweise eine Zwischensaison sein müssen.

»Diese Kälte ist nicht normal«, entschuldigte sich Antonino fast bestürzt. Und da sie schon einmal beim Pech waren, wurde seine neue Chefin nun auch noch so von seiner Heimatstadt empfangen. Diese Kälte war sonst nicht einmal im Januar zu spüren. Schlimmer noch als in der Brianza.

Der voll besetzte Shuttlebus fuhr ruckartig an und entlud in wenigen Minuten die Hälfte der Passagiere vor dem Ankunftsgate für Inlandsflüge.

Lella lief mit langen Schritten hinter Antonino her, der im Zickzack durch die Korridore rannte. Übergroße Plakate von barocken Monumenten und schönen Buchten wechselten sich mit Werbedisplays an den Wänden ab. Am Ende davon hing ein Plakat mit einem Bild von Pirandello und einem Zitat darunter.

Obwohl es erst acht Uhr morgens war, herrschte außerhalb des Ausstiegsbereichs bereits reges Treiben. Dutzende Fahrer mit Plakaten und Reiseveranstalter standen rechts unter der Rolltreppe, die zu den Abflügen führte, während sich vor den Fenstern eine Schlange aufgeregt wartender Passagiere gebildet hatte. Ganze Familien, einschließlich Kindern und älteren Menschen. Es herrschte ein Gefühl menschlicher Wärme, dem sich selbst die zurückhaltende Dottoressa Lella Canton nicht entziehen konnte.

Falsaperla verschlang zwei Croissants und spülte innerhalb von fünf Minuten – so lange, wie seine Chefin brauchte, um einen Orangensaft zu trinken – zwei Tassen Kaffee hinunter. Dann machte er sich auf den Weg zum Ausgang in Richtung des Parkplatzes, auf dem er drei Tage zuvor sein Auto abgestellt hatte. Ein kalter Wind schlug Lella entgegen, die sich in den einzigen Schal einwickelte, den sie dabeihatte.

»Ist es sehr weit?«, fragte sie, während sie einen breiten Bürgersteig entlangtrabten, der von einer Wand voller riesiger Plakate gesäumt war, neben denen, die im Terminal wie Poster gewirkt hatten. Ragusa, Noto, Taormina …

»Nein, wir sind fast da«, antwortete Antonino und deutete auf ein zweistöckiges Parkhaus.

Er bezahlte und ging seiner Chefin voraus zu einem Gittertor. Dort blieb er stehen und sah sich um.

»Mir muss nur noch einfallen, wo ich es abgestellt habe … Meine Güte, nachdem ich in letzter Zeit jeden zweiten Tag am Flughafen war, komme ich jedes Mal durcheinander, wenn ich das Auto abholen muss! Aber ich glaube, wir müssen in diese Richtung gehen.«

Lella starrte ihn an. Ihr schlugen die Zähne aufeinander, während er Zeit vertrödelte. So wie er gekleidet war, hätte er problemlos am Nordpol stehen können. Gut, dass sie sich wenigstens im Innern des Gebäudes aufhielten. Sie betraten einen Flur, den sie bis zum Ende entlanggingen, dann standen sie vor einem grauen Renault Scénic.

Während Antonino sich noch darüber freute, dass er den Wagen auf Anhieb gefunden hatte, und das Gepäck im

Kofferraum verstaute, fiel Lella eine große dunkle Limousine auf, die mit eingeschalteten Scheinwerfern vor ihnen stand.

»Sehen Sie sich an, wie die geparkt haben!«, murmelte sie. So etwas passierte einem nur im Süden.

Sie näherte sich neugierig der Beifahrerseite, die Scheinwerfer blendeten sie, und linste hinein.

Der Schrei, den sie ausstieß, war bis zum Gipfel des Ätna zu hören.

2

Salvatore Fratta, auch Bazzuca genannt, war abgehauen. Als die Männer der Abteilung *Catturandi* der Mobilen Einheit von Palermo das Versteck durchsuchten, in dem sich der Flüchtige während der letzten Tage versteckt hatte, fehlte jede Spur von ihm.

Die stellvertretende Polizeichefin Vicequestore Giovanna Guarrasi, genannt Vanina, hätte sich eigentlich nicht an dieser Aktion beteiligen dürfen. Seit fast vier Jahren gehörte Palermo nicht mehr zu ihrem Zuständigkeitsbereich, das hatte sie selbst so entschieden. Auch die Abteilung für organisiertes Verbrechen hatte sie aus freien Stücken verlassen.

Vanina war beim Mobilen Einsatzkommando in Catania für die Abteilung für Straftaten gegen die Person zuständig, die früher einmal *Mordkommission* genannt worden war. Am Tag der Razzia, hatte sie sich, vorgewarnt von Angelo Manzo, ihrer ehemaligen rechten Hand, in ihr früheres Büro begeben und gebeten, an der Aktion teilnehmen zu dürfen. Das hatte den Unmut des halben Polizeipräsidiums von Palermo hervorgerufen. Am Ende hatte sie sich jedoch durchgesetzt.

Und nun war sie dort für zwei Wochen der Abteilung der *Catturandi* zugeteilt, der Mobilen Anti-Mafia-Einheit von Palermo, und zwar auf förmliches Ersuchen des Polizeichefs und mit einer mehr als legitimen Begründung. Die lautete nämlich, dass sie sich sechs Jahre ihres Lebens der Suche und

Festnahme von Salvatore Fratta, genannt Bazzuca, und seines Clans gewidmet hatte. Bis die Inszenierung seines Todes, den nur sie entgegen aller Beweise nicht hatte wahrhaben wollen, den Ermittlungen ein Ende gesetzt hatte. Doch die jüngsten Entwicklungen hatten ihr recht gegeben. Die Fülle an Informationen, über die Vanina Guarrasi verfügte und die in ihrem Gedächtnis verankert waren, machte sie für ihre Kollegen unentbehrlich. Die mussten nun die losen Enden verknüpfen und die Jagd nach dem Flüchtigen neu organisieren.

Vaninas zwei Wochen bei den *Catturandi* liefen an diesem Tag ab. Wenn sie gewollt hätte, hätte der Polizeipräsident von Palermo – der sich mit der Festnahme von Flüchtigen auskannte – Guarrasis Aufenthalt verlängern können, wofür sich auch der leitende Angestellte Corrado Ortès stark gemacht hatte.

Doch Vanina schien nicht bleiben zu wollen.

Die Sitzung hatte in Ortès' Büro begonnen, einem Raum mit Blick auf die Piazza della Vittoria und die benachbarte Villa Bonanno, dessen Wände mit Erinnerungsstücken an die im Lauf der Jahre verhafteten Flüchtigen geschmückt waren. Eine Vitrine enthielt einen Stock, eine andere ein Hemd, wieder eine andere ein Gewehr. Ganz oben in einem Bücherregal lag ein Motorradhelm. Beweisstücke, auf die all jene stolz waren, die an den Operationen beteiligt gewesen waren. Kurz darauf begab sich die Gruppe nach unten in das Büro des Leiters des Mobilen Einsatzkommandos.

Das Team, das mit der Suche nach Bazzuca beauftragt gewesen war, bestand aus fünf Mitgliedern und natürlich dem Einsatzleiter. Darunter befanden sich neben zwei ausgewählten Beamten und zwei Inspektoren, darunter eine Frau, auch Angelo Manzo, Vaninas ehemaliger Mitarbeiter, der sie immer gemocht hatte und gerade zum stellvertretenden Inspektor befördert worden war.

Auch Vanina nahm an der Sitzung teil, denn sie wusste, dass es vermutlich ihre letzte war. In den vergangenen zwei Wochen hatte sie Akten gewälzt, mit deren Lektüre sie nie mehr gerechnet hatte. Sechs Jahre Ermittlungen und zahlreiche Verhaftungen, von denen drei eine große persönliche Racheaktion für sie bedeuteten, obwohl sie sich lieber einen Arm hätte abhacken lassen, als dies zuzugeben.

»Es ist also bestätigt, dass sich Fratta in diesem Haus aufhielt«, fasste der Leiter des Mobilen Einsatzkommandos zusammen.

»Ja, Chef. Die Wohnung war zwar fast völlig ausgeräumt, und es wurden keine persönlichen Gegenstände gefunden. Unserem Kollegen von der Spurensicherung gelang es aber, DNA aus einem Cracker zu isolieren, der zwischen den Polstern eines Sessels gesteckt hatte. Sie stimmt mit der DNA von Fratta überein, die bei den Ermittlungen vor seinem angeblichen Tod sichergestellt wurde. Das beweist, dass er dort gewesen sein muss. Außerdem haben wir auf der Matratze ein langes Haar gefunden. Auch hier konnte man eine DNA isolieren. Sie gehört einer weiblichen Person.«

»Und wir wissen natürlich nicht, zu wem sie gehört.«

»Leider nicht.«

»Aber in dem Haus wohnte jemand bis wenige Stunden vor unserer Razzia«, schloss der Chef.

Ortès bestätigte.

Die kleine Villa, die ein Justizangestellter als Bazzucas Versteck angegeben hatte, gehörte offenbar zu einer scheinbar unbewohnten Sommerresidenz. Die Wohnung, in der der Flüchtige gewohnt haben sollte, schien in Ordnung zu sein. Obwohl der Strom abgestellt worden war, enthielt der Boiler noch immer lauwarmes Wasser. Und die Wände des Apartments waren für die aktuellen Wetterverhältnisse nicht feucht genug und noch zu warm. Vanina hatte als Erste die Mülltüte im einzigen Mülleimer entdeckt. Darin fand man Reste von nicht verwestem Brathähnchen, frische Salatblätter und den Rest eines Apfels, der nicht allzu alt sein konnte. In den Essensresten hatte sich auch eine Tablette gefunden, welche die Gerichtsmediziner als blutzuckersenkendes Mittel identifiziert hatten. Die anderen hatten vielleicht keine Zeit gehabt, es herauszufinden, doch Vanina erinnerte sich gut daran, dass Salvatore Fratta Diabetiker war.

»Corrado, du weißt, was das heißt, oder?«, fragte der Chef.

Ortès nickte.

Jeder wusste, was das bedeutete. Und niemandem gefiel es.

Vaninas Telefon vibrierte, auf dem Display erschien das Foto von Chefinspektor Carmelo Spanò. Der beste Mann, der auf dem Polizeirevier am Ätna zu finden war.

»Spanò«, sagte sie leise und verließ das Büro.

»Dottoressa, guten Morgen. Sind Sie noch in Palermo?«

»Ja, warum?«

»Uns wurde ein schweres Verbrechen gemeldet.«

Vanina lehnte die Tür an und entfernte sich.

»Was ist passiert?«

»Heute Morgen wurde auf einem Flughafenparkplatz eine Leiche gefunden. Die Grenzpolizei hat uns soeben informiert.«

»Wie wurde die Person ermordet?«, fragte Vanina ohne Umschweife.

»Mit einer Schusswaffe. Sie lag im Auto. Mehr wissen wir noch nicht.«

»Was sagt Macchia dazu?«

Tito Macchia, Leiter des Mobilen Einsatzkommandos, hatte für den Zeitraum, in dem Vanina abwesend war, ihre Abteilung zunächst dem Leiter der Abteilung für organisiertes Verbrechen übertragen. Am Ende hatte er dann aber doch alles selbst in die Hand genommen.

»Er meinte, ich solle schon mal vorgehen, er komme gleich nach. Sie wissen ja, bei Bonazzolis Tempo sind wir in fünf Minuten vor Ort. Vorausgesetzt, wir überleben es. Fragapane wirkt bereits äußerst angespannt.«

Vanina musste lächeln. Sie sah förmlich vor sich, wie Fragapane Marta Bonazzolis lässigem Fahrstil ausgeliefert war. Auf dem Rücksitz, in der Mitte, die Arme wie Christus am Kreuz weit ausgestreckt und die Hände an den Autogriffen verankert, um das Auf und Ab des Dienstwagens auf einer Straße voller Schlaglöcher besser zu ertragen.

»Rufen Sie mich an, sobald Sie vor Ort sind! Am frühen Nachmittag fahre ich zurück nach Catania.«

Aus dem Auto waren Ovationen und Beifall zu hören.

»Tut mir leid, Boss, die Freisprechanlage ist eingeschaltet«, gab Carmelo Spanò zu.

»Das habe ich mir schon gedacht. Fährt Lo Faro zufällig mit?«

»Ja, Bo… äh … Dottoressa«, antwortete der angesprochene Beamte. Seit über einem Jahr versuchte er, sie mit *Boss* anreden zu dürfen. Aus irgendeinem Grund gelang es ihm jedoch nie, sich das zu verdienen.

Vanina schüttelte den Kopf. Wenn jemand nun mal unterbelichtet war …

»Lo Faro, Sie wissen, dass Sie ein Masochist sind, nicht wahr?«

»Aber warum? Was habe ich denn getan?«

»Zehn Schritte zurück!«

Aus ihrem Schweigen folgerte er, dass dieser Witz schon gereicht hatte, um sein Spatzenhirn unter Beweis zu stellen.

»Lassen Sie den Quatsch und seien Sie froh, dass ich nicht da bin! Sonst hätte ich Sie längst aus dem Auto geschmissen. Was unternehmen wir gerade, einen Schulausflug? Nein, wir haben es mit Mord zu tun, und ein paar mitfühlende Kollegen geben Ihnen die Möglichkeit, sie zu begleiten. Also vermasseln Sie es nicht!«

»Natürlich, Dottoressa. Entschuldigen Sie.«

»Spanò?«

»Ja, Boss?«

»Haben Sie den Staatsanwalt schon informiert?«

»Hallo, Vanina! Ich habe ihn angerufen. Es ist Terrasini«, war plötzlich Martas Stimme zu hören. Glücklicherweise konnte sie diesen Fall zumindest mit dem richtigen Fuß beginnen. Staatsanwalt Terrasini war ein Mann, mit dem sie gut und harmonisch zusammenarbeitete, was nicht selbstverständlich war.

»Ich habe die Spurensicherung verständigt. Pappalardo kommt«, sagte Fragapane.

Auch das war eine gute Nachricht. Capo Pappalardo war zehnmal so viel wert wie sein Vorgesetzter.

»Haltet mich auf dem Laufenden!«, schloss Vanina und beendete das Gespräch.

Ein paar Minuten am Telefon mit Spanò hatten sie in ihr richtiges Leben zurückgebracht. Die Entscheidung, nach Catania zurückzukehren, hatte sie nie infrage gestellt, doch dieser Anruf hatte noch eins draufgesetzt.

Sie sah sich um und betrachtete die Gesichter auf den Bildern, die an den Wänden des Vorzimmers hingen. Gesichter, die in die Geschichte eingegangen waren, weil sie in Ausübung ihrer Pflicht ihr Leben verloren hatten. Die gleichen Gesichter, deren Namen auf der Gedenktafel am Eingang des Mobilen Einsatzkommandos eingraviert waren. Instinktiv ging Vanina auf das Foto zu, das sie sonst nie betrachtete. Das Bild ihres Vaters, Inspektor Giovanni Guarrasi, das sie anzustarren schien.

Es war an der Zeit, die Zelte abzubrechen.

Carmelo Spanò konnte Lo Faro keinen Vorwurf machen. Mit einer völlig unangemessenen Inbrunst und wahrscheinlich getrieben von seinem unbeherrschbaren Drang, sich einzuschleimen, hatte der Junge jedoch eine Empfindung geäußert, die sie alle verband. Zwei Wochen ohne die Guarrasi waren hart gewesen, besonders für Carmelo. Der Leiter, der Vanina vertreten hatte, hatte sich in allen Fragen an ihn gewandt, genau wie der Big Boss.

Es war nicht leicht gewesen, besonders in einer Zeit wie dieser, in der Spanò keine Ruhe fand.

Die Einfahrt zum Parkhaus war bereits abgeriegelt worden. Der Dienstwagen, in dem die Hälfte des Mobilen Einsatzkommandos des Ätna saß, fuhr an der Absperrung im Erdgeschoss vorbei und auf die kleine Menschenmenge zu, die sich am Ende des ersten Korridors gebildet hatte. Staatsanwalt Terrasini war bereits eingetroffen. Die Hände in den Hosentaschen vergraben, den Hals in den Mantelkragen gesteckt, schützte er sich so gut wie möglich gegen den heimtückischen Wind, der zwischen den Betonpfeilern des Parkplatzes hindurchpfiff und auf seine Nase zielte. Neben ihm stand der Leiter des Grenzschutzes, der das Gelände inzwischen abgesperrt hatte und die Gemüter der Leute zu beruhigen versuchte. Die standen auf dem Parkplatz und wollten wissen, was passiert war und warum sie dort eingeschlossen waren.

Der Staatsanwalt zog seine Hand aus der Tasche und beeilte

sich, Marta Bonazzolis Hand zu schütteln. Dann wandte er sich an Spanò, der sich ein Lächeln kaum verkneifen konnte. Selbst Terrasini, bekannt für seinen Ernst und seine Gewissenhaftigkeit, konnte sich dem Charme der Polizistin aus Brescia nicht entziehen.

»Ich habe den Gerichtsmediziner gerufen, er wird gleich hier sein«, sagte Terrasini.

»Wer ist es?«, fragte Spanò.

»Dottore Calì.«

Auch Giovanna hätte sich darüber gefreut, Adriano Calì gehörte zu ihren engsten Freunden.

Inspektor Spanò und Marta schlüpften unter dem Absperrband hindurch und näherten sich dem schwarzen Mercedes. Der Inspektor streckte den Kopf von der Beifahrerseite aus in den Wagen, hielt sich an der offenen Tür fest, um den Sitz nicht zu berühren, und sah sich dem toten Mann gegenüber. Er saß auf dem Fahrersitz, ihm leicht zugewandt, die Augen weit geöffnet. Ein Blutfleck breitete sich auf seinem weißen Hemd unter dem blauen Jackett auf Höhe des Herzens aus. Er trug eine dunkelrote Krawatte und ein dazu passendes Einstecktuch, das aus der Hemdtasche ragte. Beides zeugte von makelloser Sorgfalt. Am rechten Handgelenk trug er ein Goldarmband, eine Uhr, ebenfalls aus Gold, an der linken Hand. Seine Schultern lehnten am Rücksitz, die Linke gegen das Fenster gedrückt, die Rechte zwischen Ledersitz und Fahrertür.

»Er wirkt verängstigt«, bemerkte der Inspektor, zog sich zurück und ließ Marta Bonazzoli ebenfalls einen Blick in den Wagen werfen.

»Vielleicht war er es ja«, sagte Marta.

Spanò zog Handschuhe an und öffnete die Hintertür. Auf dem Sitz, der zur Hälfte mit einem beigefarbenen Mantel bedeckt war, lag ein Rollkoffer mit halb geöffnetem Reißverschluss.

Als er danach griff, klingelte das Telefon in seiner Tasche. Es war Vicequestore Vanina Guarrasi.

»Boss.«

»Und, Spanò, was gibt's?«

»Männliche Leiche, um die siebzig. Sieht aus, als hätte man ihm ins Herz geschossen.«

»Wer hat den Toten gefunden?«

»Wie der Kollege vom Grenzschutz berichtet, wurde er von einem Mann und einer Frau entdeckt, die gerade gelandet und unterwegs zum Auto auf dem Parkplatz waren«, sagte er und sah sich um. »Bisher habe ich sie aber noch nicht gesehen.«

»Was sagt der Gerichtsmediziner?«

»Er ist auf dem Weg. Ihr Freund Dottore Calì kommt.«

»Das ist gut. Ich denke, das Team ist gut aufgestellt.«

Marta Bonazzoli tippte ihrem Kollegen auf die Schulter und deutete auf eine Gruppe von Neuankömmlingen.

»Boss, sagen Sie das nicht zu laut!«, antwortete Spanò.

»Warum?«, fragte Vanina beunruhigt.

Der Inspektor beschränkte sich darauf, sein Handy so zu kippen, dass das Mikrofon nach außen zeigte.

Der stellvertretende Leiter der Spurensicherung Cesare Manenti rückte mit großem Klamauk an der Spitze eines in Schutzanzügen vermummten Teams an und blieb ehrfurchtsvoll vor Staatsanwalt Terrasini stehen.

»Haben Sie gehört?«, fragte Spanò und hielt das Handy wieder ans Ohr.

Giovanna Guarrasi schnaubte hörbar. Unverwechselbar. »Verdammter Mist!«

Sie hatte es gehört. Und in Anbetracht der geringen Sympathie, die sie für den Kollegen von der Spurensicherung empfand, hörte Carmelo Spanò förmlich, wie sie in allen Sprachen fluchte.

Er beeilte sich, den Rollkoffer ganz zu öffnen, bevor er ihn an die Spurensicherung übergeben musste, die sich im Eiltempo näherte. Marta hielt den Beamten auf, damit Spanò rasch den Inhalt des Koffers überprüfen konnte.

Vanina war immer noch am anderen Ende der Leitung. »Spanò? Wo sind Sie?«

»Ich bin hier, Dottoressa. Entschuldigen Sie mich für einen Moment, ich werfe nur kurz einen Blick in den Koffer, bevor sie ihn konfiszieren.«

»Was enthält er?«

»Kleidung. Durchwühlt, als wäre der Koffer auf dem Sitz ausgeleert und dann wieder gefüllt worden. Ein Hemd, ein paar Baumwollboxershorts, ein durchsichtiger Beutel mit Cremes und einem Rasierapparat. Eine Krawatte und natürlich das entsprechende Einstecktuch. Der Kerl war wohl ziemlich eitel.«

»Hat der Koffer keine Seitentaschen?«

»Die sind offen und leer.«

»Dokumente? Handy?«

»Bisher nicht. Mal sehen, was die Spurensicherung zutage fördert.«

»Ja, mal sehen. Ist Capo Pappalardo überhaupt da?«, fragte Vanina.

Spanò drehte sich um, um nachzusehen.

»Ich glaube nicht.«

Vanina fluchte vor sich hin.

»Wie kann man nur so ein Mistkerl sein?«, platzte es aus ihr heraus. »Es muss ihn wahnsinnig ärgern, dass jemand in seinem Team besser ist als er selbst.«

Es war die übliche Geschichte. Je mehr sie das Täubchen

Pappalardo zu schätzen wusste, desto öfter schloss Manenti ihn absichtlich aus. Vor allem, weil jeden Moment ein neuer Abteilungsleiter eintreffen und ihm seinen Posten als Leiter der Spurensicherung streitig machen konnte. Denn es gab Gerüchte, er sei sogar jemand mit Eiern, ein guter Freund von Vanina Guarrasi. Schlimmer konnte es für den Niemand Cesare Manenti nicht kommen.

Das dachte Vanina, als sie das Telefonat mit Spanò beendete und in ihren Wagen stieg. Sie hatte sich von ihren Kollegen in Palermo verabschiedet, die nicht mehr versucht hatten, sie zurückzuhalten, wie sie es noch am Anfang getan hatten. Die Jagd nach dem Flüchtigen ging sie nichts mehr an, und für nichts auf der Welt wäre sie in Palermo geblieben, nicht einmal vorübergehend. Solche Operationen konnten ewig dauern. Noch bis vor wenigen Jahren hätte sie sich kopfüber in solche Unternehmungen gestürzt, aber jetzt hatte sie keine Lust mehr dazu. Vanina wusste sehr wohl, dass es keine gute Idee gewesen wäre, sich in die vorderste Reihe zu stellen, selbst wenn sie die Kraft dazu gehabt hätte. So wie es keine gute Idee gewesen wäre, dem letzten Überlebenden der Cosa Nostra gegenüberzustehen, der vor über fünfundzwanzig Jahren ihren Vater, Inspektor Giovanni Guarrasi, vor den Augen seiner entsetzten vierzehnjährigen Tochter ermordet hatte, die damals schwor, dass er damit nicht davonkommen würde.

Wenn sie schon bei der Verhaftung der anderen drei mit sich hatte kämpfen müssen, um sie nicht schon vor dem Anlegen der Handschellen zu töten, wollte sie sich gar nicht ausmalen, wie ihr das Blut zu Kopf gestiegen wäre, wenn sie dem Boss des Clans gegenübergestanden hätte. Nur sie wusste, dass so ein Morast nicht ohne einen bestimmten Grund und vor allem nicht ohne die prompte Reaktion innerhalb des Clans hätte beseitigt werden können. Aber sie wusste auch, dass ihre Stimme nicht ungehört geblieben war und dass einer – vielleicht sogar mehr als einer – immer wieder überprüft hatte, ob ihre Zweifel begründet waren. Vor allem ihnen war sie zu großem Dank verpflichtet: Angelo Manzo, dem vertrauenswürdigsten ihrer Männer in Palermo, der niemals die Hoffnung aufgegeben hatte; und Corrado Ortès, der in den vergangenen vier Jahren die Operation *Catturandi* geleitet hatte.

Und am Ende er. Immer wieder er. Der Staatsanwalt Paolo Malfitano. Der in Sizilien meistbedrohte und -verabscheute Staatsanwalt, und nicht nur das. Der einzige Mann, den sie jemals wirklich geliebt und vor dem sie in der Überzeugung weggelaufen war, dass sie Frieden finden würde, wenn sie ihn, Palermo und die Anti-Mafia-Einheit verlassen würde. Doch so war es natürlich nicht gekommen, zumindest nicht gänzlich. Vor allem in letzter Zeit, da das über vier Jahre der Entfernung geschaffene Gleichgewicht gestört und die Vergangenheit in ihr Leben zurückgekehrt zu sein schien.

Sie musste Paolo sagen, dass sie nach Catania zurückkehren würde, hatte aber keine Lust, dies am Telefon zu tun. Sie blickte auf die Uhr: Um diese Zeit musste er im Büro sein.

Vanina zündete sich eine Gauloise an und fuhr los. Sie verließ den Innenhof des Polizeipräsidiums und fuhr auf die Piazza della Vittoria hinaus. Sie nahm die Via Vittorio Emanuele und bog dann ab, ließ die Kathedrale rechts liegen und fuhr durch das Viertel – oder besser gesagt den Bezirk – Monte di Pietà. Sie drehte gerade eine Runde um den Platz, um in die Tiefgarage des Gerichtsgebäudes zu fahren, als ihr Handy mit der Nummer klingelte, die sie inzwischen auswendig konnte, die sie aber nicht auf ihrem Handy speichern wollte. Als wäre das eine Garantie für ihre Vergänglichkeit gewesen.

Sie schaltete die Freisprechanlage ein.

»Ciao, Paolo.«

»Du bist doch nicht etwa losgefahren, ohne dich von mir zu verabschieden, oder?«

Sie hätte gern erfahren, wer der Spion war, der ihn in Echtzeit über alle ihre Bewegungen informiert hatte. Sie hatte so einen Verdacht.

»Und, was hast du Angelo Manzo versprochen? Kaum sagt man ihm etwas, trägt er es auch schon weiter.« Sie warf die Worte einfach in den Raum und traf damit den Nagel auf den Kopf.

Paolo lachte. »Jetzt sei nicht gleich sauer! Ich habe einen Verbündeten gefunden. Angelo liebt dich, das weißt du doch.«

Sie wusste es. Und sie wusste auch, dass der frischbeförderte Vizeinspektor alles dafür getan hätte, sie beim Mobilen Einsatzkommando in Palermo wiederzusehen. Paolo Malfitanos Unterstützung war ihm vermutlich als gute Strategie erschienen.

»Wie dem auch sei, nein, ich bin noch nicht weg. Ich bin gerade auf dem Weg in die Staatsanwaltschaft, um Hallo zu sagen.«

»Wie nett. Ein kurzes Hallo, in meinem Büro, vielleicht mit einem Polizisten neben mir, der auf mich aufpasst.« Der Ton in seiner Stimme klang sarkastisch und verbittert.

»Besser ein Polizist. Du weißt schon.«

Den Worten folgte ein längeres Schweigen.

»Nun ja, du hast recht. Wir sollten die Sache nicht bagatellisieren. Trotzdem ändert sich nichts daran.«

Vanina ging nicht auf die Provokation ein.

»Ich komme gleich, lass mich nur noch kurz parken.«

»Ich bin nicht im Büro, sondern zu Hause.«

»Warum zu Hause?«, fragte Vanina alarmiert.

Malfitano kicherte. »Du machst mich wahnsinnig, Vicequestore! Du hast Todesangst, dass mir jemand etwas antun könnte. Dabei bist du die Erste, der ich das zutraue.«

Vanina kassierte den Schlag.

»Sagst du mir, was los ist?«, beharrte sie.

»Nichts, Vanina, was soll los sein? Ich habe Halsschmerzen, leichtes Fieber, und es ist absurd kalt draußen, wie im Januar. Also bleibe ich lieber zu Hause und arbeite. Ich habe einen Berg unangenehmer Schriftsachen zu stemmen.«

Er klang wütend, doch damit hatte Vanina gerechnet. Die gemeinsame Zeit unter demselben Himmel hatte keinem von beiden gutgetan. Ihr nicht, weil die Häufigkeit der mit ihm verbrachten Stunden – und Nächte – ihr bestätigt hatte, wie unbedingt sie aus Palermo verschwinden musste. Und ihm nicht, weil die kurze Annäherung die Hoffnung in ihm gestärkt hatte, dass er sich wieder einen Platz an ihrer Seite erobern konnte.

Eine Glut, die wieder entflammt war.

»Ich komme bei dir vorbei«, schloss Vanina.

Marta Bonazzoli war von Dottoressa Lella Canton praktisch in Beschlag genommen worden. Sobald die Pharmareferentin den Dialekt der Polizistin aus Brescia hörte, klammerte sie sich an sie wie eine Schiffbrüchige an einen Felsen. Nach und nach hatte sie sich von ihrer Ohnmacht erholt, nachdem sie die Leiche entdeckt hatte. Nun saß sie im Büro der Flughafenpolizei neben ihrem Kollegen Antonino Falsaperla, der immer wieder ängstlich auf seine Uhr linste und sichtlich besorgt über die Verzögerungen in seinem Zeitplan war.

Spanò nahm vor den beiden Platz und stellte Dottoressa Canton einige Fragen.

»Ein erschreckender Anblick, Ispettore! Ein Mann mit einem Loch in der Brust … das wünsche ich keinem«, stieß sie hervor, sah sich um und hoffte auf Marta Bonazzolis tröstende Blicke.

»Das kann ich mir vorstellen, Signora«, erwiderte Spanò und versuchte, ihr Mut zu machen. »Aber erzählen Sie mir so detailliert wie möglich, was Sie gesehen haben!«

»Das Auto stand dort mit eingeschalteten Scheinwerfern und versperrte praktisch die Fahrbahn. Während mein Kollege Antonino die Koffer verstaute, trat ich an die Fahrertür und wollte den Fahrer bitten, zur Seite zu fahren, damit wir den Parkplatz verlassen konnten. Da sah ich ihn mit dem Rücken ans Fenster gelehnt. Als er mich nicht bemerkte, ging ich zur Beifahrerseite. Ab da verschwamm mir alles vor Augen, das Loch in seiner Brust, Ispettore. Wer könnte das vergessen?«

»Die Scheinwerfer waren also an.«

»Ja, ja. Sehr hell.« Sie beugte sich über den Schreibtisch nach vorn. Dann senkte sie die Stimme. »Wenn ich fragen darf ... glauben Sie, es handelt sich um ein Verbrechen ... um die Mafia?« Allein bei der Erwähnung der kriminellen Vereinigung erblasste sie.

»Du hast dich förmlich darauf versteift, Lella! Warum muss es denn ausgerechnet ein Mafiamord sein?«, schaltete sich Falsaperla ein.

Dottoressa Canton sah ihn an, ohne ihm zu antworten, doch ihrem Gesichtsausdruck war abzulesen, was sie dachte: *Wir sind hier auf Sizilien. Und auf Sizilien gibt es die Mafia.*

»Für Spekulationen ist es noch etwas zu früh, Signora«, antwortete Spanò.

»Entschuldigen Sie, aber ich möchte in keine gefährlichen Aktionen verwickelt werden.«

»Wie meinen Sie das?«, fragte Marta.

»Sie wissen ja, wie das ist. Wenn diese Typen denken, dass man zu viel gesehen hat, bekommt man Ärger.«

Falsaperla sah sie an, als käme sie vom Mars.

»Machen Sie sich keine Sorgen, Signora, glauben Sie mir!«, beruhigte Marta sie.

Spanò nickte, ernster, als er es hätte tun sollen, um seine Belustigung zu verbergen. »Schade, dass Vicequestore Guarrasi nicht dabei war!«

»Erinnern Sie sich noch an weitere Details?«, fragte Marta Bonazzoli. Dottoressa Canton schüttelte den Kopf.

Spanò wandte sich an Falsaperla: »Und Sie? Erinnern Sie sich zufällig, ob Sie auf dem Weg zum Auto eine Person zu Fuß gesehen haben? Eventuell im Vorbeigehen?«

»Wie soll ich das sagen, Ispettore? Um diese Zeit kommen viele Menschen auf den Parkplatz. Ehrlich gesagt, habe ich es nicht einmal bemerkt. Gibt es dort denn keine Überwachungskameras?«

Wieder so ein Fan von Überwachungskameras.

»Wir überprüfen das«, schaltete sich der Inspektor ein.

Er hatte Lo Faro bereits losgeschickt, um sich der Sache anzunehmen, während Fragapane den Tatort überwachte, sich bei Manenti einschleimte und auf den Gerichtsmediziner wartete.

»Also gut. Sie können jetzt gehen. Aber bitte hinterlassen Sie Ihre Kontaktdaten bei Ispettore Bonazzoli. Dottoressa Guarrasi will Sie wahrscheinlich in den nächsten Tagen treffen«, sagte er und stand auf.

»Ach, sie ist also für diesen Fall zuständig!«, rief Falsaperla und wirkte ziemlich zufrieden.

Die beiden Polizisten musterten ihn verwirrt.

»Sie leitet die Abteilung«, erklärte Spanò im Tonfall eines Grundschullehrers.

»Ja, ja, natürlich«, stimmte Antonino zu und rieb sich die Hände. »Wer hätte gedacht, dass ich sie einmal persönlich treffen würde!«

Allmählich verlor Marta die Geduld. Diese Frau schien der Prototyp der Norditalienerin aus dem letzten Jahrhundert zu sein. Ihr Begleiter hingegen, der anfangs noch gleichgültig gewirkt hatte, schien geradezu begeistert, dass er einen Toten gefunden hatte. Das ermöglichte ihm, Vanina kennenzulernen. Als wäre sie ein Rockstar, den er um ein Autogramm bitten wollte.

Vielleicht war es an der Zeit, die Dinge wieder zurechtzurücken.

»Signor Falsaperla, darf ich Ihnen einen Rat geben?«

»Gern, worum geht's?«

»Hoffen Sie lieber, dass Vicequestore Guarrasi Sie nicht sehen will«, bluffte sie.

Dem brauchte sie nichts weiter hinzuzufügen.

Der Mann starrte sie wie versteinert an, sein Ausdruck sprach für sich.

Vanina hatte zwei Zigaretten geraucht, während sie dreimal um den Block fuhr und darauf achtete, die Verkehrsbeschränkungszone zu umfahren und alle Straßen nach einer Lücke zu durchsuchen, in der sie ihren Mini parken konnte. Schließlich gab sie entnervt auf, bog in die Via Cavour ein und steuerte die Tiefgarage an, die unter dem Wohnhaus ihrer Mutter lag.

Sie stellte das Auto auf Federico Calderaros Parkplatz ab, des Ehemannes ihrer Mutter, der um diese Zeit bestimmt an einem OP-Tisch stand. Und selbst wenn er zurückgekehrt wäre ...

Während Vanina die etwa sechshundert Meter bis zu Paolo Malfitanos Haus zurücklegte, sah sie Federico Calderaros glückliches Gesicht vor sich, wenn er den weißen Mini entdeckt hätte, der friedlich auf dem Platz seines Jaguars parkte. Er hätte es als Sieg gewertet. Eine kleine Genugtuung im Ge-

gensatz zu den Enttäuschungen, die ihm seine geliebte Stief-tochter in den vergangenen dreiundzwanzig Jahren beschert hatte. Ein Schritt nach vorn in seinem Bemühen, sie endlich davon zu überzeugen, dass seine ganzen Besitztümer auch ihr gehörten. Im gleichen Maß, wie sie Constance gehörten, der Tochter, die er mit Vaninas Mutter noch bekommen hatte.

Vanina hätte es niemals zugegeben, doch der Wunsch, Paolo Malfitano zu sehen, nagte an ihr. Aber das war nichts Neues. Die Tage vergingen, um den richtigen Abstand zu ihm aufzubauen, und dann, ganz plötzlich ... *zack!* Ein Anruf, einige Worte, und der diabolische Mechanismus ging von vorn los.

Nach der Trennung von seiner Frau, die er nur zwei Jahre zuvor geheiratet und mit der er eine Tochter hatte, war Paolo in die alte Wohnung in der Via Mariano Stabile zurückgekehrt, die er und Vanina so lange geteilt und in der sie ihn ohne jede Erklärung verlassen hatte. Danach hatte es sie nach Mailand verschlagen, um ihm möglichst fern zu sein. Zwei absurde Jahre, fern der Realität, hatte sie dort verbracht. Dann war sie nach Sizilien zurückgekehrt und hatte sich in Catania niedergelassen.

Logischerweise hätte es ihr gefallen müssen, dass er in ihre alte Wohnung zurückgekehrt war, jetzt, da sie einander wieder nähergekommen waren.

Stattdessen quälte es sie.

Immer wenn Vanina die wenigen Meter auf diesem Bürgersteig entlangging, legte sich ein Felsbrocken auf ihre Brust und schnitt ihr die Luft ab. Jedes Mal, wenn ihr Blick auf den gegenüberliegenden Tunnel fiel, hatte sie das Gefühl, jeden einzelnen Augenblick noch einmal zu durchleben. Die beiden Dreckskerle vor sich zu sehen, die überraschend vor ihnen aufgetaucht waren und einen von Paolo Malfitanos Begleitern niederschossen, während die anderen sich schützend vor Paolo stellten. Trotzdem traf ihn eine Kugel und durchbohrte ihm den Oberschenkel. Das alles war in einem einzigen Augenblick passiert ... der richtige Ort zur richtigen Zeit. Ohne sich dessen bewusst zu sein, hatte sie plötzlich ihre Dienstwaffe in der Hand gehalten und geschossen. Sie hatte so lange gefeuerte, bis sie sicher war, dass Paolos Angreifer ausgeschaltet waren und sich keine weiteren Personen in der Nähe befanden. Eine Minute mehr hätte gereicht, die Zeit, um am Briefkasten stehen zu bleiben, eine Zigarette anzuzünden, einen Schuh zuzubinden. Wäre sie nicht dort gewesen, hätte sie in diesem Moment nicht die Tür geöffnet, wären von Paolo und seinen Begleitern nur ein Grabstein geblieben. Einer von vielen, mit denen Palermo übersät war

Und der zweite in ihrem Leben.

Und sie hätte nicht mehr die Kraft gehabt, sich dem auch noch zu stellen. So war es, und so würde es immer sein. Sinnlos, sich etwas vorzumachen.

3

Seit dem Verlassen von Paolos Haus hatte sie sich nur noch abgehetzt. Sie war nach Hause geeilt, hatte eilig alles zusammengepackt, obwohl ihre Mutter und ihre Stiefschwester ihr im Weg standen. Sie wollten unbedingt noch mit ihr zu Mittag essen. Die Mutter, Signora Marianna, konnte einfach nicht hinnehmen, dass keine ihrer Bemühungen ihre älteste Tochter zur Rückkehr nach Palermo bewegen konnte. Nicht einmal der Versuch, Paolo Malfitano zu Federicos Party einzuladen, hatte dazu beigetragen, Vanina nach Palermo zurückzulocken. Ihr wurde nicht einmal die Zeit gewährt – und davon brauchte sie wirklich wenig –, sich wieder an ihre Anwesenheit zu gewöhnen, da reiste sie auch schon wieder in demselben Eiltempo ab, mit dem sie vor einigen Wochen plötzlich ins Haus gestürmt war.

Als Adriano Calì sie anrief, war sie bereits auf halber Strecke zwischen Palermo und Catania.

»Vanina, wo steckst du?«, fragte der Gerichtsmediziner.

»Ich halte gleich an der Raststation von Enna.«

»Ach, da erwische ich dich wohl immer!«

Vanina lachte. »Das ist wahr. Jedes Mal, wenn ich hier pausiere, rufst du mich an und störst mich bei meinem Espresso.« Das letzte Mal hatte er sie angerufen, als sie ein paar Monate zuvor nach Palermo gefahren war, um im Gefängnis Ucciardone einen Mafiaaussteiger zu vernehmen. Da hatte sie Paolo Malfitano nach Jahren zum ersten Mal zufällig wiedergesehen.

»Eine Kaffeepause? Wie ich dich kenne, trinkst du mindestens einen Cappuccino, isst einen Nutellamuffin und rauchst eine Zigarette. Und du steigst erst wieder ins Auto, wenn du dich mit Schokolade für die ganze Woche eingedeckt hast«, hörte sie ihn kichern.

»Adriano Calì, weißt du, was du mich mal kannst?«

»Sei doch nicht so empfindlich!«

»Verrätst du mir, warum du mich anrufst?«

»Du hast recht. Ich rufe dich an, um dich über die Männerleiche am Flughafen zu informieren. Ich habe Spanò bereits alles erzählt, würde dir aber gern persönlich meine ersten Eindrücke schildern.«

»Und?«

»Er ist heute Morgen gegen sieben Uhr gestorben. Schusswunde ins Herz, wahrscheinlich von rechts.«

»Was heißt das?«

»Dass der Angreifer höchstwahrscheinlich auf dem Beifahrersitz saß.«

»Woran ist das zu erkennen?«

»Natürlich kann ich mir bis zur Obduktion noch kein genaues Bild machen. Aber aufgrund der Tatsache, dass die Leiche in einer ruhenden Position lag, und nach einer ersten Untersuchung der Einschusswunde scheint die Kugel schräg eingedrungen und von rechts abgefeuert worden zu sein.«

»Wann wirst du mit der Obduktion anfangen?«

»Heute Nachmittag.«

»Sehr zuvorkommend.«

»Du weißt ja, dass deine Leichen Sonderstatus genießen. In meiner Klinik gibt es keine Warteliste für sie.«

»Du bist ein wahrer Freund, danke.«

»Je schneller ich mich dranmache, desto schneller bringe

ich es hinter mich. Denn deine Leichen, liebe Vaninuzza, sind immer …«

»Das nervt, ich weiß«, unterbrach ihn Vanina und nahm ihm die Erklärung vorweg. »Du sagst jetzt besser nichts. Beinahe hattest du mich so weit, dass ich dachte, du tätest mir einen Gefallen damit. Aber wenn wir so weitermachen, dann willst du nicht mehr mit mir arbeiten.«

»Das stimmt nicht! Aber du musst zugeben, dass du mir in letzter Zeit Patienten verschafft hast, die ich in meiner fünfzigjährigen Karriere nie gesehen hätte. Zuerst die mumifizierte Leiche, die ein halbes Jahrhundert lang in einem Aufzugschacht gelegen hatte … Dann … Egal, wenn jemand dazu berufen ist, schwere Fälle zu lösen, bekommt er auch immer schwere Fälle. Das ist bei Ärzten nicht anders.«

»Ja, aber Ärzte werden – abgesehen von solchen wie du – von ihren Patienten freiwillig gewählt. Assistenten der Kriminalpolizei hingegen bekommen ihre Fälle durch Zufall.«

»Bist du da sicher?«, fragte der Gerichtsmediziner.

Vanina dachte einen Moment lang nach und erinnerte sich an den letzten Fall. An eine Mädchenleiche, die im Meer verschwunden war. Diesen Fall hatte sie nicht übernommen, weil jemand unbedingt sie dafür angefordert hatte.

»Nein, ich bin mir nicht sicher. Aber auf diesen Fall trifft es zu.«

»Das würde ich nicht behaupten.«

»Warum nicht?«

»Weil du nur nach Palermo zurückkommst, um ihn zu übernehmen.«

»Adriano, du nervst.«

Während Vanina mit dem Arzt telefonierte, griff sie ohne Nachdenken nach allem, was irgendwie Zucker enthielt, und machte dabei jeden Vorsatz zum Gewichtsverlust zunichte. Das waren Kekse, Waffeln, Gebäck und Schokolade in allen Variationen und mit den verschiedensten Kakaoanteilen, die es gab. Sie sortierte aus, was sie brauchte und wonach sie geistesabwesend gegriffen hatte. Was blieb, waren eine Tafel Schokolade und eine Packung mit Schokokeksen, die sie sonst nirgends gekauft hätte.

Sie ging zur Kasse und bezahlte. Dann fügte sie einen Cappuccino und einen Nutellamuffin hinzu. So viel zu Adriano und seiner Ironie. Es gab ohnehin keine Zeugen.

Sie genoss ihren köstlichen Imbiss und machte sich frisch gestärkt wieder auf den Weg.

Eine Stunde später war sie in Catania.

Sie fand einen Parkplatz auf der Piazza Pietro Lupo, dicht vor dem grünen Gittertor mit der blauen Aufschrift *Questura di Catania – Squadra Mobile*.

Und fast kamen ihr die Tränen. Wie sehr hatte sie diesen Ort vermisst! Ihr als gebürtiger Palermitanerin fiel es schwer, das zuzugeben, doch die Luft in Catania wirkte sich auf ihre Stimmung besser aus als ein Antidepressivum. Ein paar Tage länger in Palermo, und sie hätte wirklich eine Tablette gebraucht.

In dem Raum, den die beiden Dienstältesten – Spanò und Fragapane – *Jungszimmer* nannten, hatte sich die gesamte Abteilung für Straftaten gegen Leib und Leben versammelt, um auf ihren Boss zu warten. Die vier, die gerade vom Flughafen zurückgekehrt waren, informierten Nunnari, der als Einziger im Büro geblieben war, über alles, was sie über den jüngsten Mord in Erfahrung gebracht hatten.

Vanina betrat den Gang, als Dottore Tito Macchia gerade sein Büro verließ.

»Spanò, wann kommt Dottoressa Guarrasi zurück?«, fragte er mit voller Stimme.

»Hallo, Chef!«, antwortete Vanina.

Tito Macchia begrüßte sie mit einem Lächeln. Sein dunkler Bart wirkte gepflegter als sonst, und wie immer klemmte eine Zigarre unangezündet zwischen seinen Lippen. Er wirkte so stattlich wie Gulliver, der in Lilliput gelandet war.

»Willkommen zurück.«

»Danke.«

Vanina betrat ihr Büro und öffnete sofort die Fensterläden.

Macchia folgte ihr. »Es tut mir leid, dass der Flüchtige nicht zu fassen war. Ich weiß, wie sehr du dich bemühst, vielleicht mehr als jeder der Kollegen in Palermo.«

Vanina hob die Hände zum Stoppzeichen und setzte sich hinter ihren Schreibtisch.

»Danke, Tito. Es tut mir auch leid, aber ich möchte lieber nicht darüber sprechen. Ich würde jetzt gern wieder ins wirkliche Leben zurückkehren.«

Macchia nickte.

»Hast du von der Leiche am Flughafen gehört?«, fragte er.

»Ja, ich habe den ganzen Morgen mit Spanò telefoniert.«

»Wie es aussieht, wird das kein leichter Fall.«

»Weiß man inzwischen, wer der Mann ist? Oder besser gesagt, wer er war?«

»Über die Autopapiere im Wagen konnte man ihn identifizieren. Er ist Ausländer mit spanischem Namen, an den ich mich nicht mehr erinnere. Marta hat es mir am Telefon erzählt, während ich in einer Sitzung mit der Abteilung für organisiertes Verbrechen saß. Ich hatte noch keine Zeit, mehr herauszufinden.«

Innerhalb einer halben Minute setzte sich eine Prozession aus dem *Jungszimmer* in Bewegung.

Spanò und Marta gingen auf Vanina zu, gefolgt von Nunnari und schließlich Fragapane, dem Lo Faro an den Fersen klebte. Marta Bonazzoli küsste Vanina und umarmte sie.

»Nun, meine Täubchen, was wollt ihr mir sagen?«, fragte Vanina, lehnte sich zurück und zog an ihrer Zigarette. Macchia, der auf einem Stuhl vor ihr Platz genommen hatte, hob die Brauen.

»Tito, warum zündest du deine Zigarre nicht auch an?«, schlug sie vor.

Tito Macchia gab es auf. Er zündete sich seine Zigarre an, bat aber Lo Faro, die Fenster zum Balkon zu öffnen.

»Ich möchte darauf aufmerksam machen, dass es draußen kalt geworden ist«, gab Vanina zu bedenken.

»Jetzt verlangst du zu viel, Guarrà.«

Wenn bei Macchia der neapolitanische Akzent durchkam, bedeutete dies das Ende der Diskussion.

Spanò berichtete über den Vormittag. »Also, Dottoressa Guarrasi … der Name des Toten lautet Esteban Torres, geboren am 3. Februar 1942 in Havanna.« Er reichte ihr das Handy mit den Fotos, die er gemacht hatte. Vanina vergrößerte das Bild und zoomte auf das Gesicht des toten Mannes. Anthony Quinn in der Rolle des Tiburon Mendez in dem Film *Eine gefährliche Affäre.* Wer wusste es schon … vielleicht war der Mann ebenfalls von seiner Frau betrogen worden und hatte sie verstümmelt und sterbend in einem Kloster zurückgelassen.

»Spanò, fahren Sie fort!«

»Doppelte Staatsbürgerschaft, amerikanisch und italienisch, Wohnsitz in der Schweiz. In Ascona, um genau zu sein. Verheiratet mit einer Italienerin, keine Kinder. Der Mercedes, in dem er getötet wurde, gehörte ihm. Er wohnte ein paar Tage im *Palace Hotel,* dann checkte er aus, und von diesem Moment an verliert sich jede Spur. Bis heute Morgen, als er um 8:30 Uhr den Flug nach Mailand Malpensa nehmen will. Zudem hatte er für den übernächsten Tag einen Rückflug von Malpensa nach Catania gebucht. So viel haben wir bis jetzt herausgefunden.«

»Kuba, die Vereinigten Staaten, die Schweiz … Vanina, ich habe dir doch gesagt, dass mir dieser Mord alles andere als einfach erscheint«, schloss der Big Boss, in eine Rauchwolke gehüllt, die seine Toscanozigarre produzierte.

»Haben wir sein Handy gefunden?«, fragte Vanina.

»Leider nicht«, antwortete Spanò. »Sowohl das Handy als auch Unterlagen sind verschwunden. Und vielleicht der Laptop, der in einer Seitentasche des Trolleys gesteckt haben muss. Jemand von der Spurensicherung meinte, dass es Abdrücke davon gibt.«

»Nach Angaben des Gerichtsmediziners Calì soll der Tod gegen sieben Uhr heute Morgen eingetreten sein«, erklärte Vanina. »Gibt es Zeugen, die sich zu dieser Zeit auf dem Parkplatz aufhielten?«

»Ziemlich viele, soweit man sie als Zeugen bezeichnen kann. Die meisten waren in Eile und achteten nicht darauf, was auf dem Parkplatz geschah.«

»Es fielen Schüsse. Jemand muss die Schüsse gehört haben, es sei denn, die Waffe war mit einem Schalldämpfer versehen. Kameras?« Lo Faro trat hervor, so eingeschüchtert, wie ihm das bei keinem anderen passierte, nicht einmal beim Big Boss.

»Ich habe das gesamte Filmmaterial beschlagnahmt, Dottoressa.«

»Und, haben Sie es sich angesehen?«

»Noch nicht …«

Vanina wandte sich an Nunnari, der sich besser mit Filmaufnahmen auskannte. »Nunnari, gehen Sie ihm zur Hand. Vier Augen sehen mehr als zwei.«

Wie Vanina bemerkte, wirkte Lo Faro enttäuscht.

»Es ist nicht so, dass ich Ihnen nicht vertraue, Lo Faro, glauben Sie mir. Aber es ist besser, wenn zwei Personen diese Aufgabe übernehmen.« In Wirklichkeit vertraute sie ihm tatsächlich nicht.

Macchias Anwesenheit bewahrte Nunnari davor, sich mit zwei Fingern an die Stirn zu tippen, um das zu vermeiden, was Vanina als *Marines-Syndrom* bezeichnete, das auf seine Liebe zu einem amerikanischen Film zurückzuführen war, dessen Protagonist ein Soldat, ein Fähnrich oder Ähnliches war. In letzter Zeit trug er sogar T-Shirts mit Tarnmuster. Die auf seinem feisten Körper alles andere als gut aussahen.

»Aye-aye, Sir …«, entwich es ihm.

»Was für Aye-aye, Sir?«, lachte Tito Macchia.

Vanina machte es kurz.

»Was ist mit den beiden, die die Leiche gefunden haben?« Spanò musterte Marta Bonazzoli, die über Signora Lella Canton inzwischen sogar private Details wusste.

Marta berichtete, was die Frau erzählt hatte, einschließlich ihrer Ohnmachtsanfälle.

»Die Autoscheinwerfer waren also um acht Uhr noch so hell, dass sie die Frau blendeten. Das stützt die Hypothese der von Calì angegebenen Uhrzeit«, so Vanina.

Der Big Boss erhob sich von seinem Stuhl.

»In Ordnung, halten Sie mich auf dem Laufenden«, bat er, bevor er in sein Büro zurückkehrte.

Vanina achtete auf Martas Gesichtsausdruck, um zu sehen, ob sich in ihrer Abwesenheit irgendetwas verändert hatte. Doch die Gleichgültigkeit, mit der Ispettore Marta Bonazzoli Macchias Aussage begegnete, zeigte, dass die beiden ihre Beziehung nicht öffentlich gemacht hatten, wie es sich der Big Boss gewünscht hätte.

Vanina stützte sich mit den Ellbogen auf den Schreibtisch und sagte: »Also, Jungs, findet mehr über Torres heraus! Aktivitäten, Besitz, persönliche Kontakte. Besorgen wir uns seine Telefonnummer, wenn es eine italienische Nummer war, und analysieren seine letzten Bewegungen. Wir müssen herausfinden, was dieser Mann in Catania wollte.«

»Soll ich das amerikanische Konsulat verständigen, Dottoressa?«, fragte Spanò. Der Tote war auch US-Staatsbürger, sodass das Konsulat über den Mord informiert werden musste.

»Nein. Darum soll sich Fragapane kümmern. Sie kommen mit mir ins *Hotel Palace*. Mal sehen, ob wir irgendetwas herausfinden«, antwortete sie, stand auf und holte ihre Jacke. Zigaretten und iPhone steckte sie in ihre Tasche und zog das Holster fest, das sich gelöst hatte. »Marta, du machst Torres' Frau ausfindig. Nachdem sie Italienerin ist, solltest du keine Schwierigkeiten haben.« Sie trat in den Gang hinaus. Spanò folgte ihr.

Sie war gerade erst angekommen und schon wieder auf Achse. Und in Eile, so wie sie es mochte. Der Gerichtsmediziner hatte recht. Ein Fall musste dieses *räudige* Ambiente haben, damit er sie begeisterte und sie ihn als *ihren* Fall bezeichnete, und er musste sie tagelang beschäftigen, bis sie ihn vollständig gelöst hatte. Der Mord an Esteban Torres fing vielversprechend an.

Baldassare Culicchia, der Hoteldirektor, hatte ihnen einen Platz in einer abgelegenen Lounge zugewiesen und Wasser bestellt. Für sich selbst, statt es ihnen anzubieten. Nach seinem zweiten Versuch, sich zu widersetzen, hatte ihm Vanina unmissverständlich mitgeteilt, dass Esteban Torres ermordet worden war. Danach hatte sich Culicchia sichtlich schockiert gezeigt. Ja wie? Warum?

»Signor Torres war ein guter Kunde. Nach allem, was ich hörte, war er sehr großzügig.«

»Kam er oft?«, fragte Vanina.

»Drei- oder viermal im Jahr. Er blieb meistens einige Tage und reiste dann wieder ab. Ich glaube, er hatte immer geschäftlich in Catania zu tun.«

»Und dieses Mal?«

»Auch dieses Mal verhielt er sich wie immer. Er kam an, blieb drei Tage und reiste ab. Aber jetzt, da ich darüber nachdenke, verhielt er sich etwas anders als sonst.«

»Wie das?«

»Er checkte nachts ein, sodass ich ihn nicht sah. Als ich morgens an ihm vorbeiging, grüßte er kaum. Irgendwie schien er abwesend zu sein«, erklärte der Hoteldirektor und schüttelte den Kopf. »Nein, abwesend ist nicht das richtige Wort. Vielmals war er offenbar mit sich selbst beschäftigt.«

»Und haben Sie an den folgenden Tagen weitere Auffälligkeiten festgestellt?«

»Nun, eigentlich nicht. Er bat wie immer um einen Platz auf unserem Parkplatz. Er fuhr ein großes schwarzes Auto, das jedes Mal zehn Manöver brauchte, um es in die Garage zu fahren. Einen Mercedes.«

»War er allein?«

Culicchia verstand die Frage nicht. »Wer?«

»Torres. Reiste er immer allein an, oder war er in Begleitung? In Begleitung seiner Frau vielleicht.«

»Nein, die Dame habe ich nie gesehen. Ich weiß, dass sie in der Schweiz lebt. Signor Torres erzählte mir, dass sie sich um seine Pferdezucht kümmert.«

»Und als er hier war, hatte er da weiblichen Besuch?«

»Nun, ich weiß nicht … Meine Güte, ich habe ihn einmal in Gesellschaft gesehen, aber er hatte nie eine Frau auf dem Zimmer, wenn Sie das meinen.«

Ein Mädchen in der Uniform einer Empfangsdame gesellte

sich zu ihnen. Sie war klein, pummelig, hatte schwarzes Haar und schneeweiße Haut. Auf der Nase trug sie eine große Brille.

Der Hoteldirektor wirkte erleichtert. »Hier ist Samantha, sie weiß sicherlich mehr als ich. Ich habe nur Kenntnis durch offizielle Unterlagen. Sie hingegen sieht, was jeden Tag auf dem Flur passiert.«

Das Mädchen setzte sich dorthin, wohin Vanina deutete.

»Haben Sie Signor Torres während der drei Tage seines Aufenthalts gesehen?«, fragte Vanina.

»Ja, natürlich. Ein Kollege und ich waren anwesend, als er eincheckte. Am Ende habe ich seine Rechnung erstellt.«

»Ist Ihnen irgendetwas Seltsames aufgefallen? Neue Gesichter, fremde Menschen?«

»Nein, Dottoressa, nichts. Nicht einmal seine Freundin besuchte ihn.«

Culicchia erblasste. Und auch Samantha erstarrte plötzlich.

»Wer ist diese Freundin?«

Das Mädchen keuchte. »Das weiß ich nicht. Eine Dame, die ihn besuchte, als er bei uns zu Gast war. Beide hielten sie sich in der Lobby auf. Tranken, aßen etwas.«

»Und Sie wissen nicht, wie die Dame heißt?«

Das Mädchen zuckte mit den Achseln, wie um zu beteuern, dass sie nicht weiterhelfen könne. Vanina und Spanò starrten Signor Culicchia an, der energisch den Kopf schüttelte.

»Woher sollten wir das wissen?«, rechtfertigte er sich. »Solange die betreffende Signora nicht im Hotel eincheckte, mussten wir sie nicht aufnehmen.«

Spanò huschte ein sarkastisches Lächeln über die Lippen. Vanina verstand den Sinn zwischen den Zeilen ... als ob zwei Liebende, die nicht erwischt werden wollten, sich nicht der Registrierung im Hotel entziehen konnten. Gerade für Spanò ein sensibles Thema.

Vanina erhob sich. Im Moment hatte sie keine weiteren Fragen.

Doch bevor sie ging, stellte sie den beiden Hotelangestellten eine letzte Frage.

»Ach, das hätte ich beinahe vergessen! Hat jemand nach Signor Torres gefragt, nachdem er das Hotel verlassen hatte?«

Samantha schüttelte entschieden den Kopf. Signor Culicchia schloss sich der Geste an, und diesmal hatten weder Vanina noch Spanò den Eindruck, dass sie bluffften. Vanina versicherte, dass sie auch die beiden anderen Empfangsdamen befragen würde, die zu diesem Zeitpunkt dienstfrei hatten.

Inzwischen war es dunkel geworden. Der Dienstwagen parkte vor dem Hotel.

»Schauen Sie, Dottoressa!«, sagte Spanò und deutete auf eine Stelle unter den Arkaden.

An einer Seite türmte sich ein Stapel schmutziger Decken und vermittelte eine klare Vorstellung davon, wer diese Ecke unter den Arkaden für gewöhnlich besetzte.

»Wissen Sie, wie viele Menschen nachts hier Unterschlupf suchen?«, fragte Ispettore Spanò und fuhr los.

»Ich denke schon«, antwortete Vanina.

Immer wenn sie über das Leben am Rand der Gesellschaft nachdachte, fühlte sie sich beunruhigt. Vielleicht weil sie einmal ein Buch über einen Mann gelesen hatte, der von allen verraten und verkauft worden war und beschlossen hatte, der Welt den Rücken zu kehren. Schließlich landete er unter der Brücke. Die Lektüre hatte eine solche Bitterkeit in ihr hinterlassen, dass sie das Buch schließlich aus ihrem Bücherregal entfernte.

Vanina zündete sich eine Zigarette an und kurbelte das Fenster herunter. Dann zog sie den Reißverschluss ihrer Jacke zu und den Schal enger. Sie wusste, welche Eiseskälte sie heute auf ihrem Nachhauseweg erwartet hätte. Auf dem Land war es immer ein paar Grad kühler als in der Stadt.

»Was halten Sie von den beiden?«, fragte Spanò.

»Nun, sie schienen sich Sorgen zu machen, dass wir die fehlenden Einträge beanstanden könnten. Die wenigen Informationen, über die sie verfügten, haben sie uns gegeben. Nur der Name der Frau, die Torres besuchte, fehlt noch. Aber den werden wir beim nächsten Mal auf jeden Fall erfahren. Das heißt, wenn wir ihn nicht vorher selbst herausfinden.«

Vanina sprach die Fragen einfach laut aus, ohne ein bestimmtes Ziel im Kopf zu haben. Aus dem Stegreif. Besser gesagt, ihrer Intuition zufolge, und das war für den derzeitigen Stand völlig normal. Keiner wusste nämlich, in welche Richtung sich die Ermittlungen entwickeln würden und welcher Weg am Ende einzuschlagen wäre. In dieser Phase war es wichtig, über die Spürnase eines Jagdhunds zu verfügen und zu hoffen, keine Fehler zu machen, die zu viel Zeit kosteten. Zwölf Stunden, wie der erste Ermittlungsleiter, mit dem sie zu Beginn ihrer Laufbahn gearbeitet hatte, immer zu sagen pflegte. Was man in diesen Stunden herausfand, war Gold wert. Hinweise, die verloren gehen konnten, wenn man ihnen nicht umgehend folgte. Innerhalb von zwölf Stunden konnte ein Verbrecher seine Spuren verwischen, das Land verlassen, sich ein Alibi besorgen.

Der Mörder von Esteban Torres war in Vaninas Gedanken noch immer in dunkelsten Nebel gehüllt. Genau wie der Gipfel von Muntagna, der auf dem letzten Stück Autobahn vor ihr erschienen war.

»Der Ätna bricht nicht zufällig gerade wieder aus?«, erkundigte sie sich bei Spanò.

»Nicht dass ich wüsste.«

Vicequestore Vanina Guarrasi rauchte schweigend ihre Zigarette zu Ende. Dann zog sie ihr Handy heraus. Die üblichen drei oder vier WhatsApp-Nachrichten poppten auf ihrem Display auf und verdeckten einen Teil des Bildschirmschoners, ein Foto der Addaura, der Küste vor Palermo. Das Bild hatte sie in einem Sommer aufgenommen, der in so weiter Entfernung lag, dass sie die Erinnerung daran verloren hatte. Es musste vor sechs, sieben Jahren gewesen sein. Mit Paolo.

Vanina ignorierte die Nachrichten und rief Marta Bonazzoli an.

»Marta, konntest du Torres' Frau ausfindig machen?«

»Ja. Ihr Name ist Luisa Visconti. Sie kommt morgen früh mit dem ersten Flugzeug an. Und da ich schon mal dabei war, habe ich sie um alle Telefonnummern ihres Mannes gebeten, für den Fall, dass er auch eine Schweizer Nummer hatte.«

»Und, hatte er eine?«

»Ja, aber die hatte er zu Hause gelassen, als er nach Italien flog.«

»Wir haben also auch eine italienische Telefonnummer?«

»Ja.«

»Wir müssen alle Anrufe nachverfolgen.«

»Ja. Soll ich Staatsanwalt Terrasini um eine Genehmigung ersuchen?«

Vanina sah auf die Uhr. Es war halb sechs am Nachmittag.

»Nein, schon gut, ich kümmere mich darum. Dann sage ich ihm gleich auch noch Hallo.«

Sie legte auf und wählte sofort die Nummer des Staatsanwalts. Mit ihm würden die Ermittlungen reibungslos verlaufen und sogar Unterstützung von oben erhalten.

»Sie wissen gar nicht, wie sehr mich das ärgert, Dottoressa Guarrasi«, flüsterte Roberto Terrasini mit nasaler Stimme ins

Telefon und brachte damit seinen Unmut zum Ausdruck, dass er eine Ermittlung abbrechen musste, bevor sie überhaupt begonnen hatte. »In dem Parkhaus habe ich mich schwer erkältet.« Achtunddreißig Fieber und alle Symptome einer ausgewachsenen Grippe. Er hustete und stieß einen Seufzer aus, der jedoch bei Weitem nicht an den mächtigen Seufzer heranreichte, der Vanina entwich, als der Staatsanwalt ihr den Namen seines Nachfolgers nannte.

»Sie wissen gar nicht, wie leid mir das tut, Dottore.« Das war noch untertrieben. Allein Franco Vassallis Name bescherte ihr einen Hautausschlag. Je mehr sie die Zusammenarbeit mit ihm hasste, sein Zögern und seine Langatmigkeit, die sie gleichermaßen zur Weißglut brachten, desto öfter kreuzte er ihren Weg.

»Tut mir leid, das kann schon mal passieren. Letztes Mal war es andersherum, erinnern Sie sich? Er ging zu Boden, und ich übernahm für ihn. Dann fing er sich eine Erkältung ein, und ich musste übernehmen.« Eine Erkältung, die die Vorsehung gerade noch rechtzeitig geschickt hatte, um Vassalli vor den heikelsten Ermittlungen zu bewahren, mit denen er je konfrontiert worden wäre. Dabei waren Namen im Spiel gewesen, bei deren Erwähnung allein schon seine Hände ins Zittern geraten wären. Prominente Namen, auf die sie, Vicequestore Giovanna Guarrasi, sich ohne Rücksicht auf Verluste gestürzt hatte. Und das aus gutem Grund. Es war ziemlich klar, dass die Abneigung auf Gegenseitigkeit beruhte.

Aber so waren nun einmal die Regeln bei der Staatsanwaltschaft. Leitender Staatsanwalt bei den Ermittlungen im Mord an Esteban Torres musste Franco Vassalli sein, und Franco Vassalli würde sie führen müssen.

Vanina beendete das Gespräch mit Staatsanwalt Terrasini, gab sich geschlagen und rief Vassalli an.

Seltsamerweise leistete er keinerlei Widerstand. Ihrem Ersuchen um Genehmigung, Esteban Torres' Telefonverkehr zu überprüfen, gab er sofort und ohne Probleme statt.

Doch das war im Grunde vorhersehbar. Staatsanwalt Vassalli kam dieser Italo-Amerikaner mit kubanischen Wurzeln wohl so fern von dem vertrauten Catania vor, dass er fast bereit gewesen wäre, Guarrasi und ihrem unbändigen Drang nach einer Lösung diesmal nachzugeben.

Nunnari und Lo Faro hatten sich das Videomaterial immer wieder angesehen, aber nichts Brauchbares gefunden. Die erste Videokamera befand sich rechts von der Stelle, an der sich der Vorfall ereignet hatte, die zweite viel weiter links. Bei den Kameras an den Ein- und Ausgängen hingegen mussten sie Zeit investieren.

»Dottoressa Guarrasi, darf ich sagen, was ich denke?«, wagte Nunnari einen Vorstoß und lehnte sich an die Wand neben Vaninas Schreibtisch. Im Büro der Chefin fand gerade eine Abschlussbesprechung mit dem gesamten Team statt, an der auch Lo Faro teilnehmen durfte, was er kaum glauben konnte.

»Heraus mit der Sprache!«, verlangte Vanina.

»Meiner Meinung nach hat es keinen Sinn, diese Filme anzuschauen, wenn wir nicht wissen, nach wem wir zuerst suchen sollen.«

Damit hatte er recht.

Inzwischen hatte Fragapane das amerikanische Konsulat über das Ableben von Signor Torres informiert. Daraufhin hatte man ihm mitgeteilt, dass sich die US-amerikanische Polizei einschalten werde.

»Entschuldigen Sie, Dottoressa Guarrasi, ist Torres nicht auch italienischer Staatsbürger?«

»Das erscheint mir unbestritten.«

»Warum in aller Welt müssen wir dann die Sheriffs einschalten?«

Vanina lächelte. Die Vorstellung, die Salvatore Fragapane von der amerikanischen Polizei hatte, reichte nicht über den Blechstern an John Waynes Weste hinaus. Interpol, die internationale kriminalpolizeiliche Organisation, war ein abstrakter Begriff, mit dem er nichts anfangen konnte.

»Aber solange uns die Ermittlungen nicht über den Ozean führen, brauchen wir niemanden einzubeziehen«, versicherte sie ihm.

»Nachdem ich Zeit hatte, habe ich alle möglichen Informationen über Esteban Torres zusammengetragen«, meldete sich Marta Bonazzoli eifrig und hielt zwei Blätter in der Hand, die sie gerade ausgedruckt hatte. »Ich konnte nichts Genaues über seinen Beruf herausfinden. Irgendetwas mit Import-Export. Seinen persönlichen Besitztümern nach zu urteilen, muss er eine Menge Geld besessen haben. Eine Wohnung in Mailand, in Corso Magenta. Eine Villa in Inverigo, die er zusammen mit seiner Frau besitzt, und eine weitere auf Capri …«

»Wahnsinn!«, entfuhr es Fragapane.

Marta Bonazzoli hob den Kopf von dem Blatt, von dem sie ablas. »Und ein Haus in Trecastagni«, fügte sie hinzu.

Vanina richtete sich in ihrem Sessel auf, zeitgleich mit Spanò, der auf einem kleinen Holzstuhl saß.

»In Trecastagni?«, wiederholte er. Marta nickte.

»Auf dem Ätna?«, hakte Vanina nach.

»Ganz genau.«

»Haben wir eine Adresse?«

Marta Bonazzoli schielte erneut auf ihr Blatt.

»Salita dei Saponari 183.«

4

Carmelo Spanò zwängte sich in seine Jacke und zündete sich eine Zigarette an. Durch die ständige Nähe zu Vicequestore Vanina Guarrasi hatte er sich das Rauchen wieder angewöhnt. Das sagte er sich in letzter Zeit immer öfter. Mindestens einmal am Tag, wenn sein Boss ihm eine ihrer Gauloises anbot und er sie annahm. Auch wenn es nicht seine Lieblingsmarke war und obwohl er den Geschmack nicht mochte, so war es doch eine Zigarette. Und er war ein labiler Exraucher. Zuerst hatte er sich vorgenommen, nur einen Zug zu nehmen, dann rauchte er das ganze Ding. Bis zum Filter hinunter.

Doch an diesem Abend war es anders.

Die Schachtel Marlboro Reds – seine Marke – steckte mehr aus Notwendigkeit als aus Vergnügen in seiner Tasche. Für ihn waren die Zigaretten wie ein Ventil, um den Feierabend besser zu überstehen, den er in der Kälte verbringen musste, eingesperrt in seinem Auto, mit ausgeschalteten Scheinwerfern und ohne die Möglichkeit, die Heizung zu starten.

Ihm gefiel der Auftrag ganz und gar nicht, aber er hatte ihn nicht ablehnen können.

Den besten Aufenthaltsort, um nicht entdeckt zu werden, hatte er monatelang erprobt. Einmal zufällig, dann wieder aus Neugier, bis zu dem Tag, an dem er feststellte, dass an seinen einsamen Spaziergängen rings um den Villenkomplex mit Blick auf die Zyklopenriviera rein gar nichts zufällig war. Fast jeden Abend hatte er sich dort eingefunden, wie zu einem geheimen Rendezvous, das er nicht einmal sich selbst eingestehen konnte.

Ein schwarzer Geländewagen fuhr vor einem Tor vor, das sich automatisch öffnete. Versteckt hinter Gebüsch, konnte Carmelo Spanò die Einfahrt und den Hauseingang einsehen. Ein Mann stieg aus dem Auto. Er trug einen blauen Mantel, eine Ledertasche in einer Hand, das Handy zwischen Schulter und Ohr geklemmt. Mitten im Hof blieb er stehen, beendete eilig seinen Anruf und steckte das Telefon weg, bevor eine Frau an der Türschwelle erschien und sich wie ein frisch verliebter Teenager auf ihn stürzte.

Wenn das nicht masochistisch war …

Als Vanina Adriano Calì im alten Krankenhaus Giuseppe Garibaldi aufsuchte, stand dieser noch im Operationssaal, neben ihm wie immer eine Obduktionsassistentin sowie eine Assistenzärztin, die sein ehemaliger Professor ihm zugeschoben hatte und die ihn mit ihren unzähligen Fragen quälte.

»Vanina!«, rief der Arzt aus, als er sie kommen sah. Sie nahm seinen offensichtlichen Hilferuf wahr.

»Eigentlich solltest du mich anrufen, sobald du fertig bist«, meinte sie verärgert.

»Ich wollte dich gerade anrufen, aber ich musste Miriams Fragen beantworten. Sie macht gerade ihren Facharzt.«

Das Mädchen stellte sich sogleich vor. »Miriam Torrisi.« Sie war groß, sehr jung, hatte ein schönes Gesicht.

Vanina schüttelte ihr die Hand. Sie fühlte sich kalt an.

»Calì, das Mädchen hat Gefrierfachtemperatur«, kommentierte sie.

Miriam lächelte sie an.

»Vicequestore, vielleicht ist Ihnen entgangen, dass es in Obduktionssälen immer kalt ist«, antwortete Adriano.

»Nach dem üblen Gestank zu urteilen, können wir auch gar nicht woanders sein. Die Alternative wäre eine Müllhalde. Aber ich sehe hier keinen Müll, also …«

Adriano zog einen schmal geschnittenen Kamelhaarmantel an und wickelte sich einen blau-beigen Schal um den Hals. »Leichen müssen kalt bleiben. Lektion Nummer eins, Miriam.«

Das Mädchen hatte sich bis zum Hals vermummt, was ihr ein matronenhaftes Aussehen verlieh. Vanina näherte sich dem Sektionstisch.

»Ist das Signor Torres?«, fragte sie.

»Ja, das ist er.«

»Kann ich ihn mir ansehen?«

Adriano nickte dem Präparator zu, der das blaue Laken zurückzog und den Leichnam halb freilegte. Vanina fiel auf, dass sein Hals gebräunt war, das typisch gebräunte V, das sich abzeichnete, wenn das Hemd offen getragen wurde, unterbrochen von einem schmalen weißen Streifen.

»Er muss eine Goldkette getragen haben«, vermutete der Pathologe. »Und einen Ring am kleinen Finger. Die Spurensicherung hat alles abgenommen. Siehst du das Einschussloch?«, fragte er und deutete auf die entsprechende Stelle. »Es ist nicht kreisförmig, das bedeutet, der Schuss fiel schräg. Die Rille, die du hier siehst, zeigt die Ursprungsrichtung an, das heißt, der Schuss erfolgte von rechts. Wie ich erwartet hatte, wurde er von der Beifahrerseite aus abgefeuert. Die Tatsache, dass das Opfer dem Schützen zugewandt war, heißt vermutlich, dass mit ihm oder mit ihr gesprochen wurde.«

»Der Mann rechnete also nicht damit, erschossen zu werden.«

»Das musst du beurteilen. Wenn man die Lage der Leiche und die Wunde analysiert, würde ich sagen, nein.«

»Die Munition?«

»Die habe ich bereits an die Spurensicherung geschickt. Die Hülse lag im Auto, sie haben vermutlich schon herausgefunden, um welche Waffe es sich handelt.«

Schade nur, dass das Arschloch Manenti mir das nicht mitgeteilt hat, dachte Vanina.

»Gibt es noch andere Details, die ich wissen sollte?«

»Sehr wenige. Ich kann bestätigen, dass der Todeszeitpunkt gegen sieben Uhr morgens liegt. Der Mann hatte einen blauen Fleck im Gesicht, der wohl von einem Schlag herrührte.«

»Hatte er Geschlechtsverkehr gehabt?«

»Nicht in letzter Zeit.«

Vanina trat vom Tisch weg. Der Präparator bedeckte Torres' Körper.

»Übrigens … ich weiß ja nicht, ob es von Bedeutung ist«, sagte Adriano, rief sie noch einmal zurück und hob einen Zipfel des Lakens an, unter dem der rechte Arm des Leichnams lag. »Über dem Deltamuskel ist er tätowiert. Mit einem Stern.«

Sie warf einen Blick darauf.

»Können wir jetzt endlich von hier verschwinden?«, fragte der Pathologe.

Eine halbe Stunde später, es war gerade die Zeit für einen Spritz und ein paar persönliche Worte, setzte Vanina Adriano Calì vor der Haustür ab, wo sein Freund Luca Zammataro lebte, mit dem er seit zehn Jahren liiert war.

»Dottoressa, wir haben uns schon Sorgen gemacht. Wo haben Sie die ganze Zeit gesteckt?«

Sebastiano schüttelte ihr über die Feinkosttheke hinweg die Hand, während er ihr mit der anderen ein Stück Cucciddatu di San Giovanni hinhielt, gefüllt mit Nebrodisalami.

»Nur ein Häppchen.«

»Sebastiano, Ihre Häppchen sind üppig wie ein Abendessen«, erwiderte Vanina.

Sebastiano hatte den Namen der ehemaligen Trattoria beibehalten und daraus einen Feinkostladen mit Fleischtheke, Brotverkauf, Weinen aller Marken und jeglichen Produkten mit geschützter Ursprungsbezeichnung gemacht, die es in Sizilien, wenn nicht gar im ganzen Land gab. Das alte Gemäuer, das wahrscheinlich nur zu einem kleinen Teil renoviert worden war, hatte es Vanina vermutlich gerade deshalb angetan, denn fast jeden Abend hielt sie davor an, um sich zu versorgen. Das Dorf Viagrande, in dem sich Sebastianos Trattoria oder *Putia* befand, lag nur fünf Minuten von Santo Stefano und Vaninas Wohnung mit Blick auf den Ätna entfernt. Hier lebte sie seit einem Jahr in völliger Ruhe und Abgeschiedenheit.

Stella, Sebastianos Schwester, hatte gerade einen Topf voller Soße aus der Küche geholt, die im hinteren Teil des Hauses lag.

Vanina ließ sich einen Becher davon abfüllen und nahm dazu eine Packung Pasta Busiate di Trapani von Tumminia, die sie schon beim letzten Mal probiert hatte und die perfekt zu dieser Soße passte. Zu mehr als die Nudeln abtropfen zu lassen und mit der Soße anzurichten, war sie nicht in der Lage.

Auf Sebastianos Rat nahm sie noch Ricotta fascedda aus Ragusa hinzu, einen Quarkkäse, der sich von allen anderen auf der Insel verkauften Produkten dadurch unterschied, dass er aus Kuhmilch hergestellt wurde. Und da sie schon einmal dabei war, nahm sie gleich noch ein Stück für Bettina mit, ihre Nachbarin und Vermieterin, die aus Ragusa stammte und fest in den kulinarischen Traditionen ihrer Stadt verankert war. Bevor sie ging, deckte sie sich außerdem mit frischer Milch und drei verschiedenen Kekssorten ein. Sie bezahlte bei Signora Santa, die für die Kasse zuständig war, und fuhr zurück nach Santo Stefano.

Das Dorf wirkte halb verlassen, bis auf den Platz vor ihrem Haus, auf dem viele Autos parkten und wie die Kulisse zu einer der vielen Komödien aussah, die sie in ihrer Filmesammlung hatte. Bettinas Fiat Cinquecento parkte in der ersten Reihe. Dahinter stand ein Centododici, daneben ein Centoventisei und schließlich, dulcis in fundo, sogar eine Bianchina. Das Auto trug ein Kennzeichen aus Palermo, was bedeutete, dass es Luisa gehörte, der besten Freundin ihrer Nachbarin. Alle waren schon Ende siebzig, aber von einer Lebensenergie, die einen Teenager neidisch machen konnte. Vanina hatte sie auf den Namen *die Witwen* getauft.

Sie schob das kleine Eisengatter auf und stieg die wenigen Stufen in den Garten hinauf. In der einen Hand trug sie ihren Trolley, in der anderen die Tüte von *Putía*. Die Balkontür der Nachbarin war verriegelt, doch das Licht im Wohnzimmer brannte, und Stimmen waren zu hören, die aus dem Innern herausdrangen. Sie überlegte, ob sie anklopfen, das unvermeidbare Kartenspiel unterbrechen und Bettina den mitgebrachten Quarkkäse überreichen sollte. Doch schließlich steuerte sie ihre Wohnung im Nebengebäude an.

Eins der beiden Kätzchen, das ihrer Nachbarin zugelaufen war und das sie vor einigen Monaten adoptiert hatte, schlief satt wie ein kleiner Buddha auf der Fußmatte vor ihrer Tür. Vanina versuchte, es zum Gehen zu bewegen, aber es rührte sich nicht vom Fleck. Sie stieg über die Kleine hinweg und betrat ihre Wohnung.

Die feuchte Kälte, die ihr entgegenschlug, sobald sie die Türschwelle überschritt, kündigte an, dass etwas mit dem Heizsystem nicht stimmte. Sie stellte den Koffer und die Tüte im Flur ab und ging zur Therme, die einen unverständlichen Fehlercode anzeigte. Dann stieß sie alle Schimpfwörter aus, die ihr den Sinn kamen.

Ohne ihre Jacke und ihren Schal auszuziehen, lief sie ins Schlafzimmer, um die Klimaanlage auf warm und dreißig Grad einzustellen.

Noch in der Jacke holte sie die Einkäufe aus Sebastianos Tüte und stellte alles ins Küchenregal. Dann füllte sie einen Topf mit Wasser und stellte ihn auf den Herd. Schließlich durchquerte sie ihre Zimmer und blieb im Wohnzimmer stehen. Die Poster an den Wänden erinnerten an die DVD, die ihr Stiefvater Federico Calderaro ihr ein paar Abende zuvor geschenkt hatte, um ihre ständig wachsende Sammlung von in Sizilien gedrehten Filmen zu ergänzen.

Vanina nahm die DVD aus dem Koffer und legte sie in eins ihrer Regale, die als Filmbibliothek dienten. Wer immer die DVD aufgenommen hatte, hatte es genau richtig gemacht. Sogar die Hülle und die DVD selbst waren mit Reproduktionen des Originalplakats versehen. *Meglio Vedova*, eine Komödie aus dem Jahr 1968, die kaum aufzutreiben war. Vermutlich war es kein besonders guter Film. Vanina aber war sich sicher, dass Adriano Calì sich freuen würde, ihn mit ihr bei einem ihrer exklusiven Filmeabende zu zweit bei alten Filmen und kalorienreichem Essen anzuschauen. Außerdem war der Film fast vollständig in Noto gedreht worden, der Stadt, in der Adriano und Luca ihr kleines *buen retiro* eingerichtet hatten.

Vanina räumte einige DVDs weg, die nicht richtig eingeordnet waren, und sah dabei auf das einzige gerahmte Foto, das sie besaß. Die lachenden Augen ihres Vaters blinzelten unter seiner Uniformkappe hervor.

Während sie darauf wartete, dass das Wasser kochte, kramte sie ihr Handy aus der Tasche und ging ihre Nachrichten durch.

Rasch antwortete sie ihrer Mutter, die den ganzen Nachmittag über vergeblich hatte erfahren wollen, ob sie unversehrt in Catania angekommen war.

Die meisten Nachrichten hatte sie zweifellos von Giulia erhalten. Die Anzahl der WhatsApp-Nachrichten und Audionachrichten, die auf dem Display ihres Handys unter dem Namen Maria Giulia De Rosa aufploppten, war so groß, dass eine sofortige Reaktion erforderlich war. Und da eine Antwort an Giulia auch bedeuten konnte, in einen nicht enden wollenden Nachrichtenaustausch verwickelt zu werden, beschloss Vanina, sie anzurufen. Sie setzte sich auf das Sofa und zündete sich eine Zigarette an.

»Liebste Freundin, da bist du ja endlich!« Das Gemurmel im Hintergrund ließ vermuten, dass sich die Anwältin auf einer Party befand. Auf einer der vielen, zu denen sie an fast dreihundertfünfundsechzig Tagen im Jahr eingeladen wurde.

»Liebste Giulia wie geht es dir? Tut mir leid, dass ich dich seit zwei Wochen nicht anrufe«, provozierte Vanina die Anwältin.

»Du bist mir vielleicht eine Freundin! Ich musste von deinem Ispettore … wie heißt er noch? Der mit dem Schnauzbart?«

»Spanò?«

»Ja, genau. Ich bin ihm beim Mobilen Einsatzkommando begegnet und habe erfahren, dass du heute zurückkommst. Als ich dann hörte, dass am Flughafen eine Leiche gefunden wurde, habe ich zwei und zwei zusammengezählt.«

Vanina vermutete, dass Giulia unterwegs war, denn im Hintergrund waren gedämpft Geräusche zu hören.

»Du hast recht, ich habe mich seit zwei Wochen nicht bei dir gemeldet. Entschuldige bitte! Aber tatsächlich war das kein Urlaub«, rechtfertigte sich Vanina.

»Ich weiß. Immer wenn du nach Palermo fährst, verschwindest du. Oder belegt dich Malfitano so mit Beschlag?«, wollte Giulia wissen.

»Ich habe gearbeitet«, widersprach Vanina.

»Wie, du hast gearbeitet? Und was hast du gemacht?«

»Das kann ich dir nicht sagen.«

Giulia schwieg einen Moment lang.

»Du willst doch nicht etwa wieder nach Palermo zurückkehren und mich hier alleinlassen! Etwa weil man dich zur Leiterin einer wichtigen Abteilung befördert hat. Oder geht es um Malfitano?«

»Keine Sorge, ich habe nicht die Absicht, nach Palermo zurückzukehren. Im Gegenteil, selbst wenn sie mir einen wichtigen Posten anbieten würden. Und schlag dir deine romantischen Vorstellungen über mich und Paolo Malfitano aus dem Kopf.«

»Gott sei Dank. Es tut mir leid für ihn, jedes Mal wird er im Stich gelassen, aber ich brauche dich hier.«

Vanina lachte. Giulia war die größte Opportunistin, die sie kannte, aber wenigstens war sie ehrlich.

»Lass hören ... was soll ich tun?«, fragte sie.

»Du musst mir zuhören! Ich laufe dir seit Wochen nach. Erst der Fall mit dem vermissten Mädchen, dann die Affäre mit dem Kinderarzt ...«

»Welche Affäre?«, protestierte Vanina.

»Jetzt sag bloß, mit dem Kinderarzt Manfredi oder wie er heißt, lief nichts, und er hat dir den Hörer aufgeknallt.«

»Er heißt Monterreale. Und wir sind Freunde.«

»Wie dem auch sei, bei dir ist jedes Wort sowieso eine Zeitverschwendung. Jedenfalls möchte ich dich nicht sehen, um über deine Angelegenheiten zu sprechen. Wie sieht es aus? Hast du morgen eine halbe Stunde Zeit für mich, oder ist das zu lang?«

»Also gut. Ich werde alles tun, damit wir uns sehen können.«

Giulia schien zufrieden zu sein.

»Ich muss los, das Geburtstagskind pustet gerade die Kerzen aus. Ich rufe dich morgen an.«

Vanina erhob sich vom Sofa, auf dem sie gesessen hatte. Noch immer in den Mantel gehüllt, überprüfte sie das Wasser im Topf, das nicht nur kochte, sondern schon halb verdampft war und sich weißlich verfärbt hatte. Sie schnaubte.

»Egal, ich werfe die Nudeln trotzdem hinein«, versuchte sie, sich einzureden.

Sie nahm die Nudelpackung, öffnete sie und schüttete die knappe Hälfte hinein. Dann stellte sie fest, dass es fast zweihundert Gramm sein mussten, genau dreimal so viel, wie ihre Diät vorsah, die sie in regelmäßigen Abständen aus dem Internet herunterlud und dann doch wieder aufgab.

Sie hatte gerade die Nudeln abgegossen, als sie sah, wie die Witwen aus Bettinas Haus kamen. Schnell griff sie nach dem Quarkkäse und klopfte an die Balkontür.

Die Nachbarin umarmte sie. »Vannina! Willkommen zurück!« Vanina hatte es aufgegeben, sie zu verbessern und zu bitten, ihren Namen mit einem N und nicht mit zwei auszusprechen. Sie würde es doch nie lernen.

»Schade! Jetzt sind meine Freundinnen weg. Hast du schon etwas gegessen? Soll ich dir einen Teller Scaccia machen? Sie sind mir heute großartig gelungen«

»Um ehrlich zu sein, habe ich die Soße schon bei Sebastiano gekauft. Und die Nudeln habe ich gerade abgetropft.«

Bettina rang nach Luft.

»Die Nudeln abgetropft? Und du hast sie angemacht, bevor du hergekommen bist?«

»Nein, ich habe sie im Sieb gelassen …«

Die Nachbarin ließ sie nicht einmal ausreden, schnappte sich einen Mantel und stürmte in Richtung Nebengebäude. »Heilige Maria, die kleben zusammen!«

Vanina eilte ihr hinterher.

Die Nachbarin hantierte mit Töpfen und Soße, bis es ihr gelang, die Nudeln zu entwirren, die sich zu einer einzigen Masse zusammengeballt hatten.

»Iss, bevor sie wieder zusammenkleben!«, befahl sie ihr.

Vanina gehorchte. Sie nahm einen Teller und füllte ihn. Sie fügte einen Löffel frischen Ricotta hinzu, wie Sebastiano es ihr vorgeschlagen hatte.

»Das mit dem Quarkkäse ist eine typisch catanesische Tradition. Aber das passt richtig gut zusammen«, kommentierte Bettina, die neben ihr saß.

Plötzlich stand sie auf.

»Was ist denn hier los? Sind die Heizkörper kaputt?«

Vanina deutete auf das Display, auf dem immer noch der Fehlercode stand.

Bettina stellte sich auf die Zehenspitzen und streckte den Kopf nach hinten, um mit ihrer Gleitsichtbrille zu lesen, deren Anschaffung sie jeden Tag in den höchsten Tönen lobte.

»Ahhh … Weißt du, woran das liegt? Neulich ist der Strom ausgefallen, und vielleicht ist deshalb meine Heizung stecken geblieben. Der alte Heizkessel hat so gute Dienste geleistet! Dieses System mit seinen Codes ist eine Tortur. Ich kümmere mich darum«, versprach sie, trat an den Zähler und schaltete den Strom ab. Nach einigen Sekunden schaltete sie ihn wieder ein. »Und wehe, da steht noch immer der Code!«, rief sie.

Vanina stand auf und sah selbst nach. Der Fehlercode war verschwunden, und das kleine Symbol des eingeschalteten Heizkörpers leuchtete auf.

Bettina kehrte triumphierend zurück.

»Wie hast du das gemacht?«, fragte Vanina ziemlich beeindruckt.

»Ich habe einfach nachgedacht, so habe ich das gemacht«,

erwiderte die Nachbarin. »Wenn ein Stromausfall alles zum Erliegen bringt, dann reicht es vielleicht, wenn man den Strom noch einmal ein- und dann wieder ausschaltet. Gut, dass ich da war! Wäre mir das am Abend passiert, hätte ich mich wahrscheinlich nicht getraut, Hand an das Heizsystem zu legen. Wie dem auch sei, morgen rufe ich auf jeden Fall den Techniker und lasse alles überprüfen.«

Während Vanina die Nudeln aufaß, die trotz allem wunderbar schmeckten, begab sich Bettina in ihr Haus und kehrte eine Minute später mit einem Teller in der Hand zurück.

»Probier mal diese Cannoli! Bei denen läuft dir das Wasser im Mund zusammen.« Sie blieb noch, um Vanina Gesellschaft zu leisten, bis sie auch die Cannoli aufgegessen hatte, und erzählte ihr, welche Heldentanten ihr fröhliches Grüppchen von über Siebzigjährigen in Vaninas vierzehntägiger Abwesenheit vollbracht hatte. Vor Kurzem war erstaunlicherweise auch ein Mann dazugestoßen.

Als Bettina ging, war Vaninas Wohnung warm geworden.

5

Signora Luisa Visconti, seit einem Tag Witwe von Esteban Torres, hatte einen Flug von Malpensa genommen und war schon wenig später in Catania gelandet, genau wie die beiden, die am Vortag den Leichnam ihres Ehemannes gefunden hatten.

Marta Bonazzoli hatte sie abgeholt und zum nächsten Hotel begleitet – demselben, in dem Esteban immer übernachtet hatte – und sie dann zu den Büros des Mobilen Einsatzkommandos gebracht, in denen Vicequestore Guarrasi gerade eingetroffen war.

Vanina ließ die Witwe auf einem Stuhl Platz nehmen, während Marta sich auf dem anderen niederließ.

»Signora Torres«, begann Vicequestore Guarrasi.

»Visconti, Signora Visconti. Ich wollte nie mit dem Nachnamen meines Mannes angesprochen werden.«

»Also gut, wie Sie wünschen, Signora Visconti.«

Ihre Augen wirkten klar, doch die dunklen Ringe darunter zeugten von den zwanzig schweren Stunden, ab dem Moment, als ein Inspektor sie über den Mord an ihrem Ehemann informiert hatte, bis zu dem Moment, als sie in Catania gelandet war.

»Kann ich ihn sehen?«, fragte Signora Visconti sofort.

»Ja, natürlich. Ispettore Bonazzoli wird Sie begleiten.«

Die Frau schien sich einen Moment lang zu beruhigen.

Vanina sprach weiter. »Wir müssen Sie über Ihren Mann

befragen. Welcher Arbeit er nachging und warum er sich hier in Catania aufhielt.«

»Mein Mann war im Finanzwesen und im Import-Export-Geschäft tätig. Fragen Sie mich bitte nicht, was genau er ex- und importierte. Damit habe ich mich nie beschäftigt. Ich weiß nur, dass ein großer Teil seiner Geschäfte zwischen New York und Italien abgewickelt wurde und dass er ein Netzwerk von Kunden in Catania hatte.«

»Hatten Sie jemals das Gefühl, dass Ihr Mann in Gefahr schwebte? Sagen wir, dass jemand ihn bedrohte oder Geld von ihm erpressen wollte?«

Die Frau schien sich über die Frage zu amüsieren. »Geld von Esteban erpressen? Das glaube ich nicht, Dottoressa. Er war keiner, der sich herumschubsen ließ.«

»Könnte es sein, dass er in illegale Geschäfte verwickelt war?«, stieß Vanina vor. Wenn er jemand war, der sich nicht auf die Füße treten ließ, dann war er wahrscheinlich jemand, der anderen auf die Füße trat.

»Das weiß ich nicht«, antwortete die Frau schmallippig.

»Schließen Sie es aus?«

»Nein.«

Vaninas Vorstellung, die sie sich von Anfang an gemacht hatte, schien sich also zu bestätigen.

»Darf ich Sie fragen, in welcher Beziehung Sie und Ihr Mann zueinander standen, Signora Visconti?«

»Natürlich dürfen Sie fragen. Esteban und ich lebten seit einiger Zeit aneinander vorbei. Aber wir wohnten zusammen. Wenn einer von uns etwas brauchte, war der andere immer für ihn da, nicht mehr und nicht weniger. Verstehen Sie mich nicht falsch! Wir haben aus Liebe geheiratet. Und zwar als wir uns vor sechsundzwanzig Jahren kennenlernten. Da war er gerade von New York nach Mailand gekommen. Ein Kubaner, der alles über Kuba verleugnete, sogar die Tatsache, dass er dort geboren wurde.«

»Wann hatte er sein Land verlassen?«, fragte Vanina.

Aus irgendeinem Grund faszinierte sie das Gespräch.

»Das weiß ich nicht genau. Esteban zog es vor, nicht darüber zu sprechen. In den Sechzigern, glaube ich. Er war bereits zweimal in den USA verheiratet gewesen. Das erste Mal mit einer Kubanerin, die ich nie kennengelernt habe. Das zweite Mal mit Evelyn.«

»Die Sie kennen.«

»Sehr gut sogar.«

Ispettore Spanò betrat Vaninas Büro und hielt ein Papier in der Hand. Er blieb seitlich stehen und hörte zu.

»Haben Sie ihn jemals nach Catania begleitet?«

»Nein. Aber ich habe ihn auch sonst nicht begleitet. Mein Mann wollte keine Begleitung, wenn er beruflich unterwegs war. Vor allem in Catania blieb er meistens lange.«

»Wieso das?«

Die Frau dachte über die Antwort nach.

»Das weiß ich nicht.«

»Wie lange genau blieb er denn?«

»Manchmal sogar zwei Monate.«

»Und Sie wussten nicht, aus welchem Grund?«

»Nein. Ich sage es Ihnen noch einmal: Esteban hat mich nicht in seine Geschäfte eingeweiht. Und besonders in diesem Fall nicht …« Sie machte eine Pause.

»In diesem Fall nicht?«, drängte Vanina.

»Ich glaube, eine Frau war bei ihm«, gab sie resigniert zu.

»Haben Sie eine Vermutung, wer diese Frau sein könnte?«

»Nein, keine. Aber es war sicher eine Person, die er weder in Mailand noch in Ascona getroffen hatte.«

Vanina wechselte das Thema.

»Warum haben Sie in Ascona gelebt?«

»Esteban liebte die Schweiz. Er sagte immer, es sei ein zivilisiertes Land. Und damit hatte er recht.«

»Hatte er dort auch geschäftlich zu tun?«

»Ich glaube ja.«

»Konten?«

»Natürlich, das ist klar, wenn man dort lebt. Verzeihen Sie mir die Frage, aber was hat das mit dem Mord in Catania zu tun?«

Die Frau wirkte angespannt.

»Die Tatsache, dass sich der Mord in Catania ereignet hat, bedeutet nicht, dass er auch hier geplant wurde. Und im Moment müssen wir in alle Richtungen ermitteln und so viele Informationen wie möglich über ihn sammeln.«

»Das verstehe ich.«

Vanina rückte ihren Stuhl vom Schreibtisch weg.

»Sie können gehen. Marta, begleite Signora Visconti zu ihrem Mann!«

Die Frau stand auf.

Vanina erhob sich gleichzeitig mit ihr und reichte ihr die Hand. Bevor sie ging, gefolgt von Marta Bonazzoli, rief Vanina die beiden aber noch einmal zurück.

»Eine letzte Frage noch! Hatte Ihr Mann außer Ihnen noch andere Familienangehörige?«

»Keine, abgesehen von seinen amerikanischen Exfrauen. Esteban hatte mit keiner von beiden Kinder. Was sein früheres Leben in Kuba betrifft, so war es – wie ich schon sagte – unmöglich, mit ihm darüber zu sprechen.«

Vanina entließ die Witwe.

»Ich wüsste gern, warum er sich weigerte, sich dazu zu äußern«, kommentierte Spanò.

»Wie meinst du das?«

»Dies weiß ich nicht ... das weiß ich nicht ... die kenne ich nicht, und jene kenne ich nicht ... hier hat er mir nichts erzählt, da auch nicht ... und das interessierte mich nicht ... Wozu waren die beiden verheiratet?«

»Das kann ich mir denken«, antwortete Vanina und hatte eine Hand bereits auf die Zigarettenschachtel gelegt.

»Ich bin gespannt, ob sich meine Vermutungen bestätigen.«

Sie zündete sich eine Zigarette an und bot auch Spanò eine an.

»Es wäre beispielsweise denkbar, dass Esteban Torres das Verfahren zur Erlangung der italienischen Staatsbürgerschaft beschleunigen wollte.«

»Bingo! Das dachte ich mir auch.«

»Obwohl es sonst genau umgekehrt passiert«, sagte Vanina.

»Aber er zog nach Italien.«

»Seltsam, nicht wahr? Ein Mann, der sein Heimatland verlässt, der es schafft, amerikanischer Staatsbürger zu werden und der irgendwann beschließt, nach Italien zu ziehen, sich aber in der Schweiz niederlässt.«

Spanò rümpfte die Nase.

»Das riecht nach schmutzigem Geld.«

»Genau, Spanò. Aber im Moment bleibt es beim Geruch. Was steht denn in den Unterlagen, die du mitgebracht hast?«

»Ach, das hatte ich vergessen! Die Spurensicherung hat den Bericht übermittelt. Sehen Sie sich an, aus welcher Waffe die Kugel stammt!«, sagte er und deutete auf das Papier.

Vanina las, runzelte die Stirn und las dann noch einmal.

»Aus einer Makarow 9 mm?«

Spanò nickte.

»Eine russische Pistole«, erklärte Vanina.

»Wer könnte eine solche Waffe besitzen?«, fragte Spanò.

»Ich habe keine Ahnung, Ispettore«, sagte Vanina und

dachte einen Moment lang nach. »Wen kennen wir beim kriminaltechnischen Labor, der sich mit Ballistik beschäftigt? Ich würde Manenti gern aus dem Weg gehen.«

»Der, den ich kannte, ging vor Kurzem in den Ruhestand. Aber Fragapane kennt sicherlich jemanden.«

»Übrigens ... haben wir keine Neuigkeiten von Dottore Munzio, dem neuen Leiter der Gerichtsmedizin? Sollte er nicht in der Zeit eintreffen, als ich weg war?«

»Er hat sich verspätet, aber mittlerweile kann es sich nur noch um Tage handeln.«

»Gott sei Dank.«

Spanò rief nach Salvatore Fragapane, der sofort herbeieilte.

»Capo Pappalardo, Dottoressa«, antwortete er sofort, als Vanina ihn fragte.

»Pappalardo kennt sich mit Ballistik aus?«

»Ja, natürlich. Und er ist auch ziemlich gut«, fügte Fragapane hinzu. Dieser Pappalardo war eine echte Bereicherung.

»Könnten Sie ihn auf seiner privaten Nummer anrufen und ihn zu mir durchstellen?«, fragte Vanina.

Fragapane zog sein Mobiltelefon aus der Tasche und wählte die Nummer. Dann reichte er es an Vanina weiter.

»Hallo, Salvatore!«, war Pappalardo zu hören.

»Hör zu, Pappalardo! Vicequestore Giovanna Guarrasi will dich sprechen.«

»Dottoressa, guten Morgen! Tut mir leid, dass ich gestern nicht zum Flughafen gekommen bin, aber Dottore Manenti hat mich festgehalten.«

»Keine Sorge, ich weiß, wie Manenti tickt.«

»Ich soll mich um einen Wohnungseinbruch kümmern, mit dem sich die Polizeiwache im Zentrum befasst. Aber jetzt zu Ihnen. Wie kann ich Ihnen helfen?«

»Kennen Sie sich mit Ballistik aus?«

»Nicht unbedingt professionell, aber Ballistik ist mein Hobby. Ich habe mehrere Kurse besucht.«

»Wissen Sie, mit welcher Waffe der Mann auf dem Flughafenparkplatz erschossen wurde?«

»Nein, das wurde mir nicht gesagt.«

»Mit einer 9 mm-Makarow.«

»Dann waren es also Leute aus dem Osten«, kommentierte Pappalardo.

»Warum sagen Sie das?«

»Wissen Sie, wie man diese Waffe früher nannte, Dottoressa? *Königin des Kalten Krieges,* weil die Sowjets sie immer wieder einsetzten. In Italien ist sie nicht leicht aufzutreiben, und ich glaube kaum, dass sie oft zum persönlichen Schutz benutzt wird.«

»Also ist es wahrscheinlicher, dass Torres' Mörder die Waffe schon länger besitzt.«

»So könnte man sagen.«

»Ein Russe«, vermutete Vanina.

»Ein Russe, ja, oder auch ein Rumäne oder Ukrainer. Zumindest ein Täter aus Osteuropa.«

Vanina dachte darüber nach.

»Vielen Dank, Pappalardo.«

»Gern geschehen, Dottoressa. Wenn Sie mich brauchen, wissen Sie ja, wo Sie mich finden.«

Die beiden Polizisten, die sich selbst der *alten Schule* zurechneten, saßen vor Vanina und beobachteten sie mit angehaltenem Atem.

»Glauben Sie, die russische Mafia könnte in diesen Mord verwickelt sein?«, wagte Fragapane die Frage und nahm sein Handy wieder an sich.

»Das ist durchaus möglich.«

»Laut gerichtsmedizinischem Bericht wurden im Auto

mehrere Fingerabdrücke gefunden. Keiner davon lässt sich allerdings zuordnen.«

Vanina fiel ein, dass noch immer keine Papiere des Toten gefunden worden waren.

»Ich wüsste gern, warum Torres' Mörder die Papiere mitnahm. Beim Handy kann ich das noch verstehen. Aber seine persönlichen Dokumente?«

Spanò schüttelte den Kopf.

»Wie steht es mit Torres' Anrufliste. Recherchieren wir die?«

»Ja, Nunnari geht der Sache gerade nach.«

»Wenn wir das nicht in Erfahrung bringen, wissen wir leider nicht, wo wir anfangen sollen.«

Vanina stand auf, und die beiden Kollegen taten es ihr gleich.

Sie überquerte den Flur und klopfte an Macchias Tür.

Giustolisi, Abteilungsleiter für organisierte Kriminalität, war gerade bei ihm. Er reichte ihr die Hand.

»Guarrasi, Gott sei Dank bist du zurück!«

»Was gibt es Aktuelles?«, fragte der Big Boss Tito Macchia. Vanina informierte ihn über die letzten Neuigkeiten. Sie erzählte ihm von der Waffe und teilte ihm mit, welche nächsten Schritte sie zu unternehmen gedachte.

»Guarrasi, ich sagte dir doch, dass der Fall schwierig wird.«

Der pensionierte Commissario Biagio Patanè kam aus dem Friseursalon und fühlte sich wie neugeboren.

Ein paar Tage mit Grippe im Bett hatten seinem Erscheinungsbild einen noch nie dagewesenen Einbruch beschert. Mit dreiundachtzig Jahren musste er vorsichtig sein. Ein Moment der Unachtsamkeit genügte, und er hätte sich in einen klapprigen alten Mann verwandelt. Entschlossen rückte er den Knoten seiner Krawatte und seinen Schal zurecht, knöpfte seinen rauchfarbenen Zweireiher aus London zu und setzte den grauen Borsalinohut fest auf den Kopf. Dann machte er sich langsam auf den Weg zur Via Etnea.

Es hatte aufgehört zu regnen, und die Sonne traute sich schüchtern durch die Wolken, um den Tag zu erhellen.

Hätte seine Frau Angelina geahnt, wohin er ging, frisch rasiert und mit neuem Haarschnitt, hätte sie ihm garantiert eine Szene gemacht. Der Gedanke amüsierte ihn, dass das gute alte Mädchen immer noch eifersüchtig war, als ob Gino in seinem Alter noch zu weiß was fähig gewesen wäre. Am meisten zum Lächeln brachte ihn jedoch der Gedanke, dass die Frau, die solche Eifersucht bei seiner Angetrauten auslöste, nicht nur seine Tochter, sondern sogar seine Enkelin hätte sein können.

Er sah auf die Uhr und beschleunigte seine Schritte.

Als Gino im Café ankam, in dem er sich verabredet hatte, war er außer Atem, lächelte aber glücklich.

Vicequestore Guarrasi kam mit offenen Armen auf ihn zu.

»Commissario!«

Sie küsste und umarmte ihn, dann setzten sie sich an einen kleinen Tisch mit Blick auf das Universitätsgebäude.

»Eine schöne Stadt!«, seufzte Patanè, und ein seliger Ausdruck legte sich auf sein Gesicht. Hin und wieder vergaß er, wie angenehm es war, zu sitzen und die Pracht seiner Stadt Catania zu betrachten.

»Sie haben recht«, stimmte Vanina zu. »Allerdings kostet es mich viel Überwindung, das zuzugeben.«

»Mehr brauchen wir nicht. Sie stammen aus Palermo, das vergesse ich nicht.«

Er war glücklich, Vanina zu sehen.

»Endlich sind Sie zurück! Ich habe Sie vermisst«, gestand er, lachte dann aber. Schließlich befürchtete er, zu sentimental geworden zu sein. »Auch weil ich mich ohne Sie ernsthaft zur

Ruhe setzen muss. Inzwischen habe ich mich aber daran gewöhnt, von Zeit zu Zeit wieder im Dienst zu sein, obwohl das heimlich geschieht.«

Doch Vanina wusste das zu schätzen.

»Ich habe Sie auch vermisst, Commissario. Mehr, als Sie sich vorstellen können.«

Patanè war der Einzige, den sie in den letzten zwei Wochen angerufen hatte. Das Gespräch mit ihm hatte ihr ein unvergleichliches Gefühl der Vertrautheit gegeben. Unglaublich, wenn sie bedachte, dass sie sich ein paar Monate zuvor noch nicht einmal gekannt hatten.

Da sie beide süchtig nach Schokolade waren, bestellten sie statt eines Kaffees zwei heiße Schokoladen.

»Sie waren also kaum angekommen, da hat man Ihnen schon Arbeit aufgebürdet«, begann Patanè.

»Zum Glück, ja.«

Der Commissario lächelte. »Das verstehe ich. In Ihrem Alter konnte ich auch nicht einfach nur herumsitzen und nichts tun.« Um ehrlich zu sein, konnte er das heute auch noch nicht. Vicequestore Guarrasi wusste genau, was er meinte.

Sie erzählte ihm von dem Mann, den sie tot auf dem Parkplatz aufgefunden hatten.

»Diese Geschichte erscheint mir verzwickt«, kommentierte Patanè und war sofort Feuer und Flamme. »Was gedenken Sie zu tun, während Sie auf die Anrufliste warten?«

»Noch heute werde ich einen ehemaligen Kollegen in Mailand kontaktieren, der beim Dienst für internationale polizeiliche Zusammenarbeit tätig ist. Ihn werde ich bitten, Nachforschungen über Torres' Vergangenheit anzustellen. In den USA und – wenn möglich – in Kuba.«

»Und was erhoffen Sie sich zu finden?«, fragte der Commissario und schien zu zweifeln.

»Vielleicht nichts Nützliches. Aber Sie wissen besser als ich, dass es schwieriger wird, Nachforschungen anzustellen, wenn kein genaues Bild des Toten vorliegt.«

»Allerdings muss dieser Amerikaner irgendwelche Verbindungen nach Catania gehabt haben. Zumal er ein Haus in Trecastagni besaß.«

»Später werden Spanò und ich dort hinauffahren. Es ist wahrscheinlich, dass Torres nach dem Verlassen des *Hotel Palace* dort übernachtete. Schließlich gibt es keine Aufzeichnungen über seinen Aufenthalt in einem anderen Hotel.«

»Haben Sie die Schlüssel? Wenn nicht, müssen Sie einbrechen.«

»Keine Schlüssel. Das heißt, wir müssen die Tür aufbrechen. Staatsanwalt Vassalli ist heute offenbar in der Laune, alles abzusegnen. Seine Erlaubnis, Torres' Haus zu betreten, habe ich schon erhalten. Er sagt immer Ja, und zwar schnell, ohne mich überhaupt um eine Erklärung zu bitten.«

Patanè lächelte verschmitzt. »Natürlich, ganz klar …«, war sein einziger Kommentar.

Aber mit Vicequestore Guarrasi verstand er sich auch ohne Worte.

Sie tranken ihre heiße Schokolade aus und standen auf. Und wie immer stritten sie sich darum, wer die Rechnung dafür übernehmen sollte, und wie immer wollte der Commissario am Zug sein.

Sie waren bereits auf der Piazza Duomo, als Vaninas Handy klingelte.

»Marta, was gibt es?«

»Vanina, wo bist du?«

»In der Via Etnea, aber ich bin auf dem Rückweg. Warum?«

»Nunnari hat gerade berichtet, dass sich Torres' Handy eingeschaltet hat.«

Vanina blieb stehen.

»Und wurde es lokalisiert?«

»Ja.«

»Und sagst du mir, wo es ist, wenn wir schon dabei sind?«, fragte Vanina ungeduldig. Marta war nett, lieb und sogar sehr gut in ihrem Job. Aber manchmal musste sie ihr die Würmer aus der Nase ziehen.

»Auf dem Flughafen. Ein Penner hat es, der dort lebt. Spanò und Fragapane sind gerade auf dem Weg zu ihm.« Vanina wog die Information einen Moment lang ab.

»Schickt jemanden, der mich abholt, ich bin in Porta Uzeda.« Sie hatte keine Lust, den ganzen Weg zu Fuß ins Büro zurückzulegen, und das auch noch in Eile. Und Patanè noch weniger.

Der Penner Bernardo Piscitello, der das Pech gehabt hatte, Esteban Torres' Handy zu finden, sah sich verwirrt um.

Sobald sein Nachbar, Experte in Elektronik, mit dem er sich die Decke teilte, das Handy entsperrt hatte, fing das Ding auch schon an zu klingeln. Bernardo war drangegangen. Von dem Moment an hatte es keine Ruhe mehr gegeben. Im Handumdrehen waren zwei Polizisten über ihn hergefallen und hatten ihn ohne große Erklärungen in ein Auto verfrachtet. Nun saß er in einem Büro voller Polizisten, von denen einer schon sehr alt zu sein schien, und vor einer Frau, die alle *Boss* nannten. Der musste er nun alles noch einmal von Anfang an erzählen.

»Signor Piscitello, damit ich das richtig verstehe: Sie haben dieses Handy in einer Ecke vor den Ankunftsbereichen gefunden?«

»Ja, Signora. Heute am frühen Morgen.«

»Und Sie behaupten, versucht zu haben, es zu reaktivieren, um dann den Besitzer zu suchen und es ihm zurückzugeben.«

»Ganz recht.«

»Und wieso haben Sie nicht daran gedacht, es der Grenzpolizei zu übergeben?«

Bernardo grinste schief und entblößte die einzigen vier Zähnen, die er noch besaß.

»Warum wohl … Ispettore.«

»Vicequestore, Signor Piscitello.«

»Verzeihung … Vicequestore. Wissen Sie, jemand wie ich hat nicht unbedingt – sagen wir so – ein entspanntes Verhältnis zur Polizei. Vielleicht hätten die ja gedacht, dass ich es gestohlen habe …«

»Also haben Sie es vorgezogen, das Handy zu behalten, und haben einen Freund gebeten, es zu entsperren. Und dann? Was hätten Sie getan, wenn mein Kollege Sie nicht sofort angerufen hätte?«, fragte die Vicequestore und deutete auf Nunnari, der stramm hinter ihr stand. Sein Vorschlag, die Nummer anzurufen, und die Tatsache, dass die Kollegen am Flughafen bereits vor Ort waren, hatten sich bewährt.

»Ich hätte einfach die letzte Nummer noch einmal gewählt. Hätte sich jemand gemeldet, hätte ich ihm gesagt, dass ich das Handy gefunden habe.«

Tito Macchia, der *Big Boss*, erschien an der Tür und nahm die ganze Schwelle ein. Er warf einen kurzen Blick in das überfüllte Büro und einen etwas weniger kurzen Blick auf Marta Bonazzoli, die herumstand. Dann fiel sein neugieriger Blick auf den zerlumpten Mann, der vor Vicequestore Guarrasi saß.

»Tito, willst du nicht reinkommen?«, fragte Vanina.

Macchia signalisierte, dass dies nicht nötig sei. Dann bat er Marta, kurz bei ihm vorbeizukommen, sobald sie frei sei. Die junge Frau nickte.

Lo Faro hatte sich bis dahin in gebührendem Abstand zum Befragten an die Wand gelehnt und rümpfte die Nase, um auf den üblen Geruch hinzuweisen, den der Penner verströmte. Sobald sich der *Big Boss* entfernt hatte, legte er den vierten Gang ein und folgte ihm zur Tür hinaus.

»Dottore Macchia, falls Sie etwas brauchen … Jederzeit.« Macchia schickte ihn ins Büro zurück.

Fragapane rollte mit den Augen und schüttelte resigniert den Kopf.

Vicequestore Guarrasi hingegen starrte ihn an, und das verhieß nichts Gutes.

»Hören Sie, Signor Piscitello!«, schloss sie. »Erinnern Sie sich, ob neben dem Handy noch etwas anderes lag? Dokumente oder Schlüssel vielleicht?«

»Nein, mehr war da nicht.«

»In Ordnung. Das reicht mir schon.«

Der Mann stand auf und deutete eine Verbeugung an.

»Dem Besitzer dieses Telefons ist etwas Schlimmes passiert, nicht wahr?«, fragte er, bevor er ging.

»Leider ja«, antwortete Vanina. Der Penner schwieg und schlurfte mit seinen viel zu großen Schuhen zur Tür hinaus.

»Lo Faro, Sie begleiten ihn zum Ausgang!«, befahl die Vicequestore. »Und dann kommen Sie zurück, und wir unterhalten uns.«

Der Beamte gehorchte verängstigt.

Bei der kleinsten Andeutung, die Vanina gemacht hatte, hatte Patanè die Gelegenheit beim Schopf ergriffen und sich in das Büro begeben. Er hatte sich neben sie hinter den Schreibtisch gesetzt, der einmal ihm gehört hatte.

Spanò hatte ihn noch gar nicht richtig begrüßt. Sobald Lo Faro mit dem Penner das Büro verlassen hatte, ging er auf ihn zu und umarmte ihn.

»Commissario!«

»Mein Carmeluzzo.«

Seit Vicequestore Guarrasi nach Palermo gereist war, hatten die beiden sich auch nicht mehr gesehen.

Vanina riss das Fenster auf, um frische Luft zu atmen. »Armer Kerl«, kommentierte sie.

»Dottoressa, für mich hat der arme Schlucker wirklich nichts mit der Sache zu tun«, erklärte der Commissario, als es sich alle drei bequem gemacht hatten. Marta Bonazzoli war mit Nunnari gegangen, um erste Informationen vom Telefon zu sammeln, und Fragapane hatte nach Lo Faro das Büro verlassen.

Sie zündeten sich eine Zigarette an, und dieses Mal zog Spanò seine eigene Schachtel aus der Tasche.

»Entschuldigen Sie, Dottoressa, aber ich rauche lieber Marlboro.«

Vanina lachte.

»Da habe ich Sie wohl auf Irrwege geführt, Ispettore. Sie kaufen sich wieder Zigaretten? Oder haben Ihnen meine Gauloises nicht geschmeckt, und Sie hatten nicht den Mut, es mir zu sagen?«

»Aber nein! Ich habe sie an einem Abend mal besorgt, als ich durch den Wind war und Lust auf eine Zigarette hatte. Ich trage das Päckchen seit einer Woche mit mir herum. Stellen Sie sich das vor!«

Natürlich konnte er ihr nicht gestehen, dass er die Zigaretten brauchte, um bei einer außerdienstlichen Überwachung die Zeit totzuschlagen.

Vanina wandte sich an Patanè.

»Ich bin mir auch sicher, dass der arme Kerl nichts damit zu tun hat. Ich bin sogar davon überzeugt, dass er die Wahrheit sagt. Heute Morgen haben ihn die Kollegen außerdem in kürzester Zeit erwischt. Selbst die Grenzpolizei gibt an, dass er sich nie etwas zuschulden kommen lässt, abgesehen davon, dass er den Müll durchwühlt und überall um Essen schnorrt. Meist hockt er in einer Ecke des Flughafens. Sein Freund, der das Telefon entsperrt hat, sagte aus, dass er in einem früheren Leben Computertechniker war.«

»Stellen Sie sich das vor! Weiß der Geier, wie er auf der Straße gelandet ist«, kommentierte Patanè.

»Vor allem«, fuhr Vanina fort, »geht es ja darum, dass wir wenigstens Torres' Anrufliste haben. Damit können wir wirklich etwas anfangen. Und hoffen, dass die Nachrichten in den Zeitungen und im Internet dazu beitragen, einige von Torres' Bekannten ausfindig zu machen, die uns mehr über ihn erzählen können.«

»Und da wäre noch das Haus in Trecastagni, zu dem Sie fahren müssen«, erinnerte sie der Commissario.

»Stimmt, das hatte ich ganz vergessen.« Sie sah auf die Uhr. Viertel nach zwei. Deshalb hatte sie also Hunger.

In diesem Augenblick kehrte Lo Faro zurück. Vanina empfing ihn mit dem Gesichtsausdruck einer Kerkermeisterin, die bereit war, den ersten Schlag auszuführen. Sie starrte ihn an.

»Boss, entschuldigen Sie! Ich dachte, Dottore Macchia braucht mich vielleicht …«

»Wofür? Für einen Kaffee?«

»Nein … Ich weiß es nicht.«

»Ich versichere Ihnen, wenn Sie das nächste Mal während eines Verhörs den Raum verlassen, lasse ich Sie in die Passbehörde versetzen.«

Der junge Mann wirkte alarmiert.

»Und nennen Sie mich nicht Boss! Dazu habe ich Ihnen noch keine Erlaubnis erteilt.«

Beschämt senkte Lo Faro den Kopf.

»Entschuldigen Sie, Dottoressa!«

»Gehen Sie zu Mittag, und zwar möglichst ohne Dottore Macchia noch einmal zu stören!«

Als der Beamte ging, kehrte Marta zurück.

Vanina griff nach ihrer Jacke, zog sie an und richtete ihr Holster.

»Wir vier gehen jetzt zu Nino essen. Sonst habe ich keine Kraft mehr, noch zum Ätna zu fahren«, verkündete Vanina mit dem Handy in der Hand und der noch nicht angezündeten Zigarette im Mund.

Patanè sah auf die Uhr. »Mammamia! Sicher hat mich Angelina um diese Zeit schon als vermisst gemeldet!«

Er eilte zum Festnetztelefon des Büros. Sein Handy, gefühlt aus einem anderen Jahrhundert, hatte schon längst keinen Akku mehr. Dann musste er die ganze Schimpftirade seiner Frau über sich ergehen lassen, sobald er ihr erzählt hatte, wo er war, mit wem und vor allem, dass er zum Mittagessen nicht nach Hause kam.

In Ninos gutbürgerlicher Trattoria saßen an diesem Tag weniger Menschen als sonst. Trotzdem huschte Nino im Lokal umher, kontrollierte die Tische, begrüßte die Gäste, umarmte und verbeugte sich vor den Stammgästen. Nachdem er Commissario Patanè mit Zuneigung überschüttet und Vanina gesagt hatte, dass er sich Sorgen über ihr Verschwinden gemacht hatte, setzte er sie an den abgelegensten Tisch und brachte ihnen nach wenigen Minuten Oliven, Primosalekäse und Brot. Dann nahm er ihre Bestellungen entgegen. Viermal Pasta alla Norma, Martas streng ohne gesalzenen Ricottakäse.

»Sie essen also gar keinen Käse, Inspektor?«, fragte Patanè, der immer noch nicht ganz verstanden hatte, was vegan bedeutete.

»Nein, Commissario. Ich esse keine tierischen Nebenerzeugnisse. Keine Milch, keine Molkereiprodukte oder Eier«, antwortete Marta.

»Wirklich?«, fragte der Commissario bestürzt.

Und wovon ernährte sich das Mädchen dann? Deshalb war sie so dünn.

Schön wie die Sonne, kein Zweifel, aber zu dünn.

»Gott sei Dank gibt es in Sizilien viele Gemüsegerichte«, gab er zu bedenken und zählte auf. »Caponatina, Peroni a Ghiotta, Cucuzza a Minestrina, Pasta alla Norma.«

»Ja, natürlich. Wenn man frittierte Fische beiseitelässt ...«, kommentierte Marta.

»Tja, dann sind wir verloren. Essen Sie so?«

Vanina mischte sich in die Diskussion ein, die ihrer Erfahrung nach stundenlang andauern konnte und beendete sie.

»Spanò, gibt es genauere Informationen über Torres' Immobilienbeteiligungen?«, erkundigte sie sich.

»Lo Faro hat heute Morgen daran gearbeitet. Offenbar gibt es dazu nichts Relevantes. Das Haus in Trecastagni, das für uns von größtem Interesse ist, gehört ihm seit Anfang der Neunzigerjahre.«

»Haben wir Torres' Kreditkarten gefunden?«, fragte Vanina.

Da sie erst zurückgekommen war, als die Ermittlungen bereits aufgenommen worden waren, hatte sie immer das Gefühl, nicht alles abgefragt zu haben.

»Fragapane arbeitet daran.«

Vanina dachte über die berühmten zwölf Stunden nach, die bereits vergangen waren, während sie noch völlig am Anfang standen. Das verhieß nichts Gutes.

»Wir müssen die Ermittlungen ausweiten«, sagte sie plötzlich und unterbrach die Stille, die herrschte, nachdem die Pasta alla Norma serviert worden war.

Die drei schauten auf und sahen sie erwartungsvoll an.

»Nach Amerika?«, fragte Patanè und nickte zustimmend.

»Nach Amerika.«

Spanò und Marta zeigten sich einverstanden.

Aus Rücksicht auf den Commissario, der dreiundachtzig Jahre alt war, obwohl er zehn Jahre jünger wirkte, hatte Spanò einen Dienstwagen genommen, um zu Ninos Trattoria zu fahren. Marta Bonazzoli, die an diesem Morgen wegen des Regens keine halbe Minute hatte joggen können, nutzte die Gelegenheit, um die verlorene Bewegung nachzuholen, und ging zu Fuß weiter.

»Was meinen Sie, Commissario, möchten Sie mit uns nach Trecastagni fahren?«, schlug Vanina vor.

Ohne darauf zu antworten, ging Patanè zum Auto, stieg ein und ließ sich auf dem Rücksitz nieder. Als er bemerkte, dass Vicequestore Guarrasi und Carmelo schmunzelten, kam er sich lächerlich vor.

»Ich sehe aus wie Larry Semon«, spottete er über sich selbst.

»Mehr oder weniger«, bestätigte Vanina, die ihn vergeblich überreden wollte, sich nach vorn zu setzen.

»Keine Scherze über ernste Angelegenheiten«, antwortete Patanè. Er richtete sich besser ein, schnallte sich an und wirkte quietschvergnügt.

»Aber wissen Sie wirklich, wer Larry Semon war, Dottoressa? Das war zu meiner Zeit.«

»Sehe ich so aus, als wäre ich nicht mit dem Stummfilm Ihrer Zeit vertraut? Larry Semon, natürlich, besser bekannt als Ridolini.«

»Manchmal vergesse ich, dass Sie die gleichen Filme kennen wie ich. Vielleicht, weil mir das seltsam vorkommt.«

Bevor Vanina ins Auto stieg, sah sie Marta Bonazzoli um die Ecke biegen. Ihre Kollegin hielt ihr Handy ans Ohr. Als

Vanina nach Palermo abgereist war, hatte die Geschichte zwischen Marta und dem Big Boss gerade eine schwierige Phase durchlaufen, und sie war die Einzige, der sich die beiden anvertraut hatten. Aber es gab ein Detail, das Vanina einige Tage zuvor zufällig erraten und das die beiden übersehen hatten. Jetzt war sie neugierig, ob sie damit richtiglag.

In der Zwischenzeit sorgte Spanò dafür, es ihr zu enthüllen.

»Ich nehme lieber einen Umweg, nicht dass wir noch auf Marta Bonazzoli stoßen. Das könnte ihr peinlich sein«, behauptete der Inspektor.

»Warum?«, fragte Vanina.

Carmelo gab sich zurückhaltend, doch sein Gesichtsausdruck wirkte amüsiert und schelmisch zugleich. Offenbar konnte er es kaum erwarten, ihre Frage zu beantworten.

»Neulich haben Nunnari und ich ein Gerücht aufgeschnappt, das die Wände des Polizeireviers schier zum Einsturz brachte.«

Patanè steckte den Kopf zwischen ihnen hindurch.

»Über wen ... die Inspektorin?«, fragte er neugierig.

Vanina wurde klar, dass der von Marta so gefürchtete Moment gekommen war.

»Genau, über sie«, erwiderte Spanò geheimnisvoll.

»Kommen Sie schon! Spannen Sie uns nicht weiter auf die Folter und erzählen Sie! Mit wem haben Sie sie erwischt?«, drängte Vanina.

»Mit dem Big Boss höchstpersönlich«, verkündete Spanò und unterstrich seine Worte mit einer ausladenden Geste.

»Verdammt!«, stieß Patanè hervor.

Vanina zuckte mit keiner Wimper.

»Sind Sie sich da sicher?«

»Hundertprozentig, Dottoressa! Sie waren in San Giovanni Li Cuti, vor dem Haus von Marta Bonazzoli. Sie stieg gerade vom Motorrad des Big Boss.«

»Und? Das heißt doch gar nichts. Vielleicht hat er sie nur mitgenommen«, gab Vanina zu bedenken.

»Dottoressa, wenn Sie mich fragen, besteht kein Zweifel. Sie umklammerten sich so fest, als wollten sie sich nie wieder voneinander lösen.«

So wie er das sagte, vermittelte er eine genaue Vorstellung davon, wie innig Marta und Tito sich umarmt hatten. Damit schwanden alle möglichen Einwände.

Die Salita dei Saponari begann nach einigen Kurven kurz vor Viagrande. Spanò und Patanè stritten eine halbe Stunde lang über die Geschichte dieser Straße, bevor sie sich auf einen Kompromiss einigten. Es war die Straße, die die Gläubigen zu den Festen von Sant'Alfio, San Filadelfo und San Cirino mühsam erklommen, aber auch die Straße, über welche die *saponari* nach Trecastagni kamen und von Haus zu Haus gingen, um Seifenstücke gegen alle möglichen Gegenstände zu tauschen.

Auf der Straße ging es geradewegs ins Zentrum von Trecastagni, wo sie ihren Namen änderte. Von dort aus führte der mit Lavastein gepflasterte und von malerischen Straßenlaternen beleuchtete Weg zwischen mehr oder weniger alten Gebäuden hindurch und berührte sogar die Stufen, die an der Mutterkirche der Stadt endeten. Das Haus, das Esteban Torres gehörte, war gut erhalten und vermutlich erst vor Kurzem renoviert worden. Vanina näherte sich der kleinen grünen Tür und hämmerte mit dem Klopfer daran. Sie bemerkte, dass sich an der Seite eine Sprechanlage befand, auf der aber keine Namen standen. Sie drückte den Knopf.

»Dottoressa, warum klopfen Sie?«, fragte Spanò und hielt bereits ein Brecheisen in der Hand, das er von einem kleinen Dieb geerbt hatte, der einmal versucht hatte, in das Haus seiner Schwester einzubrechen und den er in die Flucht geschlagen hatte. Es war sicherlich nicht besonders elegant, aber besser, als sich die Schulter zu brechen. Man hätte auch das Schloss durchschießen können.

»Wenn uns jemand dabei sieht, hält er uns für Einbrecher«, mutmaßte Patanè, der sich den Schal über die Nase gezogen hatte, um sich nicht zu erkälten.

Der Ispettore wollte zur Tat schreiten, als eine Frauenstimme über die Sprechanlage zu hören war.

»Hallo?«

Die drei sahen sich verwirrt an.

»Hallo«, wiederholte die Stimme nun etwas lauter.

Vanina beugte sich zur Sprechanlage.

»Polizei«, sagte sie.

Die Eingangstür klickte umgehend.

Die beiden Dänen, die Torres' kleines Haus für zehn Tage gemietet hatten, saßen nebeneinander auf einem Zweisitzersofa, das wie der Rest der Einrichtung unverkennbar von Ikea stammte. Keiner von ihnen hatte jemals von Esteban Torres gehört oder ihn getroffen. Die Kontaktperson, die sie auf der Buchungsseite gefunden hatten, war ein gewisser Manuel Nuzzarello, den sie als gemeinsamen Verwalter mehrerer Ferienhäuser in dem Land einschätzten.

»Haben Sie die Telefonnummer von Signor Nuzzarello?«, fragte Vanina nach dem langen und ermüdenden Gespräch, dem Patanè und Spanò hilflos gelauscht hatten, ohne ein einziges Wort zu verstehen.

»Ja, natürlich!«, sagte die junge Dänin, lief ins Nebenzimmer und kam mit einem Smartphone in der Hand zurück. Mit dem Finger scrollte sie über das Display und konzentrierte sich, bis sie das Gesuchte fand. Sie drehte das Display in Vaninas Richtung, die sich nach vorn lehnte, um die E-Mail zu lesen. Das Mädchen zuckte zusammen und lenkte Vanina damit ab. Diese musterte ihr Gegenüber, um die überraschende Reaktion zu verstehen. Dann erkannte sie, dass das Mädchen auf die Beretta starrte, die unter Vaninas Jacke zum Vorschein gekommen war.

Vanina versicherte der Dänin, dass die Waffe gesichert sei, doch das zeigte wenig Wirkung. Die junge Frau beäugte sie misstrauisch, wie es oft geschah, wenn sie bewaffnet war, vor allem wenn die Situation es nicht erforderte. Man hielt sie dann für eine Scharfrichterin, die schnell zur Waffe griff, obwohl das eindeutig nicht stimmte. Doch Vanina kümmerte das wenig. Für sie kam es nicht infrage, ohne Waffe auf die Straße zu gehen.

Die E-Mail, die das Mädchen ihr zeigte, enthielt eine Anfahrtsbeschreibung und Zahlungsmöglichkeiten, die *leider aufgrund einer vorübergehenden technischen Störung aktuell keine Debit- oder Kreditkartenzahlung zuließen.* Am Ende folgten Nuzzarellos Kontaktdaten. Vanina diktierte sie Spanò, der sie in sein Telefon einspeicherte, während Patanè sie für alle Fälle in seinem halb zerknitterten Notizblock notierte. Er wusste, wie es oft lief. Besser, man verließ sich nicht auf technische Neuerungen.

»Wer weiß, warum dieses Touristenziel nirgends erwähnt wird«, überlegte Spanò, als sie wieder ins Auto gestiegen waren.

Vanina hob den Kopf von ihrem Handy, auf dem sie Nuzzarellos Nummer gespeichert hatte, den sie bald anrufen würde.

»Soll ich Ihnen ein paar mögliche Gründe dafür nennen? Erstens wurde diese Nutzung vielleicht nirgends registriert, und wie man sieht, akzeptieren sie keine elektronischen Zahlungen. Zweitens: Ihr habt die Nachforschungen über Torres' Immobilien diesem Schwachkopf Lo Faro anvertraut. Und der ist auf seiner Eins von Google stehen geblieben.«

Patanè lachte laut auf. Er hatte fast Mitleid mit dem jungen Beamten. Salvatore Fragapane hatte ihn unter seine Fittiche genommen und versuchte, ihn so gut wie möglich in die Mannschaft zu integrieren und ihm zu helfen, sich bei Vanina Guarrasi beliebter zu machen. Aber das funktionierte nicht. Er war imstande, in fünf Minuten wochenlange Arbeit zunichtezumachen.

»Der Ärmste!«, kommentierte Patanè.

»Wer? Er? Oder diejenigen, die sich mit ihm befassen müssen?«, fragte Vanina.

»Er ist kein schlechter Kerl. Er erinnert mich an einen Wachtmeister, den ich in den Sechzigerjahren unter mir hatte. Dumm wie Stroh, und zwar im wörtlichen Sinn. Wenn man *Weiß* zu ihm sagte, verstand er *Schwarz*. Wenn man ihm sagte, er solle rechts abbiegen, bog er links ab. Doch manchmal hatte er geniale Einfälle und löste einen Fall.«

»Commissario, glauben Sie mir, Lo Faro bekommt nicht mal dann geniale Einfälle, wenn sich ein Bombenhagel über ihm entlädt.«

Diesmal musste Spanò lachen.

Vanina griff wieder zum Handy, um den berühmten Nuzzarello anzurufen, als das Display aufleuchtete und es klingelte. Sie ging sofort dran.

»Dottoressa Guarrasi, hier spricht Vassalli.«

Seine Stimme klang alles andere als heiter.

»Dottore Vassalli, guten Abend.«

»Ich wollte Sie darauf hinweisen, dass die Carabinieri von Taormina soeben eine weitere Leiche gefunden haben, die höchstwahrscheinlich mit der von Torres zusammenhängt. Leider sind wir auch gezwungen, mit der Staatsanwaltschaft von Messina und den Carabinieri zu ermitteln. Den Angaben zufolge handelt es sich um eine Frau, um Roberta, genannt Bubi Geraci.«

Vanina war verblüfft.

»Entschuldigen Sie, Dottore Vassalli, warum glauben Sie, dass die Fälle zusammenhängen?«

»Weil unter den persönlichen Gegenständen der Frau ein Foto gefunden wurde, auf dem sie mit einem Mann abgebildet ist. Der Concierge des Hotels in Taormina, in dem die Tote gefunden wurde, hat den Mann als Esteban Torres identifiziert.«

6

In der Nebensaison hatte Taormina einen ganz eigenen Charme. Keine Menschenmassen, leere Parkplätze, kaum Gäste, die sich auf die wenigen noch geöffneten Hotels verteilten. Bei dem Hotel, in dem der Leichnam von Bubi Geraci gefunden worden war, handelte es sich um ein historisches Haus, das aus einer alten Windmühle umgebaut worden war, mit einem inneren Kreuzgang und einem Brunnen, in dem das Opfer versteckt worden war.

Vanina und Spanò hatten sich umgehend dorthin begeben. Gerade noch genug Zeit, um Patanè nach Hause zu fahren und Marta abzuholen, deren rasanter Fahrstil einem Formel-1-Champion in nichts nachstand. Vierzig Minuten später erreichten die drei Polizisten den Tatort.

Auf dem Weg zum Hotel hatte Vicequestore Guarrasi Adriano Calì angerufen, der gerade in Taormina eingetroffen war. Aufgrund des möglichen Zusammenhangs zwischen der aufgefundenen Leiche einer Frau und dem Fall Esteban Torres war er mit der Autopsie beauftragt worden, obwohl eigentlich die Staatsanwaltschaft von Messina dafür zuständig gewesen wäre.

Und noch bevor sie es vergaß, hatte Vanina Giulia angerufen, um den gemeinsamen Abend abzusagen, den sie ihr am Vortag versprochen hatte.

Hauptkommissar Rodolfo Silvani, der sie kontaktiert hatte,

kurz nachdem sie ihr Telefonat mit Vassalli beendet hatte, ging sogleich auf sie zu, als er sie sah. Mittelgroß, leicht ergrautes, auf altmodische Weise gekämmtes Haar, helle Augen. Gewinnendes Lächeln. Das Ebenbild eines jungen Vittorio De Sica in der Rolle des Maresciallo Maggiore Antonio Carotenuto in dem Film *Brot, Liebe und Fantasie*.

»Ich hatte gehofft, Sie zu treffen, Dottoressa Guarrasi.«

Doch um ehrlich zu sein, wusste er genau, dass er ihr begegnen würde. Als klar geworden war, dass es zwischen dem Mord am Flughafen, den das Mobile Einsatzkommando von Catania untersuchte, und der Toten im Brunnen eine Verbindung gab, wusste Silvani, mit wem er es zu tun haben würde. Mit Vicequestore Giovanna Guarrasi, auch besser bekannt als Vanina. Eine, der die Polizeiarbeit sozusagen im Blut steckte und die ihm so lange auf den Keks gehen würde, bis sie den Fall gelöst hätte. Und das möglichst auf ihre Art.

Sie würde jeden Moment vor ihm stehen. Darum hatte der Hauptkommissar beschlossen, der Sache zuvorzukommen, sie anzurufen und die Formalitäten zu übergehen.

Der alte Brunnen, über dem ein rostiger Eimer hing und der halb mit einem Eisendeckel bedeckt war, erwies sich als breiter, als Vanina es sich vorgestellt hatte. Breit genug, damit auf dem Grund der Körper einer zierlichen Frau Platz hatte.

Adriano Calì schien neben sich zu stehen. Glänzende Augen, erschreckende Blässe. Er fingerte an der Leiche herum, während die kriminaltechnischen Sachverständigen der Carabinieri ihre Untersuchungen durchführten.

Vicequestore Guarrasi schlüpfte unter dem rot-weißen Band hindurch und näherte sich ihm. Die Leiche sah erschreckend aus, sie war vollständig mit einer weißlichen Patina überzogen, die einen ekelerregenden Geruch verströmte. Adriano bemerkte, dass Vanina hinter ihm stand, und erhob sich.

»Ich kann es noch gar nicht fassen, arme Bubi«, sagte er.

»Bubi?«, fragte Vanina ihn erstaunt.

»So wurde sie genannt.«

»Kanntest du sie?«

»Noch nicht so lange. Sie war eine extravagante, witzige Dame.«

»Wie ist sie gestorben?«

»Ein tödlicher Schlag zwischen dem rechten Schläfenbein und dem Ohr.«

»Womit?«

»Das weiß ich nicht. Aber es muss etwas Massives gewesen sein.«

»Wann ist es passiert?«

»Nun ja, angesichts der Umweltbedingungen und der Tatsache, dass es bis vorgestern noch heiß war, denke ich, dass es nicht mehr als eine gute Woche her sein kann. Das stehende Wasser am Brunnenboden hat die Leiche seifig gemacht.«

Vanina zog eine Grimasse und wandte sich ab. Der Geruch, der ihr entgegenschlug, war unangenehmer als sonst. Aber sie hatte es noch rechtzeitig geschafft, um in den Brunnen zu schauen, der etwa zwei Meter breit und nur etwa zwei Meter tief war. Es war nicht davon auszugehen, dass die Frau von selbst hineingefallen war und sich dabei den Kopf angeschlagen hatte.

»Ich rate dir, hier fernzubleiben«, empfahl Adriano Calì. »Kaum etwas stinkt schlimmer als das Leichenwachs, das sich bei der Verseifung auf der Oberfläche eines menschlichen Körpers bildet.«

Hauptkommissar Silvani, der tatsächlich auf Abstand geblieben war, hielt die Papiere des Opfers in der Hand.

»Geraci, geboren 1957 in Catania, getrennt lebend. Ihre Bekannten nennen sie Bubi. Wohnhaft in Noto, Provinz Siracusa. Beruf: Öffentlichkeitsarbeit.«

Ihr Wohnsitz in Noto erklärte, warum sie Adriano Calì kannte, der sich nun in das Gespräch einmischte.

»Bubi organisierte Veranstaltungen. Kongresse, Meetings. Meistens in Catania, manchmal aber auch außerhalb von Sizilien. Sie hielt sich nicht oft in Noto auf, hatte aber ihren Wohnsitz dort. Die Stadt gefiel ihr. Wer weiß, was sie in Taormina zu tun hatte.«

Silvani erklärte, was er darüber wusste.

»Der Concierge des Hotels sagte aus, dass sie hier einige Zeit mit Herrn Esteban Torres verbringen wollte. Doch Torres hatte mitgeteilt, dass er sich um eine Woche verspäten würde.«

»Wer hat sie gefunden?«, fragte Vanina.

»Ein Angestellter, der durch den Kreuzgang ging. In der Wintersaison hält sich in diesem Bereich des Hotels offenbar kaum jemand auf. Er hat einen seltsamen Geruch wahrgenommen und sich dem Brunnen genähert, weil er dachte, eine tote Katze läge darin. Er schob die Brunnenabdeckung zur Seite und entdeckte die Leiche.«

»Und in den Tagen davor bemerkte niemand den üblen Geruch?«

»Offenbar nicht, Vanina«, mischte sich Adriano Calì erneut ein. »Denk daran, wir befinden uns im Spätherbst, und die letzten beiden Tage waren kälter als sonst. Im Brunnen herrscht ein belüftetes Milieu, und die Leiche ging nicht in Verwesung über, weil vorher der Verseifungsprozess einsetzte und sie einigermaßen konservierte.«

»Hauptkommissar Silvani, sagten Sie, der Concierge des Hotels habe Torres auf einem Foto wiedererkannt?«, fragte Vanina.

»Ja«, bestätigte Silvani und bat einen Beamten, ihm das Foto zu bringen, das in einem durchsichtigen Plastikbeutel steckte. »Dies ist Roberta beziehungsweise Bubi Geraci und das hier Esteban Torres. Die beiden waren Stammgäste in dem Hotel. Sie kamen immer gemeinsam, auch für längere Zeit. Alles bei absoluter Diskretion.«

Torres' Ähnlichkeit mit Anthony Quinn trat auf dem Foto noch deutlicher zutage. Die Frau war in einen Kaftan gekleidet, der ihre üppigen Formen noch unterstrich.

Vanina begutachtete den Hintergrund des Fotos. Dann blickte sie auf die rechte Wand des Kreuzgangs und die Kolonnade.

»Offenbar wurde das Foto hier gemacht«, vermutete sie und drehte es um. »Die Aufnahme ist auf den 23. November 2005 datiert.«

Sie sah zu Silvani auf, der ihr nicht mehr zuhörte und fasziniert Marta Bonazzoli anstarrte. Die Polizistin hatte sich mit Spanò genähert, der Vanina etwas zu berichten hatte.

»Boss, entschuldigen Sie mich!«, erklärte Spanò. »Ich habe mir erlaubt, die Sache in Angriff zu nehmen, und Fragapane mit einem Foto von Signora Geraci von ihrem Facebookprofil zum *Hotel Palace* geschickt. Das ist die Dame, die sich gelegentlich in Torres' Gesellschaft aufhielt.«

»Bravo, Spanò! Gut gemacht.«

»Ach, noch etwas! Der Concierge war der Mann, der bei unserem letzten Hotelbesuch keinen Dienst hatte. Daher nutzte Salvatore die Gelegenheit, um ihn zu fragen, ob er sich noch an jemanden erinnere, der nach Torres suchte. Er erzählte, ein junger Ausländer sei gekommen und habe nach ihm gefragt. Da sei Torres aber schon weg gewesen.«

»Und, hinterließ er keinen Namen?«

»Nein, weil Torres dem Concierge mitgeteilt hatte, dass er nicht zurückkommen werde. Aber der Ausländer hatte eine

Telefonnummer hinterlassen. Einige Tage später rief Torres im Hotel an und erkundigte sich, ob jemand nach ihm gefragt habe. Der Concierge gab ihm die Nummer des jungen Mannes.«

Ein vermummter Mann der Spurensicherung sagte etwas zu einem Carabiniere, der am Brunnen stand und aufpasste. Dieser wandte sich an Silvani.

»Entschuldigen Sie, Hauptkommissar Silvani, der Unteroffizier möchte Sie auf etwas aufmerksam machen.«

Silvani stellte ihn Vanina vor.

»Dottoressa, das ist Maresciallo Labbate, das Rückgrat unserer Einheit.«

Der Polizeimeister stand stramm. Etwa fünfzig Jahre alt, ein immer noch dunkler Schnurrbart, nicht unbedingt schlank. Aufgeweckt.

»Sehen wir nach!«, schlug Silvani vor und ließ Vanina den Vortritt. Maresciallo Labbate leuchtete mit einer Taschenlampe auf einen Stein, der am Boden des Brunnens aus dem Wasser ragte. Der Blutfleck war durch den Regen verblasst, auf dem porösen Stein aber immer noch sichtbar.

»Wenn bestätigt wird, dass es sich um Blut handelt, und wenn es mit dem von Signora Geraci übereinstimmt, wissen wir vielleicht, wie sie zu Tode gekommen ist«, meinte Labbate.

»Jemand hat ihren Kopf auf den Rand des Brunnens geschmettert und die Leiche dann hineingeworfen, um sie zu verstecken«, stellte Vanina fest.

»Und mit der Leiche hat er auch ihre Handtasche mit allem, außer ihrer Brieftasche und …«

»… dem Handy hineingeworfen«, kam Vanina ihm zuvor.

Maresciallo Labbate lächelte. Er war fasziniert von der Zusammenarbeit mit Vicequestore Guarrasi.

»Ganz genau.«

Vaninas Blick folgte einem Mann, der im Kreuzgang aufgetaucht war und dann wieder in der Lobby verschwand.

»Das ist der Hoteldirektor«, erklärte der Polizeimeister. »Er kannte Torres gut.«

Vanina sah sich nach ihrem Team um. Spanò war am Telefon, während Marta von Hauptkommissar Silvani mit Beschlag belegt worden war.

»Marta!«, rettete Vanina sie. »Lass uns gehen und mit dem Hotelmanager sprechen.«

Die Kollegin kam dem Aufruf sofort nach.

»Oh, Mammamia, was für ein Trottel!«, murmelte sie, als sie sich ein wenig entfernt hatten, und blickte in Richtung des Hauptkommissars.

Vanina musterte sie von Kopf bis Fuß. Blondes, mit einem Bleistift zurückgestecktes Haar, große grüne Augen, ebenmäßige Gesichtszüge, schlank genug für den Laufsteg.

Eine wie sie hätte Vittorio De Sica als Polizeihauptmeister oder Maresciallo Maggiore Antonio Carotenuto den Verstand geraubt.

»Signor Torres hatte die üblichen zwei Monate gebucht. Vom 15. November bis zum 15. Januar. Wie ich Maresciallo Labbate bereits sagte, verbrachten er und Frau Geraci jedes Jahr zwei Monate hier, und zwar immer um diese Zeit. Doch in letzter Minute musste Signor Torres seinen Aufenthalt verkürzen. Er erklärte, sich um eine Woche zu verspäten.«

Der Hotelmanager wirkte bestürzt.

»Und Frau Geraci?«

»Genau das können wir uns nicht erklären«, bekannte der Mann.

»Was?«

»Sehen Sie, Dottoressa, die Dame kam hier an, noch bevor

ihr … Freund sie von seiner Verspätung unterrichtete. Und da sie schon mal hier war, blieb sie ein paar Tage. Von einem auf den anderen Moment verschwand sie dann, ohne sich zu verabschieden.«

»Und die Zimmerrechnung?«

»Die wurde sowieso immer von Signor Torres beglichen.«

»Sie hätte also gar nicht mehr an der Rezeption vorbeischauen müssen.«

»Theoretisch nicht, aber es war trotzdem komisch. Außerdem ließ sie ihre Sachen im Zimmer zurück. Das Dienstmädchen musste die Koffer packen und einlagern, um das Zimmer frei zu machen.«

»Und das kam Ihnen nicht seltsam vor?«

»Doch, schon. Aber wissen Sie, die Dame war manchmal etwas sonderbar. In Anbetracht der Tatsache, dass sie in ein paar Tagen mit Herrn Torres zurückkehren würde, dachten wir, dass wir sie am nächsten Tag wiedersehen würden. Stattdessen kehrte sie nicht zurück.«

»An welchem Tag hätte sie wiederkommen müssen?«

»Am 17. November. Vor zehn Tagen. Einige Tage später tauchte Signor Torres auf.«

»Und wie verhielt er sich?«

»Er erkundigte sich umgehend nach Signora Geraci, nachdem er sie nicht erreichen konnte. Er wollte wissen, wann sie gegangen war.«

»Und dann?«

»Und dann nahm er ein Zimmer.«

»Dasselbe, in dem zuvor die Dame untergebracht gewesen war?«

»Nein, er mietete die Suite, die er immer nahm.«

»Checkte er ein?«

»Natürlich.«

Vanina wandte sich an Marta. Die Frage stand ihr ins Gesicht geschrieben: *Und warum wussten wir nichts davon?*

Der Mann konsultierte den Computer.

»Hier ist es! Er meldete sich mit seinem amerikanischen Pass an … Nein, warten Sie! Das ist eine Anmeldung von vor zwei Monaten.« Er runzelte die Stirn. »Komisch. Vor zwei Monaten war Signor Torres hier.«

Er tippte noch ein wenig auf der Computerkonsole herum.

»Das ist ja unglaublich! Auch Signora Geraci war vor zwei Monaten hier!«

Er tippte erneut in die Tastatur und wirkte verärgert. »Na so etwas, in dem Zeitraum sind alle Daten der Gäste falsch!«

Er machte sich auf die Suche nach Unterstützung und kehrte mit einem jungen Mann zurück, den er vor den Computer setzte, damit dieser dem Geheimnis auf den Grund ging.

Das erklärte, warum die Nachforschungen der Polizei zu Torres' Anwesenheit keine Ergebnisse zeigten.

»Hören Sie, Direttore, wird der Kreuzgang von Kameras überwacht?«

»Ja, von einer Kamera. Aber wie ich Maresciallo Labbate schon erklärte, werden die Aufnahmen nach einer Woche gelöscht.«

Vanina überlegte, ob sie fortfahren sollte. Das Dumme war, dass die Angelegenheit von Taormina in den Zuständigkeitsbereich der Carabinieri fiel. Sie beschloss, trotzdem zu fragen.

»Fiel Ihnen zufällig auf, ob Signora Geraci während ihrer Anwesenheit mit jemandem sprach? Sagen wir, mit jemandem, den Sie nicht kennen?«

»Wie soll ich das sagen? Die Leute kommen manchmal auch nur, um das Hotel zu besichtigen. Um einen Cocktail zu trinken oder einen Kaffee. Signora Geraci kannte aufgrund ihres Berufs viele Leute. Nur wenn sie mit Signor Torres zusammen war, blieben sie unter sich ... Sie verstehen schon, was ich meine ... Aber wenn sie allein war, traf sie sich manchmal mit Bekannten und unterhielt sich.«

»Hatte sie ein Auto?«, fragte Vanina.

Der Direktor wirkte verwirrt. »Wer?«

»Signora Geraci.«

»Gewöhnlich ja.«

»Und wo parkte sie?«

»Sie parkte immer im Parkhaus von Porta Catani, mit dem wir zusammenarbeiten. Wissen Sie, das Hotel hat eine eigene Garage, aber die wenigen Plätze sind meist schon lange im Voraus reserviert. Einer war immer für Signor Torres bestimmt.«

Das Parkhaus Porta Catania war mehrstöckig und hatte eine Ausfahrt auf den Corso. Das erleichterte das Parken in Taormina seit einigen Jahren erheblich. Es war dasselbe Parkhaus, in dem Marta kurz zuvor ihr Auto abgestellt hatte.

Spanò hatte sein Telefonat beendet.

Die Leiche sollte abtransportiert und nach Catania zur Autopsie gebracht werden, die Gerichtsmediziner Calì am nächsten Morgen durchführen würde.

An diesem Abend war nichts weiter zu tun.

Bevor sie nach Catania zurückfuhren, kehrten Vanina, Spanò und Marta in einem Restaurant in der Nähe der Porta Messina ein, das die Vicequestore kannte, weil sie dort schon einige Male mit ihrer Freundin Giulia zu Gast gewesen war. Dann besuchten sie die Bar gegenüber, die für die besten Granitas der Stadt bekannt war.

Sie schlenderten den Corso Umberto bis zum Parkplatz der Porta Catania entlang, bezahlten das Ticket an der Kasse und stiegen ins dritte Untergeschoss hinab. An der Ausfahrt versuchte Marta, das Parkticket in die dafür vorgesehene

Vorrichtung zu stecken, doch die Schranke öffnete sich von selbst.

»Das Nummernschild wird sowieso registriert, sodass das bezahlte Parkticket nicht mehr eingesteckt werden muss«, erklärte Spanò.

Vanina dachte über seine Worte nach.

»Wartet einen Moment!«, rief sie plötzlich.

Sie wollte Marta gerade auffordern, umzudrehen und zu dem Mann zu fahren, der im siebten Stock in einem Glashäuschen saß und bei dem sie das Parkticket bezahlt hatten. Dann aber überlegte sie es sich doch anders. Die Ermittlungen in Taormina würden von den Carabinieri übernommen. Sie zu übergehen und in ihr Gebiet einzudringen, wäre nicht gut für die Zusammenarbeit gewesen. Schon, aber eine kleine Meuterei …

Sie nahm ihr Handy und rief Hauptkommissar Silvani an.

Ein Klopfen aus ihrer Gegensprechanlage um halb zwölf Uhr abends schreckte Vanina auf dem grauen Sofa auf, das gerade ihre Formen angenommen hatte. Es war auf einer Seite verbeult, und sie hatte es zweimal umgestellt, konnte sich aber nicht entschließen, es zu entsorgen. Zu viele Erinnerungen waren damit verbunden. Die Kissen waren stumme Zeugen ihrer gewollten Einsamkeit und aller Versuche, sie mit Filmmarathons zu vertreiben.

Auf dem Weg zur Sprechanlage fiel Vanina ein, dass Paolo wahrscheinlich die gleiche Schnapsidee wie schon vor zwei Monaten hatte, als er unangemeldet und vor allem ohne Begleitung bei ihr erschienen war.

Stattdessen war es Adriano Calì.

»Wusste ich's doch, dass du noch wach bist«, entschuldigte sich der Gerichtsmediziner. Er kam herein und trat wortlos an den Schrank, in dem er noch ein paar Alkoholreste zu finden hoffte. Mit denen war seine Freundin allerdings nie besonders gut versorgt. Er fand den berüchtigten stummen Traubenmost, eine Bombe, die ein Freund von Vaninas Vermieterin Bettina herstellte und die Vanina nur in Ausnahmefällen und bei absoluter Notwendigkeit trank.

»Es tut mir leid, dass du dich mit Signora Geraci befassen musst.« Die Leiche von einem Opfer zu obduzieren, das man gekannt hatte, musste schrecklich sein.

Adriano Calì nahm neben ihr auf dem grauen Sofa Platz.

»Ich bin eigentlich froh, dass mich Staatsanwalt Vassalli und sein Kollege aus Messina mit dieser Aufgabe betraut haben«, sagte Calì. »Vielleicht deshalb, weil wir Ärzte anderen Ärzten nie ganz vertrauen. Bubi zu obduzieren wird kein Zuckerschlecken, aber ich erledige es lieber selbst.«

»Der Ehemann meiner Mutter sagt oft das Gleiche über Ärzte, die anderen Ärzten nicht trauen. Aber er verarztet Menschen. Manchmal heilt er sie sogar! Das kann man von dir wohl nicht behaupten. Bei dir sind sie mehr tot als lebendig …« Adriano Calì musterte sie ernst. »Auch ich darf mich mit der Diagnose nicht irren. Davon hängt ab, wie ein Fall sich rechtlich entwickelt.«

»Wie wahr«, versicherte ihm Vanina, stand auf, verschwand in der Küche und kehrte mit einem Tablett mit Reiscrispelle zurück, die ihre Vermieterin Bettina an diesem Abend extra für sie gebraten hatte. Sie waren in einer undefinierbaren Honigmasse ertränkt. Guter Honig, das verstand sich von selbst, natürlich von der sizilianischen Biene Apis mellifera sicula, der auf dem Land bei Enna von einem tüchtigen Mädchen hergestellt wurde, das sich neben dem Jurastudium für die Imkerei begeisterte und ein kleines Unternehmen gegründet hatte.

Adriano Calì hatte nicht zu Abend gegessen. Der neue *klinische* Fall, der ihm auf Verlangen von zwei Richtern auferlegt worden war, hatte ihm den Appetit verdorben. Und der durch die Verseifung entstandene ekelerregende Gestank, der einzige, den der Arzt nur schwer ertragen konnte, hatte ihm völlig den Magen zugeschnürt. Eine Delikatesse wie die, die Vanina ihm vorsetzte, war die einzige Form von Nahrung, die ihn anzulocken vermochte.

»Es hilft nichts! Deine Vermieterin Bettina und ich sind telepathisch miteinander verbunden. Hätte sie dir heute Abend kein Blech mit Sfincione gebracht, hätte ich das Essen vermutlich nicht hinuntergebracht. Jetzt sieh dir das hier an!« Er richtete sich auf und griff nach einer der beiden Gabeln, die auf dem Tablett lagen. Vanina lächelte verschmitzt. Dass es zwischen Adriano und Bettina eine gegenseitige Zuneigung gab, stand außer Zweifel. Und wenn sich ihre Vermieterin und Nachbarin, die nichts von der sexuellen Orientierung des Arztes wusste, nicht bereits für eine Verbindung zwischen ihm und ihrer Vannina ausgesprochen hatte, dann nur, weil sie während der zwei Tage, die Paolo einige Monate zuvor im Nebengebäude mit Vanina verbracht hatte, in Dottore Paolo Malfitano verknallt gewesen war. Und damit war er in ihren Augen der einzige Mann, der die Liebe ihrer Lieblingsmieterin verdiente.

»Komm, nehmen wir die Gabel und ertränken unsere Sorgen in Honig!«, befahl Vanina.

Adriano gehorchte und biss in das erste Stück Crispella.

»Sie hat sogar Orangenschalen daruntergemischt, diese Heilige!«

Sie machten es sich bequem. Weg mit den Schuhen, keine Skrupel, keine Verbitterung! Sie mussten zwei Wochen Rückstand aufholen.

Eine halbe Stunde, zwanzig Gabeln und einige Gläser Traubenmost später hatten sie sich alles erzählt, was es zu erzählen gab. Doch wenn es für Vanina nur ein winziger Bruchteil dessen war, was ihr in jenen Tagen widerfahren war, so bedeutete es für Adriano Calì, dass er ihr ungefiltert alle Unsicherheiten anvertraute, die Luca ihm bereitete. Und das hörte sich seine Freundin Vanina still, aber aufrichtig erstaunt an. Luca Zammataro war seit über zehn Jahren der beste Partner, den Adriano sich wünschen konnte. Seine Arbeit als Journalist und Sonderkorrespondent brachte es mit sich, dass er oft für längere Zeit unterwegs war. Dennoch hatte Vanina in länger als einem Jahr, in dem sie sich häufig mit dem Paar getroffen hatte, nie den Eindruck gehabt, dass Adriano an seinem Lebensgefährten zweifelte.

Es zeichnete sich für sie ein völlig neues Bild ab, das ihre ermittlerischen Instinkte, aus welchem Grund auch immer, hatte abstumpfen lassen. Für die Ängste ihres Freundes hätte sich früher oder später eine Erklärung gefunden. Und ohne zu wissen warum, vermutete Vanina, dass sie die Erste wäre, die sie entdeckte.

Sie stürzten sich auf den Film, den Vaninas Stiefvater Federico ihr gegeben hatte, und beendeten den Abend mit Gelächter.

7

»Dottoressa Guarrasi, welche Ehre!«, rief Carlo Alberto Colombo, Vaninas ehemaliger Kollege beim Mobilen Einsatzkommando in Mailand und seit einem Jahr nun bei der Stelle für internationale polizeiliche Zusammenarbeit. Er freue sich, von ihr zu hören.

»Ciao, Colombo, wie geht es dir?«

»Wie es einem Mailänder in Rom so geht, betrunken von der Schönheit der Stadt, ansonsten ständig stinksauer«, lachte er. »Und du? Lebst du noch immer im Schatten des Vulkans?«

»Ja, und das sehr glücklich.«

»Schade, ich hatte schon auf gute Nachrichten gehofft …«
Er ließ den anspielungsreichen Satz stehen, worauf Vanina mit einem Lachen antwortete.

Carlo war ein Mann, der mit seinem verspielten Auftreten täuschte, unter der Oberfläche aber härter war als Lavagestein. Seriös und schätzenswert. So unglaublich gut aussehend, dass den Menschen, die ihm begegneten, die Augen übergingen. Eine Laune, der Vanina wenige Tage vor ihrer Abreise in ihr geliebtes Sizilien nachgegeben hatte, als auch er sich von Mailand aus auf den Weg nach Rom gemacht hatte. Colombo hatte getan, als würde er mitspielen, doch in Wirklichkeit war er enttäuscht.

»Hör zu, Carlo! Ich muss ein paar Nachforschungen über einen amerikanischen Bürger anstellen.«

»Dann bist du bei mir genau richtig«, scherzte er. Die Position bei der Einheit für internationale polizeiliche Zusammenarbeit sowie seine Beförderung zum Polizeidirektor hatte er sich dank einer groß angelegten Ermittlungsaktion zusammen mit der amerikanischen Polizei verdient. Eine Pizza-Connection des neuen Jahrtausends.

Schließlich ließ er seinen scherzhaften Tonfall beiseite und hörte zu. Vanina erzählte ihm, was sie über Esteban Torres herausgefunden hatte.

Zunächst schwieg Colombo.

»Du bittest mich also um Ermittlungen, die bis nach Kuba reichen?«

»Wenn das möglich wäre.«

Er dachte eine Weile nach.

»Du weißt besser als ich, dass so etwas Zeit braucht.«

»Ich bin sicher, dass du mich nicht enttäuschen wirst.«

Colombo pustete. Zigarettenrauch, wenn sich seine Gewohnheiten nicht geändert hatten.

»Vanina Guarrasi, du bist gefährlich.«

»Fragapane?«, rief Vanina und betrat das Zimmer der Veteranen.

Fragapane erhob sich hinter seinem Schreibtisch, auf dem sich ein Stapel Papierkram in fast manischer Ordnung stapelte.

»Dottoressa!«

»Setzen Sie sich!« Sie trat zu ihm. »Tun Sie mir einen Gefallen? Stellen Sie einen offiziellen Antrag zur Veranlassung von Ermittlungen in Sachen Esteban Torres an die Abteilung für internationale polizeiliche Zusammenarbeit«, bat sie und reichte ihm ein Blatt, auf dem sie alles notiert hatte, was sie mit Colombo besprochen hatte.

»Gut, ich kümmere mich sofort darum.«

»Sobald Sie fertig sind, lassen Sie es mich lesen, dann leiten wir es wie üblich entsprechend weiter.«

Wenn es um Bürokratie ging, war Fragapane die Nummer eins im Team. Langsam, aber gründlich.

Spanò war unterwegs, um Informationen über Bubi Geraci zu sammeln. Die Frau war in Catania geboren und lebte dort, wenn sie sich nicht in ihrem Haus in Noto verkroch. Die Staatsanwälte hatten sich darauf geeinigt, dass Vicequestore Guarrasi die Ermittlungen in Catania zu der Frau übernehmen sollte, während Hauptkommissar Silvani die Ermittlungen in Taormina leiten sollte. Ispettore Spanò konnte es kaum glauben. Er machte sich sofort an die Arbeit, ohne auch nur im Büro vorbeizuschauen.

Vanina kehrte in ihr Büro zurück und verzehrte endlich das Frühstück, das sie nahe ihrer Wohnung in der Bar *Santo Stefano* mitgenommen hatte. Der Cappuccino schmeckte nur noch wie kalter Milchkaffee. Aber die Ricotta-Raviola, die Alfio, der Besitzer und Konditor, für sie eingepackt hatte, war köstlich. Sie duftete und hatte genau die richtige Menge Zucker, um den Geschmack der Ricotta nicht zu überdecken.

Konnte ein Tag nach einem solchen Frühstück schlecht beginnen? Zehn Minuten reichten, um jedes Missgeschick auszugleichen. Darunter auch die Nachricht von Staatsanwalt Paolo Malfitano, die sie an diesem Morgen auf dem Display ihres Handys gefunden hatte.

Ich weiß nicht, warum ich deine Forderungen nach Schweigen immer wieder akzeptiere, obwohl ich weiß, dass ich sie nie ganz erfüllen kann. Um mich von diesen zwei Wochen zu erholen, bräuchte ich Monate. Aber ich fürchte, lieber sterbe ich. P.

Ein Stich. Zwei Zeilen, die über die Aufforderung hinausgingen, eine Distanz wiederherzustellen, die nur sie für unerlässlich hielt. Sie hatte ihm noch nicht geantwortet, aber das war nur eine Frage der Zeit. Früher oder später, das war ihr klar, würde sie es tun. Leider wusste auch er das.

Die erste Nachricht kam am Vormittag.

»Dottoressa, hier ist Maresciallo Labbate von den Carabinieri aus Taormina.«

»Guten Morgen.«

»Wir haben eine Kontrolle auf dem Parkplatz Porta Catania durchgeführt. Geracis weißer Audi A2 fuhr am 14. November auf den Parkplatz und verließ ihn in der Nacht vom 16. auf den 17. November wieder.«

Darauf hätte Vanina wetten können.

»Jetzt müssen wir also herausfinden, in welche Richtung er fuhr«, schlug sie vor.

»Ja, daran habe ich auch schon gedacht. Deshalb habe ich mich an die Arbeit gemacht«, erwiderte Labbate, darauf bedacht, einen guten Eindruck zu machen. Die Tatsache, dass es in Taormina nur selten Mordfälle gab, bedeutete nicht, dass die Polizei nicht in der Lage war, einen solchen Fall zu lösen.

»Dann erzählen Sie mal!«, forderte ihn Vanina auf und machte es sich auf ihrem Bürostuhl bequem. Die Beine hatte sie nach vorn auf die Fußstütze gestreckt. Dann zündete sie sich eine Zigarette an.

»Die Dumpfbacke oder die dumme Frau, die das Auto von Signora Geraci genommen hatte, war so schlau, die Autobahn zu benutzen. Der Wagen fuhr auf die Messina-Catania bei der Einfahrt Giardini-Naxos und verließ die Autobahn in Catania wieder. Das heißt aber nicht, dass er dort blieb, denn wie Sie wissen, ist das nur die letzte Mautstelle. Danach kommen noch hundert und mehr Kilometer mautfreie Autobahn und Schnellstraße.«

»Wer immer im Wagen saß, könnte also überall hingefahren sein. Haben Sie das Kennzeichen an das Investigative User System übermittelt?«

»Ja, natürlich. Aber wenn der Wagen nicht durch einen kameraüberwachten Bereich fährt, ist es wie die berühmte Suche nach einer Nadel im Heuhaufen.«

Er hatte recht.

»Manuel Nuzzarello ist nach wie vor nicht erreichbar«, verkündete Marta Bonazzoli, als sie das Büro von Vicequestore Guarrasi betrat. Vanina stand mit einer brennenden Zigarette auf dem Balkon und hatte die Schnauze gestrichen voll von der Warterei.

Sie wollte etwas unternehmen, etwas tun, denn mit ihren Gedanken eingeschlossen zu sein, fraß sie bei lebendigem Leib auf.

»Wie ich diese Momente der Flaute hasse!«, stieß sie hervor und drückte ihre Zigarette in dem mit Kippen überfüllten Aschenbecher auf dem Balkonboden aus.

Es war wieder wärmer geworden.

»Siehst du, jetzt sind es mindestens zwanzig Grad«, stellte sie fest. Gerade das richtige Wetter, um ein paar Leute krank zu machen.

»Gott sei Dank!«, sagte Marta. »Bei meiner Mutter in Brescia war es vorgestern weniger kalt als hier in Catania.«

»Ja, natürlich! Vor allem, weil man in Brescia besser ausgestattet ist. In Häusern und Büros stirbt man vor Hitze, während hier der Begriff Heizung deutlich ungenauer ist.«

Marta Bonazzoli nickte und lachte.

»Außerdem«, fuhr Vanina fort, »bist du nicht mehr an niedrige Temperaturen gewöhnt.«

»Das stimmt, obwohl ich zugeben muss, dass meine Vorstellung von einem sizilianischen Winter ziemlich weit von der Realität entfernt war. Im Januar und Februar ist auf dem Thermometer in meinem Auto siebenmal das Eissignal aufgeleuchtet«, erzählte Marta und dachte an Signora Lella Canton, die sich am anderen Morgen bei sechs Grad in ihren dünnen Mantel gewickelt hatte.

»Übrigens …«, sagte sie plötzlich.

»Übrigens *was?*«, fragte Vanina.

»Entschuldige, ich bin nur meinen Gedanken gefolgt! Apropos Kälte und Nordländer … Signora Canton hat mich gestern angerufen. Die Frau, die den toten Torres am Flughafen entdeckte.«

»Die Frau, die völlig aus dem Häuschen war, weil sie dachte, es handele sich um einen Mafiatoten?«

»Hat Spanò es dir erzählt? Armes Ding, das ist verständlich! Jedenfalls wollte sie wissen, ob sie in ein paar Tagen, wenn sie mit ihrer Arbeit hier fertig ist, zurück nach Mailand fahren kann.«

»Ja, wenn wir sie nicht mehr brauchen.«

Vanina starrte auf das alte ehemalige Gefängnis auf der anderen Straßenseite, in dem schon seit Langem viele Büros und die gesamte Flotte der Dienstwagen und Motorräder des Mobilen Einsatzkommandos untergebracht waren.

Nunnari trat mit dem Gehabe an, das er immer an den Tag legte, wenn er etwas Wichtiges zu sagen hatte. Er tänzelte vorwärts, wobei seine Speckröllchen unter dem viel zu engen Anzug hervorlugten. Als er Martas fast mitleidigen Blick erhaschte, erstarrte er.

Anbetung war ja schön und gut, aber Mitleid … bloß nicht. Vor allem jetzt nicht.

»Nunnari!«, rief Vanina ihn zurück und schnippte mit den Fingern, wie um ihn aus der Hypnose zu wecken.

»Jawohl, Boss.« Er schien wieder bei Verstand zu sein.

»Wollen Sie mir erklären, warum Sie so überstürzt hier hereingestürmt sind?«

In seiner Schwäche für die Kollegin, die zugleich seine Vorgesetzte war, fühlte sich Nunnari ertappt und errötete.

»Wir haben Torres' Anrufliste«, sagte er und deutete auf Vaninas Computer.

»Deo gratias!«

Vanina schaltete den Computer ein. Sie suchte nach den Aufzeichnungen, die Nunnari hochgeladen hatte, und blätterte sie durch.

»In den letzten Tagen tätigte und erhielt er nur wenige Anrufe. Ach, und er benutzte weder SMS noch WhatsApp oder sonstige Formen der Nachrichtenübermittlung«, nahm Nunnari vorweg.

»Wem gehören die Telefonnummern?«

»Ich hatte noch keine Zeit zur Nachprüfung.«

Spanò klopfte an und trat eilig ein, was immer dann der Fall war, wenn er etwas Besonderes mitzuteilen hatte. Diesmal aber ohne das zufriedene Gesicht, das er sonst zur Schau trug.

»Dottoressa, ich habe etwas Wichtiges herausgefunden. Das war mir, ich weiß nicht wie, irgendwie entgangen. Sie wissen noch, die Pistole Marke Makarow, die Torres tötete.«

»Was ist damit?«

»Das war seine eigene Waffe.«

Überrascht hob Vanina die Brauen.

»Spanò, was ist los mit Ihnen? Lassen Ihre Fähigkeiten nach?«

Beschwichtigend hob der Inspektor die Hand.

»Ich weiß, ich weiß, Dottoressa, Sie haben ja recht. Entschuldigen Sie bitte, es ist gerade etwas kompliziert«, murmelte er und senkte den Blick.

Wie, etwas kompliziert? Sie vermied es, ihn danach zu fragen. Ein solches Versäumnis war sonst nicht seine Art.

»Torres hatte einen Waffenschein«, fuhr Spanò fort. »Als er

nach Catania kam, nahm er die Waffe mit. Dies wurde womöglich dem Zoll gemeldet.«

»Und über den Verbleib der Waffe ist natürlich auch nichts bekannt«, schloss Vanina.

»Die Flughafenmitarbeiter haben Nachforschungen betrieben, wissen aber nicht, wo sie abgeblieben ist.«

Vanina wandte sich wieder an Nunnari, der nur herumstand.

»Und? Was ist jetzt mit den Namen?«, drängte sie. Nunnari schlug die Absätze zusammen.

»Sofort, Boss.«

Als er merkte, dass Vanina ihn wie einen Schwachsinnigen ansah, entschuldigte er sich. »Verzeihen Sie mir, Dottoressa! Aber Sie haben doch gesagt, dass Sie nichts dagegen haben, wenn ich meine Kino… Wie haben Sie das gleich genannt?«

»Kinobegeisterung, Nunnari. Ich leide auch darunter, und zwar ziemlich stark. Das heißt aber nicht, dass ich einen Mantel und eine Pfeife trage und von morgens bis abends Calvados trinke.«

Nunnari musterte sie verwirrt. »Warum das? Wer trinkt denn Calvados?«

Vanina gab es auf. »Vergessen Sie es, Nunnari! Erledigen Sie Ihre Arbeit, die machen Sie gut, und kommen dann wieder.«

Auf dem Weg nach draußen stieß Nunnari fast mit dem Big Boss Tito Macchia zusammen, der gerade Vaninas Büro betrat, sofort auf Marta Bonazzoli zuging und sich neben sie stellte.

Spanòs spitzbübischer Blick traf an der Türschwelle auf den von Nunnari, der wie ein geprügelter Hund stehen geblieben war. Seine Augen verloren sich in dem blonden Haar der Kommissarin, die sich dank ihrer Größe selbst neben dem

Koloss Macchia nicht klein ausnahm. Der nach Nunnaris Dafürhalten seit ein paar Tagen der glücklichste Mensch der Welt war.

»Also, Guarrà, wie sieht es aus?«, fragte der Big Boss. »Ich habe gerade Staatsanwalt Vassalli getroffen, und er versicherte mir, dass du freie Hand in dem Fall hast, damit du zügig vorankommst. Wir können sicher bald mit guten Ergebnissen rechnen.«

»Das hat er gesagt?«

Tito lächelte. »Nicht mehr und nicht weniger. Er wirkte sogar ziemlich zufrieden. Eliana hat ihn gar nicht wiedererkannt. Übrigens hat sie sich nach dir erkundigt.«

Eliana Recupero war die zäheste Staatsanwältin, welche die Anti-Mafia-Einheit von Catania zu bieten hatte. Für Vanina eine große Stütze und ihr Rettungsanker während der Ermittlungen gegen Rechtsanwalt Elvio Ussaro, bei denen der unbeschreibliche Staatsanwalt Franco Vassalli nichts anderes getan hatte, als ihr einen Strich durch die Rechnung zu machen. Danach hatte er sich aus dem Staub gemacht. Eliana Recupero und sie kommunizierten nicht regelmäßig, trotzdem waren sie so etwas wie Freundinnen geworden. Vanina nahm sich vor, so bald wie möglich bei der Staatsanwaltschaft vorbeizuschauen. Sie wartete, bis der Big Boss sich gesetzt hatte, und brachte ihn dann auf den neuesten Stand.

Als Tito Macchia zum Mittagessen ging, hütete sich Marta trotz seines hoffnungsvollen Blicks, ihm zu folgen.

Spanò blieb hingegen in Vaninas Büro, um ihr inoffizielle Informationen über Signora Geraci zu geben.

»Also, Dottoressa, Roberta Geraci, besser bekannt als Bubi, war eine bekannte Persönlichkeit. Inhaberin von GeRob Congress, welche die wichtigsten Veranstaltungen in halb Sizilien und darüber hinaus organisiert. In den späten Siebzigerjahren heiratete sie Oreste Parisi, einen Restaurantbesitzer. Mitte der Neunzigerjahre trennten sich die beiden, ließen sich aber nicht scheiden. Sie haben eine gemeinsame Tochter, die in Paris lebt. Es gibt jedoch keine Aufzeichnungen darüber, dass sie neue Verbindungen eingegangen ist, weder offiziell noch inoffiziell, wie mir mein Cousin versicherte.«

Spanò hatte etliche Verwandte, die über erhebliche Kenntnisse und Informationsquellen verfügten. Zusammengenommen vermochten sie die Hälfte aller Fälle der Staatsanwaltschaft von Catania zu lösen. Dieser Cousin leitete beispielsweise ein Cateringunternehmen, das überall dort, wo man es brauchte, eine Imbissbude aufbaute, auf Partys, bei Veranstaltungen, bei privaten Abendessen. Wenn man ihn rief, kam er mit einem Pavillon, großen Töpfen und kistenweise sizilianischen Minipizzen und Miniarancini in verschiedenen Geschmacksrichtungen. Zu guter Letzt brachte er eine exklusive Delikatesse mit, den Mini-Iris, von einer gewissen Maricchia höchstpersönlich hergestellt. Maricchia war die achtzigjährige Tante aller Cousins von Spanò und die berühmteste Konditorin von Catania.

»Keinerlei Verbindung, außer die zu Torres«, wiederholte Vanina Guarrasi.

Der Inspektor senkte den Kopf und bejahte die Frage.

»Dass ihr Verhältnis zu Torres nicht einmal hinter vorgehaltener Hand diskutiert wurde, beweist nur, dass ihre Verbindung äußerst geheim gehalten werden musste. Wenn Sie verstehen, was ich meine …«

Vanina nickte ihrerseits. »Ich verstehe ganz genau.« Marta hob einen Finger, als wollte sie etwas sagen.

»Tut mir leid, das habe ich nicht ganz verstanden. Ein inoffizielles Verhältnis ist doch von Natur aus geheim, oder?«

»Das kommt darauf an«, widersprach Spanò.

»Worauf? Wenn es doch geheim ist ...«, beharrte Marta.

Vanina griff ein, um ihrer Kollegin zu helfen. Marta hatte ernsthafte Schwierigkeiten, die Bedeutung der Halbworte und Anspielungen zu verstehen, mit denen sie und Spanò als Vollblutsizilianer sich oft und gern verständigten, ohne dass es einer weiteren Erklärung bedurfte.

»Spanò untersuchte sowohl die offiziellen als auch die inoffiziellen Verbindungen von Signora Geraci, die man in einem Großdorf wie Catania drehen und wenden kann, wie man will, die man aber so oder so erfährt. Vor allem dann, wenn es sich um eine wandelnde Nachrichtenagentur wie den Cousin des Ispettore handelt. Wenn aber die Affäre mit Torres, die seit einiger Zeit lief, nicht einmal bis zum indiskretesten Ohr vordrang, dann bedeutet dies, dass sie so geheim war, dass sie nicht einmal als Indiskretion durchsickern konnte. Es muss also einen sehr, sehr ernsten Grund dafür geben. Alles klar?«

»Alles klar. Also sogar gefährlich?«

»Das ist richtig.«

»Aber könnte das vielleicht daran gelegen haben, dass Torres Ausländer war und niemand in Catania ihn kannte?«

»Und hier kommen wir zu Torres«, meldete sich Spanò zurück.

Vanina wartete ab. Manchmal fragte sie sich, wie sie ohne die Tipps der Familie Spanò wohl klarkommen würde. Innerhalb von fünf Minuten wurden Hinweise entdeckt, für die sonst tagelange Ermittlungen nötig gewesen wären. Hinweise, die meistens auch pünktlich bestätigt wurden.

»Esteban Torres war kein Unbekannter in Catania. Ab und zu tauchte er in der Stadt auf, um in den besten Restaurants mit seinen Freunden abzuhängen, besonders vor einigen Jahren. Niemand wusste jedoch, womit er seinen Lebensunterhalt verdiente. Ob er saubere Geschäfte machte? Nun, Sie wissen, was ich meine.«

Diesmal nickte Marta als Erste.

Vanina schaffte es, Marta zu fassen und sie mit zum Mittagessen zu nehmen. Um ihr eine Freude zu machen, hatte sie sogar ein vegetarisches Bistro gewählt – vegan wäre definitiv zu viel gewesen –, in dem sie ein paar Gerichte ausprobiert hatte, die gar nicht schlecht geschmeckt hatten.

Marta bestellte eine Hülsenfrüchtesuppe, während Vanina sich für Artischocken und echten römischen Pecorinokäse entschied.

»Nuzzarello hat mich gerade angerufen. Der Vermieter von Esteban Torres Haus sagte, sein Telefon sei defekt gewesen«, verkündete Spanò.

»Oh, endlich erweist er uns die Gnade! Und?«

»Nichts. Ich habe ihn für heute Nachmittag einbestellt. Er hat mich nicht einmal nach dem Grund gefragt. Allerdings vermute ich, dass er die Zeitung gelesen hat.«

»Gut gemacht. Und wie lief es gestern mit Torres' Frau?«

»Als ich sie ins Leichenschauhaus brachte, um ihren Mann zu identifizieren, brauchte ich eine Stunde, um sie zu beruhigen. Armes Ding.«

»Kennt sie niemanden in Catania?«

»Offensichtlich nicht.«

»Und was hat sie jetzt vor?«

»Es heißt, dass sie auf Torres' Exfrau aus Amerika wartet, die morgen oder übermorgen hier eintreffen soll. Jemand muss sie verständigt haben.«

»Höchstwahrscheinlich der Verbindungsbeamte, mit dem Fragapane gesprochen hatte. Oder die amerikanische Polizei, die Dottore Colombo sicher bereits kontaktiert hat. Wenn sie eintrifft, wenden wir uns auf jeden Fall an sie und führen eine Befragung durch.«

»Ja, ich habe die Witwe bereits gebeten, uns Bescheid zu sagen, sobald sie hier ist. Soweit ich weiß, verstehen sich die beiden gut.«

Die Artischockencarbonara schmeckte köstlich.

»Nun, man muss kein Fleisch essen, um sich gut zu ernähren, nicht wahr?«, kommentierte Marta.

»Das ist wahr«, musste Vanina zugeben. »Mindestens so wahr wie die Tatsache, dass das Hauptverdienst diesem fantastischen Mantecato aus Pecorino Romano und Eiern zukommt, mit dem die Artischocke perfekt harmoniert«, seufzte sie zufrieden, während Spanò resigniert den Kopf schüttelte.

Bevor sie das Thema Tito Macchia ansprach, wartete Vanina, bis Marta ihren Teller leer gegessen hatte. In Anbetracht dessen, was sie ihr zu sagen hatte, hätte sie vor lauter Aufregung keinen Happen hinuntergebracht. Und dabei war sie so dünn! Wenn sie jetzt auch noch das Mittagessen ausließ, würde sie im Krankenhaus landen.

»Wie läuft's mit Tito?«, fing Vanina an und schenkte sich etwas Wasser ein. Natürlich ohne Kohlensäure und nicht in Flaschen abgefüllt. Unglaublich, was sie hier ertragen musste. Das war mal wieder ein Beweis ihrer Zuneigung Marta gegenüber. »Gut«, antwortete Marta wie aus der Pistole geschossen. Dann ruderte sie zurück. »Ich meine, wie immer.«

»Lässt du den Armen ein paar Zentimeter näher rücken, oder zwingst du ihn weiter, sich zu verstecken?«

Marta seufzte. »Vanina, wir haben doch schon darüber gesprochen. Du kennst das Problem. Er ist der Chef und steht vor der nächsten Stufe seiner Karriere. Wenn es so weitergeht, wird er noch zum Polizeipräsidenten befördert. Ich bin diensthabende Inspektorin beim Mobilen Einsatzkommando, das er leitet. Er ist ein Mann, ich bin eine Frau. Da kannst du zwei und zwei zusammenzählen.«

»Marta, du hast mir diese Geschichte schon mindestens zehnmal erzählt. Aber das Wichtigste ist doch, dass ihr zusammen seid und du zu seinem Team gehörst. Außerdem, hast du ihn nicht deshalb kennengelernt? Das kommt vor. Und so wie er über dich redet, habe ich den Eindruck, dass du ihm wirklich am Herzen liegst. Wenn du willst, wiederhole ich meinen Rat. Kümmere dich nicht darum und geh deinen Weg. Früher oder später ... kommen die Zusammenhänge sowieso ans Licht.«

Martas Blick ließ sie verstummen. Sie schien ihr sagen zu wollen, dass sie sich irrte.

»Glaubst du nicht?«, riet Vanina. Die junge Frau starrte sie weiter an.

»Vanina, ganz so ist es nicht.«

»Was? Dass die Zusammenhänge früher oder später ans Licht kommen?«

»Nein«, entgegnete sie zögernd. »Dass ich ihn kennenlernte, weil wir in einem Team waren.«

Vanina löste ihre Schultern von der unbequemen Rückenlehne des Designerstuhls, der zwar aus wiederverwertbaren Materialien bestand, aber hart wie Lavagestein war. Sie lehnte sich näher heran und stützte die Ellbogen auf den Tisch.

»Was soll das heißen?«

Marta Bonazzoli wirkte verlegener als bei ihrem ersten Gespräch, als ihre Vorgesetzte, Vicequestore Guarrasi, sie erwischt hatte und sie gezwungen war, ihr die Beziehung zu beichten, die sie unbedingt hatte geheim halten wollen. Doch Tito wollte nun die Bremse lösen, um die Affäre offiziell zu machen.

»Hast du dich jemals gefragt, was eine in Brescia geborene

und aufgewachsene Polizistin, die nie außerhalb der Lombardei Dienst tat, bei der Catania Mobile zu suchen hat?«

»Schon oft«, erwiderte Vanina.

»Und welche Antwort hast du dir gegeben?«

»Dass es komplizierter ist, dir etwas aus der Nase zu ziehen, als einem Mafiaboss.«

Marta wirkte erstaunt.

»Wie meinst du das?«

»Dass zwei plus zwei gleich vier ist.«

Die junge Frau musterte sie fragend. Dann verstand sie langsam, worauf Vanina hinauswollte.

»Wie lange weißt du das schon?«, fragte sie sie.

»Sagen wir, kurz nachdem ich von einem Kollegen in Palermo erfahren hatte, dass der Big Boss drei Jahre lang beim Mobilen Einsatzkommando in Brescia gewesen war.«

Marta lächelte schief.

»Und was hast du gedacht?«

»Dass du doppelt dumm bist«, scherzte Vanina. »Du verliebst dich in jemanden, um ihm zu folgen, lässt dich zweitausend Kilometer versetzen, weit entfernt von deinem Zuhause. Dann beweist er dir, dass er es ernst meint, und was tust du, statt dich zu freuen? Du zwingst ihn, sich wegzuducken.«

Marta wurde wütend. »Kannst du dir vorstellen, wie alle reagieren würden, wenn sie wüssten, dass ich mit dem Big Boss zusammen bin?«

Vanina hielt es für angebracht, es ihr endlich zu sagen. Immerhin war die Gefahr nun gebannt, dass sie nicht zum Essen kam.

»Und was, wenn man es zufällig herausfindet? Dann geht die Fantasie mit allen durch. Endloses Getuschel und Gerüchte, die zunehmen, je öfter ihr erwischt werdet. So wie es offenbar schon seit Tagen geschieht. Und es hört nicht auf, bis du es unterbindest.«

Die junge Frau wurde ganz blass und zitterte.

»Was sagst du da? Hat man uns entdeckt?«, fragte sie und fuhr sich mit der Hand über die Stirn. »Was soll ich denn jetzt tun?«

Vanina seufzte lächelnd.

»Marta, Schätzchen, hör zu! Hast du jemals erlebt, dass sich die Leute über ein banales Brautpaar, das vielleicht sogar schon länger zusammen ist, die Mäuler zerreißen?«

»Nein.«

»Siehst du. Du hast dir die Frage selbst beantwortet.«

Sie hatten gerade das Bistro verlassen, als Vanina einen Anruf erhielt.

»Dottoressa, hier spricht Maresciallo Labbate.«

Inzwischen herrschte zwischen ihm und Vanina ein stillschweigendes Einvernehmen, das den Austausch von Nachrichten schneller und unkomplizierter machte als den offiziellen Austausch zwischen den beiden Staatsanwälten.

»Maresciallo, was gibt es?«

»Etwas Seltsames. Ich würde sogar sagen, etwas Verdächtiges ist passiert. Geracis Exmann ist verschwunden.«

»Was meinen Sie mit *verschwunden?*«

»Wir finden ihn nirgends. Er geht nicht ans Telefon, das Restaurant ist geschlossen.«

»Wo wohnt er?«

»In Catania, in der Via Torretta Bianca Nummer 32.«

»Ich kümmere mich darum und schicke sofort einen Kollegen dorthin.«

»Danke, Dottoressa.«

Sie beendete das Gespräch, rief im Büro an und ließ sich Nunnari geben.

»Nimm Lo Faro mit und fahr zum Haus von Geracis Exmann. Er heißt Oreste Parisi.« Während sie ihm die Nummer diktierte, hörte sie, wie Nunnari mit Papier raschelte.

»Nunnari, hörst du mir zu?«

»Aye-aye, Sir, es ist nur so, dass ich …« Schweigen. »Hier ist es ja!«, rief er plötzlich. »Parisi, Oreste, das habe ich gerade gelesen.«

»Wo?«

»Unter den Namen, zu denen die Nummern in Torres' Anrufliste gehören.«

Vanina zündete sich die letzten Gauloise an, die in der Packung steckte, und verlangsamte ihr Schritttempo. Noch immer verstand sie nicht, wie Marta sie zum Fußmarsch zurück ins Büro hatte überreden können. Zwar war ihre Mittagspause – abgesehen vom Pecorinokäse – nun ganz vom *Bonazzoli vegan green style* inspiriert, aber das Laufen mit vollem Magen war nichts für sie. Aus Rache verlangte sie zwei Unterbrechungen, eine für einen Espresso und die andere für Zigaretten.

Sie waren kurz vor der Kreuzung zur Via Ventimiglia angelangt, also einen Häuserblock von ihrem Büro entfernt, als Adriano Calì anrief und sie zum dritten Halt auf ihrem Spaziergang nach dem Mittagessen zwang.

»Ich bin gerade mit der Obduktion von Bubis Leiche fertig geworden«, verkündete er.

»Gut gemacht. Und, was gibt es?«

»Was soll ich dir sagen? Mehr oder weniger das, was ich erwartet hatte. Der Tod trat mit Sicherheit sofort ein und wurde durch eine Fraktur des Schläfenbeins verursacht, die zu einer ausgedehnten Verletzung des Gehirnparenchyms und einer anschließenden Blutung führte. Durch das Leichenwachs blieb die Läsion so gut wie unversehrt, sodass ich sie gut untersuchen konnte. Wäre Bubi nicht füllig gewesen, hätte sie sich nicht gebildet und die Leiche wäre verwest …«

»Herrgott, Adriano! All diese Details! Ich habe gerade zu Mittag gegessen.«

Marta brach in Gelächter aus.

»Auch das noch. Jetzt hetze ich mich ab, um dich anzurufen«, protestierte der Arzt. »Das nächste Mal liest du den Bericht selbst durch. Wenn ich ihn bei der Staatsanwaltschaft einreiche.«

»Jetzt sei nicht gleich beleidigt! Sag mir lieber, ob solch eine Verletzung zu ausgedehnt ist, um durch eine zufällige Einwirkung verursacht worden zu sein! Ich meine, würde das zusammenpassen?«

»Du meinst, mit einem hypothetischen Sturz oder einem Stoß, bei dem sie mit dem Kopf gegen den Brunnenstein schlug? In der Tat, ja. Das Schläfenbein, vor allem in diesem Bereich, ist die empfindlichste Stelle des gesamten Schädelkörpers. Das Gleiche gilt daher für jede mit einem stumpfen Gegenstand verursachte Verletzung. Dazu bedurfte es nicht einmal allzu großer Gewalt, um sie zu töten.«

»Wenn also das Blut auf dem Stein im Brunnen das des Opfers ist, müsste man auch die Hypothese in Betracht ziehen, dass sie nicht mit Vorsatz getötet wurde«, schloss Vanina.

»Das musst du herausfinden. Ach, noch etwas! Sie hatte kurz vor ihrem Tod Geschlechtsverkehr. Davon fand ich einige kleine Spuren. Und unter ihren Nägeln befanden sich Hautreste. Ich habe alles zur DNA-Analyse an die wissenschaftliche Untersuchungsabteilung in Messina geschickt.«

Die Tatsache, dass sich nicht die Spurensicherung mit Signora Geraci befasste, erschwerte die Sache. Vanina hätte fast schon Manenti bevorzugt, mit ihm konnte sie zumindest persönlich sprechen.

»Hoffentlich beeilt sich die Spurensicherung.«

Nunnari hatte auf Vaninas Schreibtisch die Liste mit allen

Inhabern der Telefonnummern hinterlassen, mit denen Torres in seinen letzten Tagen zu tun gehabt hatte.

Luisa Visconti war die Ehefrau. Er hatte ein paar Anrufe zum Hotel in Taormina getätigt, zwei Anrufe an Schweizer Nummern, die offensichtlich keine Identität hatten. Ein eingehender und ein ausgehender Anruf mit dem berühmten Vermieter Nuzzarello. Vanina runzelte die Stirn.

»Wer ist dieser Xavier Alejandro Torres?«

Nunnari hatte ihr auch einen Zettel hinterlassen, auf dem er einige zusätzliche Informationen notiert hatte. Zwei Wochen zuvor war auf einen amerikanischen Staatsbürger namens Xavier Alejandro Torres eine Touristen-Simkarte ausgestellt worden.

»Das muss ein Verwandter sein«, vermutete Marta.

»Vielleicht. Interessant ist jedoch die Tatsache, dass er sich ausgerechnet derzeit in Italien aufhält. Spanò, wir müssen ihn sofort aufspüren.«

Der Inspektor machte ein zerknirschtes Gesicht.

»Ich habe es versucht, Dottoressa. Die Nummer ist tot.«

»Also gut. Dann lass uns herausfinden, wo er untergebracht ist, und wenn nötig dort aufspüren.«

Die Vicequestore senkte den Blick und sah wieder auf das Papier, auf dem nur noch zwei weitere Namen standen. Einer davon war der von Oreste Parisi, darunter stand eine Festnetznummer, die zu seinem Restaurant gehörte.

Die andere Nummer gehörte einem gewissen Filadelfo Lavía.

Emanuele Nuzzarello, auch Manuel genannt, stellte sich pünktlich um vier Uhr nachmittags bei Vicequestore Guarrasi vor. Buschiges, lockiges Haar, farbiges Sweatshirt, Jeans mit tiefem Schritt. Fünfundzwanzig Jahre alt oder so um den Dreh.

Begleitet wurde er von einem Jungen mit Namen Fortunato und Nachnamen Paparone, der wie sein genaues Gegenteil aussah. Blauer Pullover, Hemd darunter, normale Jeans, kurzes Haar. Sie sahen aus wie das Komikerduo Ficarra und Picone, sizilianische Version.

»Ich habe Signor Torres höchstens dreimal persönlich gesehen. Er kam zu uns, weil er einen Teil seines Hauses in Trecastagni vermieten wollte. Dabei erzählte er uns, dass er es als Ferienhaus vermarkten wolle und jemanden brauche, der sich um die praktischen Dinge kümmere. Er würde uns ein kleines Gehalt zahlen, und wir würden die Mieter stellen. Wir haben sofort zugesagt.«

»Welcher Beschäftigung gehen Sie beide also genau nach? Reisebüro?«, fragte Vanina.

Die beiden sahen sich an.

»Mehr oder weniger.«

»Das Reisebüro gehört meiner Mutter. Manuel und ich kümmern uns um die Vermietung von Ferienhäusern«, erklärte Fortunato.

»Ein Maklerbüro also?«

»Mehr oder weniger.«

Vanina verdrehte die Augen und überging den genauen Wortlaut.

»Und betreuen Sie eine Vielzahl von Einrichtungen?«, fragte sie nach.

»Am Anfang haben wir nur die Wohnungen von Verwandten und Freunden verwaltet, dann wurden wir immer bekannter, und Leute riefen uns an, die keine Probleme bei Vermietungen haben wollten.«

»Und alle bezahlen Sie?«, fragte Vanina erstaunt. Das hatte sie noch nie gehört.

»Schön wär's! Nein, die meiste Zeit kümmern wir uns um

das Ein- und Auschecken sowie um eventuelle Notfälle. Gelegentlich auch um die Werbung in sozialen Netzwerken und touristischen Suchmaschinen. Signor Torres war eine Ausnahme. Er hat uns fast alles anvertraut, auch die Reinigung.«

»Also vertraute er Ihnen.«

Nuzzarello lächelte erfreut. »Dottoressa, ehrlich gesagt, gab es keinen Grund, uns nicht zu vertrauen. Außerdem hat uns eine Person empfohlen, die uns gut kennt.«

»Und wie lautet der Name dieser Person?«

Spanò, der Vanina assistierte, zückte seinen Stift.

»Dottoressa Roberta, genannt Bubi Geraci.«

Spanò ließ seinen Stift über dem Papier schweben. Er sah Vicequestore Guarrasi an, die nicht mit der Wimper zuckte.

»Auch Bubi genannt?«, fragte Vanina, nur um es bestätigt zu wissen.

»Genau.«

Sie schwieg einen Moment lang, bevor sie weitersprach.

»Kennen Sie sie gut?«

»Sehr gut! Wir waren Kellner auf einigen ihrer Kongresse. Sie hat uns in der Anfangszeit sehr geholfen.«

»Und wissen Sie, welche Beziehung sie zu Signor Torres hatte?«

Die beiden sahen sich an.

»Sie waren befreundet, glaube ich«, antwortete Nuzzarello. »Aber wenn wir etwas hinsichtlich des Hauses brauchen, müssen wir uns an sie wenden. Erst in den letzten Tagen hat sich Signor Torres direkt bei uns gemeldet. Sie wissen schon, wegen der Touristen, die Sie neulich in dem Haus an der Salita dei Saponari getroffen haben.«

Vanina dachte über ein Detail nach, das ihr einen Moment zuvor entgangen war.

»Sie haben gerade gesagt, dass Signor Torres beschlossen

hatte, einen Teil des Hauses zu vermieten. Einen anderen Teil bewohnte er also selbst.«

»Ja, die andere Hälfte«, bestätigte Nuzzarello.

»Und Sie haben auch die Schlüssel zu dem Bereich?«

»Nein, dazu habe ich nie einen Schlüssel gehabt. Aber es gibt immer so etwas wie einen Hausmeister, der in einem Hinterzimmer wohnt. Dottoressa Geraci hat sicherlich die Schlüssel.«

Vanina wechselte Blicke mit Spanò. Dann sah sie die beiden jungen Männer mit ernster Miene an, was diese sichtlich einschüchterte. Eine ähnliche Wirkung erzielte sie oft, wenn auch unabsichtlich.

»Ich glaube nicht, dass man sie noch etwas fragen kann«, verkündete sie.

»Und warum nicht?«

»Roberta Geraci wurde leider getötet.«

Die beiden jungen Männer erblassten.

»Wie … ermordet?«, murmelte Paparone.

Beide hatten Tränen in den Augen.

»Es muss vor etwa zehn Tagen passiert sein. Ihr Leichnam wurde aber erst gestern Abend entdeckt.«

Nuzzarello schlug sich mit der Hand an die Stirn, als wolle er mit der schrecklichen Nachricht klarkommen.

»Und jetzt ermitteln Sie auch in einem Mordfall?«, fragte er dann.

»Ja, mit den Carabinieri von Taormina, die die Tote geborgen haben.«

»Hielt sie sich in Taormina auf, als sie starb?«, fragte Paparone, plötzlich interessiert. Er holte sein Smartphone heraus und blätterte fieberhaft durch sein Adressbuch. »Sch…eiße! Hoffentlich ist es im Speicher geblieben«, murmelte er wie zu sich selbst.

»Was denn, Signor Paparone?«, erkundigte sich Vanina. Mit weit aufgerissenen Augen und voller Aufmerksamkeit sah er sie an. »Der Telefonanruf ...«, murmelte er und sprang vom Stuhl auf. »Da ist er!«

Er reckte sich und zeigte Guarrasi das Display seines Handys.

»Der letzte Anruf, den ich von Dottoressa Geraci erhalten habe. Am 16. November um 21.44 Uhr.«

Vanina suchte auf dem Computer die Anrufliste von Signora Geraci, die Maresciallo Labbate ihr gerade zugeschickt hatte und die sie noch nicht durchgesehen hatte. Der letzte Telefonanruf war um 21.44 Uhr erfolgt. Von da an herrschte absolute Stille. Sie überprüfte, ob es die Nummer von Paparone war, und er bestätigte sie.

»Wissen Sie noch, was sie zu Ihnen sagte?«, fragte sie.

»Natürlich. Sie sagte mir, dass sie in Taormina sei und dass ein Freund, mit dem sie zu Abend gegessen habe, dringend einen Flug für den nächsten Tag brauche. Den wolle sie bezahlen.«

»Und dann kam dieser Freund zu Ihrer Mutter, um das Ticket zu kaufen?«

»Nein, er tauchte nicht auf. Im Gegenteil! Wenn ich so darüber nachdenke, meinte Signora Geraci, dass sie mir eine Nachricht mit dem Vor- und Nachnamen des Freunds und einem Passfoto schicken werde. Das tat sie dann aber nicht.«

»Sie erinnern sich nicht zufällig daran, wohin dieser Flug gehen sollte?«

»Doch, ich erinnere mich. Nach Miami.«

8

Carlo Alberto Colombo ging bereits nach dem ersten Klingeln dran.

»Vanina, wie kommt es, dass ich deinen Anruf heute Abend erwartet habe?«

Die Vicequestore sah auf die Uhr. Es war halb acht. Das Team hatte sich gerade nach einem Meeting getrennt, in dem es versucht hatte, die wenigen verfügbaren Teile zusammenzufügen. Vier Sachverhalte, die nichts miteinander zu tun hatten, sowie das Verschwinden einer Person. Vanina kam gerade aus Tito Macchias Büro, wo sie ihn auf den neuesten Stand gebracht und ihm mitgeteilt hatte, dass sie sich mit Colombo in Verbindung gesetzt hatte, um die Arbeit der Zentraldirektion der Kriminalpolizei zu beschleunigen. Er hatte zugestimmt.

»Colombo, du kennst mich so gut, dass diese Frage keine Antwort wert ist.«

Der Polizeidirektor seufzte. »Was willst du, Qual meiner kommenden Tage?«

»Was glaubst du wohl?«

»Soll ich dir verraten, was ich möchte? Oder was du meiner Meinung nach wirklich anstrebst?«

»Wenn ich, um Letzteres zu erfahren, dem Ersteren zuhören muss, bin ich zu diesem Opfer bereit.«

Er lachte. Dann schlug er einen professionellen Ton an.

»Im Ernst, Vanina, was soll ich nach so kurzer Zeit schon herausgefunden haben?«

Wer konnte ihm das verübeln?

»Stimmt, aber im Moment ist für mich jede Information besser als keine. Ich bin mir außerdem sicher, dass du schon etwas herausgefunden hast.«

»Danke für dein Vertrauen! Ich muss zugeben, dass du recht hast. Etwas habe ich nämlich schon herausgefunden. Nur eine Kleinigkeit und nur aus amerikanischen Quellen. Und aus meinen eigenen.«

»Du bist großartig, das weiß ich.«

»Gott sei Dank«, murmelte er. Offenbar hatte er eine Zigarette im Mund. Vanina hatte selbst Lust zu rauchen und zündete sich eine an.

Colombo sprach weiter. »Esteban Torres wanderte im Dezember 1960 von Kuba in die USA aus. Seit 1962 ist er US-Bürger. Bis 1976 lebte er in Miami und anschließend bis 1980 in Tampa. Ab Ende der 1970er Jahre stieg er in das Hotel- und Casinogeschäft ein. Las Vegas, Atlantic City. Zusammen mit seiner Frau gründete er ein Kosmetik-Exportgeschäft und zog nach New York. 1990 wanderte er nach Italien aus.« Hier machte er eine Pause.

Vanina blickte von dem Papier auf, auf dem sie alles notierte. »Und das war's?«

»Vanina, was hast du von einem einzigen Tag erwartet? Das ist doch schon eine Menge … Eine Abfolge von Orten, Jahren, von Informationen aus einem Registrierungssystem. Das ist momentan alles, was die amerikanischen Quellen geliefert haben.«

Und was war mit Carlos' persönlichen Quellen? Sie war sicher, dass da noch etwas anderes sein musste. Es sei denn, Torres war so sauber wie ein Bergquell. Aber das bezweifelte Vanina.

»Also von deinen persönlichen Kontakten nichts?«

Colombo schwieg. Vanina hörte, wie er ein paarmal inhalierte und den Rauch ausblies.

»Morgen, Guarrasi«, versprach er.

Eine nicht verhandelbare Antwort, die eigentlich viel aussagte. Vanina wollte nicht weiter drängen.

»Hör zu, Carlo! Könntest du überprüfen, in welcher Beziehung Esteban Torres …« Sie suchte in ihren Telefonaufzeichnungen. »… in welcher Beziehung Esteban und Xavier Alejandro Torres zueinander standen?«, fragte sie.

Carlo machte abermals eine Pause.

»Für dich das und mehr.«

»Vielen Dank, Colombo.«

»Bis morgen, Vanina.«

Vanina verließ das Büro und ging los, um ihren Mini zu holen, den sie an diesem Morgen aus lauter Verzweiflung sogar am Hafen von Catania geparkt hatte.

Sie ließ sich Zeit. Mit den Händen in den Hosentaschen und im Gleichschritt schlenderte sie durch eine schäbige schmale Straße wie aus der Nachkriegszeit, die sie an bestimmte Gegenden in Palermo erinnerte, die noch nicht von den Restaurierungsarbeiten der letzten Jahre profitiert hatten. Genau wie jenes Gässchen, das am Hafen endete, das sie nun entlangging.

Sie war schon fast am Hafen angelangt, als ihr Handy klingelte.

»Dottoressa, hier spricht Maresciallo Labbate.«

Erst vor einer Stunde hatte sie versucht, ihn zu erreichen, und ihm die Nachricht hinterlassen, dass sie und ihr Team Oreste Parisi nicht ausfindig machen konnten.

»Entschuldigen Sie, dass ich Sie um diese Zeit anrufe. Aber ich bin erst vor fünf Minuten ins Hauptquartier zurückgekehrt, und Feldwebel Passariello hat mir von Ihrem Anruf berichtet. Die Geschichte mit Parisi ergibt für mich keinen Sinn.«

»Für mich auch nicht, Maresciallo. Auch weil es einen seltsamen Zufall gibt.«

Sie erzählte ihm von den Anrufen, die Parisi an Torres getätigt und von ihm erhalten hatte.

»Sehen Sie? Es passt nicht zusammen«, stellte er fest und machte eine Pause. »Hören Sie, Dottoressa, ganz ehrlich! Sie haben einige Indizien gesammelt, die mit Torres zu tun haben. Sind Sie wirklich der Überzeugung, dass der Mörder von Geraci und der des Amerikaners ein und dieselbe Person sind?«, fragte Labbate.

»Maresciallo, ich bin im Moment von nichts überzeugt. Wir haben nur sehr wenige Elemente, und die sind auch eher ungenau.«

»Sie haben recht. Und was sagt Ihr Gefühl?«

»Sie meinen, ich bin ein Orakel?«, platzte es aus ihr heraus, doch sie bereute es sofort. Irgendwie mochte sie Labbate.

»Entschuldigen Sie, Dottoressa! Ich wollte nur fragen, ob Ihrer Meinung nach … Ihrer Intuition nach …«

Wer wusste schon, was Labbate über sie dachte? Vor allem, wer wusste schon, was man ihm über sie erzählt hatte?

»Ob es sich um ein doppeltes Verbrechen aus Leidenschaft gehandelt hat?«, riet Vanina.

»Ganz genau.«

Vanina fand sich damit ab, eine Hypothese aufstellen zu müssen. »Das kann ich nicht ausschließen. Auch aufgrund dessen, wie Torres hingerichtet wurde … ein Schuss mitten ins Herz. Falls die Spurensicherung bestätigt, dass das Blut auf dem Stein im Brunnen von Signora Geraci stammt, können wir hingegen davon ausgehen, dass sie sich bei einem Kampf den Kopf anschlug. Nachdem der Mörder dann erkannt hatte, was geschehen war, warf er den Leichnam vermutlich in den Brunnen, um sie schnell zu entsorgen.«

»Sehen Sie, Sie haben doch schon eine Theorie!«

»Eine sehr weit hergeholte Theorie, Maresciallo.«

»Trotzdem ist es wenigstens eine Theorie.«

»Natürlich, aber sie ist fragwürdig. Wir dürfen nicht vergessen, dass zwischen dem Mord an Roberta Bubi Geraci und dem an Esteban Torres mindestens zehn Tage vergingen. Was tut der Mörder, der ein Verbrechen aus Leidenschaft begangen hat? Erst tötet er den einen, dann wartet er ab und tötet den anderen?«

»Vielleicht stimmt das ja auch. Aber wenn dem so ist, warum ist er dann abgehauen?«

»Keine Ahnung! Das war jedenfalls sicher kein Geniestreich.«

Dottore Manfredi Monterreale schloss die Praxis und ging den Flur entlang. Am nächsten Tag waren es sieben Jahre her, dass er von Palermo nach Catania gezogen war. Bisher hatte er es noch nie bereut. Natürlich war es keine leichte Entscheidung gewesen, die Stadt zu verlassen, in der er geboren worden und glücklich aufgewachsen war, zumal er in der Stadt auch weiterhin gut lebte. So etwas tat man nur, wenn es die Pläne erforderten. In Palermo zu bleiben wäre für Manfredis berufliche Zukunft leider kontraproduktiv gewesen. Er trat durch die Milchglastür mit der Aufschrift *Pädiatrie* und betrat die Station. Zweimal klopfte er an die Tür des Besprechungszimmers, in dem eine Kollegin gerade einen Stapel medizinischer Akten prüfte.

»Ich gehe jetzt. Ruf mich an, wenn du mich brauchst!«

»Keine Sorge, ich komme schon zurecht. Meinst du nicht auch, dass du für heute schon genug geleistet hast?«

Es war acht Uhr fünfunddreißig. Er hatte die zwölf Stunden bereits weit überschritten.

Er richtete sich auf. »Das Kind mit Masern?«, fragte er sie.

»Es geht ihm gut. Der ältere Bruder mit achtzehn liegt hingegen auf der Intensivstation.«

»Enzephalitis?«

»Enzephalitis«, bestätigte die Kollegin.

Manfredi seufzte verärgert. »So ein Mist.«

Er dachte daran, dass er vor gerade einmal zwei Monaten die Eltern von der Notwendigkeit einer Impfung der beiden nun erkrankten Kinder hatte überzeugen wollen. Aber da war nichts zu machen. Der Vater hatte ihn sogar mehrmals heftig beschimpft Das kam immer wieder vor. Zum Glück nicht oft, aber immerhin. Etwas Gefährlicheres konnte gar nicht passieren.

Zwischen der Invasion fiebriger Zwei- und Dreijähriger, die sich wegen einer hoch ansteckenden Viruserkrankung übergeben mussten, und dem normalen Praxisbetrieb, in der er alle von ihm persönlich betreuten Kinder empfing, war Manfredis Tag die Hölle gewesen.

Der einzige Lichtblick war seine Begegnung mit Toni Falsaperla gewesen, dem Pharmareferenten, der um einen Termin gebeten hatte, um seine neue Bereichsleiterin vorzustellen. Die beiden hatten ihn eine halbe Stunde lang mit Erzählungen über das schreckliche Erlebnis unterhalten, das ihnen zwei Tage zuvor bei ihrer Landung in Fontanarossa widerfahren war. Eine Erfahrung, von der sich Dottoressa Canton, die neue Gebietsleiterin, nur schwer erholen konnte. Am ersten Tag hatte sie das Gefühl gehabt, in Oslo gelandet zu sein, denn sie hatte sich erkältet. Dennoch hatte ihr Catania glücklicherweise viel Freude beschert und sie teilweise für die Unannehmlichkeiten entschädigt.

Doch die wirklich gute Nachricht, die Falsaperla Manfredi unwissentlich gegeben hatte, war eine andere.

Vanina Guarrasi war zurück.

Es erschien ihm fast unwirklich, dass er sie endlich wiedersehen würde.

Angelina Patanè seufzte gequält. Sie lief umher, setzte sich und stand wieder auf, verschob eine Vase, rückte ein Deckchen zurecht. Und sie bot Vanina alles an, Kaffee, Magenbitter, Limoncelli, selbst gebackene Mandelkekse.

Zum Verrücktwerden! Zum Abendessen hatte er sie mit nach Hause gebracht, ihr seniler Gino! Andererseits, warum überraschte sie das? Einmal Weiberheld, immer Weiberheld.

Aber dieses Mal war es ernster. Denn diese Vannina hatte Gino nicht auf die übliche Weise um den Verstand gebracht. Nein. Hier ging es um kein hübsches Mädchen, in das sich ihr Mann verliebt hatte. Was zwischen ihm und dieser Vicequestore entstanden war, ging über das normale Verhältnis zwischen Mann und Frau hinaus. Selbst mit den mildernden Umständen, die sein fortgeschrittenes Alter garantierte. Es bestand Einverständnis, Zuneigung zwischen einem Polizisten, der seiner Uniform seit nahezu zwanzig Jahren nachtrauerte, und einer Polizistin, welche die gleiche Uniform mit der Leidenschaft trug, mit der er sie getragen hatte. Und die sie ihm zudem Stück für Stück enger als zuvor auf den Leib heftete.

»Angelina, meine Liebe! Bitte, du machst mich ganz wirr im Kopf!«

Commissario Patanè drehte sich zur Wohnzimmertür um, durch die seine Frau unablässig ein und aus ging. Mit versteinertem Gesicht tauchte Angelina wieder auf, als ob dieses Kommen und Gehen das Normalste der Welt wäre.

»Braucht ihr noch etwas?«, fragte sie. Mit Mühe unterdrückte Vanina ein Lachen.

Patanè hingegen wirkte entspannt. Er saß auf der rechten Seite eines Zweiersofas, auf der linken Seite saß sie. Sie war an diesem Abend kurzfristig vor seiner Tür aufgetaucht und hatte nur die Absicht gehabt, ihm die Entwicklung des Doppelmordes zu schildern, der sie mehr denn je verwirrte. Sie hoffte zumindest auf den Trost, den ihr der alte Kommissar spenden konnte.

Es hatte damit geendet, dass er sie eingeladen hatte, zum Abendessen zu bleiben. Ein Abendessen für zehn Personen, bestehend aus Kapaunfilet, in Öl und Knoblauch gebraten und mit mariniertem Gemüse im Ofen überbacken. Dazu ein besonderes Brot aus einer Bäckerei, die nur Mehl aus alten Getreidesorten verwendete und die laut Patanè wie ein Juweliergeschäft aussah.

»Nein, Angelina, wir brauchen nichts. Die Dottoressa hat schon alles probiert.«

Gino wusste, dass Angelinas Aufregung auf ihrer Eifersucht beruhte. Schlicht und ergreifend.

»Warum setzt du dich nicht zu uns und hörst dir die Geschichte an. Sie ist hochinteressant«, schlug er vor.

Das ließ sich seine Frau nicht zweimal sagen und nahm auf dem Stuhl neben ihrem Mann Platz.

»Also, Dottoressa«, resümiert Patanè, »Torres und Roberta Geraci waren ein Liebespaar, so viel steht fest. Sie wollten zwei Monate gemeinsam ruhig und inkognito in Taormina verbringen. In letzter Minute teilte er ihr mit, dass er sich ein paar Tage verspäten werde, sie stieg aber trotzdem im Hotel ab. Sie blieb zwei Tage, dann verschwand sie, und niemand hörte mehr etwas von ihr. Nun stellt sich heraus, dass sie tot in einem Brunnen lag. Und dass die letzte Person, mit der sie sich offenbar verabredet und zu Abend gegessen hatte, offenbar ein Freund war. Dem musste sie am nächsten Tag nichts Geringeres als eine Reise aus eigener Tasche nach Miami bezahlen, wo Torres lange Zeit gelebt hatte«, erläuterte der Commissario, zögerte kurz und sprach dann weiter. »Und dann sind da noch die Anrufe, die Torres erhalten hat. Von wem war der letzte, an den ich mich nicht mehr erinnern kann? Der von Roberta Geracis Ehemann?«

»Nein, von einem Mann. Einem gewissen Filadelfio Lavía, der in Trecastagni lebt.«

»Filadelfo Lavía …«, murmelte Patanè, dachte darüber nach, kratzte sich am Kinn, wie er es immer tat, wenn er sich an etwas zu erinnern versuchte. »Nun ja, vielleicht fällt es mir noch ein«, meinte er, schüttelte den Kopf und setzte seine Überlegungen fort. »Und schließlich entschied sich auch Bubi Geracis Ehemann zu verschwinden.«

»Der hat ihn getötet«, meldete sich Angelina zu Wort, die den Ausführungen ihres Gatten aufmerksam gefolgt war.

»Das war schon immer so. Eifersucht bewaffnet einen Menschen gefährlicher als Geld.«

»Das wäre das Nächstliegende«, kommentierte Vanina. Aber die Blicke, die sie und Patanè tauschten, sagte etwas ganz anderes. Bei diesen Worten schoss Angelinas Blutdruck hoch.

»Meiner Meinung nach wird uns Ihr Freund aus Rom morgen etwas Interessantes erzählen«, überlegte der Commissario.

Er sprach in der ersten Person Plural, was bedeutete, dass die Ermittlungen inzwischen zu seinen eigenen geworden waren.

Wie schon bei zwei Fällen zuvor, in denen Commissario Biagio Patanè sehr gute Ergebnisse erzielt hatte, war er auch jetzt wieder im Einsatz. Zur Freude von Vicequestore Guarrasi und zum Unbehagen seiner Ehefrau Angelina.

Vanina kam so spät in Santo Stefano an, dass in Bettinas Haus bereits das Licht gelöscht war und sie Türen und Fenster verriegelt hatte.

Vanina zündete sich eine Zigarette an und setzte sich zum Rauchen auf einen der eisernen Sessel, die um den Keramiktisch auf der Veranda mit Blick auf den Zitronenhain standen. Um diese Jahreszeit waren die Bäume übervoll mit Früchten. Orangen, Mandarinen, Zitronen, Grapefruits. Bettinas verstorbener Ehemann hatte für alles gesorgt.

Es war Vollmond, und der Wind der vergangenen Tage hatte jede einzelne Wolke weggeblasen. Rechts neben Vanina waren in der Ferne die Umrisse des Muntagna in seiner ganzen Pracht zu sehen. Stumm für den Moment, aber nie leblos.

Das Display von Vaninas Handy, das sie bei Patanè auf stumm geschaltet hatte, zeigte unzählige Anrufe an, Nachrichten und Sprachnachrichten.

Die geschriebenen stammten alle von Giulia, die Vanina schon den zweiten Tag in Folge versetzt hatte. Sie warf ihr vor, dass Vanina sie verlassen habe, als sie sie brauchte. Dass die Anwältin sie tatsächlich *brauchte*, bezweifelte Vanina. Sie war eine Frau, die von morgens bis abends Ehen scheiden oder annullieren musste, und hielt alles von sich fern, was nur im Entferntesten einer Verbindung ähnelte. Daher konnte sie keine ernsthaften sentimentalen Probleme haben. Nur eine einzige Person war in der Lage, die Anwältin Giulia De Rosa um den Verstand zu bringen, doch diese Leidenschaft war hoffnungslos einseitig und hatte keinerlei Aussicht auf Erfüllung. Und Giulia war die Erste, die sich dessen bewusst war.

Vanina schrieb und versprach ihr, am nächsten Abend ihren Pflichten als Freundin nachzukommen.

Die beiden Anrufe, einer um einundzwanzig und einer um dreiundzwanzig Uhr, kamen von Manfredi Monterreale. Vanina musste lächeln. Sie konnte nicht leugnen, dass sie sich darüber freute. Eigentlich war es traurig, dass ihr das nicht schon früher bewusst geworden war.

Sie öffnete WhatsApp, um zu schreiben, dass sie es bedaure, nichts von ihm gehört zu haben, und dass sie ihn am nächsten Tag zurückrufen werde. Doch dann sah sie, dass er online war.

»Noch wach?«, fragte sie.

Zuerst schickte er ihr ein fröhliches Emoticon, dann schrieb er ihr.

»Welche Ehre, Dottoressa Guarrasi!« Dem folgten Fragen, wie es ihr gehe, wann sie zurückgekehrt sei und wie sie ihre gemeinsame Heimatstadt gefunden habe, und so weiter. Vanina erkannte, dass er imstande gewesen wäre, die ganze Nacht so weiterzumachen, ohne müde zu werden, doch das war nichts für sie.

Sie suchte seine Nummer heraus und rief ihn direkt an.

»Muss ich im Krankenhaus herausfinden, dass du zurück bist?«, fragte er und war sofort drangegangen.

»Was meinst du mit *im Krankenhaus?* Wer hat dir das erzählt?«

»Zufällig arbeiten die beiden armen Teufel, die deine zweite Leiche gefunden haben, für ein Unternehmen, das auch Arzneimittel für Kinder produziert.«

Vanina musste lachen.

»Das sind wirklich arme Teufel, vor allem die Frau. Nach dem, was mir Spanò erzählte, war sie wirklich sehr geschockt.«

»Das will ich meinen.«

Sie unterhielten sich lange, wie gute Freunde, denn sie hatten beschlossen, Freunde zu werden. Eine Freundschaft, die ehrlicherweise ganz anders begonnen hatte. Manfredi war einer der Hauptzeugen in Vaninas letztem Fall gewesen, den sie noch abgeschlossen hatte, bevor sie sich nach Palermo begeben hatte. Ihre Treffen außerhalb der Arbeit bestanden aus einer Reihe von Mittag- und Abendessen, bei denen der Arzt seine außergewöhnlichen kulinarischen Talente unter Beweis gestellt hatte. Vom Abendessen zum privaten Gespräch war es nur noch ein kleiner Schritt gewesen, und zwischen einem Song von De André und einer Flasche Wein waren sie gelandet, wo sie eben gelandet waren. Es war nur einmal passiert. Um Vaninas Freundschaft nicht zu verlieren, hatte Monterreale sich damit abgefunden, diesen Abend zu den Akten zu legen, ohne das Thema noch einmal anzusprechen. Schließlich hatte er bemerkt, wie sehr Paolo Malfitano in ihrem Leben noch präsent war.

Sie verabschiedeten sich mit dem Versprechen, so bald wie möglich gemeinsam zu Mittag zu essen.

Die Sprachnachrichten stammten von Staatsanwalt Paolo Malfitano. Vanina bewahrte sie für später auf, obwohl sie sie eigentlich hätte löschen müssen. Sie linste zum Küchenfenster hinüber und entdeckte ihr Spiegelbild. Eigentlich löschen! Sie hatte sogar den Mut, sich selbst zu verarschen. Von Schlaf konnte keine Rede sein. Und da es nichts Schlimmeres gab, als sich im Bett hin und her zu wälzen und den schlimmsten Gedanken ausgeliefert zu sein, blieb ihr nichts anderes übrig, als sich zu beschäftigen und darauf zu warten, dass die Müdigkeit ihre verfluchte Natur als nachtaktives Tier überwand.

Sie dachte über die Ermittlungen nach, wobei sie auf ein Detail stieß, das ihr bisher entgangen war und über das nur die Carabinieri sie aufklären konnten. Aber zu dieser Stunde war es nicht gerade angebracht, Maresciallo Labbate oder Hauptkommissar Silvani zu wecken.

Wäre auch nur ein einziges konkretes Element zu untersuchen gewesen, ein Verdacht, der sich nicht in Luft auflöste, dann hätte sie wenigstens etwas zu tun gehabt. Vielleicht einige nächtliche Razzien oder improvisierte Überwachungen. Die besten Erkenntnisse gewann sie immer nachts.

Sie wärmte sich eine Tasse Milch auf, nahm vier Schokokekse aus der Packung und ließ sich auf dem grauen Sofa nieder. Dann schaltete sie den Fernseher ein und suchte nach etwas Interessantem. Adriano Calì hatte recht: Sie musste den veralteten Großbildschirm gegen ein Smart-TV eintauschen. Für eine Kinoliebhaberin war das sehr einfach. Zwar waren die meisten Filme, die sie sehen wollte, so veraltet, dass es nur wenige davon auf den digitalen Plattformen gab, aber wenigstens hätte sie eine große Auswahl unter den neueren Filmen oder – warum nicht? – unter den Fernsehserien gehabt.

Sie streckte den Arm nach dem Couchtisch aus, um die letzte Zigarette des Abends zu rauchen, aber statt der Schachtel hielt sie das iPhone in der Hand. Sie starrte lange darauf, bis eine automatische SMS-Benachrichtigung ihres Telefonanbieters den Bildschirm erhellte und sie das Meer von Palermo sah.

Sie öffnete WhatsApp und hörte sich Paolos Sprachnachrichten an.

Die letzte Zigarette, die sie rauchte, war feucht.

9

Als Commissario Patanè erwachte, war es draußen noch dunkel. Eine halbe Stunde lang hatte er an die Decke gestarrt, eine weitere halbe Stunde hatte er sich im Bett gewälzt, bis ihm klar geworden war, dass er Angelina wecken würde, wenn er so weitermachte.

Er war aufgestanden und hatte sich einen Kaffee gemacht, der scheußlich geschmeckt hatte, aber immerhin besser gewesen war als nichts.

Seit Vicequestore Vanina Guarrasi am Vorabend gegangen war, hatte er immerzu an die Leiche am Flughafen denken müssen.

Ein Wort, das sie gesagt hatte, ging ihm nicht aus dem Sinn. Aber er erinnerte sich nicht mehr daran, was es gewesen war. Ein Name? Ein Ort? Die Frage ließ ihm keine Ruhe. Früher hatte er solche Probleme in zehn Minuten gelöst, gerade die Zeit, um seine Erinnerung in Gang zu setzen. Irgendwie hätte er dann schon die richtige Verbindung gefunden. Wie sagte man heutzutage dazu? *Datenbank.* Genau, er trug seine persönliche Datenbank immer mit sich im Kopf herum. Und die Tatsache, dass er nicht mehr so schnell darauf zugreifen konnte, ging ihm auf die Nerven. Auf Zehenspitzen schlich er ins Bad, um Angelina nicht zu stören und möglichen Diskussionen aus dem Weg zu gehen. Er entfernte alle Gegenstände aus der Dusche, die sich Angelina von den Kindern in Erwartung künftiger Gebrechen hatte kaufen lassen. Deren bloßer Anblick verursachte ihm Gänsehaut. Dann stellte er sich unter die warme Dusche.

Eine halbe Stunde später war er gewaschen, rasiert und vollständig angezogen.

Er wartete bis halb acht, denn um diese Zeit öffnete der Zeitungsladen um die Ecke. Er verließ die Wohnung, gerade noch rechtzeitig, um keine Rechenschaft über sein Vorhaben ablegen zu müssen, deckte sich mit Zeitungen ein und setzte sich in sein Stammlokal. Der Landvermesser Bellía, Begleiter vieler Frühstücke und unzähliger Gespräche, war auch schon da und nervte den jungen Mann hinter dem Tresen mit einem detaillierten Bericht über alle politischen Talkshows, die er am Vorabend gesehen hatte. Was den Barista ganz offensichtlich herzlich wenig interessierte.

»Ginuzzo!«, rief er dem Commissario entgegen. Patanè erwiderte den Gruß.

Er bestellte einen Espresso, denn der Kaffee, den er sich selbst zubereitet hatte, hatte einen schlechten Geschmack im Mund hinterlassen. Dazu passte ein Schokoladenpanzerotto, damit der Tag besser begann.

Dann schlug er die erste Zeitung *La Gazzetta Siciliana* auf und begann mit der Seite der Verbrechens- und Unfallberichte.

Vanina fluchte, noch bevor sie Canalicchio erreicht hatte. Die Autobahn, die ins Zentrum führte, war gesperrt, die Autos fuhren im Schritttempo.

Die Freisprechanlage hatte sich mit ihrem Handy verbunden und spielte Musik, deren Vorhandensein ihr völlig neu war. Eine komplette Kompilation von U2, die sie nicht einmal im Traum heruntergeladen hätte und die sich irgendwo zwischen ihren Lieblingssongs befand. Um die Zeit sinnvoll zu nutzen, die sie in der endlosen Schlange stand, fingerte Vanina an ihrem iPhone herum, bis sie die unerwünschten Titel deaktiviert und in die Cloud verbannt hatte.

Sie übersprang die Songs von Vasco Rossi, der sie an diesem Tag nicht inspirierte. Aus irgendeinem Grund vermied sie alles, was sie an Paolo erinnert hätte. Am Ende wählte sie eine Wiedergabeliste mit klassischer Musik. Dieses Genre hatte es ihr in letzter Zeit angetan. Kennengelernt hatte sie es durch einen Geigenlehrer am Conservatorio di Santa Cecilia, den sie während kürzlich abgeschlossener Ermittlungen zu einem anderen Fall getroffen hatte. Zwischen einem Stop-and-go hatte sie den Cappuccino ausgetrunken und das Croissant verzehrt, das sie in der Cafeteria in Santo Stefano gekauft hatte. Sie war so spät von zu Hause losgefahren, dass Alfio ihr das Croissant hastig durchs Autofenster gereicht hatte. Um ihr einen Gefallen zu tun, hatte er auch ein Dutzend Schokoladendesserts in die Tüte gesteckt.

Mitten in der *Hochzeit des Figaro* hörte die Musik auf, weil ein Telefonanruf einging.

Es war Tito Macchia.

»Vani, wo bist du?«

Sie hatte gerade die Straßensperre mit Ausgrabungsarbeiten hinter sich gelassen, die irgendein genialer Verwaltungsbeamter zur Hauptverkehrszeit hatte durchführen lassen.

»Ich stecke im Verkehr fest.«

»Wann bist du voraussichtlich hier?«

Vanina sah auf die Uhr. Es war bereits neun. Sie berechnete die Zeit.

»In maximal einer halben Stunde. Warum?«

»Hier wartet jemand auf dich.«

»Wer denn?«

»Beeil dich einfach! Du bist spät dran.« Er legte auf.

Nach zehn Minuten erreichte Vanina den Sitz des Mobilen Einsatzkommandos.

Sie stürmte durch die Tür, stieg die Treppe in den ersten Stock hinauf und betrat den Flur, der zu ihrer Abteilung führte. Die Tür zu ihrem Büro stand offen, doch niemand war drinnen. Aus dem Büro des Big Boss hingegen drangen Stimmen nach draußen. Vanina klopfte an und öffnete die Tür: Vor ihr stand Carlo Alberto Colombo, Direktor der Abteilung für internationale polizeiliche Zusammenarbeit. Tito erhob sich von seinem Stuhl, der sich mit einem Ruck wieder aufrichtete.

»Also, ich gehe jetzt, der Polizeipräsident wartet auf mich. Vani, hör dir genau an, was Carlo dir zu sagen hat! So wie ich dich kenne, wird dir die Geschichte gefallen«, kicherte er und hielt die nicht angezündete Zigarre zwischen den Zähnen. »Vassalli vermutlich ein bisschen weniger«, fügte er hinzu.

Schließlich zog er seine Jacke Größe achtundfünfzig an, verabschiedete sich und ging hinaus. Vanina und Carlo Alberto Colombo begaben sich in das andere Büro.

»Guarrasi, dieses Büro ist genau wie du«, befand der Polizeidirektor, sobald er eintrat. Vanina ließ ihn auf einem der beiden Stühle Platz nehmen, die vor ihrem Schreibtisch standen.

»Warum, wie sieht dieses Büro denn aus?«

»Es gibt kein einziges typisches Detail, das man sonst in Frauenbüros findet. Ich weiß auch nicht … ein paar Pflanzen, Bilder an den Wänden«, sagte er und starrte auf das Chaos, das auf dem Schreibtisch der Vicequestore herrschte. »Ein aufgeräumter Schreibtisch«, fügte er hinzu.

»Carlo, ich habe kein Glück mit Pflanzen, also würde eine Pflanze hier auch nicht lange überleben. Bilder sind nicht nur etwas für Frauen, ich kenne Männerbüros, bei denen ich neidisch werde, wenn ich sehe, wie gut sie eingerichtet sind. Was die Ordnung betrifft, hast du recht. Das ist nicht gerade meine Stärke.«

»Es stimmt also, wenn ich sage, dass dieses Büro typisch Guarrasi ist«, schloss Carlo.

Sie zündeten sich eine Zigarette an.

»Kannst du mir erklären, warum du den ganzen Weg nach Catania auf dich genommen hast?«, legte Vanina los.

Carlo lächelte. Wie sehr liebte er diese Art zu reden!

Dann fing er sich wieder »Also, meine Liebe, der Fall, in dem du ermittelst, ist eine viel größere Sache, als es erscheinen mag. Zumindest ist der Name, nach dem du gefragt hast, ein ziemlich großer Fisch.«

Vanina musterte ihn fragend.

»Bei deinem gestrigen Anruf wollte ich dir nichts verraten, ohne vorher meine amerikanischen Kollegen konsultiert zu haben. Zu einer anständigen Uhrzeit rief ich in den USA an und setzte mich mit Arthur Trevis in Verbindung, einem Kollegen beim FBI, mit dem ich zusammengearbeitet hatte und immer noch zusammenarbeite. Arthur teilte mir mit, dass ihm der Mord an Esteban Torres bereits bekannt sei und er in Anbetracht des betreffenden Themas damit rechne, bald ein Ersuchen um Zusammenarbeit von der italienischen Polizei zu erhalten.«

»Des betreffenden Themas?«, wiederholte Vanina. Colombo nickte.

»Weißt du, bei der amerikanischen Polizei war Esteban Torres kein Unbekannter. Makelloses Führungszeugnis, weiße Weste, nie des kleinsten Verbrechens überführt, und dennoch roch er so nach Mafia, dass er eine Spur hinterließ. Trotz zahlloser Ermittlungen konnte ihm das FBI aber nie etwas nachweisen. Torres muss bereits in den 1960er-Jahren erste Kontakte zum organisierten Verbrechen gehabt haben. Kleinigkeiten, meist im Zusammenhang mit Casinos, die von Exilkubanern betrieben wurden und von denen es in jenen Jahren viele gab. Nie bewiesen. Das erste Mal stieß das FBI in den 1970er Jahren auf den Namen Esteban Torres, als er nach Tampa zog. Dort betrieb er einige Bars und Restaurants. Gerüchten zufolge war er in Wirklichkeit ein Strohmann für die italo-amerikanische Mafia, die sich dort niedergelassen hatte. Die Gerüchte konnten allerdings niemals bestätigt werden. In der Zwischenzeit machte Torres Karriere, kaufte ein Hotel, dann ein weiteres. Er wurde Geschäftsmann und stürzte sich in sein angestrebtes Steckenpferd, das Glücksspielgeschäft. Legal, wie sich später herausstellte. Er wurde Eigentümer eines Hotels und eines Casinos in Las Vegas und eines Casinos in Atlantic City. Man darf nicht vergessen, dass das FBI in den 1980er-Jahren der Mafia in den Casinos von Las Vegas schwere Schläge versetzte. Esteban Torres kam hingegen immer ungeschoren davon. Sauber. Irgendwann zog er nach New York, wo er ein weiteres Hotel kaufte und zusammen mit seiner Exfrau, die mit Kosmetika handelte, ein Import-Export-Geschäft aufbaute. Dort machte er einen weiteren Sprung und stieg in die Kreise der Hochfinanz auf. Sein Name tauchte wieder unter denjenigen auf, die dem FBI wegen des Verdachts auf geheime Absprachen mit einer der wichtigsten New Yorker Mafiafamilien gemeldet wurden. Aber auch hier scheint Torres unangreifbar gewesen zu sein. Der Verdacht drängt sich auf, dass sein Kontaktnetz … wie soll ich sagen? Dass sein Kontaktnetz super partes ist. Darüber hinaus scheint er eine wichtige Rolle in den Beziehungen zwischen der US-amerikanischen Cosa Nostra und der sizilianischen Cosa Nostra zu spielen. Vor allem in Catania.«

»Weißt du zufällig, zu welchen Familien er dort möglicherweise Kontakt hatte?«

Wenn Torres sich sogar in der vorteilhaften Lage befand, nicht zu fassen zu sein, konnte es sich nach Vaninas Schätzung nur um eine einzige Familie handeln.

»Familie Zinna«, bestätigte Colombo.

Vanina nickte. Das gewohnte Gefühl der Übelkeit, das sie in Palermo vierzehn Tage lang begleitet hatte, ließ sie nicht mehr los. Übelkeit, Nesselsucht, Widerwillen. Noch einmal irgendetwas mit diesen Namen, mit diesem Abschaum zu tun haben zu müssen, war das Letzte, was sie sich wünschte.

Polizeidirektor Colombo sprach weiter. »1990 zog er in unser Land, wurde italienischer Staatsbürger, behielt aber seine amerikanische Staatsbürgerschaft bei. Selbst hier schienen seine Aktivitäten alle legal zu sein, einschließlich der Geschäfte, die er seit einigen Jahren mit Malta tätigte. Im Casinosektor, klar.«

Vanina unterbrach ihn. »Entschuldige, Carlo, damit ich das auch richtig verstehe! Kanntest du das Dossier über Torres bereits, als ich dich anrief?«, fragte sie verärgert.

»Auswendig. Ich habe sogar selbst daran gearbeitet, um genau zu sein.«

»Und warum bist du dann hier? Damit ihr den Fall übernehmt?«

Colombo lächelte. »Stell dir vor, selbst mit dieser Reaktion habe ich gerechnet. Ich kenne dich gut, Vicequestore Guarrasi!«

Vanina indes war nicht zum Scherzen zumute und konterte. »Colombo, hör endlich auf und rede Klartext!«

»Warum bist du immer so misstrauisch? Glaubst du etwa, ich kreuze persönlich hier auf und teile dir mit, dass wir die Ermittlungen übernehmen? Und was meinst du überhaupt mit *uns*? Wir sind Teil des gleichen Teams, du und ich. Wir befinden uns auf derselben Seite.«

Vanina beruhigte sich. »Warum bist du dann hier, Carlo?«

»Aus zwei Gründen, Vanina. Erstens bin ich mir nicht sicher, ob der Mord an Torres etwas mit dem organisierten Verbrechen zu tun hat, auch in Anbetracht der Tatsache, dass seine Geliebte in dem Brunnen in Taormina gefunden wurde. Aber das ist nur meine persönliche Meinung. Der zweite Punkt hingegen betrifft dich.«

Das klang irgendwie doppeldeutig, doch Vanina fiel auf, dass er es diesmal ernst meinte.

»Inwiefern?«

Colombo beugte sich zu ihr vor.

»Wenn irgendjemand dieses Rätsel entschlüsseln kann, dann bist du es. Davon bin ich überzeugt. Die Ermittlung ist deine Sache. Mit deiner Erfahrung käme es niemandem in den Sinn, dich von einem solchen Fall abzuziehen. Vor allem, wenn es um die Aufdeckung von Mafiaverwicklungen geht. Doch aufgrund der oben genannten Tatsachen ist unsere Teilnahme obligatorisch. Darum ist es besser, dass ich hier bin, nachdem ich zwei Jahre lang mit dir gearbeitet habe, als eine andere Person, die dir vielleicht von oben aufgezwungen wird.«

Die Argumentation war stichhaltig.

Colombo hatte einen Ordner aus der Tasche gezogen und wollte gerade seine Brille wieder aufsetzen, als es an der Tür klopfte.

Marta Bonazzoli betrat Vaninas Büro und erstarrte. Vanina half ihr über die Verlegenheit hinweg und stellte ihr Colombo vor, der offensichtlich Mühe hatte, den Blick von ihr abzuwenden.

»Ispettore Marta Bonazzoli, unverzichtbares Mitglied meines Teams.«

»Carlo Alberto Colombo«, stellte er sich vor und schüttelte ihr die Hand.

»Dottore Colombo ist Direktor der Abteilung für internationale polizeiliche Zusammenarbeit. Er kommt aus Rom«, erklärte Vanina.

»Ich kann später wiederkommen, wenn du willst«, schlug Marta zögernd vor.

»Nicht nötig«, wiegelte Vanina ab und bedeutete Marta, näher zu kommen. Herrgott, wie konnte man nur so schüchtern sein?

»Was gibt es denn?«

Marta trat vor.

»Heute Morgen habe ich noch einmal die Anrufliste von Roberta Geraci überprüft, die uns Maresciallo Labbate gestern Abend übermittelt hatte. Dabei fiel mir auf, dass unter den Nummern, die in den letzten Tagen am häufigsten auftauchten, drei mit denen auf Torres' Anrufliste übereinstimmen. Die erste Nummer ist die von Oreste Parisi, der allerdings auch ihr Exmann war. Da wundere ich mich natürlich nicht.«

»Es überrascht allerdings, dass ihr Anruf zu jenen gehört, die bei Torres eingingen«, kommentierte Vanina.

»Eingegangen ja, aber vor allem gemacht«, betonte Marta. Dann sprach sie weiter. »Die zweite Nummer gehört Filadelfo Lavía. Alles eingehende Anrufe, die sich auf die letzten zwei Monate beziehen. Die dritte Nummer, die immer wiederauftaucht, allerdings nur am letzten Tag, bevor absolute Stille einkehrte, gehört Xavier Alejandro Torres. Das ist sonderbar.«

Die beiden schwiegen verblüfft.

Vanina schwieg, weil sie den zweiten Torres noch nicht richtig einordnen konnte.

Und Colombo, weil er sich an das Papier erinnerte, das er in der Hand hielt.

»Und da wären wir wieder«, sagte er. Er nahm die Brille aus der Brusttasche seines Hemds und begann mit der Lektüre des

Dossiers, das ihm der werte Trevis geschickt hatte, als es bereits Nacht in Italien gewesen war. Carlo hatte nur einen flüchtigen Blick darauf geworfen, weil er vorgehabt hatte, es im Flieger zu lesen. Dann war er aber schon vor dem Abflug eingeschlafen.

»Torres, Xavier Alejandro, geboren am 21. April 1973 in Havanna. Eltern: Torres, Juan, und Gutiérrez, Carmen. Immigration in die USA im Jahr 1994. Wahrscheinlich während der Einwanderungswelle, die in jenen Jahren aus Kuba kam. Wisst ihr ...« Er hob den Blick, um zu sehen, ob ihm die anderen beipflichteten, sah aber in ratlose Gesichter.

Vaninas Wissen über die Geschichte Kubas war dürftig, und sie hatte es sich vor allem durch Filme angeeignet. Marta hatte null Ahnung.

Colombo sprach weiter. »1996 wurde er amerikanischer Staatsbürger. Offizieller Beruf: Modellbauer. Interessant ist hier, dass Xaviers Vater Estebans Bruder war. Er starb 1975 auf amerikanischem Boden eines natürlichen Todes, war aber kubanischer Staatsbürger. Ebenso wie seine Frau, die noch immer in Havanna lebt.«

Colombo legte das Blatt Papier auf den Tisch und nahm seine Brille ab. »Das war's für den Moment.«

Vanina dachte darüber nach.

»Marta, gestern bat ich dich, nach Neuigkeiten über diesen Torres zu suchen. Wann und wie er nach Italien kam und so weiter. Wir müssen mehr verstehen«, befand sie.

»Ispettore Spanò kümmert sich darum.«

»Wo steckt Nunnari?«

»Er sucht mit Lo Faro nach dem Ehemann von Roberta Geraci, aber bisher gibt es keine Neuigkeiten.«

»Der Ehemann der ermordeten Frau ist verschwunden?«, fragte Colombo.

»Unauffindbar, um genau zu sein«, antwortete Vanina.

»Theoretisch eine Selbstanklage«, kommentierte Colombo.

»In der Tat scheinen die beiden mit den Ermittlungen betrauten Staatsanwälte derzeit in Richtung eines Verbrechens aus Leidenschaft ermitteln zu wollen.«

»Warum zwei Staatsanwälte?«

»Weil Taormina, wo die Leiche von Roberta Geraci gefunden wurde, in der Provinz von Messina liegt«, erklärte die Vicequestore, stand auf und holte ihre Zigaretten und ihr iPhone hervor. Dann schlüpfte sie in ihre Jacke.

Colombo musterte sie unschlüssig. »Wohin gehst du?«

»Warum? Kommst du nicht mit?«

Colombo sprang auf.

»Klar!« Er schnappte sich seine Jacke und seine Tasche. »Aber wohin fahren wir?«

»In ein charmantes kleines Dorf namens Trecastagni am Ätna«, sagte sie und ging zur Tür.

Marta war in ihr Büro gelaufen, um ihre Jacke zu holen.

»Kommt Ispettore Bonazzoli nicht mit?«, erkundigte sich Colombo sofort.

Vanina bedachte ihn mit einem schiefen Blick.

»Carlo, Finger weg! Sie ist nichts für dich.«

Er lächelte. »Ich verstehe nicht, warum du mich in perfekt sizilianischem Ton warnst. Meine Frage hatte keinerlei Hintergedanken.«

»Du hörst auf mich und stellst keine weiteren Fragen. Du wirst die Bedeutung meiner Worte schon bald verstehen.«

Marta holte sie auf der Treppe ein, überholte sie und lief in den Hof der Kaserne. Eine Minute später fuhr sie am Steuer eines Dienstwagens vor.

Vanina war gerade eingestiegen, als Nunnari aus einem anderen Wagen schoss und sich fast überschlug.

»Boss!«, rief er und stürmte auf ihr Seitenfenster zu.

»Nunnari, immer mit der Ruhe! Ich laufe schon nicht weg.«

»Tut mir leid, Boss, aber ich muss Ihnen etwas Wichtiges sagen! Wir haben den Ehemann von Signora Geraci gefunden.«

10

Vanina versuchte zu rekapitulieren. »Nunnari, kannst du mir erklären, warum der Exmann von Roberta Geraci sich spirituell zurückgezogen hat?« Der Sovrintendente nickte eifrig, fast so, als wolle er sich verbeugen. Er war in ihr Auto gekrochen und teilte sich den Rücksitz mit Carlo Alberto Colombo, über dessen Rolle in den Ermittlungen er nur wenig wusste. Offensichtlich war nur, dass er ein hohes Tier sein musste. Dadurch verlor sein Aye-aye-Sir-Marinesyndrom völlig an Bedeutung.

»In der Cappella di St. Anna«, sagte er.

»Und wo ist er jetzt?«, fragte Vanina.

»Noch immer dort.«

»Und was nun? Lassen wir ihn in der Kapelle?«, erkundigte sich Vanina gereizt und verunsicherte Nunnari mit dieser Frage.

»Nein, natürlich nicht, Boss. Lo Faro und ich waren auf dem Weg dorthin.«

»Vergesst es!«, sagte die Vicequestore. »Wir fahren dorthin. Wo befindet sich diese Kapelle?«

»In Valverde. Soll ich Ihnen den Standort auf Google Maps schicken?«

»Sehr gut. Schicken Sie ihn mir!«

Nunnari stieg aus dem Auto, während Marta den Motor startete und losfuhr.

Die Nachricht mit dem Standort der Kapelle kam sofort an,

und Vanina legte die Route fest. Die schnellste führte über die Küstenstraße und dann bergauf.

Sie nutzte den ersten Streckenabschnitt, den sie kannte, um alle notwendigen Telefonate zu führen. Sie rief Maresciallo Labbate an, der sich sofort auf den Weg machte, um sich am Zielort mit ihr zu treffen. Dann rief sie Staatsanwalt Franco Vassalli an, der sich mit seinem Kollegen in Messina abstimmen musste.

Sie fuhren die Promenade entlang, und Colombo deutete auf das Hotel, in dem er übernachten wollte. Es war ein modernes Gebäude mit einem angrenzenden Restaurant. An jenem Morgen hatte er es gerade noch rechtzeitig geschafft, sein Gepäck dort abzugeben, bevor er zum Mobilen Einsatzkommando fuhr, in der Überzeugung, dass er bereits spät dran war. Erst später war ihm wieder eingefallen, wie sehr Vanina unter dem Wecker litt.

Sie fuhren auf der Staatsstraße nach Aci Castello bis zu der Ausschilderung nach Valverde-San Gregorio, bogen ab und fuhren den Berg hinauf. Sie kamen am Haus von Maria Giulia De Rosa vorbei, was Vanina daran erinnerte, dass sie ihre Freundin nicht zum dritten Mal in Folge versetzen durfte. Sie schrieb ihr eine kurze, aber eindeutige Nachricht. *Heute Abend bei mir. Die Uhrzeit besprechen wir noch.*

Colombo hatte die ganze Zeit über geschwiegen und sah sich um, während sie durch die Straßen fuhren, die vom Hügel von Aci Castello nach Valverde führten. Vanina stellte sich vor, welchen Eindruck alle diese landschaftlichen Ungereimtheiten auf jemanden wie ihn machen würden, mit denen sie schon immer lebte und auf die selbst Marta inzwischen kaum mehr achtete. Romantische, meist baufällige Rustici aus Lavastein wechselten sich ab mit Kastenbauten – fast schon

Agglomeraten – aus Stahlbeton. Malerische Sträßchen, gesäumt von alten Steinmauern, auch sie aus Lavagestein, die an einigen Stellen von Einwohnern, die sich nicht an Regeln hielten, zu behelfsmäßigen Müllhalden umfunktioniert wurden.

»Herrlich!«, rief Marta, als sie hinunter zur Sant'-Anna-Kapelle fuhren. Eine hohe graue Mauer, hinter der Zypressen wuchsen, am anderen Ende eine Kirche mit Blick auf die Zyklopenriviera.

Die Besucher parkten auf dem Platz neben der Kirche, die wie alle Gebäude in der Gegend grau mit einigen weißen Spuren war. Der Platz war vollgeparkt mit Autos, doch angesichts der Leere ringsum war es schwer vorstellbar, wem sie gehörten. Beim Blick über die kleine Mauer, welche die Kapelle umgab, waren Terrassierungen zu erkennen, die teilweise mit Weinbergen und Zitrushainen bepflanzt waren. Kein Laut war zu hören.

Vanina wurde nervös. Die beiden Dummköpfe ihres Teams hatten sich zum Narren halten lassen. Sie betrat einen umzäunten Bereich mit gefliestem Boden, wo sich das geschlossene Kirchenportal befand. Sie klopfte an eine kleine Tür.

Colombo und Marta schlossen sich ihr an.

Sie hatten die Hoffnung schon fast aufgegeben, als eine Frau auftauchte.

Vanina wies sich aus und fragte nach Oreste Parisi.

Die Nonne wirkte bestürzt, führte die Besucher aber in den Kreuzgang und ging los, um Parisi zu rufen.

Der Exmann von Bubi Geraci erschien in Begleitung eines anderen Mannes, der ihn offenbar zu trösten versuchte.

»Buongiorno, Dottoressa Guarrasi«, begrüßte er Vanina. Einen Moment lang fragte sie sich, wieso er sie erkannt hatte. Dann fiel ihr ein, dass bei jeder Ermittlung ihr Foto in der

Zeitung erschien. Das gleiche, das sie auf der Seite der Zeitung entdeckte, die Parisi unter den Arm geklemmt hatte.

»Signor Parisi, entschuldigen Sie, wie lange halten Sie sich hier schon in völliger Abgeschiedenheit auf?«

»Seit drei Tagen. Die Exerzitien haben am Dienstag angefangen.«

Der Tag, an dem Torres getötet wurde.

»Und Sie haben Ihr Telefon nie eingeschaltet?«

»Nein. Sonst hätte ich mich ja nicht zurückziehen können«, sagte er und senkte den Blick. »Hätte ich es bloß eingeschaltet, dann hätte ich wenigstens meine Tochter trösten können. Sie hatte verzweifelt nach mir gesucht.«

»Signor Parisi, wenn Sie Ihr Handy eingeschaltet hätten, hätten Sie auch erfahren, dass die Polizei und die Carabinieri nach Ihnen suchen. Sie sind in den Tagen verschwunden, als der Liebhaber Ihrer Exfrau ermordet und sie selbst tot aufgefunden wurde. Denken Sie darüber nach!«

Parisi musterte Vanina erstaunt.

»Wer wurde getötet?«

»Esteban Torres.«

Der Mann schwieg. »Das wusste ich nicht«, murmelte er nach einer Weile mit ernster Miene.

Die Tageszeitung von Messina, die an diesem Tag als erste die Nachricht von dem im Brunnen eines großen Hotels in Taormina gefundenen Leichnam veröffentlichte, erwähnte den Mord an Torres mit keiner Zeile. Ein Zeichen dafür, dass der Wille der beiden Staatsanwälte, den Zusammenhang zwischen den beiden Sachverhalten nicht öffentlich zu machen, bisher respektiert wurde.

»Kannten Sie Signor Torres?«

»Nein. Zum ersten Mal hörte ich in den letzten Wochen, besser gesagt Tagen, von ihm. Wissen Sie, seit unserer Trennung hatte Bubi viele Beziehungen«, erklärte er und lächelte verbittert. »Wahrscheinlich war das auch schon vorher der Fall«, fügte er hinzu.

Der Mann, der neben ihm stand, schimpfte mit ihm. »Oreste!«

»Er hat recht, Pater. Man verleumdet Tote nicht.«

»Sie war einfach so. Sie war ein Freigeist.«

»Sie hatten also keinen Grund, wütend auf sie zu sein?«

»Ich? Warum? Wir gehen schon seit vielen Jahren getrennte Wege. Auch ich habe mein eigenes Leben.«

»Um wie viel Uhr kamen Sie am Dienstag hier an?«, fragte Vanina. Der Mann wandte sich dem Priester zu. »Das weiß ich nicht. Es muss so etwa halb neun gewesen sein.«

Der Pater bestätigte die Aussage.

»Und woher kamen Sie?«

Verwirrt hob Parisi den Kopf.

»Wie meinen Sie ... woher ich komme? Von zu Hause«, antwortete er.

»Und, kann das jemand bestätigen?«

Der Mann wurde nervös.

»Warum denn, Dottoressa? Was habe ich mit Torres zu tun?«

»Signor Parisi, ist Ihnen bewusst, dass Sie genau zu jenem Zeitpunkt verschwanden, als der Mord geschah? Dass Sie einer der Letzten waren, der mit Torres telefonierte, und dass Sie der Exmann seiner Geliebten sind?«

»Er rief mich an! Das können Sie überprüfen. Er tauchte in meinem Restaurant auf und fragte mich, ob ich etwas von Bubi gehört hätte, weil er sie nicht erreichen konnte.«

»Und was haben Sie geantwortet?«

»Ich wollte sie anrufen und stellte fest, dass ihr Telefon ausgeschaltet war. Im Büro hatte man sie seit Tagen nicht mehr gesehen, und auch meine Tochter hatte nichts von ihr gehört. Doch eigentlich überraschte mich das nicht sonderlich.«

»Warum nicht?«

»Das sagte ich doch schon, Dottoressa! Bubi war ein Freigeist. Sie war imstande, ihre Sachen zu packen und einfach zu verschwinden. Aber nicht drei Tage lang, so wie ich das jetzt mache. Mindestens vierzehn Tage. Wenn alles gut lief, schickte sie nach einigen Tagen eine Postkarte. Wenn nicht, dann nicht einmal das. Daran waren meine Tochter und ich gewöhnt. Und ihre Mitarbeiterinnen ebenfalls.«

»Und? Was haben Sie getan?«

»Ich sagte Torres, er solle nachsehen, ob sie nach Noto gefahren sei. Manchmal verbrachte sie Monate auf Kur und schaltete sogar das Handy aus.«

»Und? Hat Torres das getan?«

»Ich glaube schon. Aber offensichtlich fand er sie nicht, denn am nächsten Tag rief er mich wieder an.«

»Erinnern Sie sich noch, wo Sie waren, als Torres Sie anrief?«

»Nun, beim ersten Mal sicher in Catania, auch weil Torres mich im Restaurant aufsuchte. An die anderen Male erinnere ich mich nicht mehr. Aber er sagte mir, er wolle nach Taormina fahren und sich mit ihr treffen.«

Parisi ließ sich auf einem Mäuerchen nieder, und Vanina beschloss, ihn nicht weiter zu befragen. Es ging ihr um eine einzige Aussage, die ihr bestätigen sollte, dass sie mit ihrer Intuition richtiglag. Und nur darum bat sie ihn nun.

»Signor Parisi, wissen Sie noch, wo Sie am Abend und in der Nacht vom 16. auf den 17. November waren?«

»Wo hätte ich sein sollen? Vermutlich schloss ich das Restaurant gegen elf Uhr und ging nach Hause.«

»Allein?«

»Allein, Dottoressa. Niemand sah mich, niemand kann es bestätigen«, nahm Parisi ihr vorweg.

»Hatten Sie jemals die Schlüssel für das Auto Ihrer Exfrau?«

Der Mann seufzte. »Dottoressa, entschuldigen Sie, aber warum sollte meine Exfrau mir die Schlüssel zu ihrem Auto geben?«

»Also nein«, schloss Vanina.

»Nein.«

Die Nonne, die erneut die Tür öffnete, kündigte die Ankunft der Carabinieri an.

Neben Maresciallo Labbate kam auch Capitano Silvani mit.

Er und Vanina wechselten einige Worte. Die Vicequestore verabschiedete sich.

»Wetten, dass dieser Parisi nichts mit den beiden Morden zu tun hat? Wenn ja, dann wäre er wirklich ein Anfänger«, kommentierte Colombo, als sie wieder im Auto saßen.

Vanina hatte sich eine Zigarette angezündet, ohne auf Martas missbilligenden Blick zu achten. Sie stimmte Carlo Colombo zu.

Der einzige Zweifel, der aufkommen konnte, betraf den Abend des Mordes an Roberta Geraci, für den Parisi kein Alibi hatte. Aber gab es jemals einen Mörder, der nicht versuchte, sich ein Alibi zu beschaffen? Vielleicht ein anfechtbares, aber dennoch ein Alibi.

»Marta, fahr nicht ins Büro zurück! Bring uns zur Staatsanwaltschaft!«, bat Vanina. Dann wandte sie sich an Colombo. »Ich stelle dir den mit den Ermittlungen beauftragten Staatsanwalt vor.«

»Diesen Vassalli, den Tito erwähnte?«

»Franco Vassalli. Ja, den.«

»Warum ist er unzufrieden mit der Entwicklung, welche die Untersuchung nach meinen Enthüllungen nehmen könnte?«

Vanina lächelte.

»Das wirst du schon selbst feststellen«, antwortete sie.

Dann rief sie Nunnari an und bat ihn, er möge herausfinden, wo Oreste Parisi sich mit seinem Handy am Abend des 16. und in der Nacht des 17. November sowie am frühen Morgen des Tages aufgehalten hatte. Am Tag des Mordes.

»Aye-aye, Boss«, antwortete der Sovrintendente.

»Gibt es sonst noch Neuigkeiten?«

»Nein ... Warten Sie, ich verbinde Sie mit Spanò!«

Der Ispettore nahm den Hörer ab.

»Dottoressa.«

»Spanò, was gibt es?«

»Ich habe Xavier Alej... was weiß ich ... Torres noch einmal unter die Lupe genommen. Landung in Catania am 13. November. Hinflugticket von Miami. Er mietete kein Auto. Die ersten beiden Tage checkte er in einem Hotel in La Playa ein, dann aber checkte er aus. Es gibt keine Aufzeichnungen darüber, dass er sich in irgendeinem anderen Hotel anmeldete, weder damals noch heute.«

»Diese Torres haben es sich zur Gewohnheit gemacht ... Erst checken sie in einem Hotel ein, dann verlassen sie es wieder und machen sich auf den Weg nach Catania. Und arrivederci«, kommentierte Vanina.

Sie beendete das Gespräch mit Spanò und wandte sich an Colombo.

»Carlo, ist dir zu diesem Xavier Alejandro Torres gar nichts bekannt, abgesehen von den vier Fakten, die du mir vorgelesen hast? Gibt es nicht noch ein anderes Dossier, das du mir bisher vorenthalten hast? Vielleicht musstest du erst deine amerikanischen Freunde fragen, ob du es mir zeigen darfst.«

»Ich weiß nichts, nur das, was ich dir vorgelesen habe«, äffte er sie nach.

Vanina warf ihm einen finsteren Blick zu.

»Komm schon, Vanina, du nervst! Und lass mich wenigstens ein bisschen die Umgebung genießen!«

»Für mich kannst du genießen, was du willst, solange du mich nicht verarschst. Mir scheint sowieso, dass ich heute Morgen in klarer Unterzahl bin«, maulte Vanina, stieß den Rauch aus und musterte erst Marta, dann Colombo. »Sieh dir das an! Nach einer Weile kommt womöglich noch Polenta aus dem Auspuff«, spottete sie und spielte auf Martas norditalienische Wurzeln an.

Bonazzoli lachte. Colombo schüttelte den Kopf.

Staatsanwalt Franco Vassalli begrüßte Vicequestore Vanina Guarrasi entspannt. Er lächelte sogar.

»Diesmal können Sie mir wohl kaum vorwerfen, dass ich zu vorsichtig bin. Ihre Männer werden Ihnen bestätigen, dass ich alle Telefonüberwachungen, um die Sie mich gebeten haben, unterzeichnet habe.«

Er ruhte in sich selbst, und zum ersten Mal sehnte er bei der Zusammenarbeit mit Giovanna Guarrasi nicht den Ruhestand herbei. In diesen Doppelmord waren Menschen verwickelt, die so weit von seiner Realität entfernt waren. Also würde derjenige, der den Täter fasste, von ihm besonders gelobt werden. Nicht wie im vorherigen Fall! Er war ergraut, als die verrückte Vicequestore Guarrasi die Hälfte der Mitglieder seines Club vor Gericht gezerrt hatte. Zum Glück hatte Eliana Recupero, Staatsanwältin und Freundin der Vicequestore und noch fanatischer als diese, sich eingemischt und verlangt, den Fall persönlich zu übernehmen. Ein weiterer glücklicher Zufall wollte es, dass ihn danach eine vorübergehende Luftröhrenentzündung gerettet hatte. Diesmal hingegen konnte er Vicequestore Guarrasi freie Hand lassen. Und dem Ergebnis nach zu urteilen lag er damit goldrichtig.

»Dottore Vassalli, ich möchte Ihnen gern Dottore Carlo Alberto Colombo von der Abteilung für internationale polizeiliche Zusammenarbeit vorstellen. Er ist hier, um uns bei den Ermittlungen im Fall Torres zu unterstützen.«

Der Staatsanwalt reichte ihm die Hand und drückte seine Freude darüber aus, auf einen so *begabten* Polizeifunktionär zu treffen.

»Es tut mir leid, dass Sie umsonst kommen mussten, Dottore Colombo!«

Carlo verstand nicht ganz.

»Umsonst?«, fragte er.

»Aber ja. Sie werden die Nachricht auch gehört haben. Dottoressa Guarrasi hat mir soeben mitgeteilt, dass Roberta Geracis Ehemann endlich gefunden wurde. Ich habe mich bereits mit meinem Kollegen in Messina in Verbindung gesetzt und ihn über die Neuigkeiten informiert. Daher können sich Polizei und Carabinieri so gut wie möglich abstimmen und seine Schuld beweisen. Ich bin fest davon überzeugt, dass der Mörder beide Verbrechen beging.«

Vanina vermied es, ihm mitzuteilen, dass ihr Team und die Carabinieri von Taormina in ständigem Austausch standen. Förmlich wie Staatsanwalt Vassalli war, hätte er am Ende noch etwas an dem ungezwungenen Ton auszusetzen gehabt, der zwischen den beiden Teams inzwischen herrschte. Andererseits, wenn sie bei jeder Koordinierungsanfrage auf seine Genehmigung hätte warten müssen … dann gute Nacht.

Sie kam auf die Frage nach Parisis *Schuld* zu sprechen.

»Wenn Sie wissen wollen, was ich denke, dann glaube ich, ehrlich gesagt, nicht, dass Oreste Parisi unser Mann ist. Zumindest nicht, was den Mord an Torres betrifft. Was den Mord an seiner Frau angeht, müssen wir noch ein paar Umstände überprüfen. Aber so, wie es aussieht, halte ich ihn für keinen Mörder. Dottore Colombo stimmt mit mir überein.«

Colombo nickte und bestätigte dies.

»Außerdem«, fügte Vanina hinzu, »zeichnet das Dossier der Abteilung für internationale polizeiliche Zusammenarbeit, das er mir soeben gezeigt hat, ein Bild von Esteban Torres, das weit über das eines gewöhnlichen Italo-Amerikaners auf der Durchreise nach Catania hinausgeht. Es besteht sogar der Verdacht, dass er Beziehungen zur Cosa Nostra hatte. Und zwar mit der Führungsebene.« Vanina war keinesfalls davon überzeugt, dass diese Sache etwas mit dem Mordfall zu tun hatte, doch die Reaktion, die sie mit ihren Worten hervorrief, amüsierte sie.

Staatsanwalt Vassalli saß mehrere Minuten lang wie versteinert da. Wie hatte er ihr trauen können? Er hatte den Sieg zu früh ausgerufen.

»Dottoressa, ist Ihnen klar, dass ich in diesem Fall gezwungen bin, die Untersuchung an die Anti-Mafia-Einheit weiterzuleiten?«

»Aber nein, Dottore Vassalli!«, widersprach Colombo. »So wie es aussieht, haben wir keinen Beweis für einen Zusammenhang zwischen den Fakten, die Sie selbst aus dem offiziellen Bericht der Abteilung für internationale polizeiliche Zusammenarbeit ersehen können, und dem Verdacht hinsichtlich der noch zu verifizierenden Mittäterschaft und des Mordes. Oder der Morde, wenn wir beide Taten in Betracht ziehen. Dottoressa Guarrasi wird in alle Richtungen ermitteln, wenn nötig auch international. Und ich bin hier, um ihr zu helfen.«

Der Staatsanwalt schluckte schwer.

»Auf keinen Fall dürfen wir jedenfalls die Tatsache außer Acht lassen, dass auch Leidenschaft mit im Spiel ist.«

Vanina zählte bis zehn. Verdammt, er war wie besessen! Sie hoffte, dass der Staatsanwalt aus Messina etwas weniger engstirnig war.

Das Büro von Eliana Recupero lag in dem Bereich der Staatsanwaltschaft, in dem sich auch die Räume der Anti-Mafia-Richter befanden.

Die Staatsanwältin versank hinter einem Stapel von Ordnern, die sich auf ihrem Schreibtisch häuften. Sie war angezogen, als müsse sie dem Frost trotzen. Beiger Rollkragenpulli aus Kaschmir, eine gleichfarbige Strickjacke darüber und dazu noch ein Schal, den sie vorübergehend vor sich auf den Stuhl gelegt hatte. Sie war klein und zierlich, nicht zu dünn, wie nur jemand war, der viel Wert auf die eigene Figur legte.

»Dottoressa Guarrasi!«, begrüßte sie Vanina und freute sich sichtlich über das Wiedersehen.

Colombo stellte sich vor.

»Aber wir sind uns doch schon begegnet, Dottore Colombo!«, sagte sie zu ihm. Er musterte sie verblüfft, während sie ihm ausführlich über die fünf Minuten erzählte, in denen sie sich vor sieben Jahre bei der Staatsanwaltschaft in Mailand getroffen hatten.

»Setzen Sie sich!«, forderte sie die beiden auf.

Sie schob einen Trolley zur Seite, mit dem sie ihre Unterlagen transportierte, um sich nicht Rücken und Arme zu brechen, und machte Platz für ihre Besucher.

»Entschuldigen Sie meine antarktische Kleidung, aber heute Morgen war ich im Gerichtssaal der dritten Strafkammer, die nach nur zwei Tagen Kälte bereits in den Wintermodus geschaltet hatte. Unwiderruflich, fürchte ich.«

»Die Heizungen wurden noch nicht aufgedreht«, schlussfolgerte Colombo.

»Heizungen in diesem Gerichtssaal? Pure Utopie!«

Wenn es jemanden gab, der in der Lage war, einen möglichen Kontakt zwischen Torres und Familie Zinna in den Tagen vor seiner Ermordung aufzudecken, dann war es Eliana
Recupero. Sie verglich Daten, analysierte Zufälle oder stellte
fest, ob es eine unbekannte Spur von Torres im Rahmen einer
der vielen Ermittlungen gab, die sie gegen die Familie Zinna
eingeleitet hatte. Ganz persönlich und ohne Vassalli mit einzubeziehen. Schon oft hatte sie gezeigt, dass sie bereit war, Vicequestore Guarrasi zu helfen, ohne Zögern den Dingen auf den
Grund zu gehen.

Colombo begriff sofort, dass die beiden Frauen einander
vertrauten, ebenso wie die Staatsanwältin verstand, dass Vanina ihrem Kollegen vertraute.

Eliana notierte sich einige Details, die ihr bei ihren Nachforschungen helfen konnten.

Als Colombo das Büro verließ, hielt Signora Recupero die
Vicequestore noch einen Moment lang in ihrem Büro zurück.
Sie fragte sie, wie es ihr in Palermo ergangen sei. »Der Kollege
Malfitano ist noch nicht zum stellvertretenden Staatsanwalt
befördert worden, oder?«, erkundigte sie sich mit einer gewissen Gleichgültigkeit, die Vanina als Versuch interpretierte, ihre
Neugier zu verbergen. Die Affäre zwischen ihr und Paolo, die
offiziell vier Jahre zurücklag, war nie ein Geheimnis gewesen.
Alle wussten davon, und vor Kurzem wurde sogar in den Zeitungen darüber berichtet, nachdem Paolo neue Drohbriefe erhalten hatte. Eliana Recupero hatte sich bisher nicht auf dieses
Terrain gewagt. Es war nicht ersichtlich, warum sie es diesmal
tat.

»Nicht, dass ich wüsste«, antwortete Vanina trocken.

Die Staatsanwältin hakte nicht weiter nach, doch es war klar, dass sie gern mehr erfahren hätte.

»Sag mal, dieser Malfitano, von dem sie sprach, ist das jener, den ich meine?«, fragte Carlo, als er neben Vanina vor dem Gerichtsgebäude stand.

»Colombo, hast du gelauscht?«

»Übertreib nicht. Gelauscht! Die Tür stand offen. Hätte ich mir die Ohren zuhalten sollen? Antworte mir lieber! Ist er es?«

»Das kommt drauf an. An wen dachtest du denn?«, fragte Vanina und lachte, als sie den Corso Italia mit hoher Geschwindigkeit überquerten, um einer Horde von Motorrollern zu entgehen, die gerade an der grünen Ampel starteten.

»Komm schon, du weißt, wen ich meine!«, verlangte Colombo.

Vanina antwortete nicht, und das wertete er als ein Ja.

Sie trafen Marta im *Palace Hotel*, in dem Torres' zweite Exfrau gerade angekommen war. Marta saß an einem kleinen Tisch in der Bar und hatte bereits ein Gespräch mit der Dame begonnen, die trotz ihrer Herkunft kaum italienisch sprach.

Evelyn Cristallo, fünfundsechzig Jahre alt. Barbieblondes Haar, Gesicht und Dekolleté wie aus dem Lehrbuch der Schönheitschirurgie und Augen, die schon auf zehn Meter Entfernung auf Botox schließen ließen. Eine Mischung aus Goldie Hawn und Shirley MacLaine. Sie wohnte in Manhattan, zwischen der 78. Straße und der Park Avenue, was für Leute wie Vanina, die die Stadt kannten, ein Ort der Reichen und Schönen war. Der sehr Reichen. Natürlich war auch sie reich. Schließlich führte sie ein millionenschweres Kosmetikunternehmen.

Sie und Esteban hatten 1976 in Miami geheiratet. Er arbeitete in einem der Lokale von Frank Cristallo, Evelyns Vater, dessen Familie ursprünglich aus Catania stammte. Aus Piana dell'Etna, um genau zu sein. Deshalb hatte Esteban auch immer schon eine besondere Beziehung zu Catania gehabt. Als ihr Vater ein Restaurant in Tampa eröffnete, hatte er Esteban und Evelyn die Leitung überlassen. Nach wenigen Jahren war Esteban selbst in das Geschäft mit den italo-amerikanischen Freunden von Evelyns Vaters eingestiegen. Er hatte eine Leidenschaft für Spieltische, schleppte seine Frau bei jeder Gelegenheit nach Las Vegas und stieg schließlich auch dort ins Geschäft ein.

»Auch dieses Mal mit ihrem Vater?«, fragte Vanina und wandte sich an Colombo, der zustimmend nickte.

Nein, dieses Mal war Esteban allein tätig geworden. Dann waren sie nach New York gezogen und hatten ein weiteres Unternehmen gegründet, das nun ihr gehörte. Die Evelyn Cosmetics.

»Und worum ging es bei dem Import-Export-Geschäft?«, fragte Colombo.

Die Frau wusste es nicht.

Luisa Visconti schloss sich ihnen an. Die beiden Frauen schienen sich gut zu verstehen.

»Evelyn besteht darauf, Esteban ein letztes Mal zu sehen.«

Vanina wies Marta an, sie zu begleiten.

»Hören Sie, Signora Torres!« Beide drehten sich um.

»Signora Evelyn«, sagte die Vicequestore auf Englisch. »Haben Sie Estebans Neffen jemals kennengelernt? Xavier Alejandro Torres?«

Die beiden Frauen sahen sich an, als seien sie beleidigt.

»Und wer soll das sein?«, antworteten sie unisono und auf Italienisch. Jede weitere Frage erübrigte sich.

Colombo verlor regelrecht den Verstand über einem Teller Spaghetti mit Masculini, den Nino ihm für alle Fälle als dreifache Portion hingestellt hatte.

»Sag mal, Vanina, du isst aber nicht jeden Tag hier zu Mittag, oder?«

»Mehr oder weniger schon. Warum?«

Vanina hatte ihre Portion Fleischbällchen aufgegessen, die sie zum Ausgleich für das Mittagessen vom Vortag brauchte, und ebenso die übrig gebliebene Caponata, die Carlo als Vorspeise halb verputzt hatte.

»Nun ja, wenn man jeden Tag hier isst, bringt man schnell mal hundert Kilo auf die Waage.«

»Was soll das werden? Eine diplomatische Art, mir zu sagen, dass ich zugenommen habe?«

Colombo war verwirrt. »Das würde ich niemals wagen.«

Während er mit der üppigen Mahlzeit kämpfte, dachte Vanina die ganze Zeit nach.

»Wir müssen nach Torres' erster Frau suchen«, sagte sie schließlich.

»Und warum?«

»Ich möchte herausfinden, ob sie diesen seltsamen Neffen überhaupt kennt. Wenn ich nachrechne, muss er geboren sein, als Torres noch mit ihr verheiratet war. Wenn Xaviers Vater '75 in den USA gestorben ist, bedeutet das, dass die Brüder zumindest miteinander verkehrten. Selbst Juan besuchte Esteban, was nicht einfach war, da er aus Kuba kam.«

»Wir sind auf der Suche nach ihr«, beteuerte Carlo. Sie gingen hinaus und machten sich auf den Weg zum Büro.

»Dottoressa Guarrasi, hier spricht Maresciallo Labbate.«

Vanina hatte sich gerade vor Tito Macchia hingesetzt, der, seinem glücklichen Gesicht nach zu urteilen, gerade vom Mittagessen mit Marta zurückgekommen war.

»Maresciallo, guten Abend.«

»Ich wollte Ihnen mitteilen, dass Signor Parisi auch uns

gegenüber wiederholt hat, was er zu Ihnen sagte. Wir wollten herausfinden, ob er in der Nacht, in der seine Exfrau getötet wurde, ein Alibi hatte. Ein halbes Alibi hat er, um ehrlich zu sein. Nachdem es aber inoffiziell ist, zog er es vor, erst einmal nicht darüber zu sprechen. Als er merkte, dass es unangenehm für ihn wurde, lenkte er ein und erzählte uns, er sei bis Mitternacht mit einer Frau zusammen gewesen, deren Vor- und Nachnamen er uns nannte. Das verstehe ich unter einem halben Alibi, denn danach ging er nach Hause. Ein vollständiges Alibi hat er nicht. Wahr ist aber auch, dass es bei ihm eigentlich kein Tatmotiv gibt. Wir haben nachgeforscht. Er hat keine finanziellen Probleme. Die Tochter, die aus Paris angereist ist und sich nun bei ihrem Vater aufhält, hat erklärt, dass das Verhältnis zwischen ihren Eltern sehr gut war und sie sich im gegenseitigen Einverständnis getrennt hatten. Und da sie nur eine Tochter hatten und sich keiner von beiden mit der Absicht trug, noch einmal zu heiraten, hatten sie sich nie scheiden lassen. Ich weiß nicht, was Sie von Torres halten, aber meiner Meinung nach ist Parisi nicht in der Lage, mit einer Pistole zu schießen.«

»Ich sehe das wie Sie. Ich bat um Überprüfung, wo er mit seinem Handy unterwegs war, nur um sicherzugehen.«

Maresciallo Labbate setzte seinen Bericht fort. Das Blut auf dem Stein im Brunnen stammte, wie sich herausstellte, vom Opfer selbst. Die Dynamik des Unfalls und des Todes waren also korrekt.

»Hören Sie, Maresciallo«, begann Vanina. »Hat die Spurensicherung die Koffer von Signora Geraci mitgenommen, die das Hotel in Taormina eingelagert hatte?« Das war ihr in der Nacht zuvor eingefallen, doch da war es bereits zu spät gewesen, einen Anruf zu tätigen.

»Ja, natürlich.«

»Computer oder Tablets wurden nicht gefunden?«

»Nein, nichts.«

»Und das kommt Ihnen nicht seltsam vor?«

»Doch, denn nichts passt zusammen. Anfangs dachte ich, der Mörder habe die Teile zusammen mit dem Telefon und der Brieftasche gestohlen. Doch dann wurde mir klar, dass die Frau zwar ihre Brieftasche und ihr Handy in einer Handtasche mit sich führte, den Computer aber mit Sicherheit im Zimmer gelassen hatte. Wenn nicht sogar im Zimmersafe. Es gibt also zwei Möglichkeiten …«

Vanina kam ihm zuvor. »Entweder hat der Mörder vor seinem Verschwinden Roberta Geracis Zimmer betreten und den Computer mitgenommen, oder der Computer befand sich noch im Safe.«

»Ach ja, richtig.« Labbate wirkte zufrieden. Im Einklang mit Vicequestore Guarrasi! »Also habe ich das Zimmer überprüfen lassen. Auch nach der Abreise der Dame war es nicht vermietet worden. Leider war der Safe leer. Falls die Signora also einen Laptop hatte, dann hat ihn der Mörder mitgenommen.«

»Das bedeutet aber, dass der Mörder wusste, wo sich das Zimmer der Dame befand. Vielleicht hatte er sich sogar dort aufgehalten.«

»Genau das habe ich mir auch gedacht. Also habe ich mich auf den Weg gemacht, um eine gründliche Inspektion vorzunehmen, und habe etwas Interessantes gefunden. Auf dem Balkontisch stand ein Aschenbecher, der nicht geleert worden war. Darin befanden sich ein Zigaretten- und ein Zigarrenstummel. Der Stummel einer großen Zigarre.«

»Eine große Zigarre«, wiederholte Vanina.

»Eine Habanos«, mischte sich Tito ein, der sich mit Zigarren bestens auskannte.

Vanina gab diese Erkenntnis an Labbate weiter. »Und sind wir sicher, dass sie nicht aus der Zeit vor dem Aufenthalt von Roberta Geraci stammen?«, fragte sie ihn.

»Ja, denn das Zimmermädchen, das das Zimmer wieder herrichtete, behauptete, sie habe vergessen, den Aschenbecher zu leeren. Es sei aber nur ein einziges Mal vorgekommen. Die Kippen sind jetzt bei der Spurensicherung in Messina.«

Die Vicequestore legte mit finsterer Miene auf. Nichts nervte sie mehr, als sich auf andere verlassen zu müssen. Es war schon eine Tortur, auf die Spurensicherung zu warten, jetzt fehlte nur noch die in Messina.

Nunnari hatte, wie von Vanina verlangt, alle Übertragungsmasten überprüft, bei denen sich Parisis Handy eingewählt hatte.

»Inzwischen ist klar, dass Parisi nichts mit dem Mord zu tun hatte. Sein Telefon hat sich bis acht Uhr am Übertragungsmast in der Nähe seiner Wohnung eingewählt, unmittelbar danach bei dem zwischen Aci Catena und Valverde. Was den Mord an Signora Geraci betrifft, kann man leider nichts sagen, weil das Telefon bis zu einer bestimmten Zeit beim Übertragungsmasten in Catania eingewählt war, vermutlich bis zur Schließung des Restaurants, und dann abgeschaltet wurde«, erklärte Vicequestore Guarrasi dem Big Boss, der sich in Vaninas Sessel ausgestreckt hatte und sich mit unheimlichen Quietschgeräuschen nach links und rechts drehte. Er liebte diesen Stuhl. Immer, wenn er frei war, nahm er darauf Platz, sodass dieser mindestens zehn Zentimeter absank. Heute, morgen, übermorgen, irgendwann hätte Vanina auf dem Boden gesessen.

Spanò war zu dem *Hotel La Playa* gegangen, in dem Xavier Alejandro Torres eingecheckt hatte. Man erinnerte sich dort kaum an ihn. Er war zwei Nächte geblieben und dann abgereist.

»Er hat mit einer Visakarte bezahlt, also dachte ich daran, den Kreditkartenausgeber anzurufen und um Nachweise seiner letzten Kontobewegungen zu bitten. Sie werden mir in Kürze zugesandt.«

Lo Faro spähte durch die Tür und hielt inne, als er den Big Boss im Büro sitzen sah. Vanina wäre durchaus imstande gewesen, wütend zu werden, in der Annahme, dass er nur gekommen war, um sich beim Big Boss einzuschleimen.

»Lo Faro, was gibt's?«, fragte Vanina.

Der junge Mann rückte mit einem Laptop in der Hand an.

»Dottoressa, entschuldigen Sie. Ich habe für Ispettore Spanò im Internet recherchiert und etwas gefunden, das interessant sein könnte.«

»Das stimmt, Boss. Ich habe ihm aufgetragen, über Xavier Torres zu recherchieren«, bestätigte Spanò.

»Und was haben Sie herausgefunden?«, fragte Vanina.

Lo Faro näherte sich, öffnete den Computer, entsperrte den Bildschirm und wartete auf die Anweisung, wem er ihn zeigen sollte.

Macchia deutete auf Vicequestore Vanina Guarrasi.

Diese blickte auf eine Facebookseite.

»Lo Faro, ich kenne mich kein bisschen mit sozialen Netzwerken aus, ich mag sie nicht einmal. Was soll ich verstehen?«

»Dies ist das private Profil von Xavier Alejandro Torres.«

Das Titelfoto war ein Sonnenuntergang über dem Meer, das Profilbild eine Nahaufnahme. Langes dunkles Haar mit Stirnlocke, grüne Augen, die im Kontrast zur olivfarbenen Haut standen. Das koreanische Hemd trug er über der Brust offen.

Er sah schon auf den Fotos zum Anbeißen aus, Vanina wollte gar nicht wissen, welchen Eindruck er live machte …

Beziehung: ledig. Wohnhaft: Miami. Aus: Havanna.

»Das ist er«, erklärte Colombo, der seine Brille aufgesetzt hatte, um besser sehen zu können.

»Er scheint nicht sonderlich aktiv auf seiner Facebookseite zu sein«, erklärte Lo Faro.

»Der letzte Beitrag ist über einen Monat her, aus Coral … Gables. Da man seine Beiträge aber nur sehen kann, wenn man ihm eine Freundschaftsanfrage sendet, habe ich ihm eine von einem unserer weiblichen Fakeprofile geschickt. Es dauerte keine fünf Minuten, bis er sie annahm. Daraufhin habe ich mir die Liste seiner Freunde angesehen. Er hat überwiegend Freundinnen«, sagte er und lachte kurz auf, doch Vanina unterbrach ihn umgehend. »Und wen hätten wir denn da?«

Vanina starrte auf den Namen, dann drehte sie sich zu dem Beamten um, der dastand und die Luft anhielt.

»Gut gemacht, Lo Faro. Sehr gut«, lobte sie, und Lo Faro wurde vor Aufregung fast ohnmächtig. »Und sehen Sie mal, wer zu den Freunden dieses hübschen Mannes gehört!«

»Wer ist das?«, fragte Tito, der sich nach vorn gelehnt hatte und die nicht angezündete Zigarre zwischen den Zähnen hielt.

»Roberta Bubi Geraci.«

Commissario Patanè hatte einen Finger auf den Knopf neben der Sprechanlage gelegt, als sich die grüne Eingangstür zum Mobilen Einsatzkommando öffnete und Vicequestore Guarrasi heraustrat. Hinter ihr war der Big Boss zu sehen, der sich mit einem Mann unterhielt, den Patanè noch nie gesehen hatte.

»Commissario!«, rief sie und kontrollierte sofort ihr Handy. »Sie haben mich nicht etwa angerufen, und ich habe es nicht gehört?«, fragte sie.

»Nein, Dottoressa, keine Sorge! Ich war gerade in der Gegend und dachte, ich schaue mal vorbei.«

»Commissario Patanè, wie geht es Ihnen?«, fragte Tito Macchia erfreut. Er ließ seine große Hand auf Patanès Schulter fallen und musste einen Schritt nach vorn machen, um das Gleichgewicht zu halten.

»Lieber Dottore!«, rief Patanè.

»Wir haben Sie vermisst. Unsere Giovanna Guarrasi ist ständig auf Achse und hat uns für eine Weile verlassen. Sicher freuen Sie sich, wenn Sie hören, dass sie zurück ist und uns voraussichtlich nicht mehr verlässt.«

Der alte Commissario fühlte sich sichtlich unwohl, so wie jedes Mal, wenn er den wohlwollenden Spott des Big Boss wahrnahm. Der war davon überzeugt, dass Patanè für die Vicequestore mehr als nur Freundschaft empfand. Die hatte sich seiner Meinung nach in eine wahre Schwärmerei verwandelt. Tito Macchia war sich bewusst, dass sich die absurden Emotionen des alten Herrn nicht einmal mit einem Holzknüppel aus dem Kopf schlagen ließen. Er konnte aber auch gute Miene zum bösen Spiel machen und Macchias Nachsicht und Wertschätzung behalten, die es ihm ermöglichten, schöne Tage mit der Vicequestore zu verbringen und an Ermittlungen teilzunehmen, von denen er sonst ausgeschlossen gewesen wäre.

Und in der Tat.

»Dies ist Dottore Carlo Alberto Colombo, Direktor der Abteilung für internationale polizeiliche Zusammenarbeit«, stellte Tito Macchia vor. »Interpol«, vereinfachte er dann mit einem Begriff, der besser in seine Zeit passte.

Die beiden gaben sich die Hand.

»Colombo, Commissario Patanè ist einer von uns«, fuhr Tito mit einem Anflug der Belustigung in der Stimme fort.

Carlo musterte ihn leicht erstaunt.

Gerade noch Zeit, sich zu verabschieden und Colombo daran zu erinnern, dass sie sich um halb neun zum Abendessen treffen würden, und schon verschwand der Big Boss in einem Dienstwagen, in dem Vicequestore Giustolisi vom Servizio Centrale Operativo saß.

»Wohin wollten Sie denn, Dottoressa?«

»Nach Trecastagni. Ich fahre noch einmal zu Torres' Haus und nehme den Teil unter die Lupe, den er nicht vermietet hatte. Vielleicht finden wir dort etwas, das uns Aufschluss gibt.«

»Aha.«

Vanina bemerkte, dass Columbos Anwesenheit Patanè hemmte.

»Warum kommen Sie nicht einfach mit?«

Patanè setzte ein Lächeln auf, das seine trotz seines Alters immer noch makellosen Zähne entblößte, und machte sich auf den Weg zum Parkplatz.

Spanò war schon dort und fuhr ein Auto aus der Garage.

Sie setzten Colombo im Hotel ab, damit er sich ein wenig ausruhen konnte. Spanò versprach, ihn am nächsten Morgen abzuholen. Um neun Uhr, auch wenn es Samstag war.

»Ich befinde mich schon völlig im Catania-Modus«, sagte er. Und offenbar gefiel ihm das.

Auf dem Weg nach Trecastagni rief Vanina Labbate zurück und berichtete ihm von Lo Faros Entdeckung. Der Maresciallo nahm die Nachricht zur Kenntnis und kommentierte, dass er sie für sehr nützlich halte. Er versprach, seinerseits Nachforschungen anstellen zu wollen.

In der Salita dei Saponari wartete der Vermieter Manuel Nuzzarello vor der Tür.

Neben ihm stand ein Mann Mitte sechzig, schüchtern, aber distinguiert. Mittelgroß, schütteres Haar. Kariertes Hemd mit einer Weste und einer unförmigen Strickjacke.

»Filadelfo beziehungsweise Delfo Lavía«, stellte er sich vor.

»Signor Delfo ist der Hausverwalter«, erklärte Nuzzarello.

Der Mann öffnete die kleine grüne Tür, doch statt nach rechts zu der Tür zu gehen, die in die kleine Wohnung führte, in der noch immer die beiden dänischen Jugendlichen wohnten, nahm er eine Treppe, die nach links hinaufführte. Er gelangte zu einer weiteren kleinen alten Tür, die aufpoliert worden war und auf der ein glänzender Messingtürklopfer prangte. Nur eine Stelle, an der sich ein Messingschild befunden haben musste, wirkte leicht abgenutzt.

Marmorböden, nicht sehr große Räume, einer hinter dem anderen. Esszimmer, Arbeitszimmer mit kleinem Bücherregal. Alte, aber gut erhaltene Möbel im Stil des zwanzigsten Jahrhunderts. Küche aus den 1980er Jahren. Ein Schlafzimmer mit Doppelbett, ein weiteres kleineres mit einem Einzelbett.

Eine feuchte Kälte, die durch Mark und Bein ging, durchdrang die Wohnung.

Von Esteban Torres fehlte jede Spur, abgesehen von mehreren Sommeranzügen im Kleiderschrank und einer amerikanischen Flagge, die hinter dem Schreibtisch hing.

Patanè streckte die Hand aus, um sie zu berühren.

»Hat Signor Torres während der letzten Tage hier geschlafen?«, fragte Vanina.

»Hier?«, antwortete Filadelfo Lavía, als hätte sie etwas Unmögliches gesagt.

»War das nicht sein Haus?«

»Ja, ja, natürlich. Das war sein Haus. Aber um diese Jahreszeit schlief er nie hier. Es gibt keine Heizung, und das Haus wird kalt. Wenn er im Sommer geschäftlich in Catania war, blieb er manchmal hier.«

»Allein?«, fragte Vanina.

»Manchmal allein, manchmal …«, begann er und unterbrach sich.

»Manchmal?«, drängte Vanina.

Filadelfo Lavía schien sich zu schämen. »Mit Signora Geraci.«

Auch Emmanuele Nuzzarello wirkte einen Moment lang verlegen. Offensichtlich war es ihm strengstens untersagt, das Verhältnis nach außen zu tragen, und er tat sich nach wie vor schwer, dieses Verbot zu missachten.

»Ist er während der betreffenden Tage überhaupt hier vorbeigekommen?«

»Natürlich. Er kam vorbei, um die von mir ausgeführten Arbeiten an seiner Haustür zu überprüfen. Und die in der kleinen Wohnung. Pflanzen …« Er wies durch das Fenster auf einen kleinen Garten im Erdgeschoss. Sträucher, Zitrusbäume. In der Mitte eine Rasenfläche und zwei alte Bänke aus Lavabrocken, die an Pflastersteine erinnerten.

»Wie alt ist das Haus?«, fragte Vanina.

»Es stammt aus dem Jahr 1919«, erwiderte Lavía freudig und deutete auf die in den Stein eingemeißelten Kerben, auf den hundertjährigen Jasmin, den er pflegte. Er war aufgeregt wie ein Touristenführer. Und Patanè ließ ihm freie Hand.

»Was ist das?«, fragte der Commissario, dessen Neugier von einem Sensor angezogen wurde.

»Ach, das!«, antwortete der Hausverwalter. »Das ist eine Kamera.«

Spanò entdeckte ein weiteres Gerät im Nebenraum.

»Warum gibt es die hier?«, fragte Vanina.

»Sie wissen ja, wie Amerikaner sind«, erklärte Filadelfo Lavía. »Sie wollen immer alles unter Kontrolle haben. Auch aus der Ferne.«

»Und wer besitzt das Filmmaterial dieser Kameras?«

»Nur Signor Torres konnte es ansehen. Aber wie, das weiß ich nicht.«

Vanina signalisierte Spanò, er solle es herausfinden.

Sie stiegen die Treppe hinunter. Leere Zimmer, mit Blick auf den Garten.

»Hier hätte man nach Aussage von Dottoressa Geraci eine weitere kleine Wohnung in die Vermietung geben können«, berichtete Nuzzarello.

Am Ende befand sich eine geschlossene Tür.

»Dort wohnt Delfo«, erklärte der junge Mann.

Filadelfo Lavía hatte sich auf eine Pflanze zubewegt und zupfte an einem trockenen Blatt.

»Hören Sie, Signor Lavía!«, rief Vanina ihn zurück. »Signor Torres besaß hier nicht zufällig einen Computer?«

»Nein, nein«, beteuerte der ältere Mann und schüttelte entschieden den Kopf.

»Aber wissen Sie noch, ob er einen Laptop hatte?«

Der Vermieter zuckte mit den Achseln. Woher sollte er das wissen?

»Eine letzte Frage noch! Hatte Signor Torres in den letzten Tagen jemanden mitgebracht, einen Verwandten?«

Diesmal wirkte Filadelfo Lavía verwirrt.

»Einen Verwandten?«

»Vielleicht einen amerikanischen Verwandten?«

»Nein, nein! Amerikaner waren nie hier.«

Er schien mehr als überzeugt zu sein.

Emmanuele Nuzzarello nahm die Besucher mit in die Agentur, in der sein Partner Fortunato Paparone gerade am Computer arbeitete.

»Wissen Sie, Dottoressa, jetzt, da Sie es erwähnen … Vor ein paar Tagen … aber es ist mindestens schon eine Woche her, wenn nicht sogar länger, kam ein junger Mann hierher. Nun, vielleicht kein ganz junger Mann, aber noch nicht alt. Ein

Fremder. Er fragte, ob wir wüssten, wo er Signor Esteban Torres finden könne. Fortunato riet ihm, zu uns zu kommen, falls er ein Haus mieten wolle. Er nahm unsere Kontaktdaten mit, aber dann haben wir nie wieder etwas von ihm gehört.«

»Hat er seinen Namen hinterlassen?«

»Nein.«

Spanò suchte das Profilfoto, das er von Xavier Torres gemacht hatte, und zeigte es ihm.

»Ist er das?«

Paparone sah sich das Foto an und erschauderte leicht.

»Ja! Das ist er!«

Vanina und Patanè sahen sich an.

»Hören Sie, Signor Paparone ...«

»Fortunato. Bitte nennen Sie mich bei meinem Vornamen, Dottoressa!«

»Mich auch«, schloss Nuzzarello sich an.

»In Ordnung, also Fortunato. Erinnern Sie sich zufällig noch daran, wie der Herr hierherkam? Mit einem Auto? Im Taxi?«

»Ich habe gesehen, dass er zu Fuß kam, aber er hielt ein Schlüsselbund in der Hand.«

Für Patanè waren die Geschichten der beiden Kubaner, die Guarrasi ihm im Auto erzählt hatte, sehr interessant. Sein Wissen über die kubanische Geschichte hörte bei der Schweinebucht auf, doch am nächsten Tag wollte er sich ein Buch besorgen und es gründlich studieren.

»Rekapitulieren wir also«, fasste Patanè mit ausladender Geste zusammen, als er, Vanina und Spanò sich an den kleinen Tisch in einer Bar in Trecastagni setzten. »Torres hatte einen Neffen, der in den 1990er Jahren aus Kuba floh, von dem aber keine seiner Exfrauen je etwas gehört hatte. Dieser Neffe kennt

Signora Geraci, weil er mit ihr telefonierte, und außerdem sind sie über Facebook befreundet. Mal ganz unter uns … Ich wüsste gern, was diese Freundschaften in den sozialen Medien zwischen Menschen bedeuten, die mir eine Minute zuvor nicht einmal guten Morgen und guten Abend gesagt haben. Wie auch immer, dieser Neffe kam erst vor wenigen Wochen aus Amerika, und innerhalb von zehn Tagen werden Signor Torres und Signora Geraci getötet. Irgendetwas passt nicht zusammen.«

Vanina knabberte an einer gerösteten Mandel, die der Barkeeper gerade zusammen mit drei Getränken gebracht hatte. Sie hatte bereits das Gefühl gehabt, dass etwas nicht stimmte, als sie Xavier Torres' Namen zum ersten Mal auf den Anruflisten entdeckt hatte. Wenn auch nicht mit Sicherheit. Undefinierbar, so wie jetzt.

»Also habe ich das Richtige getan«, sagte sie.

»Und das wäre?«

»Staatsanwalt Vassalli zu bitten, das Telefon abzuhören.«

Patanè hätte am liebsten in die Hände geklatscht.

Maria Giulia De Rosa hatte ihren Geländewagen vor Bettinas Garage geparkt und war darin sitzen geblieben. Sie hatte die Musik auf volle Lautstärke gedreht und blickte auf ihr Smartphone. So fand Vanina sie vor, als sie ans Fenster klopfte.

»Bald ist es einfacher, sich mit dem Papst zu treffen als mit dir«, klagte Giulia, stieg aus dem Auto und fiel Vanina um den Hals.

»Du versperrst Bettina die Garage«, warnte Vanina ihre Freundin.

»Sie hat mir erlaubt, hier zu parken. Sie braucht das Auto heute Abend sowieso nicht mehr.«

Vanina öffnete das Eisengatter, und sie stiegen die Treppe hinauf.

Bei der Nachbarin waren alle Lichter ausgeschaltet, nur das Licht vor der Terrassentür zur Küche brannte. Dies war ein Zeichen dafür, dass Bettina ausgegangen war.

»Ich habe gesehen, wie sie mit einem Herrn in ein Auto gestiegen ist«, berichtete Giulia.

Vanina blieb auf der ersten der drei Stufen stehen, die ihr Haus vom großen Garten trennten.

»Und wer war dieser Gentleman?«

»Woher soll ich wissen, wer er war? Ein alter Mann, etwa in ihrem Alter.«

Sie erinnerte sich an den Mann, von dem ihr die Nachbarin erzählt hatte. Der erste, der sich der Witwengruppe angeschlossen hatte. Vielleicht hatte er es auf sie abgesehen. Bettina hatte zwar die Körperform einer Arancina, aber sie war einer der liebenswertesten Menschen, die Vanina kannte. Und sie kochte besser als ein Sternekoch, eine Fähigkeit, die für einen Partner in diesem Alter sicher mehr zählte als das äußere Erscheinungsbild.

Sie betraten Vaninas Wohnung. Alles war in bester Ordnung, und die Heizung lief, obwohl die kalte Jahreszeit vorbei war und sich die Temperaturen wieder auf den jahreszeitlichen Durchschnitt eingependelt hatten. Achtzehn war das Maximum, zehn das Minimum. In ihrem Dorf am Fuß des Ätna konnte die Temperatur auch einmal auf acht Grad sinken.

Vanina war bei Alfio in der Bar in Santo Stefano vorbeigefahren und hatte dort zwei sizilianische Pizzen frittieren lassen. Für sie eine klassische mit Tuna und Sardellen, für Giulia eine mit Tomaten und Käse. Und ein paar Arancine mit Fleischsauce, die gerade aus der Küche gekommen waren. Dazu zwei Windbeutel und zweimal Eierlikörgebäck auf Kosten des Hauses.

»Vani, wie viel sollen wir davon essen?«, kommentierte Giulia, sobald sie das Paket geöffnet hatte.

Vanina antwortete mit einem Achselzucken. Besser im Überfluss leben, als Hunger zu riskieren. Und außer Milch, Keksen und Schokolade hätte sie zu Hause an diesem Abend höchstens einen lahmen Teller Nudeln anbieten können.

Bevor sie das Handy auf den Couchtisch legte, prüfte Vanina, ob es neue Nachrichten gab. Auf dem Weg von Catania nach Santo Stefano hatte sie die Schwermut gepackt, und sie hatte Paolo angerufen. Sie hatte ihm bis dahin nicht geantwortet, weder auf seine Nachricht noch auf die beiden Sprachnachrichten vom Vortag. Und jetzt ging er nicht dran. Sie hatte es sogar im Büro versucht. Während sie zu Fuß von der Bar nach Hause zurückkehrte, hatte sie es erneut versucht, aber ohne Erfolg.

Giulia griff in ihre Tasche und holte ein Päckchen heraus.

»Hier, schau mal, was ich dir mitgebracht habe! Damit bleibst du mit deinem neuen Fall beim Thema.«

Das Päckchen enthielt eine DVD mit einem Film, den Vanina vor mindestens zwanzig Jahren gesehen hatte.

Havanna. Robert Redford, Lena Olin. 1990. Unter der Regie von Sydney Pollack.

Vanina dankte ihrer Freundin. Sie stellte den Film in das Regal, in dem sie die vielen nicht sizilianischen Filme aufbewahrte, die zwar nicht zu ihrer Sammlung gehörten, aber dennoch viele waren. Etwa achtzig oder so.

»*Havanna* ist doch nicht etwa zu neu für deinen Geschmack?«, bemerkte Giulia und sah sich die Titel im Regal an. Alles Antiquitäten aus den Fünfziger-, Sechziger- und Siebzigerjahren. Sie konnte nicht verstehen, wieso Vanina eine derartige Vorliebe dafür hatte. Sie und der andere Typ, mit dem sie sich die Filme reinzog.

»Und?« Vanina brachte es auf den Punkt, als sie den Tisch vor dem Fenster mit zwei Tischsets im amerikanischen Stil deckte.

»Was?«, sagte Giulia verwirrt.

»Wie, *was?* Seit drei Tagen nervst du mich damit, dass du nicht auf mich zählen kannst, dass ich eine nutzlose Freundin bin, dass ich nie da bin, wenn du mich mal brauchst …«

»Schluss jetzt! Du hast deinen Standpunkt dargelegt.«

»Und? Willst du mir erzählen, was dir passiert ist?«

Giulia drehte die Pizza in der Hand, die sie sonst im Nu verputzt hätte. Sie fingerte an ihrer Serviette herum und schwieg.

Vanina breitete die Arme aus.

»Pfff.«

Während sie überlegte, ob sie eine ihrer Verhörtechniken anwenden sollte, um etwas aus ihrer Freundin herauszupressen, klingelte es an der Sprechanlage.

Giulia hob den Kopf.

»Hast du noch jemanden eingeladen?«

Vanina musterte sie prüfend. Irgendwie war Giulia an diesem Abend komisch.

»Wen hätte ich denn einladen sollen, Giulia?«

Sie stand auf, um nachzusehen, wer draußen war.

»Vanina, ich bin's, Adriano!«

Giulia war am Tisch sitzen geblieben, hatte in die Pizza gebissen und aß nun eine Arancina.

»Was ist denn los? Hast du etwa Angst, dass Adriano deinen Teil aufisst?«, spottete Vanina, die sich wieder setzte, nachdem sie die Tür geöffnet hatte.

Adriano Calì trat ein und schob Bettinas Katze mit dem Fuß beiseite. In der Hand trug er ein Tablett, das ordentlich verpackt war.

»Die Anwältin De Rosa ist auch da!«, rief er, sichtlich zufrieden mit dem Maximum an Freude, zu der er in diesen Tagen fähig war.

Er drückte Giulia einen Kuss auf die Wange. Sie musterte ihn mit einem Blick, der zwischen Missfallen und Verärgerung schwankte, während er Vanina die gleiche Begrüßung zukommen ließ.

»Giulia, du scheinst dich ja nicht sonderlich zu freuen, mich zu sehen«, bemerkte er.

Sie bemühte sich um ein Lächeln.

»Natürlich freue ich mich, dich zu sehen.«

Der Vicequestore wurde klar, dass Adrianos Ankunft für ihre Freundin das Ende der Vertraulichkeiten bedeutete, zu denen sie sich noch nicht entschlossen hatte.

Auf Adrianos Tablett lagen zwei halbe Schiacciate, eine mit Brokkoli, Tuna und Oliven und eine sehr ungewöhnliche mit Kürbis und Gorgonzola. Sie waren mit sizilianischem Mehl zubereitet und stammten aus der besonderen Bäckerei, die Patanè erwähnt hatte.

»Was für ein beschissener Tag!«, fluchte der Gerichtsmediziner und nahm sich ein Stück Schiacciata.

»Was war denn los?«, fragte Vanina.

»Es war los, dass ich eine Autopsie an einer Person durchführen musste, die ich kannte und respektierte, während sie offenkundig wohl äußerst skrupellos war. Mein Lebensgefährte, von dem man nie weiß, ob er präsent ist oder nicht oder ob er … was auch immer. Vergessen wir's!«

»Was meinst du damit, *ob er präsent ist oder nicht?*«, fragte Giulia.

Adriano zögerte einen Moment lang. »Dass ich nicht verstehe, was mit ihm los ist«, gab er zu.

Vanina hingegen hatte ihre Fühler nach dem vorherigen

Thema ausgestreckt. Und angesichts von Giulias heimlicher Leidenschaft für Luca Zammataro, Adrianos Freund, war es besser, das Gespräch über dieses Thema rasch zu beenden.

»Was hast du gerade über Bubi Geraci gesagt?«, warf sie ein.

»Ich habe von gemeinsamen Freunden gehört, dass Bubi äußerst schlau war. Eine Frau, die kein Problem damit hatte, Bestechungsgelder zu verteilen, und die fast nur Günstlinge einstellte. Außerdem hatte sie ein kleines Laster: Toyboys.«

»Das heißt, sie war auf der Suche nach jungen Männern?«, fragte Vanina. In Anbetracht des Alters von Torres schien dies zumindest widersprüchlich zu sein.

»Nein, sie suchte sie nicht, sie bezahlte sie.«

»Im Ernst?«

»Ja.«

Giulia schien sich zu amüsieren. Nicht, dass sie so etwas überraschte, im Gegenteil. Nach den vielen Scheidungen und Annullierungen, die sie miterlebt hatte, war sie inzwischen an alles gewöhnt.

»Jedenfalls kommt morgen eine Freundin von ihr vorbei. Pina Di Tommaso«, schloss Adriano. »Jemand, die sie sehr mochte und die sich an der Suche nach dem Täter beteiligen möchte. Sie sagte allerdings, dass sie lieber mit dir als mit der Polizei von Taormina sprechen möchte. Um genau zu sein, sagte sie, dass sie dir mehr vertraue«, kicherte Adriano, und Giulia schloss sich ihm an.

Vanina starrte beide wütend an.

»Maresciallo Labbate macht seine Sache sehr gut, und ihr zwei solltet euch diesen blöden Gesichtsausdruck abgewöhnen.«

Adriano hob die Hände. »Ach, über Labbate gibt es nichts zu sagen! Der macht seinen Job gut.«

»Um wen geht es dann?«

»Was denkst du denn?«

»Silvani?«, riet sie.

In fünf Minuten erzählten ihr diese beiden Tratschtanten vom Leben und Wirken von Capitano Rodolfo Silvani. Um in den Augen seiner Kollegen gut dazustehen und Sizilien in seinen Lebenslauf einzutragen, hatte er Himmel und Hölle in Bewegung gesetzt, um von Rom aus an den erholsamsten der verfügbaren Orte der Insel geschickt zu werden. Nach Taormina.

»Stell dir vor, wie sehr sich jemand wie er darüber freut, mit dir zu tun zu haben!«, überlegte Adriano.

Der Tratsch hatte die Gemüter der beiden besänftigt, die sich nun auf Vaninas geliebtem grauem Sofa ausstreckten und auf den Film *Havanna* vorbereiteten.

Bevor sie loslegten, ging Vanina ins Schlafzimmer und sah noch einmal nach, ob es Nachrichten von Paolo gab. Aber nichts. Sie versuchte noch einmal, ihn anzurufen. Es klingelte. Eine gewisse Beklemmung überkam sie, die sie zu verdrängen versuchte. Sie tippte eine WhatsApp. *Hallo! Wo steckst du? Ruf mich an, sobald du kannst! Jederzeit.* Sie schickte sie ab.

Sie fing Giulia ab, als sie aus dem Badezimmer kam.

»Nun konntest du mir gar nichts mehr erzählen. Das tut mir leid.«

Giulia De Rosa antwortete mit einem Lächeln. Sie warf einen Blick auf Adriano, der am DVD-Player herumhantierte.

»Macht nichts. Das heißt einfach, heute Abend soll es nicht sein. Lass uns den Abend genießen! Vielleicht hat es sich ja dann erübrigt.«

Das strahlende Gesicht von Robert Redford hatte auf alle drei die gleiche Wirkung. Den Rest erledigte die Geschichte. Mit Brille auf der Nase und einem Kissen im Rücken saß Adriano da, Giulia kauerte in einem Sessel, und Vanina lümmelte in ihrer gewohnten Ecke des grauen Sofas. Alle drei wandten ihre Blicke während des gesamten Films kein einziges Mal vom Bildschirm ab.

Es war Mitternacht, als Vanina den Fernseher ausschaltete. Jack Weil hatte gerade den Strand von Key West verlassen, an dem nie wieder eine Fähre aus Kuba anlegen würde, und der Abspann lief über dem Horizont des Golfs von Mexiko ab.

Das doppelte Häkchen neben der Nachricht, die sie an Paolo geschickt hatte, war noch immer grau.

11

Die Hälfte der Nacht hatte sich Vanina im Bett hin und her gewälzt. Die andere Hälfte hatte sie einen so leichten Schlaf gehabt, dass sich in ihren Träumen die kubanische Revolution mit Bubi Geracis Toyboys überschnitt. Sie stand auf, weil das Bett ihr den Schlaf raubte.

Nachdem Giulia und Adriano gegangen waren, machte sie den Computer an und blieb bis halb zwei davor sitzen, um sich einen – lediglich allgemeinen – Überblick über die kubanische Geschichte zu verschaffen, von 1959 bis in die jüngste Zeit.

Sie musste sich entschließen, ein Mittel zu finden. Etwas, das ihr beim Einschlafen half. Doch jedes Mal überkam sie die Angst, dass diese Medikamente – die Adriano beispielsweise großzügig einnahm – ihre investigative Kreativität beeinträchtigen könnten. Und so entschied sie sich für die Schlaflosigkeit.

Und dann war da noch der Gedanke an Paolo. Dieses doppelte graue Häkchen hinter der WhatsApp-Nachricht, das sie gesehen hatte, als sie die Augen schloss, und das grau geblieben war, als sie sie an diesem Morgen wieder öffnete.

Sie steckte zwei Kapseln Kaffee in die Maschine, bereitete sich einen Espresso Ristretto zu und stellte sich zehn Minuten lang unter die Dusche. Um schneller fertig zu werden, vermied sie es, ihr Haar nass werden zu lassen. Sie griff nach zwei Baumwoll- und einem leichten Wollpullover und zog sie übereinander an. Wie durch ein Wunder saßen alle Teile wie angegossen. Eins länger, eins kürzer und eins, wie Bettina so schön sagte, zur Seite geschoben. Dazu eine schwarze Hose, die absichtlich von Pulli Nummer eins bis unter die Hüften bedeckt wurde, und die niedrigen Stiefel aus altem Leder. Ein ganzes Gehalt, das sie für Klamotten investierte, deren Designer nur ein Kenner erriet – meistens Japaner – und auf denen nicht einmal die Spur eines Logos zu finden war, selbst wenn mit einer Lupe danach gesucht wurde. Die einzige Extravaganz, die sich Vanina Guarrasi von Zeit zu Zeit gönnte.

Als sie ihr Achselholster umschnallte und ihre Beretta einsteckte, musste sie an die Waffe denken, mit der Esteban Torres getötet worden war. Ein Amerikaner mit einer russischen Pistole, die im Übrigen als Symbol des Kalten Kriegs galt. Entweder war er ein Sammler gewesen, oder die Sache war äußerst merkwürdig.

Als Vanina das Haus verließ, traf sie Bettina im Garten mit den Katzen.

»Buongiorno, Vannina!«, grüßte die Vermieterin aus der Zitrusplantage. Vanina ging auf sie zu. »Buongiorno, Bettina!«

»Gestern Abend bin ich ausgegangen und hatte Ihnen gar nichts vorbereitet. Aber heute mache ich es wieder gut. Abends spielen wir bei mir zu Hause, und dann bleiben meine Freunde zum Abendessen. Ricottaravioli mit Soße und Falsomagro mit gebackenen Kartoffeln. Wenn Sie zurückkommen, schauen Sie doch kurz vorbei! Ich lege Ihnen eine schöne Portion beiseite.«

Die Tatsache, dass Vanina nicht einmal ein Spiegelei für die Nachbarin zubereiten konnte, war besorgniserregend. Sie konnte doch nicht immer auswärts essen! Das erste Mal zufällig, das zweite Mal zum Spaß, das dritte Mal unter dem Vorwand, ihre Mieterin zum Essen einzuladen, jetzt hatte Bettina wieder jemanden, um den sie sich kümmern konnte. Ohne es sich je anmerken zu lassen, kochte sie schließlich mit der ihr eigenen Sanftmut fast jeden Abend für Vanina.

»Hören Sie, kommen nur Ihre Freundinnen oder auch der Herr, mit dem Sie gestern Abend ausgegangen sind?«

Bettina lachte. »Der Buchhalter Scavone! Er hat letztes Jahr seine Frau verloren und ist hierher nach Santo Stefano gezogen. Er hat mich zu Luisas Haus in Acireale mitgenommen. Er spielt Burraco besser als wir alle zusammen.«

Vanina bereute den Scherz.

»Tut mir leid, Bettina, das geht mich nichts an.«

Die Nachbarin lachte erneut.

Sie folgte ihr die Treppe hinunter und überschüttete sie mit Ratschlägen. Und als sie ihr nichts mehr zu sagen hatte, rief sie ihr noch hinterher: »Erkälten Sie sich nicht!«

Vanina fuhr an ihrem Stammcafé vorbei, ließ sich ein Sahnecroissant und einen Cappuccino einpacken und machte sich auf den Weg ins Stadtzentrum. Keine zwei Minuten später klingelte ihr Telefon. In der Hoffnung, es könnte Paolo sein, meldete sie sich sofort.

»Guarrasi, wo steckst du?« Es war Colombo.

»Buongiorno, Carlo. Gut geschlafen? Ist alles in Ordnung?«, flötete sie und erinnerte ihn an die guten Manieren.

»Guten Morgen, Vanina. Wie geht es dir? Und vor allem, wo steckst du?«

»Im Auto. Heute gibt es nicht viel Verkehr.«

Erst jetzt fiel ihr auf, dass es Samstag war. Abgesehen von einigen Schulen, wo Unterricht stattfand, waren die Straßen frei.

»Ich muss Spanò anrufen, damit er mich abholt.«

Vanina sah auf die Uhr. Es war noch nicht einmal acht Uhr. Um wie viel Uhr war sie aufgewacht? Sie hatte also kaum geschlafen.

Sie versprach ihm, ihn abzuholen.

»Ach, Guarrasi!«, rief Colombo noch. »Ich weiß jetzt, was

du gestern mit deiner Warnung in Bezug auf Marta Bonazzoli gemeint hast.«

»Ach ja, und das wäre?«

»Dass sie die Freundin des Big Boss ist.«

»Und wie hast du das herausgefunden?«

»Weil Macchia mich gestern Abend zum Abendessen in das Restaurant unter meinem Hotel eingeladen hat und mit ihr dort aufgekreuzt ist. Hand in Hand.«

Vanina musste erst einmal Luft holen, so erstaunt war sie.

Maresciallo Labbate hatte Neuigkeiten.

»Roberta Geracis Auto wurde am 19. November um 16.42 Uhr von einem Blitzer auf der Straße Catania-Siracusa in Höhe der Raststätte Bacali in Richtung Siracusa geblitzt.«

»Der 19. November bedeutet zwei Tage nach ihrem Tod.«

»Wenn wir den 17. als Todesdatum annehmen.«

»Meinen Sie nicht, dass es das Datum ist?«

»Doch, natürlich. Ich sage nur der Genauigkeit halber, dass wir davon ausgehen, weil sie seitdem verschwunden ist und ihr Handy ausgeschaltet ist.«

»Man geht also davon aus, dass jemand sie entführt und uns sogar ein paar Tage lang an der Nase herumgeführt hat.«

»So scheint es. Und noch etwas! Wie sich herausgestellt hat, hat Signora Geraci am 17. November um zehn Minuten nach Mitternacht in Taormina eintausend Euro mit ihrer EC-Karte und weitere fünfhundert Euro mit ihrer Kreditkarte am Automaten abgehoben.«

»Das heißt, in der Nacht, in der sie angeblich ermordet wurde?«

»Das ist richtig, aber noch nicht alles. Am folgenden Morgen hob sie angeblich weitere tausend Euro am Geldautomaten in Noto ab.«

»In Noto?«, fragte Vanina verblüfft.

»Merkwürdig, nicht wahr?«

Sie antwortete nicht.

Labbate wiederholte seine Worte.

Vanina aber verfolgte einen anderen Gedanken.

»Hören Sie, Maresciallo! Wie lange wird es Ihrer Meinung nach dauern, bis die Ergebnisse der Spurensicherung vorliegen?«

»Sie meinen die DNA der biologischen Proben? Nicht lange. Ich habe es dringlich gemacht. Eigentlich sollte man mir schon heute Nachmittag mitteilen, ob irgendwelche Spuren auf den Zigaretten- und Zigarrenstummeln gefunden wurden. Was den Gerichtsmediziner betrifft, so denke ich, dass wir die Ergebnisse spätestens morgen erfahren.«

»Boss, das Telefon von Xavier Alejandro Torres wird seit heute Morgen um sechs Uhr abgehört. Aber es ist ausgeschaltet«, verkündete Nunnari. »Ich habe nach den Übertragungsmasten gesucht, in die sich das Handy am Tag des Mordes an Torres und seiner Exfrau eingewählt hatte. Ein Mast in Catania Fontanarossa am Morgen des Mordes an dem Kubaner, ein Mast in Taormina in den Tagen um den Mord an Signora Geraci. Dann nichts mehr.«

»Dottore, wenn wir zu einer amerikanischen Telefonnummer ermitteln wollen, wie lange würde das dauern?«, fragte Spanò.

Colombo saß neben Vicequestore Vanina Guarrasi.

»Puh!« Er zog eine Grimasse. »Extrem lange! Internationale Rechtshilfeersuchen, offizielle Ersuche … Monate.«

»Vergessen Sie's, Ispettore! Das lohnt sich nicht«, wehrte Vanina ab. »Aber ich verstehe, was Sie meinen. Torres könnte eine amerikanische SIM-Karte haben und sie benutzen. Deshalb können wir ihn nicht mehr ausfindig machen.«

»Aber irgendwo muss er doch wohnen oder in diesen Tagen untergeschlüpft sein«, wandte Colombo ein.

»Ja, wir müssen herausfinden, wo er lebt. Denn in den Hotels wurde er nicht registriert, ebenso wenig wie in anderen Unterkünften. Wenn er allerdings den richtigen Vermieter gefunden und angegeben hat, dass er bar bezahlt, um Rabatt zu bekommen, ohne sich anzumelden ...«, gab Spanò zu bedenken.

Vanina richtete sich auf ihrem Stuhl auf. Die Zigarette im Mund, das Feuerzeug angezündet. Sie starrte an die Wand.

»Guarrasi! Willst du das Büro in Brand setzen?«, weckte Colombo sie auf.

Statt ihm zu antworten, griff Vanina zum Telefon. Ja, sie musste es Maresciallo Labbate vorschlagen, der wäre dorthin gegangen. Dann die Staatsanwälte ... so ging es schneller.

»Vicequestore Guarrasi, Mobiles Einsatzkommando von Catania. Ich muss mit dem Hoteldirektor sprechen.«

Der Direktor des Hotels in Taormina, in dem Roberta Geraci gefunden worden war, kam sofort ans Telefon.

»Buongiorno, Dottoressa.«

»Buongiorno, Direttore. Eine kurze Frage: Haben Sie das Problem gelöst, das Sie mit dem Computer hatten?«

»Eigentlich ... noch nicht. Ich weiß, ich hätte alle Videoaufnahmen wiederherstellen sollen. Aber in dieser Saison verfüge ich nur über die Hälfte des Personals und ...«

»Alles klar«, unterbrach ihn Vanina. »Dann sollten Sie mir aber sagen, ob eine Person vor zwei Monaten am gleichen Tag registriert wurde, an dem Signora Geraci irrtümlich registriert wurde.«

»Sicher, um wen geht es?«

»Um Torres, Xavier Alejandro.«

»Torres? Nun, eine solche Namensgleichheit wäre mir sofort aufgefallen ...« Er tippte in die Tasten. »Na, so etwas! Offenbar ist er mir nie über den Weg gelaufen, sonst würde ich mich an ihn erinnern. Da ist er! Torres Xavier Alejandro, eingecheckt am 15. Septem… Oh, entschuldigen Sie! Es geht um November. Abreise am 17. November.«

Vanina hätte den Hoteldirektor vor Freude am liebsten umarmt.

Carlo Alberto Colombo hatte auf die richtige Uhrzeit gewartet und sich ans Telefon gesetzt, um Informationen über Xavier Alejandro Torres einzuholen, die aber nur schleppend eintrudelten. Das machte Hoffnung auf umfangreiche Neuigkeiten.

In der Zwischenzeit hatten die amerikanischen Kollegen ein Dossier über Aleja Alvarez erstellt. Es war nicht sonderlich umfangreich, da es über die Dame nur wenig Material gab. Zweiundsiebzig Jahre alt, 1944 in Havanna geboren. Amerikanische Staatsbürgerin seit 1962. Wohnhaft in Miami. Sie hatte gerade erst vom Tod ihres Exmannes erfahren und ausdrücklich um Informationen darüber gebeten. Colombo hatte die Gelegenheit genutzt und Vanina vorgeschlagen, sich direkt mit der Dame in Verbindung zu setzen. Sein Vorschlag wurde angenommen.

Sie vereinbarten telefonisch einen Termin für 17.00 Uhr italienischer Zeit.

Vanina wusste nicht, welche Fragen sie Aleja Alvarez genau stellen sollte. Auf jeden Fall erhoffte sie sich Neuigkeiten über ihren Neffen Xavier, von dessen Existenz keine von Torres' Frauen wusste. Entweder wussten sie es nicht, oder sie wollten es nicht wissen. Beide waren kinderlos geblieben, und dieser Neffe hätte nach Torres' Tod ganz schön für Aufruhr sorgen können. Esteban und Evelyn waren immer noch Partner und Miteigentümer fast aller amerikanischen Unternehmen, mit Ausnahme der Casinos. Beide Frauen waren sicher schon dabei, wie gute Kameradinnen und zukünftige Partnerinnen die Beute aufzuteilen.

Um die Mittagszeit überlegte Vanina, ob sie zum Essen gehen sollte. Manfredi Monterreale hatte sie soeben angerufen, was sie aus dem Gedanken an die grauen Häkchen neben der Nachricht an Paolo und einen weiteren unbeantworteten Anruf riss. Ihre Angst wurde immer drängender. Vanina hatte sogar versucht, bei Commissario Patanè Trost zu finden, aber er war mit seinen Kindern und Enkeln bei einem Familienessen. Gerade als sie nicht mehr wusste, was sie tun sollte, hatte sie Manfredis Anruf wie ein Geschenk des Himmels erreicht. Er war munter. Gelassen. Proaktiv. Zweimal Spaghetti mit Venusmuscheln in Riposto? Ein kleiner Segeltörn?

Colombo war in Begleitung eines Kollegen verschwunden, mit dem ihn Eliana Recupero in Kontakt gebracht hatte und der nach möglichen Verbindungen zwischen Torres und der Familie Zinna forschte. Die Staatsanwältin hatte inzwischen erkannt, dass Vicequestore Guarrasi es trotz ihres ungewöhnlichen Fachwissens auf diesem Gebiet vorzog, sich nicht in bestimmte Ermittlungen einzumischen. Es sei denn, sie stolperte zufällig darüber. Bislang gab es jedoch keine Anhaltspunkte dafür, dass der Mord an Torres mit der Mafia in Verbindung gebracht werden konnte. Carlo Alberto Colombo ging es bei den Ermittlungen um etwas anderes. Und Vanina wollte nicht herausfinden, worum es sich dabei handelte.

Pina Di Tommaso, Roberta Bubi Geracis Freundin, die Adriano Calì alle diese pikanten Details erzählt hatte, betrat das Büro des Mobilen Einsatzkommandos, als Vicequestore Guarrasi gerade zum Mittagessen gehen wollte.

Vanina bat sie, Platz zu nehmen.

»Verzeihen Sie, Dottoressa, wenn ich mich lieber direkt an Sie wende! Da Sie eine Frau sind, noch dazu eine so geschätzte, hielt ich es für angemessener, mich an …«

»Signora, ich habe nicht viel Zeit. Wäre es Ihnen recht,

wenn wir gleich zur Sache kommen?« Vanina war kürzer angebunden, als sie hätte sein sollen. Aber bei jemandem wie dieser Frau war das die einzige Möglichkeit, nicht bis zum nächsten Tag herumzusitzen.

»Ja, natürlich. Also, Dottoressa, es ist so: Ich mochte Roberta sehr. Wir nannten sie Bubi und wuchsen zusammen auf. Grundschule, Mittelschule, Oberschule. Irgendwann verloren wir uns aus den Augen. Sie heiratete, ich heiratete, und wir gingen getrennte Wege. Vor einigen Jahren wurde ich durch unglückliche Umstände Witwe. Bubi kam zur Beerdigung meines Mannes, und so sahen wir uns wieder. Sie hatte sich sehr verändert, hatte sich vor einiger Zeit getrennt. Ihre Geschäfte liefen sehr gut, und sie verdiente viel Geld. Ich bin Buchhalterin, aber ich habe immer mit meinem Mann zusammengearbeitet. Nach seinem Tod blieben die meisten seiner Kunden weg, und ich arbeitete weniger. Um mir einen Gefallen zu tun, bot Bubi mir an, ihre Buchhaltung zu übernehmen. Am Anfang nahm ich das Angebot gern an, aber dann wurde mir klar, dass es nichts für mich war.«

Vanina merkte, dass sie die Frau unterbrechen musste, weil sie ihr sonst auch noch alle Details aus den Buchhaltungsbüchern erzählt hätte.

»Was war das Problem?«

»Das Problem war, dass Bubi zwei Geschäftsbücher hatte, ein offizielles und eins, das nicht vorgelegt werden musste, selbst wenn der Präsident der Republik danach gefragt hätte. Wenn Sie verstehen, was ich meine …«

»Ich verstehe sehr gut.«

»Das, in dem mehr Umsätze ausgewiesen wurden, war demnach natürlich welches?«

»Jenes, das nicht erscheinen durfte. Mir gefiel das alles nicht. Also stieg ich so schnell wie möglich wieder aus. Sauber, unter

Berufung auf neue Verpflichtungen, nun ja ... Es gab noch die ... sagen wir mal ... persönliche Freundschaft. Bubi nahm mich manchmal in Noto auf, wo sie ein wunderschönes Haus gebaut hatte. Sie fuhr immer allein dorthin. *Hast du keinen Mann?*, fragte ich sie. Sie lachte nur. *Einen,* antwortete sie mir. *Aber was soll ich mit nur einem?* Ich fragte immer weiter und gewann ihr Vertrauen. Also erzählte sie mir, dass es einen Mann in ihrem Leben gab, und zwar schon seit einiger Zeit. Es war eine besondere Geschichte. Beide waren frei. Jeder machte, was er wollte, mit wem er wollte, und ab und zu kam er hierher. Einmal im Jahr waren sie zwei Monate lang allein zusammen. Das klang sehr romantisch für mich. Sie spielte es herunter, aber meiner Meinung nach war sie in diesen Mann verliebt.«

Vanina erinnerte sich an die Geschichte aus einem Film der Siebzigerjahre, den sie vor nicht allzu langer Zeit gesehen hatte. Der Originaltitel des Films war *Avanti!*, mit Jack Lemmon und Juliet Mills. Darin spielt er einen Amerikaner und sie eine Engländerin, die nach Ischia reisen, um die Leichen ihrer bei einem Unfall ums Leben gekommenen Eltern zu bergen. Dabei entdecken sie, dass ihre Eltern seit zehn Jahren ein Liebespaar waren. Und dass sie sich dort, auf Ischia, jedes Jahr trafen. Einen ganzen Monat lang.

»Signora Tommaso, können Sie sich kurz fassen?«

»Ja, ja, natürlich. Vor einigen Monaten überredete mich Bubi, ich weiß auch nicht wie, eine Reise mit ihr zu unternehmen. Nach Miami. Eines Abends schlug sie etwas vor, das mich stutzig machte. Sie wollte zwei Männer bezahlen ... zwei Prostituierte.«

»Escorts? Callboys?«, schlug Vanina vor.

»Ja, genau! Ich lehnte das kategorisch ab. Daraufhin sagte sie mir, dass sie den Abend dann für sich selbst organisieren werde. Sie hatte einen Mann im Internet gefunden, den sie kannte, weil sie vor über zwanzig Jahren einmal mit ihm auf Kuba zusammen gewesen war. Sie nannte ihn einen Hengst. Daraufhin wurde mir klar, dass Bubi so etwas schon früher gemacht hatte. Ich muss sagen, Dottoressa, ein bisschen beeindruckte mich das schon. Jedenfalls verbrachte sie ihren Abend nach ihrem Gusto, und am nächsten Morgen sah ich sie mit einem Mann, der ihr Sohn hätte sein können. Gut aussehend, ja, zweifellos, aber eine in ihrem Alter! Er ging sofort, aber ich hörte noch, dass sie sich auf Facebook vernetzten. Bubi sagte, dass dieser Junge mit zunehmendem Alter sogar noch besser geworden und weniger *wild* sei. Und dass sie die Absicht habe, ihn wiederzusehen.«

»Und sah sie ihn wieder?«

»Nein, es gab ein Problem mit einem wichtigen Kongress, den sie in Sizilien organisieren sollte, sodass wir den Flug vorverlegten.«

»Und warum erzählen Sie mir die ganze Geschichte?«

»Weil Bubi meiner Meinung nach wenige Tage vor ihrem Tod mit diesem Typ Kontakt hatte. Sie erzählte mir, dass die Dinge manchmal eine seltsame Wendung nehmen und dass der Typ aus Miami ausgerechnet dann hier war, als sie wegen eines Mannes in Schwierigkeiten steckte, der seinen Verpflichtungen nicht nachgekommen war. Es schien fast so, als wolle sie sich an ihm rächen. Ich fragte sie nicht, wer dieser Jemand sei, aber ich vermutete, dass es der Mann war, mit dem sie zwei Monate im Jahr verbrachte.«

»Hören Sie, Signora Di Tommaso, war der junge Mann nicht zufällig der Typ aus Miami?«

Sie zeigte ihr das Foto von Xavier.

Die Signora keuchte.

»Ja, das ist er!«

Manfredi Monterreale, der Kinderarzt, wartete vor dem Büro auf Vanina. Er saß auf seinem Motorrad, einer 69er BMW 75/5, die Ispettore Spanò jedes Mal bewunderte, wenn er das Zweirad sah. Manfredi trug eine Lederjacke, sein graublondes Haar und die stahlblauen Augen verwiesen auf die normannische Abstammung des Palermitaners. Ein fünfzigjähriger Burt Lancaster mit dem Elan eines Mastroianni. Er hatte zwei Helme in der Hand, einen für sich und einen für Vanina, die mit einer halben Stunde Verspätung am Tor des Mobilen Einsatzkommandos erschien.

Manfredi erhob sich und ging auf sie zu, um sie zu umarmen.

»Wir lassen das Motorrad stehen und fahren mit dem Auto«, befahl Vanina.

Er war sichtlich enttäuscht.

»Wie meinst du das, *mit dem Auto*?«

»Ja, tut mir leid, aber wir müssen nach Taormina fahren. Mit dem Motorrad kommen wir dort total durchgerüttelt an.«

»Mit meinem Motorrad kommen wir in Taormina problemlos an.«

»Manfredi, das ist zwar eine nette Idee, aber nicht heute. Heute muss es schnell gehen.«

Er fand sich damit ab. Andererseits hatte er es auf sich genommen, ein Freund zu sein, obwohl er sich etwas ganz anderes gewünscht hätte. Aber wie hieß es so schön, entweder trinken oder ertrinken. Besser das als gar nichts.

»Versprich mir wenigstens, dass wir zusammen zu Mittag essen. Oder muss ich vor dem Hauptquartier der Carabinieri auf dich warten?«, fragte er und hatte bereits nach dem zweiten Wort den Hinweis verstanden.

»Ich schwöre dir, wir essen zusammen zu Mittag. Danach unternehme ich eine kleine Ortsbesichtigung.«

Sie hielt ihr Versprechen.

Sie aßen im *Letojanni* zu Mittag, in einem Lokal wie dem von Nino. Hier gab es weit und breit die besten Spaghetti mit Seeigel. Dann fuhren sie hinauf nach Taormina und schlenderten den Corso von der Porta Catania bis zur Porta Messina entlang.

Es wäre schön gewesen, wenn sie sich wirklich von Paolo hätte lösen können, so wie sie es vier Jahre lang getan zu haben glaubte, bevor sie bemerkte, dass sich nichts geändert hatte. Sich auf etwas so Positives einzulassen wie das Zusammensein mit dem Kinderarzt Manfredi Monterreale. Doch jedes Mal, wenn sie diesen Mann ansah, der an ihrer Seite stand und als Einziger nichts von ihr erwartete, empfand sie ein Schuldgefühl, das sie zurückzog … zu den zwei Häkchen neben ihrer Nachricht, die partout nicht blau werden wollten. Und zu den Anrufen, die ins Leere gingen.

Das Hauptquartier der Carabinieri befand sich auf dem Platz nahe der Porta Messina. Dort wartete Maresciallo Labbate schon mit der *Beute* in der Hand auf sie. Er hatte ihr das schon vor zwei Stunden telefonisch angekündigt, als er sie gerade noch auf der Treppe auf dem Weg zu Manfredi erwischt hatte. Daher die Dringlichkeit, nach Taormina zu kommen.

Bei jeder Untersuchung gab es immer eine Zeit, in der alles persönlich erledigt werden musste. Das war der Moment. In Labbates Unterlagen befanden sich alle Berichte über den Mord. Dazu gehörten auch die Aussage der Geliebten von Oreste Parisi – Roberta Geracis Ehemann –, die ihn entlastete, sowie die Aussage eines Nachbarn des Mannes, der ihn um Mitternacht hatte zurückkehren sehen.

Der Maresciallo bat Vanina in sein Büro, in dem einem Schild nach striktes Rauchverbot herrschte. Vanina musste die

Zigarette, die sie gerade anzünden wollte, wieder in ihre Tasche stecken. »Also, Dottoressa«, begann Labbate. »Die DNA, die wir auf der Zigarre gefunden haben, stimmt mit der überein, welche die Spurensicherung auf wundersame Weise aus der biologischen Probe der Samenflüssigkeit und sogar aus den Rückständen unter den Nägeln extrahieren konnte. Ich muss zugeben, dass ich etwas verwirrt war, als ich den Bericht sah. Die DNA stimmte mit der von Esteban Torres überein, welche die Spurensicherung in Catania isoliert hatte. Torres kam in Italien an, als Signora Geraci bereits tot war. Das stimmt also nicht überein. Dann erklärte mir der Kollege von der Spurensicherung, dass die Kern-DNA zur Hälfte mit der von Torres übereinstimmte, dass er also wahrscheinlich sein Sohn oder sein Bruder ist. So etwas in der Richtung. Dann fiel mir ein, dass der junge Torres, den wir suchen, der Sohn seines Zwillingsbruders ist. Mein Kollege hat mir bestätigt, dass das sehr wohl möglich ist. Wir haben also vielleicht so etwas wie einen Beweis.«

»Einen Beweis dafür, dass Xavier und Roberta Geraci an diesem Abend zusammen waren«, schloss Vanina daraus. »Ein erdrückender Beweis für die Schuld an dem Mord. Auch wenn es sich um Totschlag gehandelt haben könnte.«

»Das ist doch offensichtlich, Dottoressa.«

»Das sehe ich auch so. Vielleicht reicht das dem Richter, um einen Haftbefehl gegen ihn zu erlassen.«

»Schade nur, dass wir nicht einmal wissen, wo wir Xavier Torres suchen sollen.«

Bevor Vanina nach Catania zurückkehrte, suchte sie noch einmal das Hotel auf, in dem Roberta Geraci ermordet worden war.

Sie bat darum, alle Empfangsdamen zu sprechen, und fand diejenige, die Xavier Alejandro Torres angemeldet hatte. Sie ließ nicht locker, bis es ihr am Ende gelang, auch mit Barpersonal und Hausmeister zu sprechen. Drei Personen erinnerten sich an ihn. Sie waren es, die den Carabinieri bestätigt hatten, dass sie ihn mit Signora Geraci gesehen hatten. Um sicherzugehen, zeigte sie allen das Foto.

»Kann sich jemand von Ihnen daran erinnern, diesen Mann in den folgenden Tagen eventuell auch in Begleitung von Herrn Esteban Torres gesehen zu haben?«

Zwei verneinten dies entschieden. Der Barmann hingegen überlegte.

»Ich schon«, sagte er.

»Und wissen Sie noch, wann das war?«

»Das habe ich gerade versucht. Aber nein, leider nicht auf den Tag genau. Aber ich erinnere mich noch, dass sie dort saßen«, sagte er und deutete auf einen kleinen Tisch, der draußen auf der Terrasse in einer Ecke stand. Genau der, an dem Manfredi in diesem Moment mit Blick aufs Meer saß und einen Espresso trank. »Signor Torres wirkte nervös. Aufgewühlt«, fügte der Mann hinzu.

»Und der andere, woran erinnern Sie sich?«, fragte Vanina.

»Ich erinnere mich, dass Signor Torres einen Cuba Libre bestellte. Und ich erinnere mich genau daran, dass ich von der Art und Weise, wie der andere Mann ihn ansah, beeindruckt war. Irgendwie schief«, sagte er und dachte nach. »Nein, warten Sie, nicht schief. Er sah ihn angewidert an. Dann sagte er etwas auf Spanisch. Etwas, das Signor Torres geärgert haben musste, denn er wurde laut.«

»Und war das das einzige Mal, dass Sie die beiden gesehen haben?«

»Ja. Nur dieses eine Mal. Aber entschuldigen Sie bitte, Dottoressa, könnte er der Mörder sein?«

»Das wissen wir nicht«, antwortete die Vicequestore.

Sie trat auf die Terrasse, der Barkeeper und der Direktor folgten ihr. Sie blickte in die Ecke.

»Haben sie geraucht?«, fragte sie.

»Signor Torres nicht. Der andere schon, glaube ich.«

»Was?«

»Eine riesige Zigarre, die aussah wie eine Kanone.«

Die Autobahn Messina-Catania ist eine der größten Schandtaten, die das sizilianische Autobahnnetz vorzuweisen hat. Mehr noch als die Palermo-Catania, auf der wenigstens keine Maut verlangt wird, selbst wenn sie vielleicht noch grauenvoller ist. Erdrutsche, die nie beseitigt wurden, defekte Straßenbeläge. Tunnel mit Wassereinbrüchen, die wie durch ein Wunder noch nicht eingestürzt sind und Tote und Verletzte gefordert haben.

Darüber sprachen Vanina und Manfredi Monterreale, als die Vicequestore mit ihrem Mini vor dem Mobilen Einsatzkommando anhielt. Es war zehn vor fünf, genau die richtige Uhrzeit für ein Telefonat mit Estebans Exfrau in den Vereinigten Staaten. Colombo war sicher auch schon da.

Das Motorrad von Manfredi Monterreale parkte neben dem Eingang. Mit einem kleinen Espressobecher in der Hand stand Spanò davor und bewunderte die Maschine zusammen mit Commissario Patanè, der beim Herumschlendern auch immer wieder dort landete. Vanina begleitete Patanè zurück ins Büro und überließ Manfredi dem Ispettore, der sich den ganzen Tag über nicht gezeigt hatte.

»Wer weiß, was Spanò in letzter Zeit so umtreibt? Er wirkt abgelenkt, übermüdet und nicht sonderlich interessiert an dem Fall. Eigentlich ist das nicht seine Art«, befand Vanina, als sie die Treppe hinaufstiegen.

Patanè antwortete nicht.

Carlo Alberto Colombo hielt sich in Tito Macchias Büro auf.

Im Büro des Teams saß Marta an ihrem Schreibtisch, blickte auf den Computerbildschirm und wippte auf ihrem ergonomischen Stuhl hin und her. In der Hand hielt sie einen dampfenden Becher mit weiß Gott welchem Inhalt. Irgendein Kräuterkonzentrat mit einer wohltuenden Wirkung, dessen Geruch Vanina kaum ertrug.

Die Vicequestore klopfte an die Tür.

»Gibt's was Neues?«, fragte sie.

»Nein. Das Telefon des jungen Torres ist nach wie vor stumm. Nuzzarello, der Vermieter von Esteban Torres' Haus, rief mich an. Er hatte gestern vergessen, dir zu sagen, dass Esteban Torres Kontakt zu einem potenziellen Käufer für das Haus in der Saponari hatte. Mit einem Russen oder so. Aber ich glaube nicht, dass das für uns von großer Bedeutung ist.«

Sovrintendente Nunnari war für das Abhören von Xavier Torres verantwortlich. Marta folgte Vanina in ihr Büro, in das sich auch die beiden Leiter begeben hatten. Patanè stand da und sprach mit ihnen.

Vanina hatte auf einen Videocall bestanden. Eine ungewöhnliche Methode, deren Zweckmäßigkeit Colombo nicht verstand.

»Wenn irgendwie möglich, schaue ich der Person, die ich befragen muss, lieber ins Gesicht.«

Am Ende entschieden sie sich für einen Anruf über WhatsApp.

»Welch unglaubliche Neuerungen!«, kommentierte Patanè, der alte Commissario.

Am Abend zuvor hatte er seine Buchhandlung aufgesucht, um ein Sachbuch über die Geschichte Kubas zu kaufen. Einen halben Abend lang hatte er darin gelesen. Diese Ermittlungen zwischen Interpol, Videocalls, Amerikanern und Kubanern gaben ihm das Gefühl, in eine neue Welt einzutauchen, die ganz anders war als die des Mobilen Einsatzkommandos von Catania.

Ein Gefühl, das Vanina mit ihm teilte. Dieses Gefühl hatte sie nicht einmal bei den Ermittlungen zu der mumifizierten Leiche gehabt, die sechzig Jahre lang im Schacht eines Lastenaufzugs gelegen hatte.

Aleja Alvarez war da, auf dem Bildschirm des iPad von Vicequestore Vanina Guarrasi.

»Guten Abend, Mrs. Alvarez, ich bin Vicequestore Giovanna Guarrasi von der Polizei in Catania«, begrüßte Vanina sie, selbstverständlich auf Englisch, so wie das ganze Gespräch geführt werden würde.

»Guten Abend«, antwortete die Dame. Sie wirkte einfach, schon älter und war ein bisschen übergewichtig. Kurzes graues Haar, dunkle Augen, freundlicher Gesichtsausdruck. Traurig, vielleicht noch mehr als die beiden anderen Frauen, eigentlich ein Unterschied wie Tag und Nacht.

»Entschuldigen Sie die Störung, aber ich muss Ihnen einige Fragen stellen, die uns bei der Ermittlung zum Mord an Ihrem Exmann, Mr. Esteban Torres, helfen können. Meine Kollegen haben Ihnen sicher schon erzählt, dass er hier in Catania ermordet wurde.«

»Mein Gott, Esteban ermordet …« Die Frau schüttelte den Kopf.

»Wie lange ist es her, seit Sie ihn das letzte Mal gesehen haben?«, fragte Vanina.

»Das war 1975. Im Jahr unserer Scheidung. Danach haben wir nie wieder miteinander gesprochen.«

»Haben Sie jemals Estebans Familie kennengelernt?«

»Natürlich kannte ich sie. Die Mutter, den Vater, den Bruder … alle.«

»Dann kennen Sie also auch Estebans Neffen?«

»Xavier? Den habe ich nur einmal gesehen.«

»Bei welcher Gelegenheit?«

»Er besuchte mich, als er in die Staaten kam.«

»Hatte er Ihres Wissens irgendeinen Kontakt zu seinem Onkel Esteban?«

»Nein. Er war gerade mal zwanzig Jahre alt und hatte keine Ahnung, wie seine Zukunft aussehen sollte. Nur eines wusste er ganz genau, dass er seinen Onkel niemals um Hilfe bitten würde. Das hatte er seiner Mutter Carmen versprechen müssen. Er sagte mir, dass er sie enttäuscht habe, weil er weggelaufen sei, aber dass er dieses Leben nicht mehr ertragen könne. Das war 1993 … oder 1994, ich weiß es nicht mehr genau. Jedenfalls waren es schwierige Zeiten auf Kuba. Es gab eine Krise, die Menschen waren am Verhungern. Ich wusste nicht, wie er es in die Staaten geschafft hatte, und er wollte es mir auch nicht erzählen. Aber es war klar, dass es nicht einfach gewesen sein konnte. Danach habe ich ihn nie wiedergesehen. Ich weiß nur, dass er eine Zeit lang als Model arbeitete. Xavier sieht sehr gut aus.«

»Esteban wusste also nichts von Ihrem Treffen?«, fragte Vanina.

»Nein. Darf ich Ihnen eine Frage stellen?«

»Natürlich, nur zu!«

»Warum fragen Sie mich das alles über Xavier? Hat das etwas mit Estebans Tod zu tun?«

Vanina ging darüber hinweg.

»Wir müssen uns ein klares Bild von dem Opfer machen. Einschließlich seiner Familie. Hatte er noch andere Nachkommen?«

»Nein, Xavier war der Einzige. Als Estebans Bruder Juan starb, war der Junge zwei Jahre alt. Mein Mann und ich hatten uns gerade scheiden lassen. Kurz vor seinem Tod war Juan zu Gast in Estebans Haus hier in Miami. Esteban hatte mir erzählt, dass es seinem Bruder gelungen sei, eine Genehmigung für die Einreise in die Vereinigten Staaten zu erhalten, um ihn zu besuchen. Ich wusste, dass er nach vierzehn Tagen nach Kuba zurückkehren würde. Doch dann ...«

»Wie starb Juan?«, fragte Vanina.

»An einem Herzinfarkt oder vielleicht einer Hirnblutung. Als ich es von einem Freund erfuhr, waren bereits einige Tage vergangen. Ich rief Esteban an, wollte ihn aufsuchen, aber er wies mich mit wenigen Worten ab.«

Colombo versuchte fieberhaft, alle Einzelteile zusammenzufügen, um sich ein vollständiges Bild von Torres zu machen. Auch wenn er tot war, konnte er, wenn Colombo seiner Spur folgte, vielleicht seine Verbindung zur organisierten Kriminalität aufdecken.

Er war es dann, der die nächste Frage stellte und sie damit Vanina vorwegnahm.

»Und Sie haben ihn nie wiedergesehen oder von ihm gehört?«

»Nein. Wir hatten uns in gegenseitigem Einvernehmen scheiden lassen. Eigentlich hatten wir uns gut verstanden, aber er wollte offensichtlich mit der Vergangenheit abschließen. Ich habe nie aufgehört, ihn zu lieben. Esteban und ich sind zusammen in Havanna aufgewachsen. Wir waren damals noch sehr jung, kaum älter als Kinder. Und doch schienen wir so viel reifer zu sein. Durch das Leben in Armut waren wir schon mit sechzehn Jahren erwachsen. Esteban und ich arbeiteten damals in einem amerikanischen Club.«

»Spielte Esteban mit den Amerikanern auch Karten?«

»Ja, mit Amerikanern und Kubanern, die auf amerikanischer Seite standen. Wenn ein Gast fehlte, ließ ihn der Besitzer des Clubs am Tisch sitzen. Die Torres-Brüder schlugen sich gut.«

»Was, hat Juan auch gespielt?«

»Juan spielte sogar noch besser Karten als Esteban. Aber Carmen hasste es, wenn er spielte. Besonders, wenn Amerikaner am Tisch saßen. Sie war es, die ihn mit den Revolutionären in Kontakt brachte. Irgendwann verschwanden Juan und Carmen. Als sie mit Fidels Armee siegreich nach Havanna zurückkehrten, wollten sie sogar uns überreden, sich ihnen anzuschließen. Aber wir hatten einen anderen Traum. Wir flohen aus Kuba, als die Spieltische noch brannten und der Ort, an dem wir gearbeitet hatten, halb zerstört war. Wenn man damals ein Aussteiger war, besser noch, wenn man sich gegen Castro stellte, bekam man in den USA eine unbegrenzte Aufenthaltsgenehmigung. Und am Ende konnte man sogar amerikanischer Staatsbürger werden.«

Vanina fühlte sich in die Atmosphäre des Films zurückversetzt, den sie am Abend zuvor gesehen hatte. Patanè war fasziniert.

»Spielte Esteban Torres in Miami auch Karten? Ich meine Glücksspiele?«, fragte Colombo.

Die Frau zögerte, dann antwortete sie.

»Nun, ja … Der Club, in dem er arbeitete, gehörte derselben Person, die auch den Club in Kuba betrieben hatte. Sie spielten Karten. Poker. Esteban setzte sich an den Tisch, wenn ein Spieler gebraucht wurde.«

»Verdiente er mit Poker auch Geld?«

»Manchmal schon.«

»Spielte er falsch?«

»Wie?«

»Hat er betrogen, um zu gewinnen? Ich meine, war es ein normales Spiel, oder wurde es manipuliert?«

Die Frau wich offensichtlich zurück. »Das weiß ich nicht … Aber warum wollen Sie das wissen? Esteban hatte schon lange nichts mehr mit diesen Leuten zu tun.«

»Wie lange?«

»Kurz nach Juans Tod hörte er damit auf, glaube ich. Soweit ich weiß, kündigte er und arbeitete dann für Frank Cristallo. Schließlich heiratete er dessen Tochter. Er machte ein Vermögen und wurde steinreich. Ich wusste nicht, dass er nach Italien gezogen war.«

Vanina konzentrierte sich wieder auf Xavier.

»Und was war mit Carmen und Xavier, als Juan gestorben war?«

Aleja lächelte bitter.

»Nichts. Sie blieben natürlich in Havanna. Für jemanden wie Carmen gehört ein in Kuba geborenes Kind nach Kuba. Sie wäre nie in die Vereinigten Staaten ausgewandert, selbst dann nicht, wenn sie einen Weg gefunden hätte. Auch davor hatte sie keine Beziehung zu uns. Als Esteban beschlossen hatte, Kuba zu verlassen, sprach Carmen nicht mehr mit ihm. Sie war erst wieder bereit, mit mir zu sprechen, als sie erfuhr, dass Esteban und ich uns getrennt hatten.«

»Esteban hat seinen Neffen also nie gesehen?«

»Nein, soweit ich weiß, auch in den folgenden Jahren nicht.«

Vanina hatte keine weiteren Fragen.

»Ich hoffe, ich muss Sie nicht noch einmal belästigen«, sagte sie zum Abschied.

»Dürfte ich Sie um einen Gefallen bitten?«, fragte Aleja.

»Sicher, nur zu!«

»Ich würde Esteban gern ein letztes Mal sehen.« Vanina verstand nicht, was sie meinte.

»Auf einem Foto«, erläuterte die Frau

»Ich glaube nicht, dass Ihnen das gefallen würde. Die Fotos, die uns vorliegen, zeigen ihn so, wie er jetzt aussieht.«

»Aber falls Sie ein Foto von Esteban finden ... als er noch lebte, würden Sie es mir dann zeigen?«

Vanina versprach es ihr.

Patanè hatte eine halbe Tafel Schokolade verdrückt und rauchte nun in aller Ruhe eine Zigarette vor dem Balkonfenster. Vanina fasste in groben Zügen zusammen, was Aleja Alvarez ausgesagt hatte. Die Schlussfolgerung war für beide dieselbe: Es konnte nur Xavier Torres gewesen sein, der Roberta Geraci, wenn auch versehentlich, getötet hatte.

»Zweierlei ist mir bei der Geschichte allerdings nicht ganz klar, Commissario. Die erste Frage lautet, worin Xavier sich verstrickt haben könnte. Die zweite, auf die ich am meisten gespannt bin, was ihn dazu gebracht haben könnte, seinen Onkel zu töten. Denn sehen Sie, Commissario, der Tod von Bubi Geraci muss ein Unfall gewesen sein. Ob er die Tat nun verursacht hat oder nicht, in jedem Fall kann es aufgrund des Herganges nicht vorsätzlich gewesen sein. Der Mord an Esteban Torres hingegen war eine Hinrichtung.«

Patanè dachte einen Moment lang nach.

»Schließen wir eine Hinrichtung der Mafia aus«, schlussfolgerte er. Das klang nicht wie eine Frage, sondern eher wie eine Feststellung. Der Commissario indes wollte vermutlich wissen, ob Vanina genauso darüber dachte.

»Ich glaube schon. Colombo ermittelt in diese Richtung, wenn auch rein aus Gewissenhaftigkeit. Ich würde alles darauf wetten, dass Torres mit der Mafia unter einer Decke steckte. Aber den Eindruck, den Torres auf mich gemacht hat ... ich würde sagen, dass solche Menschen, super partes oder unparteiisch, wie Colombo sagen würde, nur selten ihr Leben riskieren. Er war so etwas wie eine graue Eminenz, jemand, der von oben herab die Fäden in der Hand hält.«

Der Kommissar nickte.

»Außerdem, Dottoressa, haben Sie jemals einen Mafiakiller gesehen, der seine eigene Waffe benutzt, um jemanden zu töten? Der Mafiakiller findet jede Menge Waffen, die alle schön sauber sind.«

»Genau, Commissario, das ist auch meine Meinung.« Patanè drückte die Zigarette in dem überquellenden Aschenbecher aus.

»Das Ding sollte ab und zu mal geleert werden«, bemerkte er. Vanina drückte ihre Zigarette ebenfalls darin aus.

Spanò kam mit einem Papier in der Hand herein.

»Dottoressa, ich habe die Waffen überprüft, die Esteban Torres besaß, und bin erstaunt.«

»Hatte er viele?«, versuchte Patanè zu erraten.

»Nein, im Gegenteil: Torres hatte einen Waffenschein und lief immer bewaffnet herum. Aber die einzige Waffe, die er besaß, war diese.«

»Die Makarow«, sagte Vanina.

»Das ist doch seltsam, nicht wahr?«, kommentierte der Commissario. »Ein Amerikaner mit einer russischen Waffe.«

Genau das hatte Vanina sich auch schon gefragt. Eine geheimnisvolle Sache, die sie klären wollte.

»Das ist ganz und gar nicht seltsam«, antwortete Spanò. Vanina und Patanè wandten sich neugierig zu ihm um.

»Ich habe Nachforschungen angestellt, und es hat sich herausgestellt, dass die Makarow in Kuba eine beliebte Waffe ist.«

»Wirklich?«, antworteten beide fast gleichzeitig und mit einer Begeisterung, die Spanò nicht erwartet hatte. Und darüber war er sehr erstaunt.

In Wirklichkeit ging es nur um das Gesamtbild, das ihm in diesem Moment fehlte. Was die beiden anderen interessierte, hätte auch er gern gewusst, wenn er das Gespräch mit Torres' erster Frau verfolgt hätte. Oder wenn er sich in die Geschichte Kubas vertieft hätte, wie es Vanina und Patanè, jeder für sich und doch beide gleichzeitig, getan hatten.

Carlo Alberto Colombo hatte sich bereits an Patanès Anwesenheit gewöhnt. Zum einen, weil er merkte, dass Vanina ihn sehr schätzte, zum anderen, weil Macchia und seine Freundin ihm am Abend zuvor von den beiden Fällen erzählt hatten, zu deren Aufklärung der alte Commissario einen entscheidenden Beitrag geleistet hatte. Der Fall mit der Frau, die nach sechzig Jahren mumifiziert im Lastenaufzug einer Villa am Ätna gefunden worden war und die eng mit einem Fall zusammenhing, in dem er seinerzeit ermittelt hatte und der ihn – inoffiziell natürlich – fast wieder ins Amt des Commissario gebracht hatte. Er und Vanina Guarrasi bildeten ein seltsames Gespann, und die Intuition der beiden lag jenseits des Normalen. Diese Fähigkeit hatte die Vicequestore auch bei ihren letzten Ermittlungen in einem Mordfall noch einmal unter Beweis gestellt, als sie ein Fass aufgemacht hatte, das in der halben Stadt einen Schock ausgelöst hatte. Dann war sie nach Palermo gefahren.

Und nun waren sie hier: Vanina Guarrasi, Carlo Alberto Colombo und Biagio Patanè. Sie saßen in einem Lokal in der Via Santa Filomena, einer schmalen Gasse, die von der Via Umberto abging und zu dem Bereich führte, in dem morgens der Stadtmarkt *a fera 'o luni* stattfand. Hier gab es eine Reihe von Pizzerien und Restaurants jeder Kategorie, einfache, aber auch gehobene. Alle an der Straße entlang unter einem Baldachin aus Lichtern.

Das Lokal, in das sie sich gesetzt hatten, war die sizilianische Variante eines Schnellrestaurants. Es gab Cheeseburger aus Caciocavallo Ragusano und sizilianischem Zuchtfleisch sowie Hamburger aus speziellen Fleischsorten: Esel, Pferd, Büffel. Ebenso Pizzas und Sandwiches, die ausschließlich aus lokalen Produkten hergestellt wurden. Vanina hatte kurz zuvor entdeckt, dass es so ein Restaurant auch in Palermo gab.

»Na so etwas, vegane Hamburger! Das müssen wir Inspektor Marta Bonazzoli sagen«, bemerkte Patanè, der beschlossen hatte, nicht nach Hause zum Essen zu gehen.

Marta und Tito waren gemeinsam verschwunden. Das hatte im Zimmer der Jungs heftige Spekulationen ausgelöst, an denen sich das halbe Mobile Einsatzkommando beteiligte.

Doch Vanina hatte sie alle kurzerhand zum Schweigen gebracht.

»Na und?«, hatte sie gedonnert, als sie ohne Vorwarnung das Zimmer betreten hatte. Unter ihrem harten stahlgrauen Blick erstarrten sie alle, besonders diejenigen, die sie am besten kannten. Sogar Spanò hatte peinlich berührt gewirkt, und Fragapane war rot geworden. Lo Faro hatte sich unter dem Schreibtisch versteckt. »Herrgott noch mal. Ihr seid ja schlimmer als Waschweiber! Schämt euch!«

Marta hatte Vaninas Rat befolgt. Jetzt war sie an der Reihe, ihr zu helfen.

Mehr oder weniger gutmütig, je nach dem Grad der Freundschaft, der sie mit der Inspektorin verband, hatten alle einen sarkastischen Scherz über Marta Bonazzolis Versetzung von Brescia nach Catania gemacht. Alle, bis auf den, von dem man eigentlich bissigere Worte erwartet hätte, weil er emotional am stärksten beteiligt war. Sovrintendente Nunnari hatte seine Kollegin bis aufs Messer gegen die Gerüchte verteidigt und beteuert, wie aufrichtig sie sei.

»Guarrasi, wir müssen uns beeilen und den jungen Torres finden!«, rief Colombo und knabberte an seinem Sandwich, das auf der Speisekarte Shekburger genannt wurde (Esel-fleischburger, auf Sizilianisch Sceccu genannt).

»Wer weiß, wo er sich versteckt«, kommentierte Patanè.

»Dass er Signora Geraci umgebracht hat, scheint mir offen-kundig zu sein«, ergänzte Vanina. »Der einzige konkrete Hin-weis auf den Mord an Esteban Torres besteht hingegen bisher darin, dass sein Handy genau zu diesem Zeitpunkt in den Übertragungsmast beim Flughafen eingeloggt war.«

Plötzlich hielt sie inne und schien einen neuen Einfall zu haben. Sie nahm ihr Handy und tätigte einen Anruf.

Colombo und Patanè musterten sie fragend.

»Nunnari«, sagte Vanina.

»Was gibt es, Boss?«

»Tun Sie mir einen Gefallen! Fahren Sie morgen früh zum Flughafen und überprüfen Sie, ob Signora Geracis Auto am Morgen des Mordes an Torres dort auf dem Parkplatz stand. Wenn ja, holen Sie jemanden von der Grenzpolizei und fahren Sie auf dem Parkplatz herum, bis Sie es finden. Nehmen Sie Lo Faro mit!«

»Aye-aye, Boss.«

Die beiden Männer beobachteten sie noch immer.

»Mir ist dieser Gedanke gekommen«, erklärte sie.

»Dass Torres' Neffe das Auto von Roberta Geraci genom-men und es am Tag des Mordes an seinem Onkel am Flug-hafen abgestellt haben könnte?«, riet Patanè sofort.

»So ungefähr.«

Colombo warf ihm einen bewundernden Blick zu. Dieser alte Mann konnte besser argumentieren als einige seiner Kol-legen, die vierzig Jahre jünger waren.

Vanina biss von ihrem Cisburger ab, was in diesem Lokal

ein Hamburger mit Caciocavallokäse war, den auch Patanè aß.

Der Commissario wischte sich den Mund ab und sprach weiter.

»Ich verstehe nicht, wieso Torres' Neffe mit der Geliebten seines Onkels in Kontakt stand ... oder besser gesagt, selbst ihr Geliebter war. Vielleicht war es auch nur ein One-Night-Stand.« Er erstarrte und sah die Vicequestore an. Auch wenn sie Polizistin und nicht gerade auf den Mund gefallen war, so war sie doch immerhin eine Frau.

»Das überzeugt mich nicht. Kommt es Ihnen nicht seltsam vor, dass dieser Xavier Torres, der seinem Onkel noch nie begegnet war, zufällig Kontakt zu dessen Geliebter hatte? Entweder ist das tatsächlich ein Zufall, was mir nicht plausibel erscheint, oder irgendetwas stimmt hier nicht.«

»Und nicht nur das«, fügte Vanina hinzu. »Xavier Torres hatte nie Kontakt zu Esteban. Er schwor sogar seiner Mutter, niemals mit ihm in Verbindung zu treten. Er war ein Einzelkämpfer, der sich in den USA als Callboy seinen Lebensunterhalt verdiente. Dabei hätte er nur an die Tür des Dagobert Duck der Familie anklopfen und um Hilfe bitten müssen, schon hätte er bestimmt einen gut bezahlten Job bekommen. Eines Tages trifft er ihn in Italien und ruft ihn nicht nur an, sondern tötet ihn schließlich auch. Stimmt das für euch? Also, mir kommt das spanisch vor. Irgendein Glied in der Kette haben wir übersehen.«

»Heute Abend wird mir Arthur Trevis alles zuschicken, was er über Xavier herausgefunden hat. Vielleicht finden wir da ja Antworten«, schloss Colombo. Er bemerkte Patanès fragenden Blick. »Er ist ein amerikanischer Kollege. Vom FBI«, erklärte er.

Sie aßen ihre Hamburger, bestellten jeweils ein Dessert und

gingen dann spazieren. Patanè fing wieder mit seiner Bewunderung für die moderne Technik an. Zu seiner Zeit habe man sich so etwas nicht vorstellen können. Jemanden von Angesicht zu Angesicht sehen, der sich in Amerika aufhielt. Gerade mal ein Telefongespräch war damals möglich, und auch das war nicht einfach. Wenn alles gut ging, noch ein Fax (aber auch erst in den letzten Jahren, haha!). Aber jetzt reichte es, dass man einen Bildschirm berührte, und schon sah man bis ans andere Ende der Welt. Schade, dass er nichts von dem Gespräch auf Amerikanisch verstanden hatte.

»Wenn man heute einen Zeugen in den USA befragen will, ruft man ihn einfach an«, wandte Colombo ein. »Aber Giovanna Guarrasi will immer noch mehr«, sagte er und schenkte ihr ein halb ironisches, halb wohlwollendes Lächeln, dessen wahre Bedeutung Patanè, das alte Schlitzohr, sofort verstand. Vanina hatte es nicht einmal bemerkt. Wie betäubt starrte sie auf das Telefon. Der x-te Versuch, Paolo zu erreichen, bevor sie das Büro verließ, war vergeblich gewesen.

»Dottoressa?«, rief Patanè sie in die Gegenwart zurück.

Sie hob den Blick. »Was haben Sie gesagt, Commissario?«

Patanè entnahm ihrem Gesichtsausdruck, dass etwas nicht stimmte. Er machte sich Sorgen.

»Alles in Ordnung?«

Vanina richtete sich auf. »Ja, natürlich. Alles in Ordnung.« Sie steckte das Handy in die Tasche zurück. Der alte Commissario glaubte ihr nicht, bestand aber nicht auf weiteren Erklärungen.

Sie begab sich gerade in Richtung Via Umberto, als jemand sie rief.

»Dottoressa!«

Lo Faro trat aus einer schmalen Tür und gesellte sich zu ihnen.

»Lo Faro. Hier wohnst du?«, fragte Vanina.

»Sí, sí. Dort oben«, sagte der junge Mann und wies auf das oberste Stockwerk eines alten Gebäudes, in dessen Erdgeschoss sich eine Kneipe befand.

»Ich sah Sie vorbeigehen und bin die Treppe hinuntergerannt. War das falsch?«

»Nein, Lo Faro, ganz und gar nicht.« Vanina blickte auf die Tür, aus der der Beamte gekommen war, dann auf die Tische der Kneipe, an denen schick gekleidete junge Leute saßen. »Hübsch hier, fröhlich«, lobte ihn Vanina.

Der junge Beamte wurde verlegen und lud alle auf einen Drink ein, aber sie lehnten ab. Vanina informierte ihn, dass er am nächsten Morgen Nunnari bei einem Auftrag begleiten werde. »Und vergessen Sie nicht, es ist wichtig. Ich vertraue Ihnen«, fügte sie großmütig hinzu.

Völlig perplex kehrte der junge Beamte ins Haus zurück. Er freute sich über so viel Vertrauen.

Die drei anderen gingen weiter die Via Umberto hinauf.

Vanina und Patanè stiegen in den Mini, und beide zündeten sich eine Zigarette an.

»Sie sollten nicht rauchen, Commissario«, empfahl Vanina. »Das ist nicht gut für Sie.«

Patanè blies den Rauch aus dem Fenster.

»Ich habe es Ihnen schon einmal gesagt, Dottoressa. Ich bin es, der Ihnen das Rauchen verbieten sollte. Bei mir machen ein paar Zigaretten pro Tag sicherlich keinen Unterschied mehr. Bei Ihnen aber schon.«

»Wie ich Ihnen bereits sagte, Commissario, wenn ich morgen eine Kugel abbekomme, sterbe ich mit dem Wunsch nach einer Zigarette.«

»Sie sind von der Vorstellung mit der Kugel ja wie besessen.

Ich sage Ihnen etwas: Ich bin in den Ruhestand gegangen, ohne auch nur einen Kratzer davongetragen zu haben.«

Das ist nicht dasselbe, dachte Vanina. Aber dann fragte sie sich, ob das wirklich stimmte.

Früher vielleicht einmal, als sie bei der Anti-Mafia war. Nicht mehr. Die Wahrscheinlichkeit, dass sie im Dienst starb, war nun ebenso groß wie bei Commissario Patanè, der sich immer nur mit *gewöhnlichen* Morden befasst hatte. Natürlich war die Wahrscheinlichkeit nicht null, aber eben auch nicht sonderlich hoch.

Doch genau darin lag das Problem. Vielleicht hatte sie ihr altes Leben nie ganz hinter sich gelassen. Ihre Besessenheit begleitete sie seit Jahren zu jeder Tages- und Nachtzeit. Sie zwang sie sogar, mit bloßen Händen zu graben. Dabei ging sie jeder Spur des Abschaums nach, gegen den sie unentwegt kämpfte, nahm sie auseinander und setzte sie wieder zusammen. So lange, bis sie zu jemandem führte, zu wem auch immer. Hauptsache, ihre Bemühungen brachten den Betreffenden hinter Gitter. Diese Besessenheit hatte sie nie wirklich verlassen. Sie war latent vorhanden und konnte sich jederzeit wieder entfesseln, ihre Hand bewaffnen und sie mit Hass erfüllen. Mit einem Hass, so tief, dass er sie fast vernichtet hätte.

Nur ihr Geliebter Paolo Malfitano hatte ihr dabei helfen können, den ganzen inneren Hass zu bändigen und in Stärke zu verwandeln. Eine schwelende Kraft, die es ihr ermöglichte, eine Schlacht nach der anderen zu gewinnen, die Gosse von Bestien zu säubern, ohne Angst zu haben, sie eine nach der anderen zu töten. Bis zu dem verfluchten Tag, an dem das Töten die einzige Möglichkeit war, Paolo zu retten. Ihn zu retten, wie sie ihren Vater nicht hatte retten können. Zu töten, mit dem ganzen Hass, der in ihrem Körper brodelte.

»Dottoressa, alles gut?«, fragte Patanè besorgt. Sie wirkte wütend, ihre Augen glühten.

Der Schmerz über die Anrufe, die ins Leere gingen, über die verdammten Häkchen, die nicht blau werden wollten, überfiel sie plötzlich, schnürte ihr die Kehle zu und beschleunigte ihren Atem. Sie schaffte es, auf eine verlassene Straße zu fahren, und hielt an.

»Dottoressa!«, rief der Commissario.

Vanina streckte eine Hand aus, wie um ihn zu beruhigen, spürte aber, dass sie nicht durchhalten würde. Sie öffnete die Tür und stieg aus dem Auto. Sie atmete so tief durch wie möglich, doch das Gefühl zu ersticken, wurde immer schlimmer.

Patanè ging auf sie zu und packte sie an den Schultern. »Vanina!«

Der erste Versuch half ihr, wieder Luft zu bekommen. Der zweite löste den Knoten in ihrer Kehle. Beim dritten stiegen ihr für eine gefühlt unendlich lange Zeit die Tränen in die Augen. Doch am Ende fing sie sich wieder.

Sie bemerkte, dass Patanè sie umarmte.

Während der nächsten fünfzig Minuten hörte der Commissario ihr zu, ohne sie zu unterbrechen. Er erkannte, wie schwer die Last war, die Vanina mit sich herumschleppte. Er wollte ihr helfen, den Knoten zu entwirren. Dass er immer für sie da war, wenn sie ihn brauchte. Wie das ein wahrer Freund immer tun musste. Doch was Vanina in diesem Moment am meisten brauchte, konnte Biagio Patanè ihr leider nicht geben.

Vanina hatte dem Commissario versprochen, sofort nach Hause zu fahren, was sie jedoch nicht tat. Sie hielt vor einer Bar an, der einzigen, die noch offen war, trank einen Espresso und stieg wieder ins Auto. Statt umzukehren und die Straße nach Santo Stefano zu nehmen, fuhr sie in Richtung Jachthafen.

Um halb zwölf Uhr nachts ließ sie Catania hinter sich. Sie nahm die Asse dei Servizi und fuhr entlang der Ringstraße bis zur Kreuzung.

Dann bog sie Richtung Palermo ab.

12

Um diese Zeit verlief die Fahrt nach Palermo problemlos. Kein Verkehr auf der Via Oreto, die verkehrsberuhigten Zonen nicht aktiv, die Via Roma völlig frei. Die wenigen Menschen, die um ein Uhr noch in der Stadt unterwegs waren, konzentrierten sich auf die Fußgängerzone der Via Maqueda und der Quattro Canti. Und auf die engen Gassen des Zentrums, voller Clubs und junger Leute.

In der Via Mariano Stabile war keine Menschenseele zu sehen. Nicht einmal Paolos Personenschutz war anwesend.

Vanina klingelte an der Gegensprechanlage, obwohl die nicht beantworteten Telefonanrufe darauf hindeuteten, dass niemand zu Hause war. Dass zudem keiner von der Eskorte zu sehen war, bestätigte dies nur. Einerseits positiv, andererseits aber auch nicht. Und wenn es um Paolo ging, neigte Vanina unweigerlich zu einer negativen Haltung. Selbst wenn ihr die Logik nahelegte, dass es keinen Grund zur Sorge gab. Schon gar nicht nach zwei Tagen absoluter Funkstille.

Vanina trat einen Schritt vom Bürgersteig zurück und spähte zu den Fenstern hinauf. Die Rollläden waren heruntergelassen, alles schien verriegelt zu sein. Plötzlich schwang die Tür auf. Vanina legte instinktiv die Hand an ihre Beretta. Ein Junge kam heraus und musterte sie neugierig. *Was will die denn?*, schien er zu denken. Doch dann hielt er inne und starrte sie an.

»Commissario Guarrasi?«, fragte er.

Vanina war erstaunt. »Ja?«

Der Junge lächelte.

»Erinnern Sie sich nicht an mich?«

»Nein, tut mir leid, ich erinnere mich nicht.«

»Ich bin Tommaso, Tommaso Gulino.«

Vanina erinnerte sich an den kleinen Jungen mit dem Rucksack auf den Schultern, der immer aus dem Haus seiner Großeltern kam.

Und jetzt stand ein riesengroßer Hüne vor ihr.

»Ich hätte dich niemals wiedererkannt! Wie alt bist du jetzt?«

»Neunzehn. Wollen Sie hereinkommen?«

Vanina nutzte die Gelegenheit.

»Ja.«

Der Junge öffnete ihr wieder die Tür.

»Vielen Dank, Tommaso.«

»Sind Sie auch wieder hier eingezogen?«, fragte er sie geradeheraus.

»Nein. Warst du hier bei deinen Großeltern?«

»Ja, in den letzten Tagen übernachte ich hier. Sie wissen ja, wie meine Eltern sind ... ständig auf Geschäftsreise.«

»Hör mal! Hast du zufällig Dottore Malfitano gesehen?«

Tommaso dachte kurz nach. »Nein, in den letzten Tagen nicht.«

Vanina verabschiedete sich und schloss die Tür hinter ihm.

Sie betrat den Aufzug, denn drei Stockwerke über die Treppe waren schon unter normalen Umständen nichts für sie, erst recht nicht in Momenten, wenn ihr das Herz bis zum Hals schlug. Sie gelangte zur Wohnungstür, klingelte und schalt sich selbst eine Närrin. Offenkundig hielt sich niemand zu Hause auf.

Vanina lehnte sich an die Wand neben der Tür, rutschte mit dem Rücken daran hinunter und ließ sich nieder. Sie zündete sich eine Zigarette an, denn um diese Uhrzeit fiel das niemandem auf. Außerdem brauchte sie eine Pause. Das Licht ging automatisch aus, und sie schaltete es nicht wieder an.

Sie dachte an das letzte Mal, als sie hier gewesen war. Das war erst ein paar Tage her, und doch kam es ihr wie eine halbe Ewigkeit vor. Es war der Tag gewesen, an dem sie nach Catania zurückgekehrt war.

Die Schlussfolgerung war dieselbe wie jedes Mal, wenn Vanina abgereist war. Wieder hatte sie Paolo gebeten, jegliche Hoffnung zu begraben, und das trotz der beiden Tage und Nächte, die sie zusammen verbracht hatten. Diesmal hatte er resignierter als sonst gewirkt, als er ihr versprochen hatte, sich zurückzuziehen. Doch das hatte er nie länger als wenige Tage durchgehalten. Das ging schon seit zwei Monaten so. Paolos Anrufe, seine Nachrichten, die Verzögerung, mit der sie ihm zu antworten pflegte. Dabei bestand kein Zweifel, dass sie es doch wieder tun würde. Wie immer. Und er würde wie immer beim ersten Klingelton abnehmen.

Diese absolute Stille jedoch … Nein, die war nicht normal.

Und jetzt war sie hier und hockte vor seiner Tür.

Was hätte sie um diese Uhrzeit tun können? Jedenfalls auf keinen Fall nach Hause zu ihrer Mutter fahren und alle mitten in der Nacht aufwecken. Sie hätte die Straße überqueren und sich ein Zimmer in einem der Hotels auf der anderen Straßenseite nehmen können. Und was dann? Hätte sie schlafen können? Nein, auch das kam nicht infrage. Es gab nur eine Person, der sie genug vertraute, um sie zu einer so ungewöhnlichen Uhrzeit anzusprechen.

Sie nahm ihr Handy und schrieb eine WhatsApp an ihren ehemaligen Kollegen Angelo Manzo. »Angelo, sind Sie noch wach?«

Er las sie sofort. »Ja, ich bin im Dienst.«

»Kann ich Sie anrufen?«

Sie hatte noch nicht einmal Zeit, die Nachricht abzuschicken, da klingelte auch schon ihr Handy.

»Dottoressa, was ist los?«

»Entschuldigen Sie, Angelo, aber ich muss etwas wissen. Haben Sie in letzter Zeit Paolo ... Dottore Malfitano gesehen?«, flüsterte sie, um niemanden im Haus zu wecken.

Manzo zögerte, bevor er ihr antwortete.

»Um ehrlich zu sein, nein.«

»Aber es ist doch nichts passiert, oder?«

»Ihm? Das glaube ich nicht.«

»Angelo, und Sie verarschen mich doch nicht, oder?«

»Dottoressa, das würde ich niemals wagen.«

Vanina atmete tief durch. Eine weitere Panikattacke konnte sie jetzt wirklich nicht gebrauchen.

»Dottoressa, aber ... wo sind Sie? Warum flüstern Sie?«

Sie hatte nicht den Mut, ihm zu gestehen, dass sie bei Paolo im Treppenhaus saß.

»Schon gut, Angelo, alles in Ordnung. Danke«, unterbrach sie ihn.

Möglichst leise schlich sie die Treppe hinunter, trat auf die Straße hinaus und ging zum Auto. Sie stieg ein und zündete sich eine weitere Zigarette an.

Sie hatte Blödsinn gemacht.

Sie sah auf das Display ihres Handys, berührte die Seitentaste und blickte auf ihren Bildschirmschoner. Die Addaura. Und dann schlug es wie ein Blitz ein, ein Licht ging ihr auf.

Sie ließ den Motor an und fuhr los.

Keine zwei Minuten später rief Manzo sie an.

»Dottoressa, wohin wollen Sie um diese Zeit?«

Vanina fuhr langsamer und blickte in den Spiegel.

Der Dienstwagen hielt neben ihr an, und sie kurbelte das Fenster herunter.

»Wie haben Sie mich gefunden?«, fragte sie.

»Boss, ich bin ein Bulle. Und außerdem ein Experte, Sie haben mich ausgebildet, vergessen Sie das nicht! Wenn Sie mich um diese Zeit anrufen und mich im Flüsterton nach Dottore Malfitano fragen, weiß ich ganz genau, wo Sie sich befinden.«

»Nun gut. Aber jetzt, da Sie mich gefunden haben, kehren Sie wieder ins Büro zurück.«

»Sie haben meine Frage nicht beantwortet: Wohin fahren Sie um diese Uhrzeit?«, insistierte der Inspektor.

»Manzo, das geht Sie nichts an.«

»Wo immer Sie hinfahren, allein ist es gefährlich.«

»Haben Sie etwa vergessen, dass ich eine Waffe trage, selbst wenn ich auf die Toilette gehe?«

»Nein, aber das ist mir egal. Ich folge Ihnen, wohin auch immer Sie fahren. Und wenn dann alles in Ordnung ist, verschwinde ich wieder.«

»Sie sind eine Plage, Angelo«, schloss Vanina. Sie kurbelte das Fenster hoch und fuhr los.

Es hatte sowieso keinen Sinn. Angelo war, wie sein Name schon sagte, ihr Schutzengel.

Vanina fuhr die Straße zum Meer, kam an Acquasanta und Arenella vorbei und folgte der Küstenstraße. Sie war leer. Der Dienstwagen blieb ihr dicht auf den Fersen.

Als sie in Addaura ankam, schlug ihr das Herz bis zum Hals. Sie hoffte, dass sie mit ihrer Vermutung richtiglag. Je näher sie ihrem Ziel kam, desto stärker wurde die Angst, einen Fehlschlag zu erleiden.

Sie hielten vor den Toren einer kleinen Villa, die sie seit mehr als vier Jahren nicht mehr gesehen hatte. Diese Villa mieteten Paolo und sie jedes Mal, wenn sie ihre Spuren verwischen und der Welt entfliehen wollten. Die Villa lag versteckt zwischen den Bäumen, dicht am Meer. Vanina stieg aus dem Auto und spähte durch das Tor. Die Beleuchtung in der Einfahrt war eingeschaltet. Doch wer wusste, wer gerade hier wohnte?

Vielleicht ein neuer Mieter.

Die Scheinwerfer eines Wagens, der irgendwo versteckt stand, gingen plötzlich an und blendeten sie. Sie streckte die Hand nach ihrer Waffe aus. Angelo war bereits aus dem Auto gestiegen und lief los.

Vanina hörte ihren Namen. »Dottoressa Guarrasi, sind Sie das?«

Nello Licitra, der Chef von Paolos Eskorte, war aus dem Auto gestiegen und ging auf sie zu. Er winkte Manzo zum Gruß zu, der ohne ein Wort wieder verschwand.

Vanina begann wieder zu atmen. »Nello, fast hätte mich der Schlag getroffen!«

»Es tut mir leid, aber ich konnte die Insassen des Wagens erst nicht erkennen«, entschuldigte sich der Mann. Er holte sein Handy hervor, trat zur Seite und tätigte einen Anruf. Dann kehrte er zu ihr zurück.

»Kommen Sie, ich begleite Sie.«

Sie gingen die Auffahrt entlang und erreichten das Haus. Die feuchte Meereskälte drang durch Vaninas unzureichende Kleidung.

Ein Beamter trat aus dem Schatten des Kiefernwalds. »Ach, Sie sind es!« Er trug eine Jacke und hatte eine Mütze auf dem Kopf. Ein unbekanntes Gesicht.

Vanina näherte sich der Tür.

Dort stand Paolo und lehnte sich an den Türpfosten, die Arme verschränkt, die Füße überkreuzt. Sportliche Jeans, lockerer Pulli, Turnschuhe.

Ungläubig starrte sie ihn an, während er ins Haus zurückkehrte. »Entschuldige, aber draußen ist es kalt.«

Sie folgte ihm ins Wohnzimmer. Er hinkte stärker als sonst, ein Zeichen dafür, dass er müde war. Feuer brannte im alten Kamin, das einzig Vertraute aus alten Zeiten. Alles andere hatte sich geändert. Weiß und blau, weiße Keramiklaternen anstelle der alten Lampen, weiße Matten auf dem Boden. An den Wänden hingen Fischernetze mit Keramikfischen und Seesternen. Wer mochte dort in all den Jahren gewohnt haben?

Paolo trat an den Kamin und schürte das Feuer, als wäre nichts geschehen.

»Paolo!«, rief sie ihn zurück. Sie spürte die Wut, die in ihr aufstieg.

Er drehte sich schweigend um.

»Ist dir klar, dass ich dich seit zwei Tagen anrufe und du mir nicht antwortest? Dass ich dir Nachrichten schicke, die du nicht einmal liest?«

Paolo lachte lauthals, gezwungen, denn seine Augen sagten etwas ganz anderes. »Na und? Ich habe etwas Zeit für mich gebraucht, weit weg von allem und jedem. Mein Handy habe ich auch ausgeschaltet. Zwei Tage lang habe ich so getan, als gäbe es dich nicht. Tust du das nicht auch?« Er gab vor, sich an etwas zu erinnern. »Ach, nein, entschuldige! Beinahe hätte ich vergessen, dass du ja das Recht dazu hast. Du befindest dich auf der Mission, dich von mir zu lösen. Ich bin derjenige, der das nicht zulassen will.« Seine Stimme war lauter geworden.

Vanina ging auf ihn zu.

»Du bist ein Schwachkopf, Paolo! Du lässt zu, dass ich Angst habe, dir könnte etwas zugestoßen sein, du könntest in Gefahr schweben, du könntest wer weiß wo gelandet sein. Was zum Teufel hast du dir dabei gedacht?«

»Was zum Teufel hast du dir dabei gedacht, Vanina? Ist dir überhaupt klar, was du da sagst? Erst darfst du mich nicht mehr sehen, dann darfst du nichts mehr von mir hören. Dein Leben findet jetzt ohne mich statt. Sobald ich mir dann gestatte, nicht ans Telefon zu gehen, fährst du los, fährst in der Nacht hundertneunzig Kilometer weit, um nach mir zu suchen. Was hat dich den ganzen Weg hierhergebracht, Vanina, hm? Was? Dieser verdammte Bildschirmschoner, den du nicht von deinem Handy löschst, nicht ums Verrecken. Und warum löschst du es nicht, Vanina?«

Sie antwortete nicht, ihre Augen brannten.

»Ich sage es dir«, knurrte Paolo. Sein Gesicht war jetzt nur noch wenige Zentimeter von ihrem Kopf entfernt. Er hatte die Hände in den Taschen vergraben, um Abstand zu halten. »Du kannst es nicht. Denn dieses Fleckchen am Meer gehört uns, genau wie dieses Haus, das ich gern kaufen würde, um es auseinanderzunehmen und wieder so aufzubauen, wie es einmal war.«

Vanina schleppte sich zum Sofa, das inzwischen auch weiß und mit Kissen mit Meeresmotiven überhäuft war. Sie setzte sich auf die eine Seite und stützte den Kopf in die Hände. Dabei bemerkte sie nicht einmal, dass Paolo sich neben sie gesetzt hatte, bis sie seine Hand auf ihrem nassen Gesicht spürte.

Das Klingeln des Telefons ertönte in der absoluten Stille wie ein Kanonenschuss.

Vanina sah gerade noch, dass es schon halb neun war, bevor sie abnahm.

»Guarrasi, wo steckst du?«

Instinktiv drehte sie sich zu Paolo um, der unter zwei Bettdecken vergraben schlief.

Um nicht zu frieren, suchte sie nach etwas, womit sie sich bedecken konnte. Die Elektroheizung war für die feuchte Kälte, die in diesem Haus herrschte, viel zu schwach.

Sie fand eine von Paolos Jacken und warf sie über.

»In Palermo«, flüsterte sie.

»In Palermo?«, wiederholte Carlo Alberto Colombo erstaunt. »Um was genau zu tun?«

Was sollte sie ihm sagen?

»Familienangelegenheiten. Meine Mutter, weißt du …«

»Ich verstehe«, sagte er skeptisch. »Mitten in einer Ermittlung? Guarrasi, das passt nicht zu dir.«

»Wie auch immer, es ging nicht anders.« Ihr Blick fiel auf Paolos Kalender, der aufgeschlagen auf dem Tisch lag. »Außerdem ist heute Sonntag, Colombo.«

Carlo wunderte sich immer mehr. »Oh, dann hast du dich aber verändert! Wenn ich mich recht entsinne, gab es einmal weder Samstage noch Sonntage für dich. Was hast du immer zu deinen armen Jungs gesagt? Ach ja … Ein Mörder kennt kein Wochenende«, äffte er die Vicequestore in palermitanischem Akzent nach.

»Komm nicht auf dumme Gedanken! Ich habe mich überhaupt nicht verändert. Es war ein Notfall. Heute Nachmittag fahre ich zurück nach Catania.«

»In Ordnung. Ruf mich an, wenn du da bist. Ich wollte dir zeigen, was Arthur Trevis mir über Xavier Torres geschickt hat. Es gibt interessante Neuigkeiten.«

»Kannst du mir vielleicht schon etwas dazu sagen?«

»Warum soll ich dir das Vergnügen nehmen, es selbst zu lesen?«

Vanina musste lachen. »Colombo, du bist ein Mistkerl!«

Paolo hatte sich zu ihr gesellt. Er war ganz in eine der beiden Bettdecken gehüllt, die er vom Bett abgezogen hatte.

»Wer ist ein Mistkerl?«

»Carlo Alberto Colombo. Er ist in Catania, um an dem Fall mitzuarbeiten, mit dem ich gerade zu tun habe.«

Paolo versuchte, sich zu erinnern. »Colombo … Abteilung für internationale polizeiliche Zusammenarbeit?«

»Genau der.«

»Der hat Eier. Aber warum brauchst du ihn überhaupt?«

Vanina war zu einer Kaffeemaschine geeilt, die sie kurz zuvor gesehen hatte, und suchte nach etwas wie einem Frühstück.

»Es gibt nur trockene Kekse«, verkündete Paolo.

»Schade«, kommentierte Vanina und biss ein Stückchen Keks ab.

»Und? Was ist jetzt mit dem Fall?«

Sie erzählte ihm die Geschichte über Torres senior, Torres' Neffen, Bubi Geraci und alle die damit verbundenen Verflechtungen. Er stimmte ihr in allen Punkten zu.

Gegen halb zwölf Uhr kamen sie in der Via Mariano Stabile an.

Sie stiegen in die Wohnung hinauf. Nello Licitra zuerst, man wusste ja nie.

Resigniert ließ ihn Paolo gewähren.

Er stellte die volle Aktentasche auf den grauen Sessel, der in der Mitte des Wohnzimmers stand und der zu jenem grauen Sofa gehörte, das Vanina bei jedem Umzug mitnahm.

Er trat ans Fenster, zog den Rollladen hoch und riss die Fenster auf.

»Herrgott, Sie sollten nicht so dicht drangehen!«, mahnte Nello Licitra fast wie zu sich selbst, aber so laut, dass es hörbar war.

Paolo bewegte sich nicht.

Vanina kam auf ihn zu.

»Nello erinnert dich daran, dass du keine Dummheiten machen solltest.«

»Hat er das gesagt?«

»Im Wesentlichen, ja.«

»Was zum Teufel habe ich denn getan?«

»Du stehst zum Beispiel hier am Fenster. Oder auf dem Treppenabsatz ...«

Das letzte Mal hatte er vor der Haustür auf sie gewartet.

»Klar, vielleicht lauert ja ein Mörder hinter dem Palmenhain von Vaccarella.«

Paolos Nachbar war ein pensionierter Schuldirektor, der einen besonderen grünen Daumen hatte und den Treppenabsatz in einen botanischen Garten verwandelt hatte.

»Warum stellst du dann den Schuldirektor nicht gleich selbst ein?«, provozierte ihn Vanina.

Er antwortete ihr mit einem bitteren Lächeln.

»Du weißt nicht, wie nützlich es manchmal ist, hinter einem Fenster zu stehen und alles zu beobachten. Man erkennt Dinge, die einem immer verborgen waren, obwohl man sie vor der Nase hatte«, sagte er und machte eine Pause. »Oder die man vielleicht nicht sehen wollte.«

Vanina lehnte sich an den Fensterrahmen, die Füße verschränkt, eine Zigarette zwischen den Fingern.

»Wie meinst du das?«

Paolo musterte sie mit ernster, fast trauriger Miene.

»Beim letzten Mal, als du hier unten standest, habe ich dich beobachtet. Du hast auf den Tunnel vor dir gestarrt, als ob jeden Moment ein Geist herausstürmen könnte.«

Schweigend blickte Vanina auf den Tunnel.

»Warum, gibt es dort keine Geister?«, fragte sie.

»Nein. Dort gibt es Geschäfte, den Eingang zu einem kleinen Hotel und einer Frühstückspension. Sogar schön, habe ich mir sagen lassen. Das ist es inzwischen für mich. Und es wäre schön, wenn es für dich ebenso wäre. Auch wenn ich glaube, dass das noch nicht möglich ist.«

»Paolo, was willst du mir sagen?«

Er sah sie wieder an, diesmal noch ernster. »Solange du die Geister dieser Mistkerle in diesem verdammten Tunnel siehst, wird es für uns niemals Frieden geben. Das habe ich inzwischen verstanden, Vanina. Du hast für mich getan, was du für deinen Vater nicht tun konntest. Das alles noch ein drittes Mal zu erleben könnte deine Kräfte übersteigen. Deshalb wirst du trotz allem, was zwischen uns ist und immer sein wird, irgendwann wieder weglaufen.«

Vanina schwieg, die Blicke auf den Bürgersteig gerichtet, der von Gespenstern belebt wurde.

Paolo hatte erkannt, dass er diesen Moment nutzen musste, denn einen zweiten hätte es in nächster Zeit vermutlich nicht mehr gegeben. Und die Frage, die er ihr stellen musste, schien immer unaufschiebbarer zu werden.

»Vanina, etwas muss ich dich fragen. Du musst mir aber nicht gleich antworten, ich möchte nur, dass du ehrlich bist. Ist Palermo das Problem, oder bin ich es? Wenn ich nicht in dieser Stadt, in diesem Haus wäre, wenn ich nicht das Leben führen würde, das ich führe, würdest du dann immer noch abhauen?«

Vanina wusste nicht, was sie antworten sollte. Also schwieg sie, und er wiederholte die Frage nicht. Als sie sich von ihm verabschiedete, hatte sie den Eindruck, dass er ihr nicht die ganze Wahrheit gesagt hatte.

13

Vicequestore Guarrasi trat durch die Tür des Mobilen Einsatzkommandos in Palermo. Sie ging zur Pforte und wies sich beim diensthabenden Beamten aus, der durch die Seitentür gekommen war. Dann überquerte sie den Hof und nahm die Treppe zur Abteilung *Catturandi*, der Sondereinheit der Polizei in Palermo, die sich auf die Jagd von Mafiabossen spezialisiert hatte. Es war Sonntag, und auf den Gängen war nur wenig los.

Angelo Manzo, ihr ehemaliger Stellvertreter, kam ihr auf halbem Weg entgegen.

Er brachte sie zum Hauptquartier der Truppe, die eigens für die Suche nach Salvatore Fratta, genannt Bazzuca, gegründet worden war. Eine abgeschottete Einheit mit ausgewählten Beamten, die selbstständig ermittelten. Die Niederlage, die sie beim letzten Mal erlitten hatten, als die Operation gescheitert war, an der auch Vanina teilgenommen hatte, sollte sich nicht noch einmal wiederholen. Der Spitzel, wer immer er war und woher er auch kam, der dieses Scheitern verursacht hatte, musste aufgespürt werden.

Vanina hatte beschlossen, die Versetzung nach Palermo nicht anzunehmen, auch wenn der Polizeipräsident sie gern für die Leitung des Teams verpflichtet hätte. Vielmehr sollten die Männer und Frauen der Truppe wissen, dass sie ihnen nach Kräften zu helfen gedachte.

Der größte Teil der Arbeit, auf der sie alle ihre Strategie aufbauten, basierte auf den Ermittlungsakten, die sie über die Jahre in Palermo angelegt hatten und die bewiesen, dass Bazzuca gesund und munter war.

Es war immer so: Wenn die großen Jungs alle aus dem Spiel waren, konnte auch ein Volltrottel ein großer Fisch werden. Und so war es im Fall Salvatore Fratta passiert. Er hatte einen langen Weg hinter sich. Anfang der 1990er Jahre, als er das Kommando anführte, das Ispettore Guarrasi getötet hatte, war er zu einem der mächtigsten Männer aufgestiegen. Er konnte tun und lassen, was er wollte.

Aber er war und blieb ein Volltrottel. Es hatte Jahre harter Arbeit gekostet, die Paten zu fassen, aber Vanina war sicher, dass es nur wenige Monate dauern würde, diese Pfeife aufzuspüren.

Angelo Manzo brachte sie auf den neuesten Stand.

Der Abschaum Fratta hatte geplaudert, wie sie vorausgesagt hatte. Die Überwachungskamera einer Apotheke in der Nähe des Verstecks hatte einen Mann gefilmt, der kurz zuvor das gleiche Medikament gegen Hypoglykämie gekauft hatte, das sie im Müll gefunden hatten. Und wem sah dieser Mann zufällig ähnlich? Giuseppe Cuzzano.

Cuzzano war ein Cousin von Fratta, ein undurchsichtiger Typ, der sich immer bedeckt hielt, an den entscheidenden Stellen der Ermittlungen aber plötzlich präsent war.

»Also haben wir eine Überwachungskamera vor Cuzzanos Haus installiert und ihn verfolgt«, berichtete Angelo Manzo abschließend.

»Und was ist mit dem Haar, das auf dem Bett gefunden wurde?«, fragte Vanina.

»Die DNA gehört offensichtlich zu einer weiblichen Person, aber sie ist natürlich in keiner Datenbank zu finden.«

»Wir wissen auch, dass dieser Dreckskerl ein Weiberheld ist.

Das kann für einen Flüchtling eine Schwäche sein, das darf man nicht vergessen.«

In der nächsten halben Stunde zog Vanina einige Informationen und Namen aus ihren alten Unterlagen, die ein ganz neues Licht auf die Ermittlungen warfen und überraschende Verbindungen herstellten.

Manzo lächelte. »Dottoressa, wenn Sie sich entschließen, wieder unter uns zu sein, schmeiße ich eine Party für Sie. Das schwöre ich Ihnen.«

Vanina antwortete ihm nicht.

Sie hatte gerade das Mobile Einsatzkommando verlassen, als Marta sie anrief.

»Vanina, bist du in der Gegend?«

Eine weitere Person, der sie hätte gestehen sollen, dass sie nicht in Catania war.

»Ich bin in Palermo bei meiner Mutter. Warum? Was ist passiert?«

Sie konnte Martas Erstaunen geradezu durch das Telefon spüren.

»Lo Faro hat mich gerade angerufen. Wir haben das Auto von Roberta Geraci gefunden. Du hattest recht! Es stand am Flughafen, auf demselben Parkplatz, auf dem Esteban Torres getötet wurde.«

Eine Welle der Glückseligkeit überkam Vanina. Bei allem, was in der Nacht zuvor geschehen war, hatte sie glatt vergessen, dass sie Sovrintendente Nunnari zum Flughafen geschickt hatte.

»Wahnsinn, was gute Nachrichten! Wo steht der Wagen jetzt?«

»Sie bringen ihn gerade in unsere Verwahrungsstelle.«

»Sag Fragapane, er soll Capo Pappalardo anrufen. Die Spurensicherung muss sofort mit der Arbeit beginnen. Ich möchte, dass alle Spuren ausgewertet werden, und zwar gründlich. Habt ihr Staatsanwalt Vassalli verständigt?«

»Ja, Tito Macchia hat mit ihm gesprochen.«

»Die Staatsanwaltschaft in Messina wird also auch schon informiert sein.« Sie beendete das Gespräch mit Marta und rief Maresciallo Labbate an.

Bevor Vanina nach Catania zurückkehrte, besuchte sie ihre Mutter. In Anbetracht der Uhrzeit wurde sie zu einem festlichen Mittagessen verdonnert, bei dem sogar Costanzas zukünftige Schwiegereltern anwesend waren. Bis zur Hochzeit ihrer Halbschwester waren es noch mehr als sechs Monate, doch es wurde darüber gesprochen, als stünde sie unmittelbar bevor. Und von ihr, als Trauzeugin der Braut, wurde Anteilnahme erwartet, die sie offen gestanden nicht fühlte.

Eigentlich wären die zwei verlorenen Stunden am Tisch eine einzige Qual gewesen. Aber aufgrund der Zubereitung, bei der Signora Marianna sich selbst übertroffen hatte, war die Mahlzeit eine Reise nach Palermo wert gewesen.

Als sie auf die Terrasse trat, um eine Zigarette zu rauchen, gesellte sich ihr Stiefvater Federico zu ihr.

Er legte ihr einen Schal ihrer Mutter um die Schultern. »Du bringst dich noch um, wenn du nichts anziehst«, mahnte er. »Wie geht es dir, mein Schatz?«, fragte er dann. »Du siehst blass aus.«

Konnte sie ihm gestehen, dass sie seit dem gestrigen Morgen ständig unterwegs war? Nach einer Panikattacke, bei der sie sich die Seele aus dem Leib gekotzt hatte, war sie nicht einmal nach Hause gefahren war, um sich umzuziehen, sondern hatte sich zu einer unmöglichen Zeit in ihr Auto gesetzt. Den Rest der Nacht hatte sie in einem Haus ohne Heizung mit einem Mann verbracht, nachdem sie sich immer wieder geschworen hatte, nicht wieder mit ihm zusammenzukommen.

»Ich habe so gut wie kein Make-up aufgelegt«, rechtfertigte sie sich. Federico tat so, als würde er ihr glauben.

Er lächelte und wechselte das Thema.

»Weißt du, was mit mir passiert ist? Die neue Gebietsleiterin eines Pharmaunternehmens, eine gewisse Dottoressa Canton, hat mich zusammen mit einem sizilianischen Arzneimittelvertreter aus Catania besucht. Als sie dein Foto auf meinem Schreibtisch sahen und entdeckten, dass du meine Toch...« Er hielt inne. Vanina bemerkte, dass er sich schämte.

»Federico, du kannst es ruhig aussprechen«, beruhigte sie ihn. Konnte sie ihm verbieten, sie als seine Tochter zu betrachten? Für ihn war es selbstverständlich, sie so zu nennen. Sie hätte sich bei ihm bedanken sollen.

Federico sprach weiter. »Kurz gesagt, sie haben mir erzählt, dass Dottoressa Canton den Leichnam des Mannes fand, zu dem du ermittelst. Ein Kubaner mit amerikanischer Staatsbürgerschaft. Sie waren eine Stunde bei mir und erzählten mir bis ins Detail die ganze Geschichte.«

Die beiden hatten es sichtlich übertrieben. Doch als Vanina die beiden Namen hörte, brachte sie das auf einen Gedanken.

Mit einem Fernglas ausgerüstet, hockte Carmelo Spanò seit einer halben Stunde hinter einer Hecke.

Dieses Tennismatch schien nie enden zu wollen.

Er hatte sich allen Anrufen entzogen, nur bei Vicequestore Vanina Guarrasi musste er drangehen.

»Dottoressa«, flüsterte er.

»Spanò, was ist los? Hat es Ihnen die Sprache verschlagen?«

»Nein, es ist nur so, dass ich ... beim Gottesdienst bin.« Seit dem Tag, als seine Nichte getauft worden war, hatte er keine Kirche mehr betreten. Und das war vor zehn Jahren gewesen.

»Oh, ich verstehe. Rufen Sie mich an, wenn Sie herauskommen!«

»Nein, nein, Dottoressa, Sie können ruhig reden.«

Vanina erzählte ihm, dass man Roberta Geracis Wagen gefunden habe, und war überrascht, dass er das noch nicht wusste.

»Halten sich die beiden, die Torres' Leiche gefunden haben, immer noch in Catania auf?«, fragte sie ihn.

»Ja. Der Mann wohnt hier. Die Frau soll sich melden, falls sie abreist.«

»In Ordnung, aber tun Sie mir einen Gefallen! Nehmen Sie ein Foto von Xavier Torres und zeigen Sie es den beiden! Fragen Sie sie, ob sie sich erinnern können, ihn auf dem Parkplatz gesehen zu haben!«

»Ich setze mich gleich mit ihnen in Verbindung.«

»Oder besser laden Sie die beiden morgen früh in mein Büro.«

Spanò beendete das Telefonat und fragte sich, warum Vicequestore Guarrasi diese Bitte an ihn richtete.

Doch die Wahrheit war, dass er wenig bis gar nichts mit diesem Fall zu tun hatte. Natürlich hatte er sich seine eigenen Gedanken dazu gemacht. Er hatte seine Quellen befragt, er hatte Vicequestore Guarrasi begleitet, wann immer sie es wollte. Dennoch war er nicht richtig bei der Sache. Er hatte sich in diese andere Geschichte verstrickt und träumte schon nachts davon. Denn wenn sie wahr gewesen wäre und er es hätte beweisen können, hätte er vielleicht eine Chance gehabt, sein Leben zurückzubekommen.

Er kehrte in das Gebüsch zurück, in dem er sich zuvor versteckt hatte, und nahm sein Fernglas wieder zur Hand. Als er es auf den Tennisplatz richtete, erblasste er.

Das Spiel war vorbei. Die beiden waren verschwunden.

Vanina hielt an dem üblichen Autogrill an, an dem Adriano Calì sie immer erwischte. Mir nichts, dir nichts war es halb acht geworden, und sie hatte unbändigen Hunger. Sie kaufte sich ein halbes Baguette mit Mortadella, eine Coca-Cola und lehnte sich an einen Stehtisch.

Sie hatte eine Nachricht von Paolo auf dem Handy, der wissen wollte, ob sie gut angekommen sei. Sie begann mit einer Nachricht an ihn, überlegte es sich dann aber anders und rief ihn an.

»Muss ich mir Sorgen machen?«, fragte er und ging sofort dran.

»Warum?«

»Als du heute Morgen gingst, meinte ich verstanden zu haben, dass wir nicht miteinander reden sollten.«

Das stimmte, und es stimmte auch, dass er nicht viel Widerstand geleistet hatte. Doch Vanina hatte etwas Unausgesprochenes wahrgenommen. Als ob Paolo ihr nur einen Teil der Wahrheit verraten hätte. Vielleicht war das der Grund, warum sie den Drang verspürte, ihn anzurufen.

»Ich habe mich heute Morgen nicht bei dir bedankt.«

Sie spürte seine Überraschung. »Wofür?«

»Für dein Verständnis.«

Diesmal war er es, der nicht antwortete.

Vaninas Vermieterin Bettina hörte sie kommen und trat sofort zur Balkontür heraus.

»Vannina, wo haben Sie gesteckt? Ich habe mir schon Sorgen gemacht.«

Jedes Mal, wenn sie ihre Mieterin nicht zurückkommen sah, geriet die Nachbarin in Panik. Doch Vanina musste oft ganze Nächte im Dienst verbringen, und das wusste Bettina sehr gut. Sie wusste auch, wie gern ihre Nachbarin Überstunden machte.

Denn wie so viele Menschen hatte auch Vanina Angst, mit ihren Gedanken allein zu sein.

»Sie haben recht, Bettina, ich habe Ihnen nicht Bescheid gesagt, dass ich nach Palermo fahre«, entschuldigte sich Vanina, als sie gemeinsam die Stufen zu ihrem Haus hinaufstiegen.

Die Augen der Nachbarin funkelten. Vielleicht waren ihre Gebete an Pater Pio – den sie über die heilige Mutter Gottes stellte – ja erhört worden und hatten ihre Vannina dem schönen Dottore Malfitano nähergebracht. Natürlich hätte es ihr ein wenig leidgetan, wenn ihre geliebte Polizistin nach Palermo zurückgekehrt wäre. Aber sie hätte ein ruhiges Gewissen gehabt, weil sie zu ihrem Glück beigetragen hatte.

Bettina erkundigte sich zunächst nach dem Befinden von Signora Marianna, die sie nur einmal zu sehen bekommen hatte, dann nach Professor Calderaro und schließlich nach Costanza. Am Ende, als Vanina bereits ihre Haustür geöffnet hatte, ließ sie die wichtigste aller Frage nebenbei fallen.

»Und wie geht es Dottore Malfitano?«

Bei anderer Gelegenheit hätte Vanina darüber hinweggesehen, an diesem Abend aber war sie zu erschöpft, um sich etwas einfallen zu lassen.

»Wunderbar«, antwortete sie.

Bettinas Freude über diese Nachricht äußerste sich in einem Korb voller Lebensmittel, die noch vom Vorabend übrig waren. Vanina honorierte die Großzügigkeit, indem sie sich von der Vorspeise bis zum Dessert mit unbändigem Appetit darüber hermachte.

Müdigkeit war nicht gleichbedeutend mit Schlaf, nicht einmal nach der Nacht, die sie praktisch im Freien verbracht hatte.

Heiße Bäder, literweise Kamillentee, alles, was sie versuchte, aber das Ergebnis änderte sich nicht. Also blieb ihr nichts anderes übrig, als einen Film auszuwählen und es sich auf dem Sofa bequem zu machen. Sie trat an den Teil des Regals, in dem die sizilianischen Filme standen, und überflog die Titel auf der Suche nach etwas Unterhaltsamem. Schließlich entschied sie sich für Mario Monicellis Film *Mit Pistolen fängt man keine Männer*. Monica Vitti, in der Rolle der Assunta Patanè war gerade nach England abgereist, um den Mann zu suchen, der sie entehrt hatte, und um diesen Affront mit Blut zu rächen, als Adriano Calì sie anrief.

Vanina stoppte den Film und ging dran.

»Hallo, Calì!« Ein Geräusch im Hintergrund deutete darauf hin, dass er im Auto saß.

»Vanina, ich glaube, ich habe etwas Dummes gemacht, aber ich musste es tun.«

»Welchen Scheiß hast du gebaut?«

»Ich fahre nach Noto. Luca hat mir gesagt, dass er unvorhergesehen nach Rom abreisen muss, aber ich bin überzeugt, dass er stattdessen jemanden in unser Haus mitgenommen hat. Wenn ja, dann muss ich es herausfinden. Dieser Zweifel bringt mich sonst um.«

»Adriano, entschuldige! Aber überleg doch mal! Glaubst du, Luca würde jemals jemand anderen in dein Lieblingshaus mitbringen? Das glaube ich nicht, selbst dann nicht, wenn ich es mit eigenen Augen sehe.«

»Und warum nicht? Das wäre doch ein Klassiker. Heimliche Geschichten in Ferienhäusern haben Hochkonjunktur. Komm schon, was erzähle ich dir da? Was für eine Polizistin du bist ...«

»Natürlich ist das ein Klassiker, aber nur für den typischen untreuen, unsensiblen und gefühllosen Ehemann. Nicht für jemanden wie Luca.«

»Vielleicht ist er genau deshalb hingefahren, weil ich ihn dort garantiert nicht suchen würde.«

»Mach, was du willst!«, resignierte sie. Wenn sie an ihre eigenen nächtlichen Reisen dachte – obwohl diese von anderen Ängsten getrieben wurden –, konnte sie ihm das wohl kaum verübeln.

»Sei vorsichtig! Und falls du doch etwas herausfinden solltest, dann denk daran: wenig Worte, Stolz und erhobenen Hauptes. Würde über alles.«

»Jawohl. Wie heißt noch mal dein Sovrintendente, der sich wie ein Veteran der US-Navy fühlt? Aye-aye, Boss?«

Sie beendete das Telefonat mit ihrem Freund Calì, nahm die Fernbedienung und startete den Film wieder, als seine Worte sie plötzlich mit der Gewalt eines Vorschlaghammers an der Stirn trafen.

»Mist! Warum bin ich nicht schon früher darauf gekommen?« Sie zog sich eilig an.

Als sie vor den Spiegel trat, sah sie, wie leichenblass sie war. Nein, sie konnte sich nicht die zweite Nacht in Folge ans Steuer setzen. Die Gefahr, dass sie einen Unfall baute, war zu groß.

Sie nahm das Handy und rief Spanò an.

Der Inspektor stand auf einer hohen Mauer und hielt sich an einem Strommast fest. Langsam zog er das vibrierende Handy aus seiner Tasche. Verdammt, dass Vanina Guarrasi ihn immer in heiklen Momenten anrufen musste!

»Dottoressa«, flüsterte er.

»Ispettore, sagen Sie bloß, Sie sind noch beim Gottesdienst, denn das glaube ich Ihnen nicht.«

»Nein, nein, es ist nur, dass … Nichts, vergessen Sie es! Worum geht es?«

»Sie sind nicht im Dienst, oder?«

»Nein, Salvatore Fragapane schon. Und Marta Bonazzoli, glaube ich. Warum wollen Sie das wissen?«

»Ich brauche einen Chauffeur, der mich wohin fährt. Denn wenn ich recht habe, könnten wir bei den Ermittlungen einen großen Durchbruch schaffen. Je mehr Leute wir sind, desto besser.«

Etwas bewegte sich in der Richtung, in die der Inspektor seit zwei Stunden gespäht hatte. Er konnte sich diese Gelegenheit nicht entgehen lassen. Aber eine Aufforderung von Vicequestore Guarrasi war eine Aufforderung von Vicequestore Guarrasi. Das kam an erster Stelle.

»Ich besorge mir einen Dienstwagen, trommele alle zusammen und komme zu Ihnen.«

Spanò, Marta und Fragapane waren nach einer halben Stunde mit Colombo im Schlepptau bei ihr. Marta saß am Steuer.

Vanina ließ sich auf dem Beifahrersitz nieder. Sie hatte sich einen Kaffee gemacht, obwohl das nicht nötig gewesen wäre. Alles, was sie brauchte, war das Adrenalin, das ihr Polizeiinstinkt in ihren Körper pumpte. Und je mehr davon vorhanden war, desto sicherer konnte sie sein, dass sie in die richtige Richtung ging.

Carlo Alberto Colombo, Direktor der Abteilung für internationale polizeiliche Zusammenarbeit, amüsierte sich königlich. Es war lange her, dass er im Einsatz gewesen war, und er vermisste die Action. Als Vanina ihn angerufen hatte, war er in Catania mit einem Kollegen von der zentralen Polizeistation unterwegs gewesen, der ihm am Kiosk auf der Piazza Spirito Santo einen Vorgeschmack auf den Rausch der Sgriccia al Mandarino gegeben hatte. Das war etwas, das Vanina als typisch catanesisch bezeichnet hatte. Er hatte sich sofort dem Einsatz angeschlossen.

»Dürften wir jetzt wissen, wohin wir fahren?«, fragte Marta.

»Nach Noto.«

Alle rissen die Augen auf und sahen sich an.

»Und zwar schnell, wenn irgend möglich.«

Marta machte sich auf den Weg zur Autobahn.

»Gut, dass ich mir diesen Wagen ausgesucht habe«, bemerkte sie nur. Doch ihr Gesichtsausdruck sprach für sich. *Wann wirst du dir endlich abgewöhnen, mir zu verschweigen, was du auf dem Herzen hast?*

Sie brauchten eine knappe Stunde.

Auf dem Weg nach Noto hatte Adriano Calì Vanina angerufen und ihr freudig mitgeteilt, dass er das Haus verschlossen und weit und breit niemanden vorgefunden hatte. Sogar der Kühlschrank war ausgesteckt gewesen, so wie er und Luca ihn das letzte Mal zurückgelassen hatten. Jetzt war er auf dem Rückweg nach Catania, wo die Heizung ausgestellt war und eine unangenehme Kälte herrschte.

Vanina vermied es, ihm zu sagen, dass sie auf dem Weg aneinander vorbeikommen würden.

Sie fanden die Adresse von Bubi Geraci heraus.

»Dottoressa, glauben Sie, wir finden hier den jungen Torres?«, fragte Spanò, der offenbar genau wusste, worum es ging.

Vanina beraumte eine kurze Teambesprechung an.

»Jungs, lassen Sie uns zwei Daten miteinander vergleichen. Signora Geracis Auto war mehrmals auf der Autobahn Catania-Siracusa unterwegs. Wir sind uns dessen sicher, weil es von den Autobahnkameras aufgezeichnet wurde. Am nächsten Tag, so erzählte mir Maresciallo Labbate, nahm es auch eine Überwachungskamera in einem Tunnel auf. Mit ihrer Bankkarte, die nur der Mörder besitzen konnte, hob er an einem Bankschalter in Noto Geld ab. Nehmen wir mal an, Xavier Torres suchte aus Angst einen Ort auf, wo er sich verstecken konnte. Die Schlüssel für das Haus in Noto befanden sich in der Handtasche, zusammen mit einer Brieftasche und einem Handy. Die Carabinieri fanden keine Schlüssel. Kann es also ein besseres Versteck geben als ein Haus, das hundert Kilometer vom Tatort entfernt ist und der toten Frau gehörte?«

»Aber entschuldigen Sie, Dottoressa«, mischte sich Salvatore Fragapane ein. »Um diese Zeit ist er vermutlich doch längst über alle Berge.«

»Warum denn? Bisher wurde über den Mord an Signora Geraci noch nicht berichtet. Vor allem wurde er nie öffentlich mit dem an Esteban Torres in Verbindung gebracht. Und vergessen wir nicht, dass Xavier jetzt auch ohne Auto ist, weil er Bubi Geracis Auto am Flughafen zurückließ.«

»Du meinst also«, fragte Colombo, »dass Xavier Torres einen anderen Weg wählte, um nach Noto zu gelangen?«

»Mehr oder weniger.«

»Kann sein.«

»Gibt es in dem Dossier, das man dir über Xavier geschickt hat, irgendwelche Daten, die uns heute Abend nützlich sein könnten?«

»Nein, nicht heute Abend. Aber es gibt ein paar Fakten über ihn, die wir wissen sollten, um uns ein genaues Bild zu machen.«

»Gut. Die kannst du mir später erzählen. Für den Moment lass uns loslegen!«

Sie stiegen aus dem Auto, das sie weit entfernt geparkt hatten. Das Haus von Roberta Geraci lag im historischen Zentrum, mitten in der Fußgängerzone. Um halb zwölf an einem Sonntagabend war kaum jemand zu sehen. Das letzte Mal war Vanina Ende September hier gewesen, und in der Stadt herrschte immer noch reges Treiben.

Sie schlichen sich leise in den Innenhof, in dem sich die Tür zu Signora Geracis Haus befand. Ein Mann und eine Frau in den Sechzigern mit einem Hund an der Leine kamen hinter ihnen her und starrten sie besorgt an. Vicequestore Guarrasis Holster war deutlich zu sehen, ebenso wie Spanòs Waffe.

Vanina wies sich aus. Mit leiser Stimme stellte sie Fragen zu dem Haus.

»Ist es derzeit bewohnt?«

»Ja, ja! Bubi, das arme Ding, hat es immer am Laufen gehalten. Wenn sie nicht da war, vermietete sie die Wohnung.« Die beiden Herrschaften kamen wohl aus Norditalien.

Vanina zog das Foto von Xavier aus ihrer Tasche.

»Ist das der Mieter?«

Die beiden sahen sich erschrocken an.

»Ja, das ist er! Heilige Mutter Gottes, ist er ein Verbrecher?«

»Gibt es hier Terrassen?«, fragte Vanina.

»Ja, fast jede Wohnung hat eine.«

Mögliche Fluchtwege, dachte die Vicequestore.

Sie verabschiedete die beiden mit der Aufforderung, wieder ins Haus zurückzukehren, und bedankte sich bei ihnen. Sie verschwanden durch eine kleine Tür.

»Dottoressa, was machen wir jetzt? Sollen wir die Tür aufbrechen?«, fragte Colombo.

»Nein. Ich fürchte, er könnte uns entkommen. Dieses Risiko möchte ich nicht eingehen.«

»Also dann?«

Vanina wandte sich an Marta.

»Marta, möchtest du Lockvogel spielen?«

»Ja, sicher. Wie denn?«

»Du klopfst an die Tür und sagst, dass du eine Touristin in Schwierigkeiten bist und keinen Platz zum Schlafen gefunden hast. Und dass du das Apartment auf Airbnb gefunden hast. Bitte mit norditalienischem Akzent!«

Sie versteckten sich, und Marta Bonazzoli trat in Aktion.

»Guarrasi, wenn ihr was zustößt, wird Macchia dich lynchen.«

»Du weißt es, nicht wahr?«, flüsterte Colombo ihr zu.

»Ihr wird nichts passieren.«

Marta klingelte. Dann ein zweites Mal. Sie klopfte laut. Eine Frau erschien am Fenster des Nachbarhauses.

»Suchen Sie jemanden?«, fragte sie.

Das hatte ihnen gerade noch gefehlt.

»Verzeihung, Signora, ich habe dieses Apartment auf Airbnb gefunden. Ich warte auf jemanden, der mir öffnet, aber bisher zeigt sich niemand.«

»Es gibt noch einen weiteren Mieter, aber der ist … ich glaube, auf der Terrasse. Ich hole ihn, warten Sie!«

Hatte Torres sogar Freunde gefunden?

Vanina fürchtete, dass sie einen Fehler gemacht hatte und Marta im Begriff war, Gäste zu wecken, die wirklich auf der Durchreise waren. Aber wie war diese Person hereingekommen, wenn Bubi tot war? Bubi Geraci hatte in Noto vermutlich jemanden, der ihr bei den Vermietungen half, so wie Emmanuele Nuzzarello in Trecastagni.

Das kleine Fenster über der Eingangstür öffnete sich langsam. Vanina, Spanò und Colombo hatten sich versteckt.

»Buonasera«, sagte Marta mit der engelhaften Ausstrahlung eines verstörten Mädchens.

»Buonasera«, antwortete der Mann mit amerikanischem Akzent.

»Entschuldigen Sie die Störung, aber ich habe dieses Haus über Airbnb gefunden.«

Der Mann antwortete ihr auf Englisch, mit einem unverkennbaren spanischen Akzent.

»Tut mir leid, ich bin auch nur ein Mieter. Ich kann nicht öffnen.«

Marta machte ein verzweifeltes Gesicht.

»Bitte! Ich weiß nicht, wohin ich soll. Es ist spät, in den anderen Hotels ist kein Platz mehr ...«

»Die Wohnung ist schon besetzt.«

Marta Bonazzoli übertraf sich selbst.

»Und würden Sie sie mit mir teilen? Das wäre sehr nett ... Ich schwöre, morgen früh reise ich gleich wieder ab.«

Vanina fiel auf, dass der Mann eine Weile brauchte, um ihr zu antworten. Klar, wann hatte er das letzte Mal eine heiße Braut wie Marta Bonazzoli zu Hause empfangen? In seinem Beruf hatte er es meistens mit älteren Semestern zu tun.

»Wie heißen Sie?«, fragte er.

»Betti.«

»Und woher kommen Sie?«

»Aus Bassano del Grappa.«

»Und was machen Sie hier?«

»Ich war mit meinem Freund im Urlaub. Aber ... er ist gegangen und hat mich hier allein zurückgelassen. Bitte, nur für heute Abend ...«

»Warte, Betti.«

Er schloss das Fenster.

»Wir sind so weit«, sagte Vanina.

Marta wartete seelenruhig darauf, bis sich die Tür öffnete. Xavier Alejandro Torres stand vor ihr.

»Komm herein, Niña!«

Er hatte nicht einmal Zeit zu bemerken, dass aus der Niña zwei geworden waren und dass eine von ihnen bewaffnet war. Da hatte Ispettore Spanò ihn bereits mit dem Gesicht an die Wand gedrückt.

Tito Macchias Gesichtsausdruck war filmreif, als sie ihm erzählten, wie Vicequestore Guarrasi Xavier Torres hinters Licht geführt hatte. Ebenso filmreif war der besorgte Blick, den er Marta zuwarf, als sie sich spät in der Nacht in den Büros des Mobilen Einsatzkommandos einfanden, wo sie Torres soeben hingebracht hatten.

Im Verhörraum hielten sich neben Torres noch Vanina und Colombo auf. Von draußen sah Spanò zu, zusammen mit dem Big Boss und Marta Bonazzoli, die frisch wie eine Rose und keineswegs mitgenommen wirkte. Eine geborene Schauspielerin hatte Vanina sie scherzhaft genannt. Und in der Tat hatte sie ihre Rolle hervorragend gespielt. Xavier Torres war naiv genug gewesen und hatte geglaubt, dass eine junge Frau wie sie sich ihm auf diese Weise anbot.

Die wichtigsten Indizien gegen ihn betrafen den Mord an Bubi Geraci. Formell musste die Verhaftung also von den Carabinieri aus Taormina aufgenommen werden, die bereits auf dem Weg waren.

In Signora Geracis Wohnung hatte Vanina alles sichergestellt, was noch gefehlt hatte. Computer, Handy und die Brieftasche des Opfers.

»Kannten Sie Ihren Onkel Esteban Torres?«, fragte Vanina ihn auf Englisch.

Xavier starrte sie schweigend an. Er hatte grüne Augen, deren Pupillen von dunklen Kreisen umgeben waren. Ein vierzigjähriger James Dean mit hispanischen Wurzeln.

»Signor Torres, beantworten Sie meine Frage! Kannten Sie Esteban Torres, Ihren Onkel?«

»Sí.«

»Haben Sie sich mit ihm in den letzten Tagen in Italien getroffen?«

»Sí.«

»Hat Signora Geraci Sie einander vorgestellt?«

Er antwortete nicht.

»Signor Torres, haben Sie außer Ihrem Onkel auch Signora Geraci getötet?«

Xavier presste die Lippen aufeinander.

»Ich habe niemanden getötet.«

In diesem Moment betrat Marta das Zimmer.

Der Mann sah sie an. »Hola, Niña! Schade, du hättest Spaß gehabt«, sagte er und grinste höhnisch.

Die Vicequestore sprang auf und schlug mit der Hand auf den Tisch. »Torres, passen Sie auf, was Sie sagen! Reden Sie nie wieder so mit einer Polizeiinspektorin! Andernfalls werde ich zu Ihrer Feindin.«

Er behielt sein Grinsen bei.

Marta Bonazzoli ignorierte ihn. Sie teilte Vanina nur mit, dass die Carabinieri eingetroffen seien.

»Noch sind wir nicht fertig. Wir sehen uns im Gefängnis wieder, Torres«, versprach ihm die Vicequestore, bevor sie ihn an Capitano Silvani und Maresciallo Labbate übergab.

Eine Stunde später schritt Xavier Alejandro Torres durch die Gefängnistore in Piazza Lanza.

14

Als Vanina ihre Haustür öffnete, war es sechs Uhr morgens. Sie war völlig übermüdet, konnte aber überhaupt nicht einschlafen. Also machte sie sich eine Tasse heiße Milch. Das Bild auf ihrem Fernseher war auf Monica Vitti stehen geblieben. Und da sie sich sowieso entspannen musste, sah sie sich den Rest des Films an.

Assunta hatte Vincenzo gerade an einem Pier zurückgelassen und eine Fähre zur Insel ihres Professors bestiegen, als Vanina etwas einfiel.

Sie sah auf ihre Uhr: sechs Uhr fünfundvierzig. Geduld, Patanès Frau Angelina würde toben, aber sie musste unbedingt mit ihrem Mann sprechen. Wenn sie Glück hatte, ging er selbst dran.

»Halloooo.«

Vanina verdrehte die Augen. So ein Mist!

»Guten Morgen, Signora, hier spricht Vicequestore Guarrasi. Ich müsste mit dem Commissario sprechen.«

Angelina brauchte ein paar Sekunden, um ihr zu antworten.

»Falls er nicht gerade schläft«, antwortete sie spitz. Wahrscheinlich sprach sie von einem schnurlosen Telefon aus, denn Vanina hörte ihre militärischen Schritte auf dem Boden des Flurs, der Fernseher lief. Dann hörte sie Patanès Stimme.

»Angelina, wer ist dran?« Und dann deutlich, obwohl Angelina das Telefon mit der Hand abzudecken versuchte: »Na, wer schon? Deine Freundin.«

War es denn zu fassen, dass diese Frau so eifersüchtig war?

»Dottoressa, wie geht es Ihnen?«

»Besser, Commissario, danke.«

»Hatten Sie eine gute Fahrt?«

Vanina war verblüfft. Woher wusste er das?

»Wie bitte?«

Patanè seufzte entschlossen.

»Wie hätte ich davon ausgehen sollen, dass Sie vergangenen Abend nach Hause gefahren wären? Als wir uns trennten, stand Ihnen der Weg zur Autobahn Catania-Palermo praktisch ins Gesicht geschrieben.«

Vanina musste lachen. Der Vollblutpolizist hatte es wieder einmal erraten.

»Also gut, ich gebe auf. Sie haben mich erwischt. Gut gemacht, Commissario.«

»Wenn Sie wollen, können Sie es mir irgendwann erzählen. Aber jetzt sagen Sie mir erst einmal, warum sie mich angerufen haben! Ihre Fahrt nach Palermo war sicherlich nicht der Grund.«

»Wissen Sie, ich habe mir gerade einen Film aus meiner Sammlung angesehen, er heißt *Mit Pistolen fängt man keine Männer*.«

»Um diese Uhrzeit? Fühlen Sie sich nicht gut?«, scherzte der Commissario.

Vanina lächelte. Das stimmte, eigentlich war das nicht ihre Uhrzeit. Aber erst erzählte sie dem Commissario von Xaviers Verhaftung, was dieser mit Begeisterung aufnahm.

»Gut gemacht, Dottoressa! Aber entschuldigen Sie, was hat der Film damit zu tun?«

»Die Hauptfigur, die mit Nachnamen auch Patanè heißt, fährt mit dem einzigen Ziel nach England, dort jemanden zu töten. Und da kam mir etwas in den Sinn. Was wäre, wenn

Xavier Torres mit derselben Absicht nach Italien gekommen wäre, also, um seinen Onkel zu töten?«

»Sie meinen mit Vorsatz?«

»Eine familieninterne Abrechnung.«

»Das könnte sein, aber unter einer Bedingung. Das Unrecht, das sein Onkel ihm angetan hatte, war so groß, dass er auf Rache sann.«

Vanina öffnete die Augen um elf Uhr, doch es fühlte sich an wie mitten in der Nacht. Ihr Körper schmerzte, als hätte man sie geschlagen. Dies war nur verständlich angesichts der Tatsache, dass sie erst um sieben Uhr morgens ins Bett gekommen war, nachdem sie praktisch halb Sizilien an einem Tag bereist hatte. Noch dazu hatte sie in der Nacht zuvor schon wenig geschlafen, und das in einem Zimmer, das sich wie ein Kühlschrank angefühlt hatte. Zum Glück hatte sie sich nicht erkältet. Sie zog sich schnell an und eilte zum Café *Santo Stefano*. Dabei musste sie sich mit der Tatsache abfinden, dass das Frühstücksangebot – einzeln zubereitet und daher nicht allzu üppig – inzwischen größtenteils durch herzhafte Grillgerichte ersetzt worden war. Doch ein einsames Panzerotto mit Schokolade war noch übrig geblieben. Sie verschlang es innerhalb weniger Minuten mit zwei Cappuccini und fuhr dann gestärkt ins Büro.

Auf dem Weg dorthin rief sie Patanè zurück und bat ihn, sich ihr anzuschließen.

Und nun standen sie alle, einschließlich des Commissarios, in Vaninas Büro.

Tito Macchia hatte es sich auf dem Bürostuhl der Vicequestore bequem gemacht, Zigarre im Mund und in Hemdsärmeln, obwohl es wieder kälter geworden war. Die Wut über Martas

Rolle beim Einsatz am Abend zuvor schien verflogen. Um ihrem Zorn zu entgehen und das Gleichgewicht zu halten, das entstanden war, nachdem sie ihre Beziehung offiziell gemacht hatten, unterdrückte Tito seinen Unmut über Vanina Guarrasis Vorgehen.

Obwohl es ihm peinlich war, musste sich Patanè neben Macchia setzen. Vicequestore Guarrasi war eine Sache, ein offizielles Meeting eine ganz andere.

Vanina setzte sich auf einen der Stühle neben dem Leiter der Abteilung für internationale polizeiliche Zusammenarbeit, der mit seinem Bericht über die Verhaftung begann.

»Xavier Alejandro Torres hat eine recht undurchsichtige Vergangenheit. Wie so viele Kubaner in jenen Jahren kam er auf dem Seeweg in die Vereinigten Staaten. Und wie viele Kubaner genoss er das sogenannte kubanische Anpassungsgesetz. Die Regel *wet foot, dry foot* besagte, dass man zurückgeschickt wurde, wenn man auf See erwischt wurde. Allerdings konnte man innerhalb eines Jahres die Staatsbürgerschaft beantragen, wenn man es schaffte, wirklich einen Fuß auf amerikanischen Boden zu setzen. Ein Bundesgesetz, das der US-Kongress verabschiedet hatte, um denjenigen zu helfen, die der Castrodiktatur entkommen wollten. Xavier Torres kam genau wie Esteban vor dreißig Jahren auf diese Weise in die USA. Und wohnt nun in Miami. 1999 gerät er ins Visier des FBI, weil er regelmäßig eine reiche Kolumbianerin aufsucht, gegen die wegen mutmaßlicher Verbindungen zum Drogenmilieu ermittelt wird. Die Ermittlungen verlaufen im Sand, auch weil die Frau im Jahr 2000 nach Kolumbien zurückkehrte. Im Jahr 2003 wurde er von einem Mann der Prostitution bezichtigt, doch seine Exfrau entlastete ihn und erklärte, er sei ihr persönlicher Assistent gewesen. Offiziell arbeitet er als Model.«

»Es ist wohl erwiesen, dass Xavier Torres als Callboy arbeitet«, erklärte Vanina. Genauso wie es erwiesen war, dass er sich so Bubi Geraci geangelt hatte. »Die Abteilung für Telekommunikation sitzt bereits über dem Telefon und ihrem Computer, um alle Chats wiederherzustellen, die Torres gelöscht hatte. Sie werden uns meiner Meinung nach viel sagen. Auch über die Verbindung zwischen den beiden Morden.«

»Warum glaubst du, dass der Chat Aufschluss geben könnte?«, fragte Macchia.

»Weil ich das Gefühl habe – aber wohlgemerkt, nur ein Gefühl –, dass etwas Wichtiges passiert sein muss, wenn Xavier beschlossen hat, seinen Onkel nach mehr als zwanzig Jahren zu treffen. Und die ... na ja, sagen wir Bekanntschaft mit Bubi war ein hervorragender Grund für seine Reise.«

»Du glaubst also, dass Bubi Geraci Xavier von Esteban erzählt hat?«

»Das ist die einzige Möglichkeit. Lass uns nachdenken, Tito! Xavier fliegt genau dann nach Catania, als sein Onkel hier ist. Wenn er ihn wirklich sehen wollte, hätte er ihn logischerweise doch in der Schweiz oder in Mailand besuchen können. Aber nein. Gerade in den Tagen, als Bubi auf die Ankunft von Esteban wartet, quartiert er sich hier ein. Als wolle er seinen Onkel überraschen. Ihn, aber auch Bubi. Doch Esteban verspätet sich um eine Woche, und um die Gelegenheit nicht zu verpassen, sieht er sich gezwungen, Bubi Geraci Gesellschaft zu leisten. Doch etwas geht schief. Die beiden streiten sich, und in dem Handgemenge stürzt die Frau und schlägt mit dem Kopf auf den Stein im Brunnen. Den Rest kennen wir inzwischen, da Torres vor den Carabinieri ein Geständnis ablegte, sobald sie ihn mit den Ergebnissen des DNA-Tests konfrontierten.«

Maresciallo Labbate hatte Vanina kurz vor Beginn des Treffens alles erzählt.

Xaviers Version beschränkte sich auf seine Beziehung zu der Frau, auf die Tatsache, dass sie sich in Taormina kennengelernt und Zeit miteinander verbracht hatten. Dann war es zu einem banalen Streit gekommen, und er hatte den Verstand verloren. Er brauchte Geld, deshalb hatte er Bubis Bankkarte benutzt und war schließlich mit ihrem Auto in Noto untergetaucht.

»Danach«, fuhr Vanina fort, »kontaktiert Xavier seinen Onkel, wahrscheinlich über die Nummer, die er in Bubi Geracis Mobiltelefon fand. Einige Tage später stirbt Esteban, erschossen mit seiner eigenen Waffe. Da muss es eine Verbindung geben, Tito. Um sie zu finden, müssen wir lesen, was Xavier und Signora Geraci sich gegenseitig geschrieben haben. Das ist die einzige Chance.«

»Zur Tatsache, dass Xavier ausgerechnet jetzt beschloss, sich mit seinem Onkel in Verbindung zu setzen, habe ich eine Vermutung«, meinte Carlo Alberto Colombo, der das Dossier noch nicht zu Ende gelesen hatte. »In letzter Zeit müssen seine Aktivitäten einen *Einbruch* erlitten haben, denn gegen ihn liegt eine Räumungsklage wegen Nichtzahlung der Miete vor. Die hatte sein Vermieter vor etwa einem Monat eingereicht und am 15. November vollstreckt, als er sich bereits in Italien aufhielt. Der Sheriff brach die Tür zur Wohnung auf und ließ sie räumen. So wird das in den USA gehandhabt. Die Räumung wird schnell und rücksichtslos durchgeführt. Kommt der Mieter der Forderung nicht nach, wird er rausgeworfen. Alle seine persönlichen Gegenstände gehen in das Eigentum des Vermieters über.«

»Bei seiner Rückkehr in die USA hätte Xavier also nicht einmal ein Dach über dem Kopf?«, wollte Marta wissen. So wie Vanina sie kannte, hatte sie bereits Mitleid mit ihm.

»Das würde dann auch noch etwas anderes erklären«, sagte

die Vicequestore. »In der Nacht, als Bubi Geraci starb, rief sie den Makler Paparone an und teilte ihm mit, dass sie dringend für einen Freund ein Flugticket nach Miami benötige. Dieser Freund tauchte allerdings nie auf. Ich denke schon die ganze Zeit darüber nach, ob dieser Freund Xavier gewesen sein könnte. Jetzt passt es sogar noch besser. Xavier konnte nämlich nur in die USA zurückkehren, nachdem er mit seinem Onkel gesprochen, ihn um Hilfe gebeten und möglicherweise Geld bekommen hatte.«

»Entschuldigen Sie, Dottoressa«, mischte sich Spanò ein, »aber warum hätte Bubi Geraci ihn daran hindern oder ihn gar wegschicken sollen? Selbst wenn er ihr gesagt hätte, dass er mit seinem Onkel sprechen wollte, welchen Unterschied hätte das für sie gemacht?«

»Bubi Geraci bezahlte Xavier Torres für Sex. Sein Onkel Esteban war jahrelang ihr Geliebter gewesen, der einzige feste Partner, mit dem sie so etwas wie eine Beziehung hatte. Was wäre gewesen, hätte ihr Liebhaber herausgefunden, dass sie mit einem Callboy schlief?«

»Das ist auch wieder wahr.«

Eine Stunde lang hatte Patanè zu Vaninas Erklärungen nur genickt. Er wagte nicht zu sprechen, aber er war ihrer Meinung. Der Tod von Bubi Geraci war eng mit der Verwandtschaft zwischen Xavier und Esteban verbunden.

»Nunnari und Marta, hören Sie!«, sagte Vicequestore Guarrasi und beendete das Meeting. »Besorgt euch die Aufzeichnungen der Videokameras, die wir vom Flughafen beschafft haben! Wir wissen jetzt, nach wem wir suchen müssen. Aus den Aufnahmen der Kamera an der Schranke zum Parkplatz lässt sich erkennen, ob Bubi Geracis Auto mit Xavier an Bord vor dem Auto von Esteban Torres ankam oder ob es ihm folgte. Und wir überprüfen auch, wer hinein- und wer herausfuhr.«

Sovrintendente Nunnari hielt gerade noch inne, als seine Hand zum Salut wieder an die Stirn schnellen wollte. Er hätte wie ein Trottel ausgesehen. Er folgte Marta Bonazzoli wie ein treues Hündchen.

Ohne jegliche Hoffnung.

Vanina nahm ihren Sessel in Besitz, der wieder kippelte, nachdem der Big Boss zweimal darauf gesessen hatte.

»Die Schraube muss wohl angezogen werden«, sagte sie zu Spanò. Jedes Mal bewaffnete sich der Inspektor mit einer Zange und zog den Bolzen an, der sich durch Macchias Schwergewicht immer wieder löste. »Selbstverteidigung«, scherzte Patanè.

Die drei blieben allein.

Vanina öffnete die Seite des Intranets und gab *Esteban Torres* in die Suche ein. Es spuckte alle Informationen aus, die sie bereits hatte. Dann konzentrierte sie sich auf die angegebene Waffe.

Makarow 9 mm, las sie erneut. *Herstellungsjahr 1966.*

Salvatore Fragapane klopfte an die Tür.

»Dottoressa, die Herrschaften, die Torres' Leiche gefunden haben, sind hier.«

Die Vicequestore verdrehte die Augen. Das hatte sie völlig vergessen.

»Bitten Sie sie herein!«

Sie hatte die beiden nur einbestellt, um einer Laune nachzugeben, eine Sache von fünf Minuten.

Ängstlich betraten die Zeugen das Büro.

Die Auskünfte, die sie über Dottoressa Guarrasi gesammelt hatten, sprachen übereinstimmend von ihren großen Fähigkeiten und ihrer Integrität. Über ihren Charakter gab es jedoch offenbar nicht viel Gutes zu berichten. Schroff, wie manche sagten. Jähzornig, wie andere behaupteten. Nicht zu vergessen die abschreckenden Worte der blonden Inspektorin über eine mögliche Vorladung, die hoffentlich nicht eintrat.

Sie traten ein, die beiden Pharmareferenten Lella Canton und Antonino Falsaperla. Er trug einen blauen Anzug. Sie perfekt frisiert, im Mantel, mit Tuch um den Hals und tsunamisicherem Make-up.

Vanina forderte sie auf, sich zu setzen.

Spanò zog sofort das Foto von Xavier Torres hervor und zeigte es ihnen.

»Erinnern Sie sich zufällig daran, ob Sie diesem Mann neulich auf dem Flughafenparkplatz begegnet sind?«

Die beiden konzentrierten sich auf das Foto.

Lella Canton verneinte, Falsaperla saß da und schien nachzudenken.

»Könnte es sein, dass er eine Mütze auf dem Kopf hatte?«, fragte er. Eine Frage, die keiner beantworten konnte.

»Das wissen wir nicht. Aber bei Bedarf können wir das überprüfen.«

»Eine schwarze Lederjacke?«, beharrte Falsaperla.

»Auch das wissen wir nicht. Aber bei Bedarf können wir das überprüfen«, wiederholte Spanò.

»Ein Motorrad …«

»Signor Falsaperla, welches Motorrad?«, platzte es aus Vanina heraus. »Die Frage ist simpel. Haben Sie diesen Mann gesehen oder nicht?«

»Nein«, erwiderte er resigniert. Wie gern hätte er einen Beitrag geleistet.

»Signora Canton, erinnern Sie sich zufällig an mehr als das, was Sie beim ersten Mal erzählten?«

»Nein, Dottoressa.«

»Die Beifahrertür von Torres' Auto zum Beispiel … ob sie offen oder geschlossen war?«

Das hatte Spanò sie noch nicht gefragt.

»Vielleicht war sie offen. Nein, warten Sie! Sie war bestimmt offen. Ich habe sie nur bewegt, um hineinzuschauen und … meine Güte! Ich bekomme schon Gänsehaut, wenn ich nur daran denke!«

»Und das zu Recht. Jeder könnte hinter dieser Geschichte stecken, sogar die amerikanische Mafia. Es war unverantwortlich, die Geschichte allen Ärzten zu erzählen, die Sie aufsuchten.«

Die beiden erblassten.

»Aber wir …«

Vanina ließ sie nicht ausreden. »Ich möchte Ihnen mitteilen, dass wir aufgrund Ihres Geschwätzes gezwungen waren, Schadenbegrenzung zu betreiben, um mögliche Lecks zu verhindern, die die Ermittlungen zunichtemachen könnten. Sie haben wichtige Informationen weitergegeben, und nur meinem Eingreifen haben Sie es zu verdanken, dass der Ermittlungsrichter von Konsequenzen absieht.«

Spanò wusste nicht, wo er hinschauen sollte. Patanè starrte auf einen entfernten Punkt, um sich das Lachen zu verkneifen.

»Die Armen, Dottoressa!«, kommentierte der Commissario, sobald die Zeugen gegangen waren.

Vanina bereute ihre Reaktion schon selbst, aber solche Leute lösten immer Rachegefühle in ihr aus.

»Doch eins haben wir herausgefunden. Die Beifahrertür stand offen.«

Sie nahm den Hörer ab und rief die Spurensicherung an und verlangte Capo Pappalardo.

»Guten Morgen, Dottoressa.«

»Pappalardo, guten Morgen. Haben Sie an dem Wagen von Bubi Geraci gearbeitet?«

»Den A2, den wir gestern auf dem Flughafen gefunden haben? Ja.«

»Gut. Konnten Sie etwas herausfinden?«

»Nun, alles führt auf die Eigentümer zurück. Wir haben alles katalogisiert. Wenn Sie möchten, schicke ich es Ihnen.«

»Ja, danke. Wir sehen es uns an. Steht der Wagen von Esteban Torres noch auf unserem Abschlepphof?«

»Ja.«

»Dann tun Sie mir einen Gefallen! Schauen Sie nach, ob unter den verschiedenen Fingerabdrücken, die sich mit Sicherheit auf der Beifahrertür in Höhe des Griffs befinden, auch solche sind, die zu Xavier Torres gehören. Das ist der Mann, den wir gestern Abend aufgegriffen und den die Carabinieri wegen des Mordes an Signora Geraci festgenommen haben.«

»Ich kümmere mich sofort darum.«

»Hören Sie, Pappalardo! Wenn Ihnen Ihr Kollege Manenti Ärger macht, rufen Sie mich an. Dann kümmere ich mich darum.«

»Keine Sorge, Dottoressa! Ich glaube nicht, dass er sich einmischt. Derzeit ist er mit anderen Problemen befasst.«

»Was heißt das?«

»Heute wurde bekannt gegeben, dass der neue Leiter am Dienstag eintrifft.«

Die Vicequestore vermied es, ihre Zufriedenheit kundzutun.

In der Zwischenzeit war Carlo Alberto Colombo zurückgekehrt.

Vanina legte auf und suchte ihre Sachen zusammen, wie sie das immer tat, wenn sie das Büro verließ. Auch Spanò und Patanè sprangen auf, jeder in seinem eigenen Tempo. Unsicher.

»Lasst uns gehen!«, forderte Vanina sie auf.

»Na, dann los!«, rief Patanè.

»Darf ich fragen, wohin?«, fragte Colombo, als sie die Treppe hinunterstiegen.

»Etwas essen und dann zum *Palace Hotel.* Ich möchte mit Torres' Frau und seiner Exfrau sprechen.«

»Na, der Kerl hat zwischen einem Kaffee und dem nächsten geheiratet und sich wieder scheiden lassen«, bemerkte Patanè.

»Aber die Einzige, zu der er keinen Kontakt hatte, war Signora Alvarez, denn mit der Amerikanerin blieb er Geschäftspartner«, kommentierte Spanò.

Sie stiegen in den Dienstwagen.

Colombo wandte sich an Spanò. »Nun, die Amerikanerin war auch die Tochter von Frank Cristallo, dem Mann, der für ihn das Sprungbrett zu einem Geschäft war, das er sich nie hätte vorstellen können. Ebenso wie der Mann, der ihn zur Mafiafamilie in Tampa brachte. Einer von mehreren, mit denen Torres Kontakt gehabt haben soll. Allerdings gibt es, wie gesagt, keine Aufzeichnungen darüber. Und die Dame ist selbst noch zur Hälfte an einigen bedeutenden Unternehmen beteiligt. Aleja Alvarez hingegen war nur eine Jugendliebe, die am wenigsten wichtige Beziehung für einen Mann wie ihn.«

Sie suchten das Ecklokal vor dem Gerichtsgebäude auf und bestellten drei typische Cartocciatepizzen aus Catania. Während sie an einem Ecktisch saßen und aßen, tauchte Staatsanwältin Eliana Recupero auf.

Vanina lud sie ein, sich zu ihnen zu setzen.

»Nein, danke, Dottoressa. Ich habe es eilig. Dottore Colombo, ich wollte Sie gerade anrufen. Kommen Sie in mein Büro, sobald Sie fertig sind?«

Sie empfahl Vanina, ab und zu vorbeizukommen. Auch auf einen Kaffee. Für Vanina klang es nach mehr als einer unverbindlichen Einladung. Es schien eine versteckte Bitte um ein Gespräch zu sein. Sie versprach, so bald wie möglich bei ihr vorbeizukommen.

Die beiden Torres-Damen warteten schon auf sie.

»Dottoressa«, begann Signora Visconti sofort, »wann können wir Ihrer Meinung nach Estebans Leichnam überführen? Ich frage, damit wir uns darauf einstellen können. Evelyn und ich müssen heute noch nach Mailand fliegen. Aber wir kommen schon morgen zurück.«

Vanina gab eine ausweichende Antwort.

»Haben Sie diesen Mann schon mal gesehen?«, fragte sie und holte Xaviers Foto hervor.

Die beiden setzten ihre Brillen auf und studierten das Bild. Dann schüttelten beide entschieden ihre Köpfe. Ganz offenkundig logen sie nicht.

»Hören Sie, Signora Visconti, ich brauche Informationen über Estebans Waffe.«

Beide hörten genau zu.

»Hatte Ihr Mann immer eine Waffe dabei?«

»Ja, immer. Aber die meiste Zeit bewahrte er sie im Handschuhfach seines Autos auf.«

»Und warum? Hatte er keine Angst, dass man sie ihm wegnehmen könnte?«

»Esteban hatte nie Angst, dass jemand sie ihm stehlen könnte. Sollen sie es doch versuchen, sagte er nur, wenn ihn jemand auf die Gefahr ansprach. Sie würden sich in Schwierigkeiten bringen, aus denen sie nie wieder herauskämen, wenn sie es nur versuchten. So war er nun einmal. Ein bisschen angeberisch, ein bisschen rücksichtslos …«

»Oder vielleicht auch nur sehr selbstbewusst«, fügte die Amerikanerin hinzu, die offensichtlich verstanden hatte.

Vanina zog das Bild der Waffe hervor.

»War es die hier?«

»Ja, die war es«, antworteten beide wie aus einem Mund.

»Esteban besaß sie schon immer. Selbst bevor wir uns kennenlernten. Als er dann immer reicher wurde und allzu viel Geld besaß, um es von einem Ort zum anderen zu schaffen, besorgte er sich eine Lizenz, die er überall mitführte«, erzählte Evelyn.

»Einen Waffenschein«, korrigierte Vanina sie.

»Warum fragen Sie nach Estebans Waffe?«, fragte Signora Visconti.

»Weil Ihr Mann mit einem Schuss aus seiner eigenen Waffe getötet wurde, die jetzt offensichtlich verschwunden ist«, antwortete die Vicequestore. Sie wollte die beiden gerade verabschieden, als ihr noch etwas einfiel.

»Entschuldigen Sie, meine Damen! Ich bräuchte ein Foto von Esteban, das ihn lebend zeigt. Ein Bild, auf dem er deutlich zu erkennen ist.«

Signora Visconti zückte ihr Handy.

»Ich habe nicht viele ... und außerdem mein Handy gewechselt sowie meine Daten auf den Computer übertragen. Das habe ich, reicht das? Da waren wir auf einem Boot in Capri.«

Esteban trug eine Badehose.

Vanina hielt es für ausreichend und ließ es sich zuschicken.

Sobald die beiden Frauen gegangen waren, öffnete sie die Nachricht und schickte das Foto über WhatsApp an Aleja Alvarez. *I promised,* schrieb sie dazu.

Die Frau antwortete ihr sofort. Und dankte ihr.

Carlo Alberto Colombo war zu Staatsanwältin Eliana Recupero ins Gericht gegangen. Spanò war draußen geblieben und vertiefte sich in sein Handy.

Vanina ging zu Patanè, der sich mit dem Barista des *Palace Hotels* unterhielt, einem alten Bekannten von ihm.

Es waren etwas mehr als zwei Stunden bis zur Vernehmung im Gefängnis, für das Staatsanwalt Franco Vassalli ihr eine Vollmacht erteilt hatte, weil er keinerlei Lust hatte, Xavier Torres zu verhören. Für den Richter bestand sowieso kein Zweifel daran, dass er der Mörder von Esteban war. Es ging nur darum, Beweise und ein Tatmotiv zu finden. Das war's!

Das Display ihres Handys zeigte einen verpassten Anruf von Maresciallo Labbate und einen von Marta an.

Vanina rief zuerst den Maresciallo zurück.

»Dottoressa, Sie hatten recht mit dem Computer von Bubi Geraci. Haben Sie die Abschriften der Chats gelesen, welche die Abteilung für Telekommunikation wiederhergestellt hat?«

»Nein.« Die waren wohl angekommen, als sie gegangen war. Genau darüber hatte Marta wahrscheinlich mit ihnen sprechen wollen.

»Dann verrate ich erst einmal nichts. Aber ich verspreche Ihnen, dass sie Ihnen nützlich sein werden.«

Die Vicequestore legte auf und rief Marta an, die den Eingang der Abschriften bestätigte.

Spanò und Patanè unterhielten sich. Der Commissario machte ein strenges Gesicht, als ob er mit ihm schimpfen würde. Sie erstarrten, als sie Vanina sahen.

Doch die bedachte die beiden Männer mit einem langen Blick und deutete damit an, dass sie ihr nichts vormachen konnten. Und dass sie früher oder später sowieso erfahren hätte, was sie sich erzählt hatten.

»Wir müssen zurück ins Büro«, verkündete sie.

Auf dem Weg dorthin zündete sie sich eine Zigarette an.

»Darf ich erfahren, was ihr hinter meinem Rücken geredet habt?«, fragte sie halb scherzhaft, halb ernst.

»Nichts, Dottoressa«, antwortete Spanò auf der Stelle.

Patanè sagte kein Wort, sondern setzte wieder ein strenges Gesicht auf. Er und Vanina sahen sich durch den Rückspiegel an. Sie bestand auf keiner Antwort, da es ohnehin nur eine Frage der Zeit war, bis sie es erfuhr. Sie hätte gewettet, dass die Angelegenheit Ispettore Spanò persönlich betraf.

Nunnari wartete aufgeregt an der Bürotür auf sie.

»Boss!«

»Was gibt's, Nunnari?«

»Ich habe ihn gefunden!«

»Wen gefunden?«

»Den jungen Torres.«

Sie betraten das Büro der Jungs, in dem Marta und Fragapane die Abschriften durchgingen.

Nunnari trat an seinen Schreibtisch und rief den ersten Film auf, den er an der Stelle gestoppt hatte, an der Signora Geracis Audi A2 auf den Flughafenparkplatz fuhr. Dann öffnete er das Fotogramm des zweiten Films, das für sie interessant war. Darauf war Xavier Torres zu sehen, der an der Stelle herumlief, an der sie die Leiche gefunden hatten. Kaum fünf Minuten später rannte er wieder an derselben Stelle vorbei und drehte sich um.

»Boss, meiner Meinung nach gibt es hier keine Zweifel«, erklärte Spanò.

»Nein, Spanò, die scheint es tatsächlich nicht zu geben«, bestätigte Vanina.

Ein so wichtiger Beweis änderte alles. Er war zwar nicht erdrückend, reichte jedoch sicherlich aus. Nur noch eine letzte Überprüfung, und Xavier Torres würde für lange Zeit ins Gefängnis wandern. Aber was war mit dem Motiv? Das musste man verstehen.

Marta Bonazzoli übergab Vanina die Abschriften der Chats und folgte ihr zusammen mit Spanò und Patanè in ihr Büro.

Vanina setzte sich an ihren Schreibtisch. Der Commissario nahm neben ihr Platz, Spanò und Marta ihr gegenüber.

Als Erstes nahm sich Vanina den Chat vor, der am längsten zurücklag. Er stammte vom Mai. Da schien es, als hätten sich Bubi Geraci und Xavier Alejandro Torres soeben auf Facebook vernetzt. Oder besser gesagt: Bubi Geraci hatte ihn gefunden. Es war ein scherzhafter Chat, in dem sie ihn an die Zeit erinnerte, als sie sich in Kuba kennengelernt hatten.

Rasch ging Vanina die anderen Chats durch, die alle ziemlich ähnlich waren, bis der Name Esteban Torres erstmals erschien. Von da an las Vanina alles noch sorgfältiger durch. Sie ging zurück und markierte die Daten.

Patanè streckte den Hals, um besser lesen zu können. Die Brille auf der Nase, sein Gesichtsausdruck zerknirscht angesichts der Chats, die auf Englisch verfasst waren.

Vanina las und reichte Marta nach und nach die Papiere weiter. Als Einzige benötigte sie keine Übersetzung.

Sie brauchten eine gute Stunde. Schließlich zogen sie ihre Schlüsse daraus, und Vanina fasste zusammen.

»Bubi und Xavier lernten sich 1991 in Kuba kennen und trafen sich ein paarmal«, sagte sie und machte eine Pause. »Leute, er war achtzehn, überlegt mal!«

Dann sprach sie weiter. »Im Mai desselben Jahres, bevor sie mit ihrer Freundin nach Miami reist und dort nach Callboys sucht – sie muss die Reise ja gut organisieren, nicht wahr? –, entdeckt Bubi Geraci einen gewissen Alex Green Eyes. Ihr wird klar, dass es sich um Xavier Alejandro Torres handeln muss, und kontaktiert ihn. Sie vernetzen sich auf Facebook und beginnen zu chatten. Es wird deutlich, dass Bubi die Beziehung zwischen Xavier und Esteban schon in Kuba aufgedeckt haben muss, vermutlich rein zufällig. Aber irgendwie scheint er nicht darüber sprechen zu wollen. Wenn doch, dann nur mit böswilligen Andeutungen über seinen Onkel. Natürlich wird Bubi mit Esteban niemals über seinen Neffen sprechen. Wie sie selbst sagt, könnte er die Bekanntschaft nicht verstehen. Oder wie ich es ausdrücken würde: Er hätte niemals akzeptiert, dass seine Geliebte auf der Suche nach Callboys ist, und es würde böse enden. Außerdem hat Bubi in einem Chat deutlich zum Ausdruck gebracht, dass Esteban bezahlten Sex verabscheut.«

»Verkehrte Welt«, kommentierte Patanè. »Er kann sich nicht vorstellen, zu Prostituierten zu gehen, und sie sucht stattdessen nach jungen Callboys und organisiert Sexreisen.«

»Doch nach dem Treffen in Miami passiert etwas«, fuhr Vanina fort. »Sie chatten immer öfter. Xavier fängt an, wenn auch beiläufig, nach Neuigkeiten über seinen Onkel zu fragen. Wo er lebt, was er macht. Ob er sich noch an Kuba erinnert, weil er sich die Tätowierung auf dem Arm entfernen ließ. Eine Tätowierung, die er offenbar auch hat. Anfangs reißt Bubi Geraci noch Witze über die Ähnlichkeiten zwischen ihm und seinem Onkel. Sie behauptet sogar, dass der Onkel nicht so schön sei wie sein Neffe. Doch am Ende erzählt sie ihm einiges. Heute etwas und morgen etwas. Schließlich erhält er ein vollständiges Bild von Esteban. Er scheint fast damit zu prahlen. Irgendwann, Mitte Oktober erzählt Bubi, dass sie bald seinen Onkel sehen werde, dass er nach Taormina kommt, und so weiter und so weiter. Xavier kommentiert das nicht. Ein paar Tage später erzählt er ihr ganz unverblümt, dass er eine Reise nach Italien organisiert hat. Ausgerechnet nach Sizilien. Und zwar in die Gegend von Catania. Sie beharrt darauf, dass sie sich keinesfalls sehen können und dass sie ihm zwei Monate nicht schreiben werde. Esteban ist Esteban. Ihre ganze Aufmerksamkeit muss ihm gelten. Xavier antwortet nicht mehr. Er verabschiedet sich nur, dann ist Schluss.«

»Und dann kommen wir zum 15. November«, sagte Marta, die sich den entsprechenden Teil des Chats angesehen hatte.

»Ganz genau. Dann schickt er ihr eine Nachricht. Er sei so gespannt, wie sein Onkel aussehe. Natürlich solle dieses Treffen unbemerkt geschehen und dürfe Bubi nicht stören. Sie antwortet, dass er sich um ein paar Tage verspäten werde. Sie wirkt verärgert und hat eine Idee. Ihr Vorschlag: Sie wird ihm Gesellschaft leisten. Zwei Tage in Taormina, aber unter äußerster Diskretion. Natürlich werde sie ihn gut bezahlen. Esteban habe das verdient und müsse dafür büßen, sie so zu versetzen. Xavier nimmt die Einladung sofort an. Sie gibt ihm ihre Telefonnummer, und sie treffen eine Abmachung«, sagte Vanina und schob die Unterlagen beiseite. »Ende der Durchsage.«

Patanè seufzte. »Im wahrsten Sinn des Wortes, Ende der Durchsage für die Arme.«

»Ich habe den Eindruck, dass Xavier einen Vorwand sucht, um seinen Onkel zu sehen«, vermutete Spanò.

»Das ist nur allzu offenkundig, Ispettore. Jetzt müssen wir nur noch das Warum herausfinden. Wenn Colombos Annahme stimmt, brauchte er Geld.«

»Vielleicht verweigerte er es ihm, und da tötete er ihn«, spekulierte der Ispettore.

Vanina und Patanè sahen sich an, und der Commissario kratzte sich am Kinn. Sie waren sich beide unsicher.

»Das könnte sein.«

Er sah auf die Uhr.

»In Kürze werden wir von Xavier hören, was er zu sagen hat.«

Carlo Alberto Colombo war gerade mit Unterlagen beladen aus der Anti-Mafia-Abteilung zurückgekehrt. Sie konnten für seine Ermittlungen nützlich sein, auch wenn sich daraus noch keine Verbindung zu dem Mord ableiten ließ. Hätte sich Esteban keinen Ausrutscher geleistet – wie so oft aus Sorge um das Verschwinden von Bubi –, hätte Carlo wohl nur wenige Informationen erhalten.

Doch stattdessen …

»Am Ende überführt man nämlich diese Leute immer, wenn sie einen Moment lang die Kontrolle verlieren und unvorsichtig werden. Torres hatte eine Heidenangst, dass seiner Geliebten seinetwegen etwas widerfahren war, und rief deshalb eine Nummer an, die einem Toten gehörte. Und diese Nummer wählte einen Telefonmasten im Stadtteil San Cristoforo an.«

»Sehr hohe Mafiadichte«, kommentierte Vanina. »Hat Torres seine Freunde um Hilfe gebeten?«

Carlo zog eine Grimasse. »Ich glaube eher, dass er sie um Hilfe bat. Wie auch immer, wir nehmen an, dass er Beziehungen hatte. Es gibt wohl kaum jemanden, der dem Opfer erst die Waffe wegnehmen muss, um es dann zu töten. Diese … das weißt du besser als ich … verfügen über ganze Arsenale.«

Natürlich wusste sie das.

»Wie kommt es, dass Nunnari den Anruf nicht gefunden hat?«, fragte er.

»Keine Ahnung, frag mich nicht!«, erwiderte Vanina.

Sie holte Torres' Anrufliste hervor und verglich sie mit den Aufzeichnungen, über die Carlo Alberto Colombo verfügte. Tatsächlich gab es Anrufe an Nummern, die auf den Namen mehrerer Personen lauteten und von denen einige in Mailand wohnten. Darunter gab es auch einen Anruf an den Verstorbenen, von dem Colombo gesprochen hatte.

Vanina streckte den Kopf durch die Türöffnung des Büros der älteren Beamten, wo Patanè mit Spanò sprach. Salvatore Fragapane stand neben ihm. Sobald sie eintrat, verstummten alle.

Sie bedachte die Männer mit finsterem Blick.

Der Commissario stand auf, verabschiedete sich und strebte zum Ausgang.

Colombo wartete bereits draußen vor der Tür.

Vanina blieb stehen und hielt Patanè am Arm fest.

»Commissario, was verheimlichen Sie mir?«

»Nichts, Dottoressa. Spanòs Angelegenheit.«

»Wie meinen Sie das?«

Patanè zögerte. »Lassen Sie ihn in Ruhe! Dummheiten hat der Junge gemacht.«

»Commissario, Spanò ist kein Junge! Er ist sechsundfünfzig Jahre alt und mein Mitarbeiter, besser gesagt, mein rechter Arm. Und bei diesen Ermittlungen scheint er noch verwirrter zu sein als Lo Faro.«

»Er ist leicht verwirrt, das stimmt. Aber glauben Sie mir, Dottoressa, seine Arbeit hat nichts damit zu tun. Es handelt sich um persönliche Angelegenheiten. Mehr kann ich Ihnen auch nicht sagen.«

Vanina bestand nicht weiter auf einer Erklärung.

Sie wollten gerade zur Tür hinausgehen, als der Anruf von Pappalardo kam.

»Dottoressa, buonasera.«

»Oh, Pappalardo, buonasera.«

»Ich habe gerade die Arbeit an der Tür des Mercedes abgeschlossen. An der Beifahrertür gab es viele, vielleicht sogar allzu viele Abdrücke. Einer passte zu Xavier Torres. Aber der Abdruck befand sich nicht auf dem Türgriff, sondern am Türpfosten, draußen.«

»Danke, Pappalardo.«

»Stets zu Ihren Diensten, Dottoressa.«

Nachdenklich schloss Vanina die Augen.

»Was hat Pappalardo gefunden?«, fragte Patanè.

»Xaviers Fingerabdruck. Am Türrahmen.«

»Wir haben also das und die Aufzeichnungen der Videoüberwachung. Hinzu kommt, dass er weglief und das Auto von Signora Geraci zurückließ. Meiner Meinung nach reicht das für die Staatsanwaltschaft«, schloss der Commissario.

Doch die Vicequestore hatte weiterhin Zweifel, wie Patanè sofort erkannte.

»Mal sehen, ob Xavier uns Neues erzählt«, schloss Vanina.

Ihr Mini stand ganz in der Nähe.

»Fahren wir nicht mit dem Dienstwagen?«, fragte Colombo.

»Nein, dann muss ich nicht mehr hierher zurückfahren, wenn wir fertig sind.« Sie verabschiedeten sich von Patanè und stiegen ins Auto.

In der Via Ventimiglia hatte sich bereits eine Schlange hupender Autos gebildet.

Vanina kehrte zur Via Sangiuliano zurück, bog dann in die Querstraße di Nino ein und erreichte den Corso Sicilia. Sie fuhr Richtung Piazza Stesicoro.

Die Via Etnea war voller Menschen, die flanierten, in Cafés einkehrten, bei *La Rinascente* oder *Coin* ein und aus gingen oder sich in einem der vielen Geschäften tummelten, welche die Bürgersteige säumten. Porta Uzeda auf der einen Seite, zum Meer hin. Villa Bellini auf der anderen Seite, von wo aus der Anstieg begann. Über der Stadt thronte der Ätna.

Vanina fiel ein, dass sie in der Aufregung des Tages auf eine Einladung ihrer Freundin Giulia lediglich mit einem *Vielleicht schaffe ich es* geantwortet hatte. Wie so oft hatte die Anwältin einen Abendaperitif mit zig Leuten organisiert. Statt der üblichen japanischen Fusionsbars hatte sie diesmal die Dachterrasse eines Hotels in der Via Etnea gewählt. Mit Blick auf Muntagna. Eine Örtlichkeit, die Carlo Alberto Colombo gefallen hätte. So wie ihm bestimmt auch die zwanzig bis fünfundzwanzig Freunde gefallen hätten, die Giulia sicherlich eingeladen hatte. Ganz zu schweigen von der Anwältin selbst. Vielleicht war es eine gute Lösung, ihn dorthin mitzunehmen.

Sie schlug es ihm vor.

Und Carlo nahm natürlich gern an.

Auf dem Weg vom Mobilen Einsatzkommando zu seiner Wohnung musste Commissario Patanè immer wieder an den Briefwechsel zwischen Bubi Geraci und Torres' Neffen denken. Briefwechsel, genau. Denn auch wenn die Korrespondenz über einen Computer oder andere elektronische Teufeleien übermittelt wurde, handelte es sich immer noch um geschriebene Briefe. Und die Bedeutung geschriebener Worte war nie ganz leicht zu verstehen. Und dann waren da noch alle Beweise, die zwar nicht eindeutig waren, aber belastend, präzise und übereinstimmend. Und dennoch. Wieder tobte etwas in seinem Kopf, das er nicht begreifen konnte. Heilige Maria! Einmal war es die Hüfte, dann das Gedächtnis, schließlich die Blutdrucktabletten, die Blutverdünnungspillen und die Cholesterinmedikamente. Aber Vanina Guarrasi, ja, die hatte denselben Instinkt wie er in ihrem Alter. Irgendetwas an der ganzen Sache passte vermutlich auch für sie nicht zusammen.

In einer Seitenstraße der Via Umberto fand er einen engen Platz für seinen Fiat Panda. Er quetschte sich in die Lücke, schrammte und verbeulte abwechselnd die beiden Autos vor und hinter ihm, die das Pech hatten, in seiner Reichweite zu sein. Sein Neffe Andrea hatte recht. Er brauchte ein Auto mit Servolenkung. Inzwischen waren alle Autos damit ausgestattet. Einige von ihnen boten sogar den Luxus, dass man nur einen Knopf drücken musste und das Fahrzeug sich selbst einparkte.

Langsamen Schrittes ging er nach Hause. Er fertigte Angelina mit einer kurzen Umarmung ab und betrat unter ihrem enttäuschten Blick das Arbeitszimmer, in dem sein Neffe fleißig seinen Auftrag ausgeführt hatte. Zahlreiche Informationen über Kuba und die kubanische Armee hatte er heruntergeladen und ausgedruckt. Mit besonderer Beachtung der letzten Waffenkäufe.

Um siebzehn Uhr dreißig betraten Vanina und Colombo das Gefängnis von der Piazza Lanza. Der Häftling Torres Xavier Alejandro wurde in den Raum gebracht, in dem er bereits am Morgen vom Ermittlungsteam der Polizei wegen des Mordes an Bubi Geraci verhört worden war. Seine Augen waren noch blutunterlaufener als am Abend zuvor.

Vanina saß ihm gegenüber.

»Signor Torres, ich muss Ihnen einige Fragen stellen«, begann sie und verfluchte die Ermittlungen, die fünfzig Prozent auf Englisch geführt werden mussten. Gut, dass sie diese Sprache beherrschte. Andernfalls hätte sie einen Dolmetscher gebraucht und sich obendrein vor dem kosmopolitischen Colombo blamiert.

Xavier Torres breitete die Hände aus, als wolle er sagen: *Hier bin ich.*

»Bubi beziehungsweise Roberta Geraci hat ihre Verwandtschaft zu Esteban Torres in Kuba entdeckt, richtig?«

Xavier wirkte verblüfft, antwortete aber nicht.

»Ich warne Sie, ich habe alle Ihre Chats gelesen.«

»Ja«, gab der Mann zu.

»Sie wollten Ihren Onkel lange weder sehen noch mit ihm sprechen. Sie wollten nicht einmal etwas von ihm hören. Dann, ganz plötzlich, haben Sie sich nach ihm erkundigt. Warum?«

»Weil ich meine Meinung geändert hatte.«

»Weil Sie Geld brauchten?«

Er antwortete nicht.

»Hören Sie, Signor Torres! Sobald ich hier rausgehe und egal, was Sie mir sagen, wird der Richter einen zweiten Untersuchungshaftbefehl gegen Sie unterschreiben. Diesmal allerdings mit der Anklage der vorsätzlichen Tötung.«

»Und wen soll ich getötet haben?«, fragte Xavier.

»Ihren Onkel, Esteban Torres.«

Der Mann wurde leicht blass um die Nase.

»Ich habe meinen Onkel Esteban nicht getötet.«

»Leider gibt es ernst zu nehmende Anhaltspunkte, aus denen sich das Gegenteil erweist.«

Vanina erzählte ihm von der Videokamera, die seine Flucht aufgezeichnet hatte, aber nicht von den Fingerabdrücken.

Xavier fuhr sich mit der Hand durchs Haar und schüttelte den Kopf.

»Ich habe ihn nicht umgebracht.«

»Signor Torres, ich frage Sie noch einmal: Warum haben Sie plötzlich beschlossen, Ihren Onkel zu treffen?«

»Einfach so. Ich war neugierig.«

»Oder deshalb, weil Sie aus Ihrer Wohnung geflogen waren und nach Ihrer Rückkehr nach Miami keine Bleibe mehr gehabt hätten. Daher hofften Sie, dass Ihr einziger reicher Verwandter Ihnen helfen würde, auch wenn Sie ihn schon Ihr Leben lang hassten.«

Xavier blickte auf. Sein Blick war undurchdringlich.

Glühend, verärgert.

»Ich habe meinen Onkel Esteban nie gehasst. Er hat sich nichts zuschulden kommen lassen.«

»Wie kommt es dann, dass Sie ihn nie zuvor aufgesucht hatten?«

»Ich hatte es meiner Mutter versprochen. Sie hielt ihn für einen Verräter an seinem Land und seiner Familie. Sie denkt auch heute noch so. Als ich wegging, hielt sie auch mich für einen Verräter. Aber in diesem Fall war es anders. Wir waren am Verhungern. Sie bat mich nur, niemals nach Onkel Esteban zu suchen. Und das Versprechen habe ich gehalten.«

»Bis vor wenigen Tagen«, wandte Vanina ein.

Er schwieg erneut.

»Ihnen ist doch klar, dass Sie höchstwahrscheinlich verurteilt werden, oder?«, fragte die Vicequestore.

Sie wusste, dass sich hinter Xaviers geheimnisvollem Blick etwas verbarg.

Etwas, das Xavier nicht verraten wollte.

»Hören Sie, Signor Torres!«, fuhr Vanina fort. »Erfolgte die erste Begegnung zwischen Ihnen und Bubi Geraci in Kuba zufällig?«

»Fast zufällig.«

»Erklären Sie das!«

»Sie war auf der Suche nach einem Mann, mit dem sie den Abend verbringen konnte. Sie hatte von jemandem gehört, dass ich mit Nachnamen Torres heiße. Da sie kürzlich meinen Onkel kennengelernt hatte, fragte sie mich, ob wir verwandt seien. Ich bejahte, sagte aber, dass ich ihn nicht kenne. Dann beschloss sie, den Abend mit mir zu verbringen. Bubi mochte die Torres«, sagte er und lächelte sarkastisch.

Vanina warf ihm einen vernichtenden Blick zu.

»Signor Torres, Roberta, das heißt Bubi Geraci ist tot. Ihretwegen. Sparen Sie sich Ihren Sarkasmus!«

»Es war ein Unfall, ich schwöre es«, erklärte er rasch.

Dass er die Wahrheit sagte, war an seiner Miene abzulesen.

»Und wie ist es dazu gekommen?«

»Wir hatten Streit. Sie griff mich an. Da habe ich sie geschubst … aber ich wollte ihr nicht wehtun.«

»Warum? Weil Bubi Sie nach Miami zurückschicken

wollte?«, stieß Vanina hervor. Denn das war der springende Punkt.

»Weil sie Angst hatte, ich könnte Esteban treffen und ihm verraten, dass sie mich für Sex bezahlte.«

»Musste sie das durch Ihr Verhalten denn fürchten?«

»Nein. Ich wollte ihn nur kennenlernen. Onkel Esteban«, sagte er, buchstabierte den Namen seines Onkels und grinste wieder sarkastisch.

Vanina wurde das Gefühl nicht los, dass dieses Grinsen mehr sagte als Worte.

»Und warum?«, fragte sie erneut.

Ein solches Spielchen konnte während eines Verhöres durchaus hilfreich sein. Man stellte mehrmals die gleiche Frage, immer in unterschiedlichen Zusammenhängen, um den Angeklagten in Widersprüche zu verwickeln. Aber mit Xavier funktionierte das nicht.

Wieder herrschte Schweigen zwischen den beiden.

»Dann wage ich mal eine Vermutung«, warf Colombo ein. »Sie wollten ihn um Geld bitten, weil Sie ohne dieses Geld nicht gewusst hätten, wie Sie in Amerika über die Runden kommen sollten. Er hat Ihnen das Geld verwehrt, und Sie haben ihn getötet. Sie wussten, dass Sie, abgesehen von seiner Frau, der einzige Verwandte waren. Und vermutlich hätten Sie etwas geerbt. So viel, dass es in Anbetracht der grenzenlosen finanziellen Möglichkeiten Ihres Onkels ausgereicht hätte, um Ihnen für den Rest Ihres Lebens einen komfortablen Lifestyle zu garantieren.«

»Ich brauche kein Geld, ich verdiene genug mit meiner Arbeit«, antwortete der Mann.

»Ihrer Arbeit, Signor Torres, kann man nachgehen, wenn man jung ist. Sie scheinen schon etwas älter zu sein. Obwohl ich nicht bezweifle, dass sich eine wohlhabende ältere Dame gefunden hätte. Aber jetzt sind Sie hier und werden wegen Doppelmordes angeklagt.«

Xavier wurde unruhig.

»Ich habe diesen Mann nicht getötet!«

»Was haben Sie dann genau zum Zeitpunkt des Mordes am Flughafen gewollt?«, rief Vanina.

»Ich hatte vor, mit ihm zu reden, bevor er wegflog.«

»Worüber?«

Xavier antwortete nicht.

»Haben Sie mit ihm gesprochen?«, drängte Vanina.

»Nein.«

»Und warum nicht?«

»Weil er bereits tot war, als ich ihn fand.«

15

»Guarrasi, diese Terrasse ist fantastisch!«, rief Colombo. Der Himmel hatte wieder aufgeklart, und der fast volle Mond erhellte ihn genug, um einen Kontrast zu dem Berg zu schaffen, der sich hoch oben auf der rechten Seite abzeichnete und die Stadt beherrschte. Den Gipfel, der in den vorangegangenen Tagen vom ungewöhnlich kalten Wetter weiß getüncht worden war, bedeckte noch immer eine weiße Schneeschicht.

Auf der linken Seite war die gesamte Via Etnea mit ihren Kuppeln zu sehen. Die Basilika der Collegiata, die Piazza Università und auf der Rückseite die Piazza Duomo sowie die Porta Uzeda.

Giulia De Rosa bedachte Carlo Alberto Colombo mit Blicken, die neugierig zu nennen eine Untertreibung gewesen wäre. Innerhalb von fünf Minuten hatte sie ihn ihrem Freundeskreis vorgestellt. Die Gäste hatten sich auf der Dachterrasse niedergelassen, auf der zu dieser Stunde ein Aperitif serviert wurde. Alle kicherten, lachten, tranken, ohne ihre coole Ausstrahlung der inzwischen erwachsenen Monfiani aus den Neunzigerjahren zu verlieren.

Die Geschichte der Monfiani und der Mammoriani war eine der lustigsten Geschichten, die Vanina in den Notizen ihres iPhones unter *Catanisches* notiert hatte. Diese Liste wurde ständig aktualisiert. Darauf waren typische catanische Eigenschaften, Sprüche und Gepflogenheiten notiert. Der Monfiano, also der Besucher der Via Monfalcone, von Kopf bis Fuß in Markenklamotten gekleidet, war im Allgemeinen ein Spross aus guter Familie. Die Via Monfalcone war zu der Zeit, von der Giulia erzählte, ein bisschen der Salon der Stadt gewesen. Die Mammoriani hingegen stammten aus weniger gehobenen Vierteln, fuhren Mopeds, kleideten sich auffällig und glänzten gewiss nicht durch *Savoir faire*. Der Name stammte von dem dialektalen Ausdruck *mammorri me omà* – wörtlich *beim Tod meiner Mutter* –, einem wichtigen Schwur, der auf die eigene Mutter geleistet wurde.

Vanina hatte gehofft, dass auch Adriano Calì kommen würde, weil er bei solchen Treffen immer ihre Rettung war. Aber der Freund hatte sie bereits vorgewarnt, dass er nicht da sein würde.

Adriano war in Noto, eingeschlossen im barocken Buen Retiro mit Luca, in wiederentdeckter Harmonie. Es ging ihnen nach seiner Aussage sogar besser als je zuvor.

Colombo kam mit einem Glas in der Hand auf Vanina zu, während sie in einer abgelegenen Ecke stand und rauchte, während sie mit der freien Hand die Nachrichten auf ihrem Handy kontrollierte.

Zwei davon waren kurz hintereinander eingegangen und erzeugten ein seltsames Gefühl in ihr. Eine stammte von Paolo, die zweite von Manfredi Monterreale, der sie zu einem Abendessen in seinem Haus mit Blick auf die Faraglioni einlud und ein Gourmetmenü versprach.

Sie antwortete beiden und lehnte, wenn auch widerwillig, die Einladung des Letzteren ab. Ein gemeinsamer Abend mit Manfredi hätte sehr angenehm werden können. Dieser Mann hatte in der Tat fast heilsame Kräfte. Da sie aber nie wissen konnte, wie es enden würde, war es das Risiko nicht wert. Besonders für ihn nicht.

Carlo reichte ihr sein Glas. »Möchtest du mal probieren?«

»Was ist das?«

»Eine Hommage an unsere Ermittlungen. Cuba Libre.« Vanina zog eine Grimasse.

»Der hat uns gerade noch gefehlt.« Dieser internationale Fall wurde langsam zu einem Albtraum. Die Verhöre mussten auf Englisch erfolgen, und die Polizisten mussten sich mit Teilnachrichten herumschlagen. Die waren schwer zu überprüfen, weil sie aus dem Ausland kamen.

Vanina brauchte dringend ein Pane Meusa, das typisch palermitanische Brötchen mit Milzstreifen, um wieder ins Gleichgewicht zu kommen. Mit allem. Von wegen Cuba Libre.

Zu allem Überfluss klingelte dann auch noch ihr Handy, und eine sehr lange Nummer erschien auf dem Display.

»Isp… Detective … Hier spricht Aleja Alvarez.« Offenbar kannte die Dame am Telefon die richtige Bezeichnung für Deputy Detective nicht.

»Signora Alvarez. Buonasera.«

»Entschuldigen Sie die Störung! Ich weiß nicht, wie spät es bei Ihnen ist. Aber ich zerbreche mir den Kopf über eine bestimmte Sache, seit Sie mir das Foto geschickt haben.«

»Kein Problem, worum geht es denn?«

Colombo war sehr neugierig, also reichte sie ihm einen der beiden Kopfhörer.

»Als ich das Foto von Esteban sah, wusste ich sofort, dass irgendwas komisch daran war. Aber Sie wissen ja, wie das ist. Ich habe ihn so lange nicht mehr gesehen, dass er sich natürlich verändert hat. Aber dann habe ich ihn mir genauer angesehen und sogar eine Lupe genommen. Dabei erkannte ich, was nicht stimmte. Das hat mir Angst gemacht.«

Vanina hatte das Gefühl, dass sich der Knoten plötzlich löste. »Warum? Was haben Sie gesehen?«

»Die Tätowierung, Dottoressa. Esteban war nicht tätowiert.«

»Hätte er sich nicht später tätowieren lassen können?«

»Das schließe ich aus. Dieser Stern ist ein Symbol für die Revolution, den sich die Kinder auf den Arm stempeln ließen. Das wollte Esteban nicht einmal damals, als er noch in Kuba lebte.«

Die Frau klang aufgeregt.

»Warum hatten Sie Angst, Signora Alvarez?«, fragte Vanina, obwohl sie die Antwort bereits kannte.

»Das ist Juans Tattoo.«

Marta Bonazzoli hatte ein kleines altes Haus im Dorf San Giovanni Li Cuti gemietet. Das Dörfchen bestand aus mehreren Häuschen am Meer, hatte einen kleinen Hafen und einen Strand – natürlich mit schwarzem Sand –, der von Lavasteinfelsen gesäumt war. Pizzerien, Restaurants und Club hatten im Lauf der Jahre während des Sommers Besitz von den Häuschen ergriffen, die somit unbewohnbar geworden waren. Im Winter aber besaß das Örtchen einen ganz besonderen Charme.

Vanina hatte Colombo beim Mobilen Einsatzkommando abgesetzt und ihn in die Hände von Fragapane gegeben. Der hatte Dienst und war bestens für diese Arbeit geeignet. Der Big Boss musste sich ans Telefon hängen und E-Mails schreiben. Jede noch so kleine Nachricht zum Tod von Juan Torres musste ausgegraben werden, und aufgrund der Zeitverschiebung musste Vanina zudem zügig handeln. Er war Kubaner und in den Vereinigten Staaten gestorben. Colombo war sich sicher, dass es irgendwo eine Akte dazu gab.

Vanina klopfte an die kleine braune Tür, Macchia öffnete ihr.

»Hallo, Guarrasi!«

Sie hatte ihn eine halbe Stunde zuvor angerufen, um ihm die Neuigkeiten mitzuteilen. Er hatte ihr vorgeschlagen, sich mit ihm bei Marta zu treffen.

Marta Bonazzoli war hingegen noch nicht von ihrer abendlichen Joggingrunde zurückgekehrt.

»Heute Morgen konnte sie nicht laufen, und du weißt ja, wie sie ist, oder? Nun muss sie den Sport natürlich nachholen«, erklärte Tito mit gewohnt gutmütiger Ironie.

Er öffnete einen kleinen Kühlschrank, der im Wohnzimmer stand, und bot ihr ein Getränk an.

»Meine Seite oder Martas Seite?«, fragte er.

Vanina musste lachen. Sie hatte noch nie einen absurderen Kühlschrank als diesen gesehen. Auf der einen Seite Bier, Weißwein, kohlensäurehaltige Getränke. Auf der anderen Seite Biosäfte, grüner Tee und isotonische Getränke.

»Wenn du willst, habe ich auch etwas Heißes. Aufgüsse, Kräutertees oder etwas Banchatee.« Er verzog das Gesicht, als würde er auch nicht glauben, was er da sagte.

»Ein Bier, bitte!«

Tito entkorkte zwei Flaschen, setzte sich neben sie und nahm dabei drei Viertel des Sofas ein. Aus Rücksicht auf die Gastgeberin, die jeden Moment kommen und sie auf frischer Tat ertappen konnte, vermieden sie es, Zigarren und Zigaretten anzuzünden.

Vanina berichtete ihm genau das, was Signora Alvarez ihr erzählt hatte und was sich nicht nur auf das Thema Tattoo beschränkt hatte. Von da aus hatte sie andere Merkwürdigkeiten nach der Scheidung zurückverfolgt, über die sie jetzt nachdachte.

»Du bist also davon überzeugt, dass der Tote am Flughafen nicht der echte Esteban, sondern sein Zwillingsbruder Juan war. Juan ist also gar nicht tot?«

»Ja und nein.«

»Was meinst du mit *ja und nein?* Entweder er ist tot, oder er ist es nicht.«

»Einer der beiden Brüder ist mit Sicherheit tot. Die Frage ist nur, welcher von den zweien.«

Macchia nickte. Allmählich verstand er die Zusammenhänge.

»Überleg doch mal! Aleja hatte sich damals gefragt, warum Esteban sie plötzlich nicht mehr sehen wollte. Anscheinend hatten sie sich ja im Guten getrennt, vielleicht hätten sie sich eines Tages ja auch wiedergesehen. Er hingegen brach nach Juans Tod jede Verbindung ab. Und nicht nur das. Er traf sich nicht mehr mit ihren Freunden und begann mit dem Pokerspiel. Er kassierte ab, machte Geld. Das war eine ziemliche Veränderung, denn laut Aleja Alvarez hatte er sich während ihrer Ehe beim Glücksspiel immer zurückgehalten. Sie hatte die Veränderung auf seine neuen Bekanntschaften zurückgeführt. Dass Frank Cristallo als Papst des Glücksspiels galt, war für niemanden ein Geheimnis. Aber irgendwann wurde sie stutzig, denn Esteban war nie ein guter Kartenspieler gewesen. Er kam irgendwie durch, das schon, aber er war nicht in der Lage, Pokerrunden zu veranstalten, um Gegner auszunehmen wie jene, von denen Aleja damals gehört hatte. Das eigentliche Pokerass war immer Juan gewesen. Esteban war der Erste, der es schon in Kuba schade fand, dass Carmen, seine Frau und Xaviers Mutter, ihm das Spielen verbot. Sie waren damals noch sehr jung. Zusammen hätten sie genug Geld sparen können, um nach Amerika auszuwandern. Aber Juan lebte mit Carmen und ihren Genossen, die sich der Revolution verschrieben hatten.«

»Heißt das, Juan bereute seine Entscheidung und stahl die Identität seines toten Bruders?«

Marta stand auf der Schwelle und nahm Macchias letzte Worte mit Erstaunen zur Kenntnis. Sie trug Jogginganzug, Daunenjacke, Laufschuhe und Stirnband.

»Was habe ich verpasst?«

Tito wandte sich zu ihr um.

»Wärst du hiergeblieben, statt die ganze Promenade entlangzulaufen, hättest du es mitbekommen. Jetzt wartest du.«

Vanina gab sich Mühe, nicht zu lachen. Die beiden hätten nicht unterschiedlicher sein können.

Und doch waren sie zusammen.

Die junge Polizistin begab sich in ihr Zimmer. »Fünfzehnjährig, von wegen fünfzig!«, sagte sie.

Macchia lachte.

»Zurück zu uns, Vanina Guarrasi! Also, wie ist es deiner Meinung nach gelaufen? Ich bin sicher, dass du inzwischen schon das gesamte Drehbuch zu diesem Film vor Augen hast.«

»Tito, das ist nur eine Hypothese«, begann Vanina. In der Zwischenzeit war Marta wiederaufgetaucht. »Es könnte folgendermaßen abgelaufen sein: 1975 besucht Juan Torres seinen Bruder in Miami. Während Juan zu Besuch ist, stirbt Esteban plötzlich. Die beiden sind allein im Haus, niemand weiß etwas. Juan erkennt die Chance, einem Leben zu entkommen, das ihm wahrscheinlich schon seit Jahren missfällt, und die Identität seines Bruders anzunehmen. Er muss nur den Notruf wählen und sich für tot erklären. Juan beschließt, den Plan umzusetzen. Zum Teufel mit Carmen, zum Teufel mit der Revolution! Von nun an wird er bei null anfangen oder vielmehr dort, wo sein Bruder schon angekommen ist. Nicht einmal mit Aleja gibt es Probleme, der Einzigen, die ihn wiedererkennen könnte, denn Esteban hat sich bereits von ihr scheiden lassen. Also muss er sie nie wiedersehen und nie wieder von ihr hören. Alle anderen haben sie noch nie zusammen gesehen und können sich daher nichts vorstellen. Er kehrt nicht einmal nach Kuba zurück, um die Leiche zu überführen, sondern lässt seinen Bruder einäschern, um allen Schwierigkeiten aus dem Weg zu gehen. Er beginnt zu pokern, gewinnt viel, gerät in Kreise, in denen sein Zwilling nie war, und trifft Frank Cristallo. Er heiratet Evelyn und steigt in das Geschäft seines Schwiegervaters ein. Von da an geht es nur noch bergauf.«

»Und Xavier wird zum Waisenkind«, kommentierte Marta. Im Grunde tat ihr der Mann leid.

»Und hier kommen wir zu uns. Xavier wächst mit seiner Mutter in Kuba auf. Um Geld zu verdienen und den Lebensunterhalt aufzubessern, arbeitet er ab einem gewissen Alter als Callboy. Aber nur für reiche Ausländerinnen. Zufällig begegnet er Bubi Geraci, die ihn wegen seines Nachnamens auserwählt. Genau wie der Nachname des Amerikaners, den sie soeben in Italien kennengelernt hat. Xavier interessiert Esteban einen Dreck, weil seine Mutter ihm eingetrichtert hat, dass er ein Verräter sei, der sein Land verlassen habe, statt dafür zu kämpfen. Einer, der nicht nach Kuba zurückkehren will und seinen Bruder zwingt, durch Bestechung eine Sonderaufenthaltserlaubnis für ihn zu erhalten. Signora Aleja sagt, dass Carmen Freunde innerhalb des Generalstabs um Fidel hatte, sodass Juan die Erlaubnis bekam. Und so kam es, dass Juan, um Esteban zu besuchen, weit weg von der Heimat starb. Aber nun zurück zu Xavier. Um seiner Kundin zu gefallen, erträgt es der junge Mann sogar, dass sie über seinen Onkel spricht. Genauso, wie er es viele Jahre später über sich ergehen lässt, als sie sich in Miami in einer ähnlichen Situation wiederbegegnen. Er ein Callboy, wenn auch ein Luxus-Callboy, sie eine Kundin. Nur dass Bubi mit einem Detail herausrückt, das alles verändert und in Xavier den unbändigen Drang nach einem Treffen mit Esteban auslöst. Besser gesagt, nach einem Treffen mit dem Mann, den er und seine Mutter immer fälschlicherweise für Esteban gehalten haben, der es aber mit ziemlicher Sicherheit nicht ist. Und was ihm die Gewissheit gibt, ist dieses kleine Detail.«

»Die Tätowierung«, vermutete Tito.

»Die Tätowierung«, bestätigte Vanina.

»Das Tatmotiv ist also nicht unbedingt ökonomischer Natur, sondern es könnte sich auch um eine private Angelegenheit handeln, eine familiäre Abrechnung? Rache an einem Vater, der ihn in Armut zurückließ?«

»Das könnte sein. Der Gedanke, dass Xavier die Reise nur unternahm, um seinen Onkel zu töten, kam mir schon vor Tagen.« *Mit Pistolen fängt man keine Männer*, das morgendliche Telefonat mit Patanè. »Aber so etwas impliziert einen tiefen Hass. Die Entdeckung, dass Esteban in Wirklichkeit Juan ist, sein Vater, der ihn unter Vortäuschung falscher Tatsachen verlässt, um sich ein neues Leben als reicher amerikanischer Nabob aufzubauen, mag den Wunsch nach Rache ausgelöst haben. Wahrscheinlich wollte Xavier Bubi benutzen, um an seinen Vater zu kommen. Doch dann kommt es ganz anders als gedacht. Esteban kommt nicht, seine Kundin bittet ihn, ihr in Taormina Gesellschaft zu leisten, und er kann nicht ablehnen. Zum einen, weil er keinen Pfennig in der Tasche hat, zum anderen, weil der Plan, für den er den ganzen Weg nach Sizilien zurückgelegt hat, sonst auffliegt. Dann, gleich am zweiten Tag, macht Xavier einen Fehler. Er schenkt Bubi reinen Wein ein. Sie kann nicht akzeptieren, dass irgendetwas oder irgendjemand das Gleichgewicht mit Esteban stört. Und wenn Xavier außerdem beschlossen hätte, seinem Vater etwas über die Beziehung mit ihr zu erzählen, hätte er sie ruiniert. Mit Torres ist nicht zu spaßen, er hat mächtige Freunde, und wenn er will, kann er sie und ihre Agentur in drei Minuten erledigen. Also verspricht sie ihm, dass sie ihm Geld geben und seine Reise bezahlen wird, wenn er nach Miami zurückkehrt. Sie ruft sogar Paparone an. Doch Xavier lässt sich nicht abbringen, und während eines Handgemenges landet sie mit der Schläfe auf einem Stein. Xavier raubt ihr daraufhin alles und lebt in den nächsten Tage buchstäblich von ihr, um auf Esteban alias Juan zu warten.«

»Woher weiß er, wo er ihn finden kann?«, fragte Tito.

»Dazu muss man einfach nur Bubis Chat auf ihrem Handy lesen.« Nachdem sie Bubi Geracis Handy eingeschaltet hatten, überprüften sie alles. Nunnari war das gesamte Adressbuch Name für Name durchgegangen. Er hatte die Notizen sofort gelesen und sie Vanina gemeldet. Im ersten Moment hatten sie ihr wenig gesagt. Aber jetzt?

Macchia schien überzeugt. »Wie dem auch sei, morgen früh berichtest du alles Staatsanwalt Franco Vassalli, damit er ein weiteres Tatmotiv zu dem Fall hinzufügen kann. Ich versichere dir, dass der Fall für ihn so gut wie gelöst ist.«

Vanina ging zur Tür und blieb stehen.

»Tito, das ist nur eine Vermutung. Ich habe überlegt und wollte erraten, welcher Zusammenhang bestehen könnte. Das heißt aber nicht, dass …«

»Guarrasi, das sagst du immer, aber bisher ist mir noch nicht untergekommen, dass du auch nur einmal wirklich nur drauflos geraten hättest.«

Vanina verließ Martas Haus gegen halb elf. Die Oliven und zwei Stücke Parmesan, die sie am Aperitifbüfett ergattert hatte, bevor Alejas Anruf alles durcheinanderbrachte, waren für ihren Magen bereits eine ferne Erinnerung. Und das Bier hatte ihr den letzten Stoß versetzt. Sie war so hungrig, dass sie auf der Stelle ein halbes Kilo Nudeln verschlungen hätte.

Sie holte das Auto und fuhr in Richtung Santo Stefano davon.

Sie hatte nicht einmal Zeit, das Eisengatter zu öffnen, da stand ihre Vermieterin Bettina schon an ihrer Balkontür.

»Haben Sie zu Abend gegessen?«, fragte sie wie aus der Pistole geschossen.

Vanina wollte gerade nicken, doch Bettina kam ihr zuvor.

»Kommen Sie herein und leisten mir ein wenig Gesellschaft. Allein fernzusehen stimmt mich traurig.«

Das übliche Rettungsboot, liebenswürdig getarnt als Bitte um Gesellschaft. Als ob es ihr ein Vergnügen sei und nicht andersherum. Vanina gestand sich ein, dass sie auf diese Einladung gehofft hatte. Zu Hause hätte sie nicht mehr als zwei Spiegeleier – noch dazu schlecht zubereitet – mit einem Stück Käse hinbekommen.

Der Tisch im Vorzimmer war noch gedeckt, obwohl Bettina ihr Abendessen offenbar schon vor einiger Zeit beendet hatte. Mit Kreuzstich verzierte Tischdecke, edle Teller, die sie lieber täglich hätte benutzen sollen, weil sie sie schließlich nicht mit ins Grab nehmen konnte. Schöne Gläser, und in kürzester Zeit war der Platz für Vanina gedeckt.

Der Fernseher war eingeschaltet, eine Stickerei lag an der Seite, zusammen mit dem Rätselmagazin *Settimana Enigmistica*. Ein riesiges Möbelstück, das eine ganze Wand einnahm, gefüllt mit Kochbüchern, Zeitschriftenstapeln und Fotos ihrer Enkel.

Für Vanina vermittelte dieser Raum eine menschliche Wärme und ein Gefühl des Wohlbefindens, wie sie es selten anderswo gefunden hatte. Vielleicht als Kind, im Haus ihrer Großeltern in Castelbuono, den Eltern von Ispettore Guarrasi. Das Haus, das Signora Marianna, ihre Mutter, keine zwei Monate nach seinem Tod verkauft hatte.

Bettina servierte ein Stück selbst gebackenes Brot und zwei getrocknete Wurstknoten, um so rasch wie möglich das Loch in Vaninas Magen zu stopfen.

»Soll ich etwas Parmigiana aufwärmen? Ich habe sie für … meine Freundinnen vorbereitet.«

Bei diesem Zögern streckte Vanina ihre Fühler aus. Sie vermied es, der Sache auf den Grund zu gehen. Doch ihr Instinkt täuschte sie nur selten.

Sie bedankte sich.

Die Parmigiana war nur der Anfang eines üppigen Abendessens.

Vanina saß schon seit etwa zehn Minuten auf der Veranda, eingewickelt in das Plaid, das sonst auf dem Sofa lag. Eine letzte Zigarette und ein Gläschen Orangenbitter, um Bettinas reiches Mahl zu verdauen.

Die leichte Brise, die durch den Garten strich und ihr entgegenwehte, brachte den Duft von Zitrusfrüchten mit sich, der einen seltsamen Kontrast zu der frischen Luft bildete, die vom Berg her wehte. Berg und Zitrusfrüchte. Schnee und Meer. Alles in kürzester Entfernung. Das waren Sizilien und der Ätna. Eine Insel in einer Insel, mit doppelter Seele.

Sie rief noch einmal die beiden Nachrichten auf, die sie an diesem Abend erhalten hatte. Wie hätte sie auf die Einladung von Manfredi Monterreale zum Abendessen reagiert, wenn sie nicht vorher Paolos Nachricht gelesen hätte? Und vor allem … welches Verhältnis hätte sie zu dem Kinderarzt, dessen Gesellschaft ihr ein so gutes Gefühl vermittelte, wenn Paolo nicht noch immer einen Platz in ihrem Leben eingenommen hätte? Es bedurfte keiner großen Anstrengung, um die Frage zu beantworten.

Am nächsten Morgen wachte Vanina früh auf. So früh, dass sie eine gute halbe Stunde warten musste, bis die Bar in Santo Stefano geöffnet und Alfio das Frühstück zubereitet hatte. Doch ihr Warten wurde sofort mit einer frisch gebackenen Raviola belohnt, die jeden Tag versüßte. Sie genoss sie in aller Ruhe an einem kleinen Tisch im Nebenraum, zusammen mit zwei fachmännisch zubereiteten Cappuccini. Wer sich einmal an Alfios Frühstück gewöhnt hatte, dem fiel es naturgemäß schwer, andere zu schätzen.

Sie war um diese Zeit so selten unterwegs, dass sie sich fast fehl am Platz fühlte. Die Gäste in der Bar waren anders als jene, die sie sonst traf. Einige beäugten sie neugierig.

Sie blätterte in der *Gazzetta Siciliana*. Die Verhaftung von Xavier Torres stand auf der Titelseite. Gemeinsame Aktion von Carabinieri und Polizei, internationale Ermittlungen, wer mochte wissen, was dahintersteckte. Diesmal war neben ihrem Foto – dem üblichen schrecklichen Foto mit der Zigarette im Mund, das den Journalisten so gut gefiel – das von Rodolfo Silvani, dem Hauptkommissar von Taormina, in voller Uniform zu sehen.

Ausnahmsweise schaffte sie es diesmal, in ihr Auto zu steigen, noch bevor der Schulverkehr die Straßen lahmlegte. In weniger als zehn Minuten war sie in Catania.

Sogar beim Parken vor der Zentrale um diese Zeit gab es keine Probleme. Die Flächen vor dem Gebäude waren fast alle leer und schienen auf ihren Mini gewartet zu haben. Sie stellte sich auf einen freien Platz und begab sich in ihr Büro. Sie setzte sich an ihren Schreibtisch und zündete sich eine Zigarette an.

Spanò klopfte an und trat mit einer Kaffeetasse in der Hand neben sie.

»Boss, was machen Sie hier?«

Es war Viertel vor acht.

»Was soll ich hier schon machen? Ich bin früh aufgewacht«, protestierte sie und breitete resigniert die Arme aus. Leicht verärgert.

»Das ist ein gutes Zeichen«, meinte der Inspektor und nahm Platz.

»Und warum?«

»Weil das heißt, wenn Sie früh kommen, ist der Fall gelöst.«

»Gut gesagt.«

Aber es stimmte.

Der Fall war in der Tat fast gelöst. Fast.

»Und was ist mit Ihnen, Ispettore?«, fragte sie ganz unverblümt.

Spanò war verwirrt, fing sich aber schnell wieder.

»Im Bezug auf die Ermittlungen?«

»Nein, ich meine Sie persönlich.«

»Was soll ich Ihnen sagen, Dottoressa? Das Übliche«, murmelte er und senkte den Blick.

»Sind Sie sicher, Spanò?«

Der Inspektor sah sie an. Was sollte er ihr sagen? *Nein, Dottoressa, ich bin mir überhaupt nicht sicher?* Hätte Vicequestore Guarrasi gewusst, was er vorhatte, wären die Gerüchte bis ins Polizeipräsidium vorgedrungen. Er nickte nur.

Also wechselte Vanina das Thema und erzählte ihm das Neueste über Xavier Torres.

Spanò kam aus dem Staunen nicht mehr heraus.

»Deshalb also erzählte mir Fragapane, dass es große Neuigkeiten gäbe, als ich ihm auf dem Heimweg begegnete.«

»Natürlich müssen wir zum Gefängnis zurückkehren und noch einmal mit Torres sprechen. Sobald dazu Zeit ist, rufe ich Staatsanwalt Vassalli an.«

»Weiß der Commissario davon?«, fragte Spanò.

Vanina sah auf die Uhr. Patanè war auf jeden Fall schon auf.

»Dottoressa, ich wollte Sie auch gleich anrufen. Was ist passiert? Sind Sie aus dem Bett gefallen?«, scherzte er.

»Das kommt ab und zu vor, Commissario. Warum wollten Sie mich denn anrufen? Haben Sie mir etwas zu sagen?«

»Ja, aber verraten Sie mir erst, warum Sie mich anrufen!«

»Alter hat Vorrang«, betonte Vanina.

»Na so etwas! Alter!«, protestierte Patanè und lachte. »Kurzum, gestern Abend habe ich einiges über Kuba gelernt. Erinnern Sie sich, als Carmelo sagte, dass die Makarow eine vom kubanischen Militär verwendete Waffe sei? Er hatte recht. Damals waren Sie und ich begeistert, aber gestern Abend habe ich noch einmal darüber nachgedacht und festgestellt, dass etwas nicht stimmen kann. Torres' Waffe wurde 1966 in Russland produziert.

Torres lebte seit 1960 in Amerika und hatte nichts mehr mit Kuba am Hut. Nun frage ich mich: Warum kaufte sich ein Amerikaner, für den sich Torres im Grunde hielt, 1966, auf dem Höhepunkt des Kalten Kriegs, eine russische Waffe? Wie gelangte Torres in den Besitz dieser Waffe? Dazu habe ich eine Hypothese. Meiner Meinung nach nahm er sie seinem Bruder ab, als dieser bei ihm zu Hause starb. Vielleicht liegt genau hier die Erklärung für seinen Mord. Vielleicht hatte Xavier herausgefunden, dass sein Vater keines natürlichen Todes gestorben war, dass sein Onkel ihn getötet hatte und dass er ihn aus Rache mit eben dieser Waffe erschoss.«

Vanina lächelte. Das war nicht zu leugnen. Patanè war imstande, weiterzukommen als sie, Colombo und Macchia zusammen. In diesem Fall hatte er bereits die Wahrheit erkannt, an die sie nur mithilfe von Aleja Alvares' Aussage herangekommen war.

»Commissario, haben Sie zu tun?«

»Rein gar nichts.«

»Möchten Sie zu mir ins Büro kommen?«

Sie konnte den Satz nicht zu Ende sprechen.

Zwanzig Minuten später klopfte Biagio Patanè an ihre Tür. Braune Tweedjacke, dunkelgrüne Regimentskrawatte, Kamelhaarmantel. Der Geruch von Rasierwasser war schon aus drei Metern Entfernung wahrzunehmen.

Er hörte sich die ganze Geschichte an und äußerte schließlich seine Überlegung dazu.

»Und hier wären wir fast bei der Lösung! Es könnte sein, dass der junge Torres sich an seinem Vater rächen wollte, weil dieser ihn als kleinen Jungen im Stich gelassen hatte. Um die Sache abzurunden, erschoss er ihn mit seiner eigenen Waffe. Der berühmten Makarow. Juan – oder wie er hieß – hätte die Pistole tatsächlich in der Hand haben können, weil er mit der Revolutionsarmee unter einer Decke steckte.«

»Wahnsinn!«, rief Spanò.

»Was meinst du, Carmelo?«

»Am Ende reden wir über die Revolutionsarmee, über Kuba, über Menschen, die in Amerika gestorben sind ... einfach so, als wäre das etwas Alltägliches.«

Vanina musste ihm recht geben. Aber genau das sagten die Beweise. Die einzige brauchbare Spur zur Lösung des Falls schien ausgerechnet die komplizierteste zu sein.

»*Todesgrüße aus Havanna*«, kommentierte sie. Es waren zwar keine Kubaner beteiligt, aber der Titel passte perfekt.

Patanè musste lachen.

»Dottoressa, Sie sind wirklich ziemlich altmodisch, was den Filmgeschmack betrifft. *Todesgrüße aus Havanna*, das wollte ich gerade sagen.«

Marta Bonazzoli klopfte an und war überrascht, alle versammelt zu sehen.

»Du weißt ja, wie das ist. Ich bin aus dem Bett gefallen«, sagte Vanina. »Was gibt es?«

Marta kam näher.

»Der Vermieter Nuzzarello hat mich gerade angerufen, um mir zweierlei mitzuteilen. Erstens, dass die jungen Dänen das Haus in Trecastagni verlassen und für ihren Aufenthalt bezahlt haben und er wissen will, wem er das Geld geben soll. Ich habe ihm geraten, es vorerst zu behalten.«

»Gut gemacht. Auch weil wir nicht genau wissen, ob Torres ein Testament hinterließ.«

»Nuzzarello erzählte auch, dass die beiden Torres-Damen vorgestern vorbeigekommen seien, um sich ein Bild zu machen. Sie besichtigten sogar das Haus, und der Hausmeister Filadelfo Lavía zeigte ihnen alles.«

»Sie haben keine Zeit verloren«, befand Patanè.

»Und die zweite Sache, die Nuzzarello dir erzählt hat?«, fragte Vanina.

»Ach ja, das ist wichtig! Der Mutter seines Geschäftspartners, der das Reisebüro gehört, ist etwas aufgefallen, als Torres das letzte Mal sein Ticket nach Mailand abholte. Offenbar war Esteban mit Online-Buchungen nicht sonderlich vertraut. Während sie die Reise organisierte, sprach er am Telefon auf Spanisch und klang sehr aufgebracht. Die Frau erinnert sich, dass der Name seiner Gesprächspartnerin Carmen war.«

»Das könnte Xaviers Mutter Carmen Gutiérrez gewesen sein.«

»Das habe ich mir auch gedacht.«

Spanò und Patanè wechselten einen Blick.

Vanina verließ das Büro, nahm einen Dienstwagen und fuhr zur Staatsanwaltschaft.

Patanè war gerade gegangen, aber er hatte einen eher verwirrten als überzeugten Eindruck gemacht. Grübelnd kratzte er sich am Kinn. Ihn so zweifelnd zu sehen verstärkte Vaninas Unsicherheit.

Ein weiteres schwerwiegendes Indiz war erforderlich. Und noch dazu etwas, das sie hundertprozentig von einem der beiden möglichen Mordmotive überzeugte. Sie wusste genau, dass sie sonst endlos weiter darüber nachgedacht hätte.

Sie fuhr die übliche Dreiviertelstunde herum und ließ das Auto schließlich auf der Piazza Verga stehen. Ihr war nicht bekannt, ob sie auf diesem Platz parken durfte oder ob ein Halteverbot galt. In ihrer Unsicherheit suchte sie eine Parkuhr, um ein Ticket zu ziehen. Der erste Automat, den sie fand, war außer Betrieb. Der zweite gehörte zu den modernen Modellen, in das sie ihr Kennzeichen eingeben musste. Fluchend lief sie zurück, fotografierte ihr Kennzeichen, um es nicht zu vergessen, und kehrte zum Automaten zurück. Sie gab alle Daten ein, dann die Münzen und war schließlich im Besitz der begehrten Quittung.

Schließlich betrat sie das Gebäude der Staatsanwaltschaft und steuerte geradewegs auf Franco Vassallis Büro zu.

Vor seiner Tür lief sie Staatsanwalt Roberto Terrasini über den Weg.

»Dottoressa Guarrasi! Wie kommen Sie im Kubafall voran? Wissen Sie, dass es mir wirklich leidtut, dass ich nicht damit befasst bin? Ich denke, es sind interessante Ermittlungen.«

»Sie wissen gar nicht, wie leid mir das tut, Dottore.«

»Aber ich weiß, dass Sie das Problem inzwischen praktisch gelöst haben.«

Vanina zögerte einen Moment lang, bevor sie antwortete. »Fast gelöst, ja«, beeilte sie sich zu sagen.

Sie verabschiedeten sich, und Vanina klopfte an Franco Vassallis Bürotür. Der Staatsanwalt saß an seinem Schreibtisch.

Ein Becher Orangensaft zu seiner Rechten, ein elektrischer Heizstrahler auf die Beine gerichtet. Er stand auf und kam freundlich auf sie zu.

Im Raum war es erstickend heiß.

Vanina hoffte, es rasch hinter sich zu bringen. In aller Deutlichkeit teilte sie ihm die Neuigkeiten und ihre Vermutungen bezüglich der vergangenen Nacht mit.

»Dottoressa, der Fall scheint mir gelöst zu sein«, mutmaßte der Staatsanwalt.

»Fast, Dottore Vassalli. Natürlich haben wir Videoaufnahmen, aus denen sich ernsthafte Hinweis auf die Schuld ergeben. Es gibt einen Zusammenhang mit dem Mord an Signora Geraci, aber wir wissen auch, dass es sich dabei tatsächlich um Totschlag handelte. Wir haben ein mögliches Motiv, das finanzieller Natur ist und die Annahme, dass es auch ein persönliches Motiv geben könnte. Aber das sind alles reine Theorien. Vor allem Letztere sind fast unmöglich zu beweisen. Wenn Sie nichts dagegen haben, unterziehe ich Xavier Alejandro Torres im Gefängnis gern einem zweiten Verhör.«

Vassalli seufzte. »Dottoressa Guarrasi, was könnte man ihn denn noch fragen?«

»Vieles. Zum Beispiel könnte er uns bestätigen, was wir über seine Familie vermuten. Wer weiß, vielleicht entlocken wir ihm mit diesen neuen Argumenten ein Geständnis.«

»Hören Sie auf mich, er wird nicht gestehen. Er hat den Tod von Signora Geraci gestanden, weil es sich um Totschlag handelte und weil die Beweise praktisch unwiderlegbar sind. Aber hier handelt es sich um vorsätzliche Tötung.«

»Ich möchte es trotzdem versuchen«, beharrte Vanina.

Es war offensichtlich, dass der Abschluss des Falls Vassalli vor möglichen weiteren Entwicklungen schützen würde. Vor allem, nachdem sich seine Wege mit Carlo Alberto Colombo und Eliana Recupero gekreuzt hatten. Wenn er sich nicht beeilte, deckte diese widerwärtige Kollegin vielleicht eine mögliche Verbindung zu einer Mafiafamilie auf und raubte ihm den Schlaf.

»Hören Sie, Dottoressa Guarrasi, ich gebe Ihnen eine letzte Chance. Gehen Sie ins Gefängnis, reden Sie mit ihm! Aber wenn Sie bis morgen nichts Handfestes haben, unterschreibe ich auch den Haftbefehl für den Mord an Esteban Torres.«

Vanina war einverstanden.

Sie wollte Xavier Torres in die Augen sehen, wenn sie ihm die Geschichte seines Vaters und Onkels erzählte. Dabei musste sie herausfinden, wie viel er wusste, und seine Reaktionen studieren. Das war wichtig.

Sie verließ Vassallis Büro mit der Ermittlungsvollmacht für das Gefängnisverhör in der Hand.

Sie nutzte die Gelegenheit, um bei Staatsanwältin Eliana Recupero vorbeizuschauen. Bei ihrem letzten Treffen hatte deren Vorschlag, gemeinsam einen Kaffee zu trinken, nach mehr als einer einfachen Einladung geklungen. Vanina wollte herausfinden, ob das nur ihr Eindruck gewesen war.

Eliana Recupero saß in ihrem Büro hinter immer höher werdenden Papierstapeln.

»Dottoressa Guarrasi«, begrüßte sie sie. Warum bloß siezten sie sich immer noch? Sie bot Vanina einen Platz an.

»Was ist mit dem Mord an dem Kubaner?«, fragte sie Vanina umgehend.

»Wir sind an einem entscheidenden Punkt angelangt. Für Dottore Vassalli haben wir zwar genug Beweise, aber ich bin noch nicht ganz davon überzeugt.«

»Colombo hat mir etwas erzählt. Sie haben einen komplizierten Fall bekommen! Vor allem wegen der internationalen

Verstrickungen, welche die Sache noch weiter verlangsamen. Es ist gut, dass wir von Anfang an eine mögliche Beteiligung der Mafia ausgeschlossen haben. Sonst hätten Sie jetzt ein ganz anderes Problem.«

»Mehr als die, die ich sowieso schon habe? Zwischen Verhören auf Englisch und interkontinentalen Telefonaten?«, fragte Vanina

»Sonst wären Sie ja nicht die große Guarrasi.«

Das sollte ein Kompliment sein, das als Scherz getarnt daherkam.

»Sagen Sie«, fuhr Eliana Recupero fort und wechselte das Thema, indem sie nonchalant eine andere Frage aufwarf, »wie geht es eigentlich meinem Kollegen Malfitano?«

Sieh da!, dachte Vanina. Zum zweiten Mal brachte die Staatsanwältin das Thema zur Sprache. Nun, wenn sie schon einmal dabei war, konnte Vanina der Sache auch gleich auf den Grund gehen und herausfinden, was hinter der Frage steckte.

»Gut.«

»Entschuldigen Sie, wenn ich eine indiskrete Frage stelle! Sind Sie wieder zusammen?«

Vanina wollte nicht darauf antworten. Vor allem aber wusste sie nicht, was sie erwidern sollte.

»Das ist schwer zu erklären, Dottoressa«, wich sie aus.

Eliana Recupero musterte sie und schien ihre Worte zu deuten. Schließlich beschloss sie, zur Sache zu kommen, und sagte, was sie sagen wollte.

Das ließ Vanina fassungslos zurück.

Im Eiltempo verließ Vanina das Gerichtsgebäude. Sie überquerte den Platz, dann den Corso Italia und ging auf ihren Dienstwagen zu. Sie warf sich auf den Fahrersitz, zündete sich eine Zigarette an und nahm den Hörer ab. Sie wollte unbedingt wissen, ob das, was sie erfahren hatte, auch wirklich stimmte.

Sie dachte an die letzten Worte, die sie in Palermo gewechselt hatten. Die Fragen über Catania und die geheimnisvollen Halbsätze, die Paolo in den letzten Wochen geäußert hatte.

Jetzt ergab das alles einen Sinn.

Das Telefon klingelte lange, bevor er endlich dranging.

Tiefe Stimme. »Vanina, ich bin im Büro. Tut mir leid, wir müssen später reden.«

»Mir ist es scheißegal, ob du arbeitest!«, stieß sie keuchend hervor. »Du musst mir nur eine Frage beantworten. Hast du beim Auswahlverfahren für die Stelle des Staatsanwalts in Catania teilgenommen?«

Einen Moment lang schwieg Paolo.

»Ja, auch in Catania«, antwortete er.

»Mehr wollte ich nicht wissen. Viel Spaß bei der Arbeit!«

Vanina legte auf.

16

Zusammen mit Carlo Alberto Colombo stieß Ispettore Carmelo Spanò vor dem Gefängnis an der Piazza Lanza zu Vanina, als es bereits nach Mittag war. Er hatte keine besonderen Neuigkeiten für sie. Juan Torres war am 9. Juni 1975 in Miami tot aufgefunden worden. Todesursache: Hirnblutung.

Xavier Alejandro Torres ließ sich vor ihnen nieder. Auf seinem Gesicht lag der Ausdruck eines Menschen, der ein Wiedersehen mit ihnen erwartet hatte.

Vanina begrüßte ihn. Er wirkte blasser und erschöpfter als beim letzten Mal. Um seine grünen Augen hatten sich tiefe Ringe gebildet. Sein glattes schwarzes Haar hing ihm in Strähnen ins Gesicht.

»Guten Morgen, Signor Torres.«

»Guten Morgen.«

»Alles in Ordnung?«, fragte sie ihn.

Die Frage schien ihn zu überraschen.

»Warum? Interessiert Sie das?«

Colombo verlor sichtlich die Geduld. Vanina trat ihm unter dem Tisch auf den Fuß.

»Erinnern Sie sich an Aleja Alvarez, Signor Torres?«, fragte die Vicequestore.

Er kniff die Augen zusammen und versuchte, sich zu erinnern.

»Ich helfe Ihnen: Sie war Estebans erste Frau.«

»Ah, sí. Natürlich erinnere ich mich. Sie ist Kubanerin. Eine nette Frau.« Er schien etwas hinzufügen zu wollen, hielt dann aber inne.

»Sie war leider nicht mehr mit Ihrem Onkel verheiratet, als sich das Unglück mit Ihrem Vater ereignete. Aber sie sagt, dass es ihr sehr leidgetan habe.«

Plötzlich erstarrte Xavier Torres und sagte kein Wort mehr.

»Wissen Sie«, fuhr Vanina fort, »Aleja wollte, dass ich ihr ein Foto von Esteban schicke. Sie wollte sehen, was aus ihm geworden war. Doch statt sich zu freuen, wurde ihr bange, als sie es sah. Und wissen Sie, warum? Weil sie etwas an ihm bemerkte, was ihr Mann nie hatte. Etwas, das stattdessen Sie haben.«

Torres blieb teilnahmslos sitzen und biss nur fast unmerklich die Zähne zusammen.

Vanina sprach weiter. »Etwas, wovon Bubi Geraci Ihnen in Miami erzählt hatte. Erinnern Sie sich?«

»Nein«, antwortete Torres.

»Dann erinnere ich Sie daran. Esteban – oder besser gesagt der Esteban, den Bubi getroffen hatte – besaß eine Tätowierung am Arm. Genau dieselbe, die auch Sie haben. Einen Stern. Das Symbol der Revolution. Schade nur, dass Esteban, der echte Esteban, sich diese Tätowierung nie hatte stechen lassen.«

Xavier schwieg, aber die Farbe seines Gesichts wirkte zunehmend erdig.

»Soll ich Ihnen sagen, wer dieses Tattoo besaß? Oder erzählen Sie es mir?«

»Was wollen Sie von mir?«

»Ich möchte, dass Sie mir erzählen, wie es gelaufen ist.«

»Wie es wirklich gelaufen ist? Oder das, was Sie gern von mir hören wollen?«

»Ich will die Wahrheit hören, Signor Torres. Das ist auch besser für Sie, glauben Sie mir.«

»Die Wahrheit ... welche Wahrheit? Wissen Sie, wie ich aufwuchs? Im Elend. In einer Kleinsiedlung mit zehn Hütten und nur einem Gemeinschaftsbad, in dem es nicht immer Wasser gab. Mit einer fanatischen Mutter, die mich vergötterte, aber nicht in der Lage war, mich zu ernähren. Die mich mit den Mythen von Che, Fidel und meinem Vater großzog, und zwar genau in dieser Reihenfolge. Der Vater, an den ich mich nicht einmal mehr erinnerte und der in einem fremden Land starb, in das ich nicht reisen durfte. Für Esteban, den *Gusano*, den Wurm, der die Revolution verraten und seine Familie im Stich gelassen hatte, für ihn durfte man nur Verachtung empfinden. Einer, der das getan hatte, was ich früher oder später auch tun wollte, nämlich ein paar Dollar zusammenkratzen und abhauen. Eines Tages kam eine Frau vorbei, eine der vielen, mit denen ich früher zusammen war, und erzählte mir, dass sie jemanden kenne, der dieselbe Tätowierung wie ich habe. Und ich habe diese Tätowierung nur aus einem Grund ... weil mein Vater sie hatte. Das war das Markenzeichen von uns Torres, die in Kuba geblieben sind. Können Sie sich vorstellen, wie ich mich fühlte, als ich erfuhr, dass mein Vater noch lebte? Der im Luxus schwelgte, während sein Sohn als Callboy arbeiten musste, um den Lebensunterhalt zu verdienen.«

»Haben Sie ihn deshalb getötet, aus Rache?«

»Ich habe ihn nicht umgebracht! Wie oft soll ich Ihnen das noch sagen?«, antwortete Xavier sichtlich nervös. »Ich wollte es tun, das stimmt. Er war ein Stück Dreck und verhielt sich bis zum Schluss wie ein Stück Dreck.«

»Erklären Sie das!«, verlangte Vanina.

»Er behandelte mich, als wäre ich eine Gefahr, die es zu neutralisieren galt. Kein Zeichen von Zuneigung, keine Reue, nicht einmal für meine Mutter. Er beschimpfte sie am Telefon, behandelte sie, als wäre sie die Quelle meines Übels. Diejenige, die ihn zur Flucht gezwungen hatte.«

»Aus Bubis Geschichte konnten Sie also schließen, dass Esteban in Wirklichkeit Ihr Vater war.«

»Ich habe es erraten. Doch als ich ihn dann traf, war ich mir sicher. Meine Mutter hatte mir gesagt, dass man sich am besten vergewissern könne, indem man auf sein rechtes Handgelenk schaut. Ein Bruch, den er sich in Kuba zugezogen hatte, hatte sein Handgelenk verbogen.«

»Sie stellten ihn zur Rede und wollten mit ihm reden, aber er reagierte schlecht darauf. Am Tag seiner Ermordung suchten Sie ihn auf dem Flughafenparkplatz auf und fanden ihn zufällig tot auf«, fasste die Vicequestore zusammen.

»Genau so ist es.«

»Und warum sind Sie dorthin gefahren, um nach ihm zu suchen? Esteban wäre am nächsten Tag zurückgekommen.«

»Aber das wusste ich nicht. Ich wusste nur, dass er in die Schweiz fliegen sollte, und befürchtete, dass er nicht zurückkäme. Er ging nie ans Telefon. Ich hätte ihm gern gesagt, dass ich nicht scharf auf seine Almosen war.«

»Welche Almosen?«

»Er wollte mich mit dem Haus am Ätna abfinden. Er hätte es verkauft, und ich hätte das Geld bekommen«, erklärte er und lächelte bitter. »Ein Häuschen.«

»Das heißt? Was genau wollten Sie ihm an diesem Morgen sagen?«

»Dass er es behalten könne, sein Häuschen auf dem Vulkan. Aber ich konnte nicht, denn als ich zu ihm kam, war er tot.«

Vanina dachte nach.

»Sagen Sie, Signor Torres, war die Beifahrertür offen oder geschlossen?«

Xavier wirkte überrascht. »Die Beifahrertür? Offen.«

»Und was haben Sie dann getan?«

»Dann fuhr ich weg.«

»Und warum ließen Sie das Auto von Signora Geraci dort stehen?«

»Ich hatte Bubis Tod verursacht, ihr Auto gestohlen, einen Parkplatz betreten und meinen ... Vater tot aufgefunden. Ich habe riskiert, dass Sie mich auch des Mordes an ihm beschuldigen, wie Sie es jetzt ja gerade tun. Ich brauchte einen Ort, wo ich eine Weile bleiben konnte. Also nahm ich den Bus und fuhr zurück nach Noto. Das Haus von Bubi schien mir ein sicherer Ort zu sein.«

Colombo betrachtete ihn mit skeptischer Miene.

»Bis Sie auf die vorgetäuschten Schmeicheleien von Ispettore Marta Bonazzoli hereinfielen. Schon erstaunlich, wie sehr einen eine Frau um den Verstand bringen kann, nicht wahr?«, sagte er zu ihm.

Vanina starrte Xavier an. Jetzt war sie diejenige, die unergründlich wirkte.

»Wissen Sie, was Ihr Problem ist, Signor Torres? Dass Ihre Version des Sachverhalts so wenig glaubwürdig ist, dass sie den Richter niemals überzeugen wird.«

»Warum, sind Sie denn überzeugt?«

Der Dienstwagen stand unter Bäumen in der Nähe eines Kiosks. Vanina, Colombo und Spanò steuerten schweigend darauf zu.

»Boss, was glauben Sie? Ist Xavier Torres schuldig oder nicht?«, fragte der Inspektor.

»Ich weiß es nicht, Spanò.«

Sie stiegen ins Auto.

»Weil ich sonst nicht verstehe, in welche Richtung wir uns bewegen sollen.«

»In welche Richtung? Zu Nino, ohne auch nur eine Minute darüber nachzudenken. Es ist nach zwei Uhr mittags.«

Colombo brachte seine Zustimmung zum Ausdruck. Spanò lächelte und fuhr los.

»Dottoressa, tun Sie nicht so, als ob Sie nicht verstünden, was ich meine! Wonach suchen wir genau? Nach Beweisen, die ihn entweder festnageln oder entlasten?«

Wenn Vicequestore Guarrasi sich darauf versteifte, dass jemand unschuldig war, hätte sie ihre Meinung auch dann nicht geändert, wenn es zig Beweise wie im Lehrbuch gab.

Colombo wurde hellhörig.

»Was meinen Sie mit Beweisen zu seiner Entlastung?«, fragte er misstrauisch. Vanina war in dieser Hinsicht eine tickende Zeitbombe, das hatte er nicht vergessen. Sie drehte sich auf dem Sitz zu ihm um, musterte Spanò, der am Steuer saß, und gleich darauf Colombo.

»Leute, irgendetwas passt hier nicht zusammen.«

Die beiden hörten ihr aufmerksam zu.

»Xavier Torres trägt keine Handschuhe, das ist auf dem Film sehr gut zu sehen. Wäre er der Mörder, hätte er zumindest die Tür öffnen müssen, um Esteban mit seiner eigenen Waffe zu erschießen. Außerdem hätte er Fingerabdrücke auf dem Türgriff hinterlassen. Stattdessen befindet sich der Abdruck nur auf der Säule, was logisch ist, weil Xavier sagte, dass er die Tür offen vorgefunden habe. Genau wie auch Signora Canton aussagte.«

»Du meinst, wir stehen wieder am Anfang der Ermittlungen?«, fragte Carlo Alberto Colombo, entsetzt von der Vorstellung, wieder bei null anfangen zu müssen, nur um am Ende zum selben Ergebnis zu kommen.

»Carlo, ich bin mir bei gar nichts sicher. Ich weiß nur, dass ich einen Fall nicht abschließen kann, wenn ich nicht selbst überzeugt bin.«

Spanò schwieg, aber seinem Gesicht war abzulesen, dass er Vicequestore Guarrasi zustimmte.

Vanina rief Capo Pappalardo an und bat ihn, die Fingerabdrücke an Torres' Auto zu überprüfen. Außen und innen. Zu überprüfen, ob es Haare, Spuren oder Ähnliches gab. Alles zu katalogisieren, falls erforderlich.

Sie musste verstehen.

Nachdem er das Mobile Einsatzkommando verlassen hatte, war Commissario Patanè nicht nach Hause zurückgekehrt. Er hatte seinen Fiat Panda geschnappt und war damit schneller gefahren, als es das Alter des Klapperkastens und sein eigenes erlaubt hätten.

Nur mit Mühe hatte er seine Hektik vor Vicequestore Guarrasi verheimlichen können, aber er wollte sie nicht noch weiter mit ungenauen Vorstellungen und Überlegungen verwirren. Vor allem bei einer Sache, die möglicherweise gar keine Rolle spielte. Dann endlich war das Detail ans Licht gekommen, das ihm schon seit Tagen im Kopf herumspukte, ohne dass er es zu fassen bekam. Nun konnte der Commissario es kaum noch erwarten. Er musste herausfinden, ob das, woran er sich erinnerte, ein Hirngespinst war oder ob die *Datenbank* in seinem Gehirn noch richtig funktionierte.

Es war nur ein Name, meine Güte. Ein Name, der ihm in den letzten Tagen in den Sinn gekommen sein musste.

Und nun war er im Archiv der Polizeizentrale angekommen, begleitet von seinem Assistenten Pippo Turillo, der viele Jahre zu seinem Team gehört hatte und nun, kurz vor seiner Pensionierung, dort seinen Dienst versah. Turillo half ihm bei der Durchsicht aller Akten, die sich auf die von ihm ausgegrabenen Fakten bezogen. Auf der Suche nach etwas, das sich nach Patanès Überzeugung finden ließ.

Während sie auf die bestellten Gerichte warteten, hatte Vanina die Antipastotheke geplündert. Gratinierte Zucchini, Auberginen, gebratene Paprika. *Gemüse,* hätte Bettina gesagt, *Diätzeugs.*

Sie aß und grübelte vor sich hin, während Carlo Alberto Colombo den Ispettore Spanò mit Erzählungen über internationale Intrigen unterhielt. Das Telefongespräch mit Paolo hatte das Verhör mit Xavier Torres in diesem Moment in den Hintergrund gedrängt.

»Vanina!«

Sie drehte sich um. Dort stand Manfredi Monterreale. Mit dem Helm in der Hand.

Der Kinderarzt trat an ihren Tisch. Er sagte, er habe keine Lust gehabt, zu Hause zu essen. In der Poliklinik habe er sich mit einem Sandwich begnügen müssen, und da seine Privatpraxis in der Nähe sei … und so weiter. Alles Ausreden, und Vanina glaubte ihm scheinbar, um ihn nicht in Verlegenheit zu bringen. Manfredi wusste, dass sie täglich zu Nino ging, weil es keinen geeigneteren Ort gab, um sich *zwanglos* zu treffen.

Vanina lud ihn ein, sich zu ihnen zu setzen, da es in der Sache Xavier Torres nichts mehr zu sagen gab. Er ließ sich nicht zweimal darum bitten. Mit Spanò war er inzwischen vertraut, und so wie er war, hätte es ihm gefallen, jemanden wie Carlo Alberto Colombo kennenzulernen.

Nino kam sofort an den Tisch, begrüßte ihn und nahm seine Bestellung auf, die mit der von Vanina identisch war. Spaghetti al nero di seppia.

Kaum zehn Minuten später wurden die Gerichte serviert.

Vanina fiel auf, dass Colombo wenig sprach. Er beobachtete Monterreale, als wolle er ihn studieren. Ab und zu warf er einen Blick auf Vanina, vor allem dann, wenn sie besonders vertraut mit dem Arzt zu sprechen schien.

Es ließ sich nicht übersehen, dass Carlo eifersüchtig war. Der Gedanke amüsierte sie. Zu leugnen, dass sie Manfredis Gesellschaft genoss, wäre sinnlos gewesen.

Sie verabschiedeten sich auf dem Bürgersteig vor dem Eingang zur Trattoria. Während sich die Vicequestore eine Zigarette anzündete und Spanò Colombo das vor dem Haus geparkte Motorrad zeigte, nutzte Manfredi die Gelegenheit, um seine Einladung vom Vorabend zu wiederholen.

Diesmal ging Vanina darauf ein.

»Guarrasi, ich glaube, dass du überhaupt nicht davon überzeugt bist, dass Xavier Torres seinen Onkel umgebracht hat«, fasste Tito Macchia zusammen, während er sein Jackett und den Mantel darüber anzog.

Er ging zur Treppe, und Vanina folgte ihm.

»Ja, vielleicht sind wir zu Unrecht davon ausgegangen, dass Bubi Geraci und Torres durch dieselbe Hand zu Tode kamen. Auch deshalb, weil Bubi durch einen Unfall starb, während ich bei dem anderen Fall von Vorsatz ausgehe. Ich dachte zwar als Erste, dass Xavier den Mord geplant haben könnte, aber im Gespräch mit ihm wurde mir etwas anderes klar. Er plante seine Reise nach Italien eher deshalb, weil er nach Erklärungen suchte und nicht unbedingt deshalb, weil er sich rächen wollte. Am ehesten noch erhoffte er sich etwas.«

»Hier hätten wir aber das Motiv Habgier. Der Vater verweigert ihm das Geld, Xavier Torres tötet ihn. Vielleicht nicht vorsätzlich, aber möglich wäre es. Vergessen wir nicht, dass Xavier bis zum Hals verschuldet war und seine Wohnung verloren hatte«, wandte Tito ein, der bereits in der Nähe des Eingangstores wartete. Er starrte auf das ungenutzte Wachhaus, das den Eingang verunstaltete. »Diesen Mist lasse ich heute oder morgen entfernen«, brummte er. Das hatte er schon vor

Monaten erklärt. Dann richtete er seine Aufmerksamkeit wieder auf Vanina.

»Im Gegenteil! Xavier behauptet ja, er sei an diesem Morgen zu seinem Vater gegangen, um ihm zu sagen, dass er keine Almosen wolle. Diese wären gewesen, das Haus in Trecastagni zu verkaufen und ihm den Erlös zukommen zu lassen.«

Tito sah sie an.

»Guarrasi, bringen wir es auf den Punkt! Was hast du vor?«

»Ich möchte die Ermittlungen fortsetzen. Aber wenn Vassalli sich darauf verbeißt, dass er den Fall mit unseren Erkenntnissen abschließen möchte ...«

»Ich verstehe. Wenn du ihn nicht überzeugen kannst, rede ich mit ihm.«

Vanina kehrte in ihr Büro zurück. Dort hatte Carlo Alberto Colombo inzwischen an ihrem Schreibtisch Platz genommen und den Computer benutzt.

»Nur zu, Carlo, fühl dich wie zu Hause!«, forderte sie ihn auf.

»Guarrasi, ich erinnere dich daran, dass ich ranghöher bin als du!«, rief er und erhob sich von ihrem Stuhl. »Obwohl ich, ehrlich gesagt, nicht verstehe, warum das eigentlich so ist.«

»Was?«

»Warum wir nicht gleichrangig sind, du und ich.«

»Vielleicht deshalb, weil es mit neununddreißig Jahren ein bisschen schwierig ist, leitende Polizeidirektorin zu werden?«, fragte Vanina und öffnete ihre Schreibtischschublade. Der Vorrat an siebzigprozentiger Bitterschokolade, den Patanè ihr mitgegeben hatte, ging zur Neige, und sie musste sich mehr davon besorgen. Sie nahm eine Tafel heraus und bot sie Colombo an.

»Hoffen wir, dass dieser Fall bald gelöst wird«, meinte Colombo.

»Wenn du so ungern hierbleibst, kannst du jederzeit nach Rom zurückkehren. Dass die Mafia nichts mit dem Mord an Torres zu tun hatte, scheint mir die einzige sichere Tatsache zu sein.«

»Guarrasi, du kannst dir nicht vorstellen, wie viele Dinge ich dank deiner Freundin Eliana Recupero über die Verbindungen von Torres zur Mafia und damit auch über die Menschen in seinem Umfeld sowohl in Italien als auch in New York erfahren habe. Wenn die Morduntersuchung abgeschlossen ist, wird uns Frau Evelyn Cristallo, Exfrau von Torres, einiges erklären müssen. Und wahrscheinlich auch Frau Luisa Visconti, Torres' Witwe. Lassen wir sie also erst einmal schmoren.«

Vanina erinnerte sich daran, dass sie sich vorgenommen hatte, mit den beiden Frauen zu sprechen, sobald sie aus Mailand zurückgekehrt wären. Am Vortag waren sie für ein paar Stunden nach Mailand geflogen, um bei der Eröffnung von Estebans Testament anwesend zu sein.

Sie hätte Signora Luisa Visconti anrufen und sie am Telefon alles fragen können, denn dazusitzen und abzuwarten, war nichts für sie. Sie hätte ihren Schokoladenvorrat geplündert und eine halbe Schachtel Zigaretten geraucht, was natürlich nicht ohne Folgen geblieben wäre.

Vanina und Marta trafen sich mit den beiden inzwischen unzertrennlich gewordenen Damen auf der Via Etnea. Sie kamen von einer Rundfahrt zurück, die sie über die Via Crociferi, das Benediktinerkloster, den Dom und sogar das Castello Ursino geführt hatte. Frei nach der Komödie in vier Akten *Cicco e Cola*.

»Kurz gesagt, die beiden machen Urlaub«, flüsterte Vanina Marta zu, die ein Lächeln unterdrückte.

Sie setzten sich in ein Café mit Tischen im Freien.

»Verehrte Damen, ich wollte Sie um ein paar Informationen bitten«, setzte Vanina an. »Waren Sie schon einmal in dem Haus in Trecastagni?«

Luisa Visconti antwortete. »Ja, wir waren dort, bevor wir nach Mailand zurückkehrten. Ich wusste nicht, dass Esteban hier ein Haus besaß. Signora Bonazzoli hatte mir das bei meiner Ankunft gesagt. Er muss es gekauft haben, ohne mir etwas davon zu sagen, ein schönes Haus. Signor Lavía pflegt es gut. Und soweit ich sehen konnte, wurde damit auch etwas Geld verdient, denn es gab Mieter.«

Die werte Dame katalogisierte bereits ihr Vermögen.

»Ich weiß, dass das Testament Ihres Mannes eröffnet wurde«, erklärte Vanina.

»Ja, gestern. Bei einem Notar in Mailand.«

»Gab es irgendwelche Überraschungen?«

»Auf keinen Fall. Es war genauso, wie wir es erwartet hatten. Er hinterlässt mir und meinem Neffen das gesamte italienische Vermögen und einen Teil der amerikanischen Besitztümer. Bezüglich des Austauschs zwischen Kuba und den USA arbeitete mein Neffe oft mit ihm zusammen. Er mochte ihn sehr. Der Rest des amerikanischen Eigentums gehört Evelyn und einer Nichte, die in der Kosmetikproduktion tätig ist und ihren Onkel ebenfalls sehr schätzt.«

Kein Hinweis auf einen eigenen Neffen oder auf die Herkunftsfamilie. Keine Gnade, nicht einmal im Tod. Darum wollte er Xavier mit dem Erlös des Hauses ausbezahlen, weil seine Frau nichts davon wusste und er niemandem Rechenschaft darüber ablegen musste. Er konnte nicht riskieren, dass der selbst ernannte Esteban enttarnt wurde.

»Dürfte ich den Namen des Notars erfahren?«

Luisa Visconti zögerte einen Moment lang, bevor sie antwortete. Sie wirkte gereizt, ganz wie jemand, der keine Einmischung duldete, aber gute Miene zum bösen Spiel machen musste.

»Ja, natürlich.«

Sie gab Vanina die Nummer, und Marta notierte sie.

»Und was gedenken Sie mit dem Haus in Trecastagni zu tun, Signora Visconti?«, fragte Vanina.

»Nichts Besonderes. Es sei sehr gefragt, meinten die beiden Jungs, die es vermieten. Und der Hausverwalter bestätigte, dass mein Mann nicht die Absicht hatte, es zu verkaufen. Es gab private Verhandlungen mit einem Mann aus Treviso, der das Haus vor einiger Zeit gemietet hatte und ein kleines Hotel daraus machen wollte. Doch die Gespräche endeten in einer Sackgasse.«

»Sie werden es also behalten?«

»Natürlich! Ein Haus in Sizilien lohnt sich immer.«

»Wonderful Sicily«, fügte Evelyn hinzu, falls noch nicht klar war, wie sehr sie ihre Zeit in Catania auf Kosten ihres Ehemanns – oder Exehemanns – genossen, obwohl der noch nicht einmal beerdigt war.

Vanina und Marta verabschiedeten sich von den beiden Damen und kehrten ins Büro zurück. Zu Fuß natürlich, überflüssig zu sagen. Denn sonst hätten sie ja einen Parkplatz suchen müssen. Ein kleiner Spaziergang schadete ja nicht, man saß ja sowieso den ganzen Tag im Büro. Das waren Martas übliche Beweggründe, doch am Ende ließ sie sich immer von Vanina an der Nase herumführen.

»Zwei Minuten länger, und ich hätte die beiden zum Teufel gejagt«, meinte Vanina.

»Sie mochten den armen ermordeten Esteban.« Marta schwieg einen Moment lang. »Darf ich fragen, warum du Xavier nicht erwähnt hast?«

»Weil ich möchte, dass sie es erst zum richtigen Zeitpunkt

erfahren. Du weißt ja, wie das ist. Ein Neffe oder sogar ein Sohn, wenn er sich als solcher erweist, kann ein Testament anfechten. Ganz zu schweigen davon, was passieren würde, wenn man an Estebans Identität als Person rütteln würde. Juan war in Kuba schon einmal verheiratet gewesen. Ich weiß nicht, wie sich das auswirken würde.«

»Glaubst du, es lässt sich beweisen, dass der Tote nicht Esteban, sondern Juan ist?«

»Das wird nicht einfach. Vielleicht über Details wie der Tätowierung oder dem Bruch am Handgelenk.«

»Entschuldige, was könnten sie deiner Meinung nach denn tun, wenn du ihnen die Wahrheit erzählst?«

»Alles Mögliche. Zum Beispiel irgendeinen Schwachsinn erzählen, der ihnen natürlich von einem überbezahlten Anwalt vorgeschlagen wird. Damit könnte Xaviers Stellung völlig zerstört und dafür gesorgt werden, dass er lebenslänglich hinter Gitter kommt.«

Marta schwieg dazu.

Sie kehrten rechtzeitig ins Büro zurück und begegneten Tito Macchia. Nach dem kurzen Schock, seine Geliebte auf dem Flur zu treffen, teilte er Vanina mit, dass er sich mit Staatsanwalt Vassalli getroffen habe.

Er hatte ihnen noch vierundzwanzig Stunden eingeräumt, keine Minute mehr oder weniger.

17

Giulia wartete vor dem Haustor. Eine halbe Stunde vorher hatte sie Vanina angerufen und ihr mitgeteilt, dass sie sie unbedingt sehen müsse. Sie musste mit jemandem reden, und obwohl die Freundschaft zwischen ihnen noch nicht allzu lange währte, war sie auch die aufrichtigste. Vanina war die Einzige, der sie sich anvertrauen konnte.

Sie hatten beide wenig Zeit. Vanina, weil sie inzwischen Manfredis Einladung angenommen hatte, und die Anwältin, weil sie bei einem Abendessen festsaß, das zwar mondän, aber diesmal im Familienkreis stattfand.

Giulia hatte den Vorschlag abgelehnt, sich mit Vanina in der Bar auf der Piazza Cutelli zu treffen, und sich stattdessen für ihr Auto entschieden.

»Willst du mir also endlich erzählen, was dir widerfahren ist?«, begann Vanina.

Ihre Freundin legte die Hände auf das Lenkrad, musterte sie und sah dann wieder aus dem Fenster. Schließlich holte sie tief Luft und legte los.

»Ich bin schwanger.«

Anfangs war Vanina in den Sinn gekommen, dass Giulia nur Lust zum Plaudern hatte. Fast hätte sie gelacht, doch der ernste, fast verzweifelte Gesichtsausdruck ihrer Freundin verriet ihr, dass es sich um keine Belanglosigkeit handelte. Es stimmte wohl.

»Schrecklich!«, entfuhr es ihr.

Ihre Freundin nickte und umklammerte weiterhin das Lenkrad, als wolle sie sich daran festhalten.

»Entschuldige, aber wie lange weißt du es schon?«, fragte Vanina.

»Etwas länger als eine Woche.«

Giulia begann mit einer sehr detaillierten Schilderung, wo, wann und warum sich der Vorfall ereignet hatte. In Rom, rein zufällig. Um genau zu sein, hatte das Schicksal es so gewollt, denn wie hätte man ein solches Treffen sonst nennen sollen? Zwei Menschen, die sich schon ihr ganzes Leben lang kennen und sich zufällig auf einer Straße in Rom begegnen. Etwas trinken gehen, dann noch etwas, dann übertreiben und schließlich in einem kleinen Hotel an der Piazza Navona enden. Nur einmal. Etwas, das dort begann und dort endete und am nächsten Tag vergessen sein sollte. Nur dass …

»Giulia«, unterbrach Vanina sie. »Wer ist es?«

Die Anwältin zögerte, schloss die Augen und feuerte den zweiten Schuss ab.

»Luca.«

Vanina war sprachlos. Es dauerte gut zwei Minuten, bis sie wieder zu Atem kam.

»Luca, dieser Luca?«

»Luca Zammataro, mein langjähriger Freund und der Partner einer meiner besten Freunde. Schwul«, stellte sie klar, falls das überhaupt noch nötig gewesen wäre.

Plötzlich fiel es Vanina wie Schuppen von den Augen. Lucas Krise, Adrianos Sorge, dass er einen anderen haben könnte. Wahrscheinlich nie hätte er sich vorstellen können, dass dies alles mit einer Frau zusammenhing. Und am allerwenigsten mit Giulia.

»Und weiß er es?«

»Nein! Und er darf es auch nicht erfahren!«, rief Giulia.

Das erklärte Lucas Rückkehr an den heimischen Herd, der nun, da er fremdgegangen und die Krise vorüber war, wieder in den Armen seines Adriano lag. Beide nichts ahnend, dass ihnen jeden Moment ein Ziegel auf den Kopf fallen könnte.

Giulia bemerkte, dass Vanina ihr einen bösen Blick zuwarf und protestierte. Sie hätte sie nie für bigott gehalten. Doch Vaninas Missbilligung hatte nichts mit ihrer Abneigung gegen Puritanismus zu tun, und das wusste die Anwältin genau.

Es fehlte nur wenig, und ein veritabler Streit wäre ausgebrochen. Auf der einen Seite der betrogene Adriano, auf der anderen ein Krieg mit Giulia, der Gottesanbeterin, die in der Lage war, einen treuen Mann in den Ehebruch zu treiben. Und sie, Vanina, zwischen beiden gefangen.

Dazu hatte sie keine Lust.

Vanina kam früh in Aci Castello an. Sie parkte vor dem Haus von Manfredi Monterreale an der Promenade von Scardamiano – den Catanesen auch als *ai muretti* bekannt – und beschloss, einen Spaziergang in Richtung Dorf zu unternehmen. So unglaublich es war, aber sie hatte Lust, sich zu bewegen. Natürlich so, wie sie es wollte. Sie schlenderte langsam dahin und zündete sich eine Zigarette an. Sie stieg hinauf zur Piazza Castello, wo um sieben Uhr abends Anfang Dezember kaum jemand zu sehen war. Die Bar war halb leer, das Restaurant nebenan hatte gerade erst geöffnet.

Sie blickte aufs Meer hinaus. Die Felsen unter der normannischen Burg schienen noch schwärzer, als sie es tagsüber ohnehin schon waren, die Festung noch imposanter. Geradezu unheimlich.

Dass Giulia sich ihr anvertraut hatte, hatte bei ihr ein Gefühl der Bitterkeit hinterlassen. Für Giulia, die sich, um Luca zu bekommen, mit einem One-Night-Stand begnügt hatte und sogar das Pech hatte, schwanger zu werden. Für Luca, weil eine so gute Beziehung wie die zwischen ihm und Adriano selten zu finden war. Sie beschloss, nicht mehr darüber nachzudenken, und blickte aufs Meer hinaus.

Es herrschte Wellengang, und alles war schwarz, schwärzer als Pech.

Die Promenade, an der Manfredi Monterreale wohnte, und die Felsen von Aci Castello waren Schauplatz einer der kompliziertesten Ermittlungen, die Vanina in Catania je durchgeführt hatte. Die letzten, bevor sie für zwei Wochen nach Palermo gegangen war. Während dieser Ermittlungen hatte sie den Kinderarzt kennengelernt.

Sie gelangte zum Dorfende auf der anderen Seite, wo es ein Café gab, wie sie sich erinnerte, das Reiscrispelle anbot, die fast mit denen von Bettina vergleichbar waren. Sie kaufte eine Schale und kehrte langsam zum Haus des Arztes zurück.

Während sie wieder Richtung Promenade hinunterging, rief sie Patanè an. Mit ihm zu reden war immer nützlich, manchmal geradezu erhellend.

Angelina ging gleich nach dem ersten Klingeln dran. Wie immer entschuldigte sich Vanina – mittlerweile kam es ihr wie eine Farce vor – und bat, mit dem Commissario sprechen zu dürfen.

»Warum das? Ist er denn nicht bei Ihnen?«, fragte die besorgte Frau.

»Nein, ich habe ihn seit heute Morgen nicht mehr gesehen.«

»Beim Mittagessen sagte er mir, dass er nicht zurückkommen werde, weil er auf der Polizeiwache etwas erledigen müsse. Heilige Mutter Gottes, was ist ihm zugestoßen?«

Selbst Vanina machte sich allmählich Sorgen. Was sollte das heißen … auf dem Polizeirevier? Als sie sich von ihm verabschiedet hatte, hatte er noch gesagt … Aber jetzt, wenn sie so darüber nachdachte, hatte er ihr nicht mitgeteilt, dass er nach Hause gehen werde. Doch was hatte er auf dem Polizeirevier zu tun?

»Keine Sorge, ich rufe dort an«, sagte Vanina.

»Lassen Sie es mich bitte wissen!«

Sie versprach es ihr.

Sie wählte die Nummer der Polizeizentrale, um jemanden zu finden, der den Commissario kannte. Die meisten Beamten, die ihr antworteten, waren zu jung, um überhaupt von ihm gehört zu haben. Schließlich erwischte sie einen Inspektor, der ihn an diesem Morgen zusammen mit seinem Assistenten Pippo Turillo gesehen hatte. Doch mehr wusste auch er nicht.

Was hatte Patanè vor?

Sie rief Angelina zurück, um sich zu erkundigen, ob er in der Zwischenzeit zurückgekehrt sei, doch der alarmierte Ton in ihrer Stimme sprach für sich. Sie beschloss, sie zu beruhigen, und teilte ihr mit, dass sie mit einem Kollegen auf der Polizeiwache gesprochen habe und der Kommissar dort sei. Vanina hörte, wie Angelina murmelte, dass er sich abgewöhnen müsse, sein Handy zu Hause zu lassen.

Zwar fasste sich Angelina nach und nach, doch Vanina war weiterhin beunruhigt.

Als sie vor dem Haus von Manfredi ankam, erhielt sie eine Nachricht von Paolo.

»Können wir reden, sobald du frei bist?«

Sie beschloss, die Nachricht als nicht gelesen zu markieren, um nicht sofort Erwartungen zu wecken.

Monterreale schaute derweil von seiner Terrasse im zweiten Stock mit Blick auf Faraglioni herunter und verfolgte jede ihrer Bewegungen. In der einen Hand hielt er ein Glas Wein, die andere steckte in der Hosentasche seiner Jeans. Er trug noch die Kochschürze.

Sobald er sie sah, öffnete er das Tor.

Aus der Küche des Arztes strömte ein Duft, der sie veranlasste, einen Deckel nach dem anderen von den Töpfen zu heben, die in penibler Ordnung auf dem Herd standen. In dem einen war fast kochend heißes Wasser, bereit, um die Linguine hineinzulegen, die mit einer Hummersauce angemacht werden sollten. In einem anderen befand sich eine Thunfischcaponata, die sie beim letzten Mal schier in den Wahnsinn getrieben hatte. Im Herd, unter einer Salzschicht, eine Zahnbrasse, die Manfredi von einem befreundeten Fischer in Riposto geholt hatte.

Zwischen Giulias Geständnis, Patanès Umtrieben und Paolos Anruf musste Vanina sich anstrengen, um das zehngängige Abendessen und Manfredis Gesellschaft in vollen Zügen zu genießen. Es schien, als hätten sich alle darauf geeinigt, ihr den Abend zu verderben. Aber die entspannende Atmosphäre des Wohnzimmers voller Erinnerungsstücke aus den Achtzigern, mit den Liedern von De André im Hintergrund, dem gekühlten Weißwein, der Gelassenheit, die dieser Mann auf sie übertrug, war so angenehm, dass es nicht viel brauchte, bis sie sich auf der Matte auf seinem Boden wälzten.

Der nächste Schritt wäre fünf Minuten später erfolgt, hätte nicht Vaninas Telefon wie aus heiterem Himmel geklingelt und dem Vorspiel ein jähes Ende gesetzt.

Ihre Überzeugung, dass es sich nur um Paolo handeln könne, löste ein Schuldgefühl in ihr aus, das sie nur mit Mühe verbergen konnte, als sie in ihre Jackentasche griff. Was machte nur ihr Kopf mit ihr? Zuerst sollten sie nur Freunde sein, doch dann, bei der ersten Gelegenheit, kamen sie zur Sache.

Die Nummer auf dem Display war unbekannt. Sie antwortete unsicher.

»Dottoressa!« Es war Patanès Stimme.

»Commissario, was ist mit Ihnen passiert? Ich musste Angelina beruhigen und habe die halbe Polizeiwache durchtelefoniert …«

»Ist ja gut, ich erkläre es Ihnen später. Ich rufe Sie über das Telefon von Pippo Turillo an, meinem Assistenten. Es hat mich einen ganzen Tag gekostet, aber schließlich bin ich der Sache auf den Grund gegangen.« Er klang sehr aufgeregt.

»Was haben Sie denn herausgefunden?«

»Sie erinnern sich doch an das Haus in Trecastagni, in der Salita dei Saponari.«

»Ja, natürlich.«

»Wissen Sie, wie Torres zu diesem Haus gekommen ist? Er hat es in einer Spielhölle gewonnen.«

»In einer illegalen Spielhölle?«

»Das ist richtig. Zu Beginn der 1990er-Jahre gab es in Catania viele Spielhöllen, die meisten davon wurden von der Cosa Nostra betrieben. Das Mobile Einsatzkommando zum Beispiel hat mindestens drei davon geschlossen. Torres wurde offensichtlich nie erwischt, wohl aber der Mann, dem er das Haus abluchste. Mehr als einmal und in mehr als einer Spielhölle. Deshalb habe ich mir den Namen gemerkt.«

Angespannt saß Vanina da und hörte dem Commissario zu.

»Sind Sie sicher?«

»Hundertprozentig, Dottoressa. Ein alter Vertrauter von mir, der mit diesen Kreisen zu tun hat und sich noch an alles erinnert, hat mir das erzählt. Er sagte, dass die betreffende Person das Haus an einen halbkubanischen Amerikaner abgeben musste, der vielleicht zur Familie Zinna gehörte, und dass er es von ihm bei einem Spiel gewonnen hatte.«

»Wann ist es passiert?«

»Es geht nicht darum, wann es passiert ist, Dottoressa, sondern darum, wer der Mann war, der das Haus verlor.«

Spanò hatte Dienst im Mobilen Einsatzkommando. Er saß an seinem Schreibtisch und starrte ausdruckslos auf den Computerbildschirm.

Vanina riss ihn aus seinem tranceartigen Zustand.

»Dottoressa«, sagte er und sprang auf.

»Kommen Sie, Spanò, wir haben wichtige Neuigkeiten.« Sie setzte sich auf ihren Platz und schaltete den Computer ein.

»Hören Sie! Von wem soll Torres das Haus in der Salita dei Saponari angeblich gekauft haben?«

»Das weiß ich nicht. Aber in den Nachforschungen, die wir betrieben haben, müsste es auftauchen.«

»Wer hat sie veranlasst?«

»Lo Faro.«

Vanina verdrehte die Augen zur Decke, während sie sich eine Zigarette anzündete.

»Kann also sein, dass wir alles noch einmal machen müssen.«

»Warten Sie, ich sehe mal nach!«

»Nicht nötig, wir sehen das auch von hier aus. Wenn es der Name ist, den ich meine, dann haben wir noch viel zu tun.«

Sie klickten sich kreuz und quer durchs System, gaben die Informationen über die Immobilie ein und fanden schließlich, was sie suchten.

Spanò verschlug es die Sprache.

»Wahnsinn!«, stieß er aus.

Vanina ließ sich gegen die Rückenlehne fallen. »Ispettore, wir haben nur wenig Zeit und müssen herausfinden, wie die Dinge stehen.«

18

Vanina und Spanò hatten die ganze Nacht durchgearbeitet.

Der Inspektor hatte alle Akten durchgesehen, die Commissario Patanè in den Archiven gefunden hatte und die sein Assistent Turillo, ein wahrer Heiliger, in die Zentrale gebracht hatte.

Vanina hatte Emmanuele Nuzzarello, den Vermieter von Torres' Wohnung, um elf Uhr abends aus dem Bett gezerrt und ihn mit Fragen gelöchert. Der junge Mann hatte ihr Geschichten erzählt, die in dem Dorf, das sie interessierte, zu dem Thema die Runde machten. Er berichtete ihr, dass Torres schon einmal vorgehabt hatte, das Haus in der Salita dei Saponari zu verkaufen, dass aber nichts daraus geworden sei. Der potenzielle Käufer war ein Ingenieur aus Treviso gewesen, der das Haus gemietet und sein Herz daran verloren hatte.

Er war die erste Person, die Vanina am nächsten Morgen anrief.

Sie hatte ihn nach allen Einzelheiten des gescheiterten Verkaufs gefragt.

»Bis vor einem Monat sagte Signor Torres, dass er noch darüber nachdenken müsse«, erklärte der Ingenieur. »Dann, etwa eine Woche vor seinem Tod, rief er mich aus heiterem Himmel an, um mir mitzuteilen, dass er sich zum Verkauf des Hauses entschlossen hätte. Er hatte mir vor vier Tagen sogar einen Termin in Trecastagni genannt. Ich kam auch her, um zu sehen, ob der Verkauf trotzdem noch stattfände. Wissen Sie, dieses Projekt lag mir sehr am Herzen. Ein kleines Hotel, wenige Zimmer, ein schönes Schwimmbad im Garten. Schade.«

Vanina stellte ihm die letzte, aber wichtigste Frage.

»Von wem haben Sie erfahren, dass Signor Torres, bevor er starb, seine Meinung geändert hatte?«

Die Antwort klang wie eine Bestätigung.

Unmittelbar danach hatte Vanina Adriano Calì kontaktiert und ihm zwei präzise Fragen gestellt. War Torres, so wie die Leiche sich präsentierte, überrumpelt worden, oder hatte der Mörder noch Zeit gehabt, ihm die Waffe zu entreißen und ihn zu erschießen? Die zweite Frage bezog sich auf die Schussentfernung. Adriano hatte ausgeschlossen, dass der Mörder Zeit gehabt hätte, Torres die Waffe vor der Nase wegzuschnappen. Sonst hätte er sich nämlich irgendwie zu verteidigen versucht. Die Lage der Leiche wies hingegen darauf hin, dass das Opfer überrascht worden war. Adriano wiederholte, dass der Schuss von rechts und aus einer Entfernung von mehr als fünfzig Zentimetern abgefeuert worden war. Um das Eintrittsloch und auf dem Hemd waren nämlich keine festen Verbrennungsrückstände zu finden gewesen.

Das bedeutete für Vanina nur eines: Der Mörder musste die Waffe bereits in Händen gehalten haben, als er Torres auf dem Flughafenparkplatz erreicht und ihn getötet hatte.

Torres' Frau hatte berichtet, dass ihr Mann unvorsichtigerweise die Waffe im Handschuhfach des Autos aufbewahrte. Immer. Auch dann, wenn er das Auto an einem sicheren Ort abstellte.

Es gab also nur eine Stelle, an der der Mörder nachts Torres' Pistole gestohlen haben konnte. Und wenn Vaninas Instinkt sich nicht täuschte, waren das genug Elemente, um den Fall zu lösen.

Maresciallo Labbate reagierte blitzschnell. Keine fünf

Minuten, nachdem Vicequestore Guarrasi ihn angerufen hatte, war er in aller Freundschaft zu dem Hotel geeilt, in dem der Leichnam von Bubi Geraci entdeckt worden war. Dort hatte er sich das gesamte Videoüberwachungsmaterial der Garage besorgt, in der der höchst ehrwürdige Signor Torres immer einen Platz reserviert hatte. Er hatte das Material Marta Bonazzoli und Sovrintendente Nunnari übergeben, die in der Zwischenzeit nach Taormina geeilt waren und die Beschlagnahmung formalisierten.

Und jetzt stand Vanina mit ihrem Team vor dem Bildschirm, auf dem Nunnari die infrage kommenden Filmsequenzen anwählte. Spanò und Marta lehnten hinter ihm an der Wand.

Patanè durfte neben Spanò auf dem Ehrenplatz sitzen. Wenn auf dem Überwachungsmaterial das zu sehen war, was Vanina Guarrasi sich vorgestellt hatte, hatte sie mit ihrer Intuition recht gehabt.

Sie suchten nach der Uhrzeit, zu der Torres geparkt und die der Parkwächter auf einem Zettel notiert hatte. Anhand der Kameraposition war zu erkennen, dass der Mann zögerte, bevor er aus dem Auto stieg. Das Bild war scharf. Man sah, wie er sich zum Beifahrersitz hinüberlehnte. Nach Aussage seiner Frau hatte er aus Gewohnheit vermutlich das Handschuhfach überprüft.

»So ein Trottel, lässt die Waffe im Handschuhfach!«, rief Patanè.

Macchia stimmte ihm zu.

»Allmachtswahn, Commissario, aber früher oder später bringt der jeden zu Fall«, stimmte Vanina zu.

Rasch spulte Nunnari vorwärts.

»Im Grunde kann ja auch nichts passieren, solange der Parkwächter nicht geht«, meinte Vanina.

Sie suchten nach dem Moment, in dem der Parkwächter aus seinem Wachhaus kam und sich zum Dienstboteneingang bewegte. Nunnari verlangsamte die Filmsequenz.

»Jetzt oder nie!«, rief Vanina.

Zuerst war nur eine Bewegung auszumachen, dann näherte sich eine männliche Person dem Auto von Torres, öffnete es mit einem Schlüssel von der Beifahrerseite aus, beugte sich hinein und holte etwas heraus. Schließlich schloss er das Auto wieder ab und rannte zur Garagenausfahrt. Der Parkwächter war noch nicht wieder zurückgekehrt.

Vanina hatte ihn sofort erkannt, brauchte aber die Bestätigung.

Sie bat Nunnari, er möge zurückspulen und das Bild an der Stelle einfrieren, an der das Gesicht des Mannes zu sehen war. Dann sollte er es vergrößern.

»Bingo!«, stieß Patanè hervor.

Sie waren alle da, an der Nummer 183 der Salita dei Saponari.

Die ganze Abteilung plus Patanè.

Fragapane und Lo Faro bewachten den Nebeneingang, um eine mögliche Flucht zu verhindern.

Filadelfo Lavía öffnete Vicequestore Guarrasi in Gartenarbeiterkleidung die Tür.

»Entschuldigen Sie! Ich habe gerade ein paar Pflanzen zusammengestellt, die beschnitten werden müssen. Sonst blühen sie nicht«, erklärte er.

Vanina tat so, als wolle sie ihm in den Garten folgen, während Spanò und Marta sich seitlich außer Sichtweite schlichen und die beiden Zimmer betraten, in denen der Mann wohnte. Patanè folgte ihr.

»Sie mögen wohl Gartenarbeit, nicht wahr, Signor Lavía?«

»Sehr sogar.«

»Dieser Garten muss Ihr ganzer Stolz sein.«

»In aller Bescheidenheit ist es mein Verdienst, dass er die Jahre überdauert hat«, sagte er, bückte sich und rückte einen Blumentopf zurecht.

»Wer kennt sich auch besser aus als Sie«, meinte Vanina. »Zuerst gehörte das Haus Ihrem Großvater, dann Ihrem Vater.«

Lavía stand langsam auf und hob den Blick. Seine Augen wirkten feucht.

»Es muss schwer für Sie gewesen sein, all die Jahre als Hausmeister im eigenen Haus zu leben. Das einzige Zuhause, das Sie je hatten.«

Der Mann legte Schere und Kehrschaufel auf den Boden. Er wandte den Blick zur Eingangstür, die zu seinen beiden Zimmern ging, und sah, dass sie offen stand. Seine Hände zitterten.

»Möchten Sie eine Geschichte hören, Signor Lavía?«, fragte Vanina leise.

Er nickte.

»Nehmen wir an, dass vor etwa dreißig Jahren ein Mann das ganze Vermögen, das ihm sein Vater hinterlassen hatte, nach und nach beim Pokern verspielte. Es war nicht viel, aber immerhin das Ergebnis eines Lebens voller Entbehrungen. Als Letztes blieb ihm dieses Haus, in dem seine Familie immer gelebt hatte.

Eines Tages landete der Mann in einer besonders gefährlichen Spielhölle, die von Familie Zinna betrieben wurde. Er setzte sich an den falschen Tisch und verlor seinen letzten Besitz. Von einem Moment auf den anderen wurde er gezwungen, das Haus jemandem zu überlassen, der es dann dem späteren Besitzer vermittelte, nämlich demjenigen, den er am Spieltisch getroffen hatte. Wir nennen ihn Esteban. Eine falsche Verkaufsurkunde wurde erstellt. Der Mann wusste nicht, wo er leben sollte. Er bat Esteban, ihn dort wohnen zu lassen, sogar im Keller wäre ihm recht gewesen. Esteban gewährte es ihm unter der Bedingung, dass er sich um die Pflege des Hauses kümmerte. Er verbannte ihn in zwei Räume und stattete die anderen mit Kameras aus, um sicherzustellen, dass sie nicht bewohnt werden. Eines Tages tauchte ein Käufer am Horizont auf. Er wollte das Haus kaufen, um ein Hotel daraus zu machen, mit einem Swimmingpool, der durch Entkernung des Innenhofs entstehen sollte. Esteban war anfangs nicht überzeugt. Doch dann geschah etwas, das ihn dazu brachte, die Verhandlungen zu beschleunigen. Vor seiner Abreise nach Mailand teilte Esteban dem Mann noch mit, dass er seine beiden Zimmer räumen müsse, weil der Verkauf des Hauses bald abgeschlossen sei und es keinen Platz mehr für ihn gäbe.«

Filadelfo zitterte. Er kochte innerlich und hatte Schweißperlen auf der Stirn. Schwer atmend ließ er sich auf einer Steinbank nieder.

»Möchten Sie fortfahren, Signor Lavía?«, schlug Vanina vor. Er sah sie an, und sein Blick verriet, dass er wusste, in seinem Leben in allem versagt zu haben.

»Dieses Haus baute mein Großvater«, begann er. »Stein auf Stein, Mauer für Mauer. Das war ein großer Erfolg für ihn, wissen Sie, Dottoressa? Hier in Trecastagni begleitete er seinen Vater und tauschte Seifenstücke gegen Gegenstände, die er für ein paar Münzen weiterverkaufte. Uns gefiel es hier, diese Auffahrt ist sehr schön. Sobald er konnte, kaufte er ein Stück Land und baute dieses Haus. Mein Vater wurde hier geboren. Ich wurde hier geboren, der Unglücksrabe der Familie. Einer, der nur wusste, wie man spielte. Typische lokale Kartenspiele, bis mir jemand Poker zeigte. Das war mein Ende.«

»Hat Esteban Torres Sie betrogen?«, fragte Vanina.

»Woher soll ich das wissen, Dottoressa? In jener Nacht kapierte ich gar nichts. Zuerst gewann ich. Irgendwann kam dann der Amerikaner ins Spiel. Ich merkte, dass er genau wusste, wie man spielt. Die Art, wie er die Karten manipulierte, wie er seine Gegner ausspielte. Ein kaltblütiges Tier. Sein Blick eiskalt, das Gesicht ausdruckslos. Nach zwei Runden hatte ich alles verloren. Sogar die Unterhose, die ich trug. Ich flehte ihn auf jede erdenkliche Art an, schwor ihm, dass ich die Schulden begleichen würde, Stück für Stück. Er antwortete nicht einmal. Schließlich tauchte ein Mitglied der Familie Zinna bei mir auf und brachte mich hierher. Mir wurde gesagt, ich solle dankbar sein, dass sie mich nicht noch in derselben Nacht umbrachten. Ich solle mitnehmen, was ich tragen könne, weil der Amerikaner am nächsten Tag auftauchen und das Haus in Besitz nehmen würde. Und so war es dann auch. Wir gingen zu einem Notar und unterzeichneten den Kaufvertrag. Ich bat Torres, hier wohnen bleiben zu dürfen. Ich bot mich an, ihm zu Diensten zu sein, womit auch immer, solange ich ein Zimmer haben könne. Er ließ mich zwei Tage lang warten und meinte, er müsse darüber nachdenken, weil jemand wie ich nicht einmal zu einem Diener tauge. Schließlich meinte er, er müsse sowieso einen Hausmeister einstellen, da er in Mailand lebe. Und weil er ein guter Mensch sei, täte er mir den Gefallen, mich dort wohnen zu lassen. Ich musste in den Keller ziehen und mich um alles kümmern. Wenn er das nächste Mal komme und nicht alles zu seiner Zufriedenheit vorfinde, werde er mich umgehend entlassen. Für mich war das zu schön, um wahr zu sein. Ich hätte alles getan, um in dem Haus zu bleiben. Seitdem sind zwanzig Jahre vergangen, und ich bin immer noch hier. Denn die Wahrheit ist, dass sich niemand so um das Haus und diesen Garten kümmern würde, wie ich das tue.«

Patanè warf dem Mann einen geradezu erschütterten Blick zu. Er hatte Mitleid mit dem Ärmsten.

Spanò und Marta kamen wieder aus den beiden Räumen, genauer gesagt aus dem Keller. Ispettore Spanò nickte bestätigend und hob eine behandschuhte Hand, in der er einen Lederbeutel hielt. In der anderen hatte er einen Schlüsselbund. »Das lag unter der Matratze«, erklärte er.

»Signor Lavía, ich denke, Sie sollten uns die ganze Geschichte erzählen«, forderte ihn Vanina auf.

Der Mann musterte Spanò.

»Es stimmt schon, ich bin zu nichts zu gebrauchen. Ich kann nicht einmal die Waffe verstecken, mit der ich den Mann tötete, den ich aus tiefster Seele hasste.«

Filadelfo Lavía wurde aus dem Haus, das sein Großvater Stein für Stein aufgebaut hatte, in Handschellen abgeführt. Neben der Waffe und Torres' Autoschlüsseln fanden die Beamten unter der Matratze auch die Ausweisdokumente des Kubaners, seinen Computer sowie Unterlagen, die sich auf das Haus bezogen. Spanò setzte Lavía in einen Dienstwagen, zusammen mit Nunnari und Lo Faro. Sie brachten den Beschuldigten zum Mobilen Einsatzkommando, wo er im Beisein von Vicequestore Giovanna Guarrasi und dem leitenden Polizeidirektor Tito Macchia alles erzählte, was Vanina schon erraten hatte, indem sie die verschiedenen Puzzleteile zusammengefügt hatte.

Filadelfo Lavía gestand, er habe beschlossen, Torres zu töten, als dieser ihm eröffnete, dass er in einem Monat das Haus, das Lavía so sehr liebte, für immer verlassen müsse. Und dass es an eine Person verkauft werden solle, die alles entkernen und ein Hotel daraus machen wolle. Filadelfo hatte sich verloren gefühlt. In seinem Alter auf der Straße zu landen, ohne Arbeit, ohne ein Dach über dem Kopf. Doch Betteln und Flehen halfen diesmal nicht. Torres würde nach Mailand reisen und nach seiner Rückkehr den Kaufvertrag unterschreiben. Lavías einzige Chance auf Rettung war der Mord an Torres. Er wusste, wie das zu bewerkstelligen war, denn er hatte als Junge gejagt. Er selbst besaß keine Waffe, und wenn er versucht hätte, sich eine zu besorgen, wäre das zu auffällig geworden. Also beschloss er, Torres mit dessen eigener Waffe zu töten.

Wie oft hatte er ihn dabei beobachtet, wie er den Revolver ins Handschuhfach seines Autos legte und ihn dort liegen ließ, als ob niemand es wagen würde, sie ihm zu stehlen. Unberührbar, wie er war. Die Zweitschlüssel des Wagens wurden in der Schreibtischschublade mit der Fahne dahinter verwahrt.

Filadelfo wusste, dass Torres sich in Taormina aufhielt. Also war er ihm gefolgt und hatte gesehen, wo er sein Auto nachts abstellte. Der Morgen, an dem er abreisen sollte, schien ihm der beste Zeitpunkt für die Umsetzung seines Plans zu sein. Er kannte die Abflugzeit, denn Torres hatte sein Ticket in Trecastagni von einem Reisebüro ausstellen lassen, das ihm die Quittung nach Hause geschickt hatte.

In der Nacht zuvor war Filadelfo ihm gefolgt. Er war ihm bis nach Taormina gefolgt, hatte ihn in die Hotelgarage fahren sehen, hatte seinen ramponierten Fiat Ritmo neben dem Tor abgestellt und war unbemerkt in die Garage geschlüpft, gerade noch rechtzeitig, bevor diese geschlossen wurde. Dort hatte er sich versteckt und geduldig darauf gewartet, dass der Parkwächter sein Häuschen verließ. Dann hatte er getan, was er tun musste. Er hatte Torres' Auto aufgesperrt, das Handschuhfach geöffnet und die Waffe herausgenommen. Schließlich war er geflohen.

Am nächsten Morgen war er lange vor Torres' Abflug am Flughafen angekommen und hatte darauf gewartet, bis Torres mit dem Auto auf den Parkplatz fuhr. Er wusste, dass der Mann die Angewohnheit hatte, sich einen Platz in einem etwas abgelegeneren Bereich zu suchen. Es dauerte einige Minuten, bis Torres bemerkte, dass die Waffe nicht mehr im Handschuhfach lag.

Filadelfo war auf ihn zugegangen, als Torres seine Suche noch nicht beendet hatte. Er hatte die Beifahrertür geöffnet, auf das Herz gezielt und geschossen.

19

Seit Commissario Patanè herausgefunden hatte, dass Filadelfo Lavía am Spieltisch sein Haus an Torres verloren hatte, fügte Vanina die Puzzleteile zusammen. Ein solches Ereignis konnte kein Zufall sein.

Es genügte ihr, Nuzzarellos Bericht zu hören, der Filadelfo Lavía als senilen alten Mann beschrieb, der auf das Haus fixiert war, mit dem er links und rechts prahlte, als wäre es noch sein eigenes. Den Rest hatte sie sich mehr oder weniger so ausgemalt, wie Lavía es gestanden hatte.

Der Fall war gelöst, der Schuldige gefunden.

Doch diesmal konnte sich Vanina nicht freuen. Wie mörderisch er auch sein mochte, wie sehr er auch die Höchststrafe verdient hatte, Filadelfo Lavía war Opfer eines Spiels geworden, das vermutlich nur so ausgesehen hatte, als wäre es Poker gewesen. Torres hatte ein weiteres Huhn gerupft.

Marta Bonazzoli erzählte schließlich, was sie und Spanò in Lavías Zimmern gefunden hatten.

»Ein wahres Museum. Antike Möbel, schön gerahmte Gemälde. Ein hohes Eisenbett, auf dem alte Puppen lagen, nahm den ganzen Raum ein. Eine Kommode mit gerahmten Schwarz-Weiß-Fotos.«

Alle Erinnerungen hatte der Mann in seinem Keller aufbewahrt.

Das war unendlich traurig.

Vanina streckte sich in ihrem Sessel aus. Eine letzte Zigarette, dann würde sie nach Santo Stefano fahren. Das Display ihres Handys war voller Nachrichten und Anrufe. Sie vertröstete ihre Familie auf den Abend. Sie antwortete Giulia, damit sie sich nicht alleingelassen fühlte, weigerte sich aber, mit ihr zur Eröffnung von wer-weiß-welchem Club zu gehen. Trotz ihrer Schwangerschaft hatte sich das gesellschaftliche Leben der Anwältin kein bisschen geändert. Sie hatte eine Nachricht vom Gerichtsmediziner Adriano Calì erhalten, der bereits von der Verhaftung erfahren hatte. Dann noch Paolos übliche Bitte, ihn anzurufen. Im Moment aber hatte sie keine Lust, mit ihm zu reden. Sie wusste nicht einmal, warum sie das nicht wollte. Vielleicht wollte sie es aber auch gar nicht erfahren.

Unter den unbeantworteten Anrufen waren auch vier von Angelo Manzo, ihrem ehemaligen Stellvertreter.

Was gab es so Wichtiges, dass er sie viermal kontaktieren wollte?

Sie rief ihn an.

»Boss, entschuldigen Sie, dass ich mich so oft bei Ihnen melde!«

»Angelo, was gibt es denn?«

»Haben Sie die Zeitung nicht gelesen?«

»Nein.«

»Gestern haben wir einen von Bazzucas Schlägern gefasst. Einer, der früher ein kleiner Fisch war, sich jetzt aber gemausert hat. In dem Artikel werden Sie ebenfalls erwähnt, genauso wie Dottore Ortès und Dottore Malfitano. Weil Sie die Erste waren, die in dieser Angelegenheit nachforschte, als noch niemand etwas herausgefunden hatte«, erklärte Angelo fast entschuldigend. Er wusste, wie sehr Vicequestore Guarrasi es hasste, in den Zeitungen zu stehen.

Natürlich erwähnte er nichts zur Verhaftung von Bazzuca, die der Chef des Mobilen Einsatzkommandos in Absprache mit dem Polizeipräsidenten beschlossen hatte. Es hatte ein Leck gegeben, und sie hatten nicht zulassen können, dass weitere Informationen nach außen drangen. Über die Jagd auf den Flüchtigen war nur in den vier Wänden der Mafiajäger-Operation namens *Catturandi* gesprochen worden.

Als Vanina aus ihrem Büro kam, saß Marta im Büro von Tito Macchia.

Der Rest des Teams hatte sich zerstreut. Colombo war ins Hotel zurückgekehrt, um seinen Koffer für den Flug nach Rom am nächsten Morgen zu packen. Es war der letzte Abend, und sie mussten sich gebührend verabschieden. Daher hatte er den Versuch unternommen, sie zum Essen einzuladen. Vanina hatte abgelehnt, sich aber für seine Hilfe bei diesem internationalen Fall bedankt.

»Guarrasi, am Ende habe ich gar nicht so viel getan. Wie immer hast du den Fall allein gelöst. Oder besser gesagt, mit deinem Lieblingsmitarbeiter. Er ist zwar schon etwas älter, aber ...«

Sie hatten sich umarmt.

Vanina sah Marta Bonazzoli mit dem Big Boss aus dem Büro kommen.

»Wir machen Fortschritte«, frotzelte sie.

Marta schwieg, und Tito lächelte nur. Er wusste, welche Rolle Vanina bei dieser plötzlichen Wende gespielt hatte, und war ihr dankbar.

»Xavier Torres wird also nur wegen Totschlags verurteilt werden«, schloss Marta, als sie die Treppe hinunterstiegen.

Tito linste sie mit schiefem Blick an.

»Du musst mir deine Zuneigung für diesen kubanischen Gigolo erklären.«

Marta lachte.

Als sie am Eingangstor ankamen, fiel Vanina auf, dass etwas fehlte. Das Wachhaus war abgebaut worden. Macchia wandte sich höchst zufrieden zu der kahlen Wand um.

»Ich habe doch gesagt, dass ich diesen Stinker früher oder später entfernen lasse.«

Vanina ging los, um ihren Mini zu holen. Sie musste genau überlegen, wo sie ihn abgestellt hatte. Sie stieg ins Auto und machte Musik an. Klassik natürlich. Geige, wenn möglich.

Nach einigen Minuten klingelte ihr Handy.

»Dottoressa Guarrasi?«

»Ja.«

Im Hintergrund hörte sie das typische Geräusch der Funkgeräte in den Streifenwagen. Ihr Herz raste. War Paolo etwas zugestoßen?

»Hier spricht Trovato, Assistent der Polizeistation von Acireale.«

Sie beruhigte sich.

»Was gibt es?«

»Wir haben ein Problem mit einem Kollegen vom Mobilen Einsatzkommando, der vermutlich in Ihrer Abteilung arbeitet. Ispettore Carmelo Spanò.«

Besorgt erhob sich Vanina von ihrem Sitz.

»Was meinen Sie mit einem Problem? Ist ihm etwas zugestoßen?«

»Nicht wirklich. Um ehrlich zu sein ... haben wir eine Anzeige wegen Stalkings und Hausfriedensbruchs erhalten.«

»Spanò wurde angezeigt? Was reden Sie da?«

»Leider ja, Dottoressa.«

Sie fragte nach, wo sie sie erreichen konnte, dann rief sie Patanè an, der sicherlich mehr über die Geschichte wusste als sie.

Der Commissario schimpfte los.

»Wusste ich es doch, dass es so enden würde!«

Sie holte ihn ab.

Auf dem Weg nach Acireale erzählte ihr der Commissario, was Carmelo angestellt hatte.

»Er hatte sich vorgenommen, seiner Exfrau zu beweisen, dass der Anwalt sie betrügt, für den sie ihn verlassen hatte. Also beschattete und überwachte er ihn. Eine Krankheit, Dottoressa, die süchtig machen kann. Ich habe ihm gesagt, dass der Typ kein Trottel ist. Im Gegenteil, er ist ein Experte. Und soweit ich weiß, ist er sogar ein seriöser Anwalt und ein anständiger Mensch.«

Sie kamen auf dem Hügel zwischen Aci Trezza und Acireale an und hielten vor dem Haus, neben dem ein Polizeifahrzeug stand.

Spanò stand daneben und sprach mit einem uniformierten Kollegen. Vor dem Tor war in fast martialischer Haltung der Anwalt Enzo Greco zu sehen. Er war ein bekannter Zivilrechtler aus Catania und der Mann, für den Maria Rosaria Urso, Spanòs Exfrau, ihren Ehegatten verlassen hatte. Neben ihm war eine unbekannte Frau zu sehen.

Vanina und Patanè gingen auf den Ispettore zu.

»Dottoressa, Sie müssen entschuldigen, ich bin ... untröstlich.«

Assistent Trovato stellte sich vor.

Rechtsanwalt Greco habe ihn angerufen, um ihnen mitzuteilen, dass er seit mehreren Tagen von einer Person verfolgt werde, die in seinem Haus herumspioniere. Als sie ankamen, hatten sie Spanò dabei erwischt, wie er mit einem Fernglas in der Hand über ein Geländer kletterte.

Erst nach einer halben Stunde hatte Vanina den Anwalt davon überzeugt, die Anzeige fallen zu lassen. Die Frau, mit der Spanò ihm immer wieder begegnete, hieß Caterina Greco und war seine Schwester. Vor einem Monat war sie aus Frankreich zurückgekehrt.

Die Kollegen aus Acireale zogen ab, der Anwalt und seine Schwester kehrten ins Haus zurück.

Spanò stand allein mit Vicequestore Guarrasi und Patanè da.

Nach ihren Gesichtern zu urteilen wusste er nicht, wer von beiden wütender war.

Vanina hatte Commissario Patanè noch nie zu sich nach Hause eingeladen. Zum einen, weil sie nur selten zu einer einigermaßen anständigen Zeit nach Hause kam, zum anderen aus Angst, dass Angelina sie zur Rechenschaft ziehen könnte.

Diesmal aber war es selbstverständlich für sie. Sie waren nur unweit von Santo Stefano entfernt, und sie hätte sich gefreut. Sie hatte sofort klargestellt, dass ihre Kochkünste nicht überwältigend waren, aber sie hoffte, dass ihre Vermieterin und Nachbarin Bettina ihr zu Hilfe kam.

Patanè hatte bereitwillig zugestimmt und der Gefahr getrotzt, mit Spaghetti in Butter abgefertigt zu werden. Das Wichtigste war die Gesellschaft, für den Rest reichten meist Brot und Salami.

Vanina öffnete das Eisentor und ging voraus. Bettina kam fast augenblicklich durch ihre Balkontür und erstarrte vor Erstaunen. Nun gut, Vannina hatte keine großen Probleme damit, Männer nach Hause einzuladen, aber der hier war mindestens so alt wie Bettina selbst!

»Biagio Patanè«, stellte sich der Commissario vor und deutete einen Handkuss an.

Die Nachbarin strahlte. Das also war der berühmte Commissario Patanè, von dem Vannina immer erzählt hatte.

»Welche Freude!«, rief sie aus.

Sie bat sie herein. Sie aß zwar gerade selbst zu Abend, aber wenn sie nur ein paar Minuten warteten, schuf sie noch zwei weitere Plätze an ihrem Tisch. Wie üblich hatte sie für ein ganzes Regiment gekocht. An diesem Abend hatte sie zudem die Gelegenheit, den Commissario vor einem missglückten Kochversuch der Vicequestore zu bewahren. Vannina war gut in ihrem Beruf, aber Kochen gehörte nicht zu ihren Talenten.

Doch Vanina bestand darauf, dass sie den Commissario zum Abendessen eingeladen hatte und sie nun an der Reihe war, ihn zu bewirten. Tatsächlich hatte sie die Einladung auch auf Bettina ausgeweitet.

Um die Lage zu retten, wickelte die Nachbarin alles, was sie gekocht hatte, in drei Geschirrtücher und nahm es mit in Vaninas Wohnung.

Mit dem Teller in der Hand gingen sie zum Nebengebäude. Vanina öffnete die Tür und schaltete das Licht ein.

Als sie das Vorzimmer betrat, erstarrte sie.

»Heilige Maria, Diebe!«, rief Bettina und wurde blass wie die Wand.

Das Haus war auf den Kopf gestellt worden, als hätte man es mit einem Bulldozer überfahren. Die DVD-Sammlung lag auf dem Wohnzimmerboden verstreut, zusammen mit dem Inhalt der geleerten Schubladen. Dasselbe Szenario im Schlafzimmer.

Patanè ging mit dem Gesichtsausdruck eines Commissario im Einsatz durch das Haus. Was Vanina in diesem Moment nicht konnte. Sie sah sich immer wieder schockiert um.

»Fehlt etwas?«, fragte der Commissario.

Auf den ersten Blick sah es nicht so aus. Der Fernseher, der Computer, alles hatte der Einbrecher verschoben, war aber noch vorhanden. Vanina besaß nicht viele Wertsachen, und die wenigen waren noch an ihrem Platz.

Der einzige Raum, der noch fehlte, war die Küche, und instinktiv gingen sie dorthin.

Vanina schaltete das Licht ein. Ein Gefühl der Übelkeit breitete sich in ihrem Magen aus.

Das gerahmte Foto ihres Vaters lag auf dem Tisch. Davor ein DIN-A4-Blatt.

Dem Blatt war eine Patrone beigefügt.